L'ÉQUATION DE PLEIN ÉTÉ

DU MÊME AUTEUR AUX ÉDITIONS ACTES SUD

La Maison où je suis mort autrefois (prix Polar international de Cognac), 2010 ; Babel noir nº 50.
Le Dévouement du suspect X, 2011 ; Babel noir nº 70.
Un café maison, 2012 ; Babel noir nº 97.
La Prophétie de l'abeille, 2013 ; Babel noir nº 128.
L'Équation de plein été, 2014.
La Lumière de la nuit, 2015 ; Babel noir nº 173.
La fleur de l'illusion, 2017.

Titre original :
Manatsu no hōteishiki
Éditeur original :
Bungeishunjū Ltd., Tokyo

ISBN 978-2-330-06128-9

KEIGO HIGASHINO

L'ÉQUATION DE PLEIN ÉTÉ

roman traduit du japonais
par Sophie Refle

BABEL NOIR

1

Il n'eut aucun mal à trouver la correspondance à sa descente du Shinkansen. Lorsqu'il arriva en haut de l'escalier qui menait au quai, le train qu'il devait prendre était déjà là. Un brouhaha de voix sortait de ses portes grandes ouvertes.

Kyōhei Esaki monta dans le wagon le plus proche de l'escalier et fronça les sourcils, surpris. Ses parents lui avaient dit que le train ne serait probablement pas bondé, puisque la fête des Morts était passée, mais il vit peu de places libres. La plupart des sièges disposés par groupes de quatre de part et d'autre du couloir central étaient occupés par au moins trois personnes. Kyōhei avança à la recherche d'une place qui ne serait pas la dernière vacante.

Il y avait beaucoup de familles et d'enfants d'une dizaine d'années, à peu près le même âge que le sien. Apparemment ravis d'être là, ils parlaient tous fort.

Il les trouva stupides. Comment pouvait-on se réjouir à ce point d'aller à la mer ? La mer, c'est la mer. Une piscine, c'est bien mieux. À la mer, il n'y a ni bassin à vagues, ni toboggans géants.

Il remarqua une banquette à deux places libre au bout du wagon. Celle qui lui faisait face devait être occupée, mais être assis sans avoir quelqu'un à côté de lui était mieux que rien.

Il s'en approcha et posa son sac à dos sur le siège libre. La place en face était occupée par un homme de haute taille qui portait des lunettes sans bord et lisait un magazine dont la couverture montrait des motifs incompréhensibles et des mots qu'il ne connaissait pas. L'inconnu n'interrompit pas sa lecture lorsque Kyōhei s'assit. Il portait une veste et une chemise et ne lui fit pas l'effet d'être un touriste.

De l'autre côté du couloir central, un homme âgé, à la tête blanche et à la carrure imposante, faisait face à une vieille dame au visage rond, qui devait être sa femme. Elle remplit de thé un gobelet en plastique et le tendit à son mari qui l'accepta sans un sourire, le but d'une traite et se mit à tousser, probablement afin de lui signifier qu'elle en avait versé trop. Ils étaient habillés normalement et ne devaient pas non plus être en vacances. Peut-être rentraient-ils chez eux.

Le train s'ébranla. Kyōhei poussa son sac de côté et en sortit le sac plastique qui contenait son déjeuner. Les boulettes de riz emballées dans du papier aluminium étaient encore un peu tièdes. Une boîte en plastique contenait des bouchées de poulet frit et des morceaux d'omelette, deux de ses plats préférés.

Il mastiqua le riz en buvant de l'eau à la bouteille. Le train roulait le long de la mer. Il n'y avait presque pas de nuages dans le ciel, et la mer au loin étincelait sous le soleil. Près du rivage, elle était couverte d'écume.

Trois jours plus tôt, sa mère, Yuri, lui avait dit qu'il serait mieux à la mer plutôt que dans une chambre d'hôtel à Osaka où ses parents devaient aller pour leur travail. Kyōhei n'avait pas du tout imaginé qu'il irait seul chez sa tante qui habitait si loin.

— Tu crois qu'il y arrivera ? Hari-Plage, ce n'est pas tout près, avait réagi son père, Keiichi, en inclinant son verre de whisky, le visage sceptique.

— Bien sûr qu'il y arrivera. Il a dix ans. La petite Hana Kobayashi est allée toute seule en Australie ! avait rétorqué Yuri sans cesser de taper sur le clavier de son ordinateur.

Comme chaque soir, elle était en train de calculer le chiffre d'affaires de la journée au magasin.

— Oui, mais ses parents l'ont emmenée à l'aéroport, et son oncle et sa tante sont venus la chercher à l'arrivée. C'est beaucoup plus simple que de voyager en train.

— Il n'y a pas grande différence. Il n'aura qu'à monter dans le Shinkansen et changer une fois de train. Tonton et tata n'habitent pas loin de la gare, et tu trouveras leur maison si tu as un plan, non ? avait-elle demandé en se tournant vers son fils.

Kyōhei avait répondu oui sans interrompre son jeu sur sa console. Il savait qu'il serait de toute façon expédié à Hari-Plage chez cette tante, la sœur de son père, et sa famille qu'il connaissait à peine pendant que ses parents seraient à Osaka. Ce ne serait du reste pas la première fois que cela lui arrivait. La seule différence était que lorsque sa grand-mère maternelle était encore vivante, c'était chez elle qu'il allait lorsque cela arrangeait Yuri. Sa mort l'année précédente imposait un changement de destination.

Ses parents tenaient une boutique de mode et se déplaçaient fréquemment pour promouvoir leurs créations. Pendant les vacances, leur fils les accompagnait parfois mais ce n'était pas possible le reste de l'année. Passer une nuit seul à la maison ne lui faisait pas peur.

Il savait qu'ils allaient à Osaka pour préparer l'ouverture de leur première succursale et qu'ils y resteraient au moins une semaine.

— Oui, c'est vrai que tu as dix ans. Ça devrait aller, hein, Kyōhei ? Tu auras le temps de profiter de la mer. Et de goûter aux bonnes choses qu'on mange là-bas. Je vais demander à ma sœur qu'elle te fasse beaucoup de bon poisson, avait répondu son père d'un ton plus détendu, peut-être grâce au whisky. Comme toujours, ses parents avaient discuté pour la forme de l'idée de le confier à quelqu'un avant de tomber d'accord sur le fait que cela ne posait aucun problème.

Le train continuait à rouler le long de la côte. Le petit garçon qui avait fini son pique-nique jouait sur sa console portable lorsque son téléphone se mit à vibrer dans la poche de son sac à dos. Il mit son jeu en pause et sortit l'appareil spécialement conçu pour les enfants.

L'appel venait de sa mère. Il y répondit de mauvaise grâce.

— Allô ?

— Kyōhei ? Tu es où ?

Quelle question idiote ! C'était elle qui avait tout organisé et acheté son billet.

— Dans le train, répondit-il tout bas, parce qu'il savait qu'on ne doit pas se servir de son portable dans le wagon.

— Ah bon ! Donc tout s'est bien passé ?

— Oui, fit-il en se disant qu'elle le prenait vraiment pour un imbécile.

— Sois poli quand tu arrives chez eux. Et n'oublie pas de leur donner le cadeau.

— Parce que tu crois que je vais le garder ? Je vais raccrocher.

— N'oublie pas non plus tes devoirs. Fais-en un peu tous les jours, c'est important. Sinon, tu auras du mal à les faire en une fois.

— Comme si je ne le savais pas, répondit-il avant de mettre fin à la conversation.

Elle lui avait déjà fait ces recommandations avant son départ. À quoi bon les répéter ? Pourquoi les mères éprouvent-elles le besoin de se conduire ainsi ?

Il remit son téléphone dans sa poche et s'apprêtait à recommencer à jouer lorsqu'il entendit quelqu'un dire "Hé !" assez bas. Il n'en fit aucun cas parce qu'il ne pensait pas que cette interpellation lui était destinée.

— Hé, toi le petit là-bas ! recommença la même voix, cette fois-ci avec une certaine irritation.

Kyōhei détacha les yeux de l'écran de sa console et tourna la tête. Le vieux monsieur aux cheveux blancs le regardait, l'air mauvais.

— Les portables, c'est interdit ! lança-t-il d'une voix rauque.

Qu'il existe encore des gens pour s'en irriter surprit le petit garçon. Les campagnards sont en retard, pensa-t-il.

— Je n'ai pas appelé, juste répondu, répondit-il en faisant la moue.

Le vieil homme pointa son sac du doigt.

— Éteins-le. Ici, c'est interdit, ajouta-t-il en tendant le doigt vers une affiche qui demandait aux passagers d'éteindre leurs portables à proximité des places prioritaires.

— Ah…

— Tu sais lire, hein ? Ici, c'est interdit, continua le vieux d'un ton triomphant.

Kyōhei sortit à nouveau son portable. Il ne l'éteignit pas, mais le montra à l'homme.

— C'est un téléphone pour enfants.

Le vieil homme fronça les sourcils, avec une expression dubitative. Il ne paraissait pas comprendre.

— Si je l'éteins, il se rallume automatiquement au bout d'un moment. Pour l'éteindre, il faut composer un code que je ne connais pas. Donc je n'y peux rien.

Le vieillard réfléchit quelques instants.

— Dans ce cas, change de place. Tu ne peux pas rester à côté d'un siège prioritaire.

— Il ne nous dérange pas, dit sa femme en adressant un sourire au petit garçon. Pardon, glissa-t-elle.

— Non, il faut qu'il parte. Les règles sont faites pour être respectées, reprit le vieux monsieur en parlant plus fort, ce qui attira les regards des autres passagers.

Kyōhei soupira. Ce vieux était décidément embêtant. Il souleva son sac à dos et le plastique vide et s'apprêta à se lever.

Au même moment, une main se posa sur son épaule pour l'en empêcher. Puis elle saisit son portable.

Stupéfait, le petit garçon regarda son voisin. Sans changer d'expression, celui-ci plongea la main dans le sac plastique et en sortit le papier aluminium qui avait servi à emballer les boulettes de riz.

Kyōhei n'eut pas le temps de parler. L'inconnu déplia le papier aluminium pour en enrober le téléphone.

— Le problème est réglé, expliqua-t-il en le lui rendant. Tu n'as pas besoin de changer de siège.

Le petit garçon le prit en silence, avec l'impression d'avoir vu un tour de passe-passe. Le problème était-il vraiment réglé ?

— Je n'y comprends rien. Ça change quoi ? insista le vieil homme d'un ton revendicateur.

— La feuille d'aluminium bloque les ondes, répondit l'inconnu sans lever les yeux de son magazine. On demande aux voyageurs d'éteindre leur portable à proximité des sièges prioritaires par égard pour les personnes qui portent un stimulateur cardiaque. Le sien a beau être allumé, il ne peut plus recevoir d'appel, le but recherché est donc atteint.

Kyōhei dévisagea alternativement le vieil homme ébahi et son voisin. Le premier regardait avec perplexité le second, mais lorsqu'il sentit sur lui les yeux du petit garçon, il ferma les siens en grommelant dans sa barbe. La vieille dame lui adressa un sourire, peut-être parce qu'elle était contente que cette dispute soit terminée.

Quelques minutes plus tard, plusieurs passagers commencèrent à rassembler leurs affaires et à descendre leurs bagages des casiers. Une voix dans le haut-parleur annonça le nom de la prochaine gare, celle d'une plage connue.

Le train s'arrêta et près de la moitié des passagers en descendirent. Kyōhei songeait à changer de place, étant donné ce qui venait de se passer. Mais son voisin le devança. Il descendit le sac qu'il avait mis dans le filet à bagages et alla s'installer sur une banquette un peu plus loin.

Le petit garçon hésita, parce qu'il avait l'impression qu'il était parti pour lui permettre de rester. Un coup d'œil sur le côté lui apprit que le vieux râleur dormait en ronflant.

La ligne de chemin de fer desservait plusieurs plages célèbres. De nouveaux voyageurs en descendaient à chaque arrêt et le wagon fut bientôt presque vide. Hari-Plage était encore loin.

Le ronflement du vieil homme allait s'amplifiant. Probablement parce qu'elle en avait l'habitude, sa femme regardait défiler le paysage comme si de rien n'était. Kyōhei, que le bruit empêchait de se concentrer sur son jeu, décida de changer de place. Il prit son sac à dos et le plastique, et se leva.

Le wagon était presque vide à présent. Désireux de s'éloigner le plus possible du vieil homme, il avança dans le couloir central et aperçut le dos de l'homme de tout à l'heure. Les jambes croisées, il était plongé dans la lecture de son magazine. Le petit garçon l'observa par-dessus son épaule. Il faisait les mots croisés et paraissait bloqué.

— *Temperance*, lui souffla Kyōhei.

Surpris, l'homme se retourna.

— Quoi ?

Le petit garçon tendit le doigt vers la grille.

— Le 5 vertical, "Elle fait parler les os". La réponse, c'est *Temperance*.

L'inconnu regarda la grille et hocha la tête.

— Ça colle. C'est le nom de quelqu'un ? Je n'en ai jamais entendu parler.

— Il s'agit de Temperance Brennan, l'héroïne de *Bones*, la série télévisée américaine. Elle comprend des tas de choses en observant les squelettes.

L'homme fronça les sourcils puis tourna les yeux vers la couverture de son magazine.

— C'est un personnage de fiction ? Comment se fait-il que les mots croisés d'une revue scientifique se servent de son nom ? Ce n'est pas de jeu, grommela-t-il.

Kyōhei s'assit en face de lui. L'inconnu continuait à compléter sa grille. Maintenant qu'il avait franchi l'obstacle sur lequel il avait calé, il n'avait plus de difficultés.

Il tendit la main vers la bouteille de thé qu'il avait posée sur le siège à côté de lui. Mais au moment de la soulever, il se ravisa, se souvenant apparemment qu'elle était vide.

Le petit garçon lui présenta sa bouteille d'eau à moitié pleine et lui dit qu'il pouvait en boire.

— Non, ça va.

Légèrement déçu, Kyōhei fit mine de la ranger dans son sac.

— Merci quand même, reprit l'inconnu.

Surpris, le petit garçon leva la tête. Leurs regards se croisèrent pour la première fois. Puis l'homme détourna les yeux.

La gare de Hari-Plage était proche. Kyōhei sortit un plan de sa poche. Imprimé et non dessiné à la main, il indiquait l'emplacement de l'auberge Rokuganso. Sa tante leur avait faxé hier soir.

Il y était allé il y a deux ans, en voiture avec ses parents. Il ne connaissait pas le chemin depuis la gare et il étudia le plan.

— Tu vas à l'hôtel tout seul ? lui demanda l'homme, peut-être parce qu'il trouvait étrange qu'un écolier aille seul à l'hôtel.

— Oui, mais c'est chez ma tante. Elle et mon oncle tiennent une auberge.

L'inconnu hocha la tête.

— Et qu'en penses-tu ?

— Comment ça ?

— Je veux savoir si c'est une bonne auberge et si elle a un attrait particulier. Est-elle neuve ? Agréable ? Offre-t-elle une belle vue ? On y mange bien ?

Kyōhei inclina la tête de côté.

— Je ne m'en souviens pas très bien parce que je n'y suis allé qu'une seule fois. Le bâtiment est très vieux. La mer n'est pas proche, la vue quelconque. Et on n'y mange pas spécialement bien.

— Hum ! Je peux regarder ton papier ?

Le petit garçon le lui tendit, et l'homme nota sur une page de son magazine le nom de l'auberge, son numéro de téléphone et son adresse. Il déchira ensuite le morceau de page.

— Et ce nom-là, ça se lit comment ? Ryokugansō* ?

— Non, Rokugansō. Le nom vient d'un gros rocher devant l'auberge.

— Ah bon. Merci, fit l'homme en lui rendant le plan.

Le petit garçon le remit dans sa poche après l'avoir replié. Le train venait juste de sortir d'un tunnel et il eut l'impression que le bleu de la mer était encore plus vif.

* Le nom de l'auberge s'écrit avec trois caractères, dont le premier, qui signifie "six", peut se lire *ryoku* ou *roku*, le deuxième *gan*, "rocher", et le troisième, *sō*, "auberge". *(N.d.T.)*

2

Elle enfila ses tennis et regarda la vieille pendule murale. Il était presque 13 h 30. C'est parfait, pensa Narumi Kawahata. À vélo, il ne lui faudrait qu'un quart d'heure pour arriver là-bas, et elle en aurait un autre pour régler les derniers détails avec ses camarades.

— À tout à l'heure, maman ! lança-t-elle en direction du comptoir.

Setsuko, sa mère qui était dans la cuisine, apparut en écartant les pans du rideau qui la séparait de la réception. Un foulard sur ses cheveux, elle préparait sans doute le dîner.

— Ta réunion va durer combien de temps ?

Malgré ses cinquante-quatre ans, elle n'avait pas beaucoup de rides et, maquillée, elle en aurait paru dix de moins. Mais elle n'était pas coquette et se contentait en été d'une couche de fond de teint qui lui servait aussi d'écran solaire.

— Je ne sais pas exactement, mais probablement autour de deux heures. Nous n'avons qu'une seule réservation aujourd'hui, n'est-ce pas ? Le client arrive à quelle heure ?

— Il ne l'a pas précisé, mais il doit dîner ici.

— D'accord. Ne t'en fais pas, je serai rentrée d'ici là.

— Tu n'as pas oublié que Kyōhei sera chez nous à partir d'aujourd'hui ?

— Ah oui… Il doit venir seul de la gare, n'est-ce pas ?

— Oui, et c'est presque l'heure de son train.

— La gare est sur mon chemin, je m'y arrêterai, et si j'ai l'impression qu'il ne saura pas venir tout seul, je le ramènerai ici.

— Merci, c'est gentil de ta part. Mon frère ne serait pas content s'il se perdait en route.

Narumi hocha la tête. Le risque lui paraissait faible, tellement la localité était petite. Elle sortit. Il faisait aussi chaud que la veille. Le soleil faisait étinceler la roche d'obsidienne où était gravé le nom de l'auberge.

Elle mit son sac en bandoulière, enfourcha son vélo et pédala vers la gare. La rue était en pente car l'auberge était située en haut d'une colline derrière la gare.

Elle y arriva en moins de cinq minutes. Le train venait de s'y arrêter, et une dizaine de voyageurs descendaient l'escalier de la passerelle au-dessus des voies.

Il y avait parmi eux un petit garçon vêtu d'un short kaki et d'un tee-shirt rouge, un sac sur le dos.

Son visage ombrageux lui parut familier mais elle hésita une seconde avant de l'appeler. Elle ne l'avait pas vu depuis deux ans, il avait beaucoup grandi et il parlait avec un adulte qui marchait à ses côtés. Kyōhei était attendu seul et elle aurait reconnu son oncle si cela avait été lui.

Pourtant, c'était bien son cousin. Lorsqu'il la vit, il dit quelque chose à son voisin et courut vers elle.

— Bonjour !

— Bonjour ! Tu as grandi, dis donc !

— Ah oui ?

— Tu as dix ans, n'est-ce pas ?

— Oui. Tu es venu me chercher, Narumi ? demanda-t-il en levant vers elle un regard ébloui.

Elle fut presque surprise d'entendre son cousin, qui avait presque vingt ans de moins qu'elle, la tutoyer.

— Je voulais m'assurer que tu étais bien arrivé. Je dois aller quelque part, mais je suis en avance et je peux t'accompagner à la maison, si tu veux.

Il fit non de la tête.

— Ce n'est pas la peine. J'ai un plan, et je suis déjà venu chez vous. Il faut prendre cette rue qui monte, n'est-ce pas ? demanda-t-il en la désignant du doigt.

— Exactement. Il y a un gros rocher devant la maison, tu ne peux pas te tromper.

— Oui, je m'en souviens.

— Dis, cet homme qui était avec toi, tu le connais ? Celui à qui tu parlais, demanda-t-elle en le regardant.

Il avait sorti son téléphone et était en conversation.

— Nous étions dans le même train. Mais je ne le connais pas.

— Ah bon ! Tu parles aux inconnus ?

Cela ne lui plaisait pas, même si celui-là n'avait rien de louche.

— Il m'a défendu contre un vieux qui m'embêtait.

— Quoi ?

Légèrement inquiète, elle se demanda ce qui s'était passé. L'inconnu lui inspirait à présent confiance.

— Bon, j'y vais.

— D'accord. Sois prudent ! À tout à l'heure, à la maison !

Kyōhei hocha la tête et partit dans la bonne direction. Narumi le regarda s'éloigner et remonta sur sa bicyclette. L'homme qui avait accompagné son cousin attendait un taxi. Il n'a pas de chance, pensa-t-elle. Les deux ou trois taxis que comptait la localité venaient toujours attendre les arrivées de train. S'il n'y en avait aucun devant la gare, cela signifiait qu'ils étaient déjà occupés et ne reviendraient pas avant une demi-heure.

Elle pédala avec plaisir sur la route qui longeait la côte. La brise chargée d'une odeur marine qui ébouriffait ses cheveux ne la ne gênait pas. Elle les portait courts depuis plus de dix ans. Cela lui permettait d'aller piquer une tête dans la mer et de boire ensuite une bière dans un bar sans rentrer prendre une douche chez elle. Elle était mal placée pour se moquer de sa mère qui se maquillait si peu.

La route quitta le bord de mer. Narumi pédala plus fort sur la pente le long de laquelle se trouvaient plusieurs commerces et une banque, le cœur de Hari-Plage. Elle passa ensuite à côté du centre de conférences municipal où allait se tenir une réunion importante.

Narumi gara son vélo et jeta un coup d'œil vers le parking où stationnait un car de tourisme. Elle s'en approcha et lut l'affichette collée à son pare-brise, qui annonçait le nom de la société qui l'avait affrété : DESMEC, l'acronyme de Deep Sea Mining Exploration Company, c'est-à-dire la Société nationale d'exploration minière sous-marine.

Le car était vide. Ses passagers en seraient-ils déjà descendus pour préparer la réunion ? Elle n'avait pas de temps à perdre et marcha à grands pas vers l'entrée du centre.

Le hall d'entrée était plein. Elle regarda autour d'elle et entendit quelqu'un l'appeler.

Genya Sawamura s'approcha d'elle. Après quelques années passées à Tokyo, il était revenu ce printemps à Hari-Plage où il avait grandi. Journaliste free-lance, il aidait ses parents qui tenaient une boutique d'électricité. Son visage et ses bras étaient bronzés.

— Je t'attendais plus tôt. Que t'est-il arrivé ?
— Toutes mes excuses. Tout le monde est là ?
— Oui. Suis-moi.

Il la conduisit dans une salle d'attente apparemment mise à leur disposition. Une dizaine de personnes qu'elle connaissait y étaient rassemblées. La moitié environ appartenait à sa génération, et les autres étaient âgés d'une quarantaine ou une cinquantaine d'années. Venus d'horizons professionnels divers, ils habitaient tous Hari-Plage. Elle connaissait certains d'entre eux de longue date et avait rencontré les autres grâce au mouvement auquel ils participaient tous.

Sawamura inspira profondément et les regarda.

— Aujourd'hui, nous allons surtout écouter ce que la partie adverse a à dire. Le document que je vous ai distribué présente le résultat de nos enquêtes. Il est probablement différent du leur. Ces rencontres ont précisément pour but de discuter de ces différences. Les débats n'auront véritablement lieu que demain. Nous allons écouter leurs explications, et nous nous réunirons ensuite pour définir notre stratégie. Y a-t-il des questions ?

— Le document ne parle pas d'argent, remarqua un homme qui enseignait l'histoire et la géographie au collège. Quel sera l'impact économique ? La partie adverse ne manquera pas de souligner cet aspect.

Sawamura lui adressa un sourire.

— Parler d'impact économique, c'est un peu comme dessiner un gâteau. Tout dépend du point de vue de celui qui le dessine, et de la manière dont on le regarde. Nos adversaires vont certainement nous en montrer un splendide, mais nous ne devons pas prendre leurs histoires pour argent comptant.

— De plus, compléta Narumi, l'important, ce n'est pas l'argent, mais la manière dont nous pouvons protéger notre belle mer. Si l'environnement est détruit, le restaurer sera impossible, même en y consacrant des milliards.

Elle s'était exprimée avec vigueur. L'enseignant répondit qu'elle n'avait pas tort, d'un ton résigné.

On frappa à la porte, et le visage d'un jeune employé municipal apparut.

— L'heure tourne. Puis-je vous demander de passer maintenant dans la grande salle ?

— Allons-y ! lança avec enthousiasme Sawamura à ses partisans qui se levèrent comme un seul homme.

Le grand hall qui avait une capacité de quatre ou cinq cents personnes était conçu pour accueillir des conférences, mais pour autant que Narumi le sache, il n'avait jamais reçu de conférenciers célèbres.

Elle et ses camarades prirent possession des premiers rangs. Ils posèrent leurs documents sur les tablettes, sortirent leurs blocs-notes. Sawamura s'assura que son dictaphone fonctionnait.

Le hall se remplit graduellement. Le maire de Hari et d'autres élus locaux faisaient partie de l'assistance. Cette réunion, qui avait pour thème un sujet peu connu du grand public, était destinée à attirer non seulement la population locale, mais aussi celle des alentours.

Elle regarda autour d'elle et ses yeux croisèrent ceux d'un homme d'une soixantaine d'années. Ses cheveux poivre et sel étaient coupés court et il portait une chemise blanche sans cravate. Il la salua de la tête en souriant. Bien qu'elle ne le reconnût pas, elle en fit autant.

Il y avait sur l'estrade une longue table derrière laquelle étaient disposées des chaises métalliques. Un petit panonceau devant chacune indiquait le nom et la qualité de chaque intervenant. La plupart étaient des employés de DESMEC, mais il y avait parmi eux un océanographe et un physicien. Un écran se dressait à l'arrière-plan.

Une porte derrière la scène s'ouvrit et un groupe d'hommes en costume-cravate entra. Leurs visages étaient sévères. Un employé municipal les guida jusqu'à leurs places.

L'animateur de la rencontre, un homme d'une trentaine d'années qui portait des lunettes, s'assit un peu à l'écart et prit immédiatement la parole.

— Il est l'heure de commencer. Nous attendons encore un des participants, qui ne saurait tarder, annonça-t-il.

Au même instant, la porte s'ouvrit et un homme s'y engouffra. Il tenait à la main sa veste qu'il avait enlevée.

Narumi reconnut avec surprise l'homme qu'elle avait vu à la gare avec son cousin. Des gouttes de sueur luisaient sur ses tempes. Il n'avait probablement pas trouvé de taxi et avait dû venir de la gare à pied. À vélo, cela ne prenait que quelques minutes, mais à pied, la distance n'était pas négligeable.

Il prit place derrière le panonceau "Manabu Yukawa, professeur associé, faculté de physique, université Teito".

— Maintenant que tous les participants sont là, reprit l'animateur, je déclare ouverte la réunion d'explications concernant l'exploration des ressources minières sous-marines. Permettez-moi de me présenter. Mon nom est Kuwano, du bureau des relations publiques de DESMEC, et je serai l'animateur de cette rencontre. Je vais maintenant céder la parole à un responsable de notre service technique.

Celui-ci se leva, et les lumières du hall s'éteignirent tandis qu'apparaissait en grosses lettres sur l'écran le titre *L'Exploration des ressources sous-marines*.

Narumi se redressa. Elle voulait être sûre de ne rien manquer. Protéger la mer était pour elle une mission sacrée. Elle ne laisserait pas l'exploration de ses ressources détruire ce trésor naturel.

Le ministère de l'Économie et de l'Industrie avait publié quelques semaines auparavant un rapport sur les ressources énergétiques sous-marines, qui avait causé un certain émoi dans les villes et les villages voisins de Hari-Plage. Selon ce document, les fonds sous-marins situés à quelques dizaines de kilomètres au large étaient particulièrement propices à une exploration expérimentale des gisements hydrothermaux sous-marins.

Ces gisements qui résultent des dépôts de minerais produits par les colonnes d'eau chaude qui montent depuis le fond de la mer contiennent notamment du cuivre, du plomb, du zinc, de l'or ou de l'argent, mais aussi des métaux rares comme le germanium ou le gallium. Étant donné la pénurie de ces derniers au niveau mondial, le Japon pourrait, à condition de trouver le moyen de les exploiter profitablement, devenir un des premiers pays producteurs. Le gouvernement voyait la recherche-développement dans ce domaine comme une priorité, et DESMEC était à la pointe des recherches.

Le gisement auquel la société publique s'intéressait avait la particularité d'être situé à une profondeur relativement faible, environ huit cents mètres, ce qui signifiait qu'il serait relativement facile à exploiter, à un coût moindre. Sa situation, à seulement quelques dizaines de kilomètres au large, était aussi intéressante.

L'annonce du projet avait fait du bruit à Hari-Plage et aux alentours. Ce n'était pas parce que l'on craignait des conséquences néfastes pour l'environnement marin. La plupart des habitants se réjouissaient au contraire de cette nouvelle perspective économique.

3

Kyōhei s'arrêta pour regarder la pente qui lui paraissait interminable. Il l'avait souvent montée et descendue pour aller à la plage dans la voiture conduite par son père lors de sa dernière visite, mais jamais à pied.

Le paysage n'avait guère changé. Un hôtel à l'abandon se dressait en bas de la côte. Ses murs et son toit étaient noircis, et la peinture de la grande enseigne, écaillée. Il se souvint qu'il y a deux ans son père lui avait appris le mot "ruine" en le regardant.

— Quand un immeuble est dans cet état, on dit que c'est une ruine, un mot qui s'écrit avec des caractères un peu difficiles pour toi. Il signifie que le bâtiment s'abîme petit à petit parce que plus personne n'y habite. Autrefois, c'était un bel hôtel.

— Pourquoi est-ce que plus personne n'y habite ? avait demandé Kyōhei.

— Parce que les gens qui tenaient l'hôtel ne gagnaient plus d'argent. Les touristes n'y venaient plus.

— Pourquoi ?

Keiichi avait réfléchi avant de lui répondre.

— Parce qu'ils trouvent mieux ailleurs, avait-il lâché après un court silence.

— Où ça, ailleurs ?

— Dans des endroits agréables. À Disneyland, ou à Hawaï.

Il n'était jamais allé à Hawaï, mais il adorait Disneyland. Aucun de ses amis ne connaissait Hari-Plage. Personne ne lui envierait son séjour ici.

Il recommença à grimper la côte en pensant à cette conversation. Pourquoi y avait-il eu ici un hôtel aussi grand ? Serait-ce parce que beaucoup de monde venait ici autrefois ?

Il aperçut bientôt un bâtiment qu'il reconnut. Il ne faisait même pas le quart de celui qui était en ruine, mais il était tout aussi vieux. Il savait que son oncle, Shigeharu Kawahata, n'avait pas repeint une seule fois l'auberge familiale depuis qu'il l'avait reprise quinze ans plus tôt. Son père disait souvent qu'au lieu de se plaindre du manque de clients, son beau-frère ferait mieux de changer de métier.

Kyōhei poussa la porte d'entrée. La climatisation marchait et il faisait agréablement frais à l'intérieur.

— Bonjour, lança-t-il.

Les pans du rideau suspendu derrière le comptoir de la réception s'écartèrent et Setsuko Kawahata apparut.

— Bonjour, Kyōhei ! Tu as beaucoup grandi, dit-elle avec un sourire.

Les mêmes mots que sa cousine. Les grandes personnes s'imaginent-elles qu'entendre cela fait plaisir aux enfants ?

— Merci de m'accueillir, tante Setsuko, répondit-il en inclinant la tête.

De l'embarras apparut dans son sourire.

— Ne me parle pas comme si on ne se connaissait pas ! Entre, je t'en prie.

Le petit garçon défit ses chaussures et mit une paire de mules destinées aux clients. Il y avait deux fauteuils en rotin dans le petit hall de réception.

— Tu as dû avoir chaud dehors. Je vais t'apporter une boisson fraîche. Tu préfères un jus de fruits, du thé glacé ou un Coca ?

— Un Coca, merci.

— Très bien, fit-elle en formant un V de l'index et du majeur de la main droite avant de disparaître derrière le rideau.

Il posa son sac par terre, s'assit dans un fauteuil et regarda autour de lui. Un tableau qui représentait la mer était accroché au mur à côté d'une carte touristique des environs. Elle était tellement décolorée qu'elle en était presque illisible. Une vieille horloge murale indiquait qu'il était 14 heures.

— Ça alors, s'exclama une voix enrouée. Bienvenue chez nous. Je suis content de te voir ! l'accueillit son oncle qui arriva de l'intérieur de l'auberge.

Aussi gros que la dernière fois, il avait nettement moins de cheveux. Il était quasiment chauve. Il y a deux ans, cependant, il marchait sans canne. Kyōhei se leva pour le saluer en se souvenant que son père lui avait expliqué que l'embonpoint de son oncle avait abîmé ses genoux.

— Reste assis, je vais m'installer dans l'autre fauteuil. Ouf… souffla-t-il en s'asseyant lourdement, avec un sourire qui le fit ressembler au dieu Ebisu. Ton père et ta mère vont bien ?

— Oui, répondit le petit garçon. Ils travaillent beaucoup tous les deux.

— Tant mieux pour eux, cela veut dire que leurs affaires marchent !

Setsuko revint en portant un plateau sur lequel étaient posés une carafe et trois verres, dont l'un était rempli de Coca-Cola. Elle avait dû entendre arriver son mari.

— Moi aussi, j'aurais préféré du Coca, dit Shigeharu.

— Ce n'est pas bon pour toi. Tu dois faire attention au sucre, répondit sa femme en remplissant son verre de thé glacé.

Kyōhei, assoiffé, but le sien avec délice.

Son père et sa tante Setsuko n'étaient pas nés de la même mère. Celle de sa tante était morte dans un accident quand elle était encore enfant et son père s'était ensuite remarié. Keiichi, le père de Kyōhei, était né de ce deuxième lit. Cela expliquait leurs neuf ans d'écart.

— J'ai vu Narumi à la gare. Elle m'a dit qu'elle devait aller quelque part.

— Où donc ? demanda son oncle à sa tante.

— Tu sais bien, à cette réunion d'information sur les fonds sous-marins. À propos du projet d'en extraire de l'or ou de l'argent.

— Ah oui… répondit Shigeharu que cela ne semblait pas intéresser. J'ai du mal à y croire. Ça n'aboutira probablement à rien.

— Peut-être, réagit Setsuko, perplexe. Ce projet inquiète Narumi, elle a peur que cela ne souille la mer.

— Il ne faut pas laisser cela arriver, déclara son mari avec conviction avant de boire une gorgée de thé.

— Oh… s'exclama Kyōhei en ouvrant son sac pour en sortir un paquet. J'allais oublier. Maman m'a donné ça pour vous.

— Elle n'aurait pas dû ! fit Setsuko en souriant. Du bœuf confit ! Fabriqué par une très bonne maison. Il faudra que je pense à la remercier.

Le petit garçon finit de boire son verre et sa tante lui demanda s'il en voulait encore. Quand il répondit oui, elle alla en chercher dans la cuisine. À la maison, sa mère lui aurait dit de le faire lui-même.

Passer la fin des vacances d'été ici ne sera peut-être pas si désagréable, se dit-il.

4

Le chef du service exploration se leva et commença à parler du projet. La première étape, expliqua-t-il, consistait à étudier la configuration du site, évaluer la quantité de minerais, et s'assurer de la présence de métaux rares. Une technique d'extraction adaptée serait mise au point en parallèle, puis la fonderie serait étudiée. Il faudrait compter environ dix ans avant de pouvoir envisager une exploitation commerciale.

Narumi éprouva un certain soulagement en entendant cela. L'homme ne faisait pas miroiter de mirobolantes perspectives économiques pour la population locale. Sa prudence devait être due aux nombreuses inconnues du nouveau projet.

Les mots "ressources sous-marines" faisaient assurément rêver et elle pouvait comprendre que les personnes soucieuses de revitaliser l'économie locale aient cru voir apparaître un nouveau sauveur. Hari-Plage était en déclin depuis des années en raison du recul du tourisme.

Elle doutait de la fiabilité de ces technologies futures. Hari-Plage existait grâce à la mer. Il fallait veiller à ce qu'elle garde sa beauté et sa vitalité. Sacrifier ce qui était la principale ressource de la localité pour garantir son futur lui paraissait mettre la charrue avant les bœufs.

Mais seule, elle ne pouvait rien. Voilà pourquoi elle avait créé son propre site et un blog pour faire connaître la mer à Hari-Plage.

Genya Sawamura, un journaliste free-lance spécialisé dans la défense de l'environnement originaire de la bourgade, lui avait envoyé un message pour lui expliquer qu'il avait déjà pris contact avec d'autres défenseurs de la nature afin de lancer un mouvement d'opposition à ce nouveau projet. Il avait invité Narumi à s'y associer.

Elle avait immédiatement accepté sa proposition, qui était pour elle une offre inespérée.

Depuis, elle n'avait cessé de rassembler des informations et d'en échanger avec les autres à ce sujet. Sawamura, pour sa part, avait quitté son appartement de Tokyo. Il était revenu vivre chez ses parents afin de mieux préparer la lutte. Ses réseaux lui avaient permis de rassembler de nombreuses personnes prêtes à les aider. L'accent mis par Narumi et ses amis sur les risques que le projet faisait peser sur l'environnement marin avait trouvé un écho chez les pêcheurs, dont plusieurs avaient participé aux réunions de travail du groupe.

Devant l'ampleur du mouvement, les autorités avaient fini par réagir. Le ministère de l'Économie et de l'Industrie avait ordonné à DESMEC d'organiser deux réunions de présentation du projet à la population locale.

La première avait lieu aujourd'hui. Narumi et les siens ne pouvaient rater cette occasion de se faire entendre.

Les ingénieurs de DESMEC continuaient leurs explications. Elles se rapportaient à la protection de l'environnement, mais le contenu paraissait peu convaincant aux oreilles de Narumi.

Une séance de questions-réponses suivit la présentation de DESMEC, qui s'acheva au bout d'environ deux heures.

Assis à côté d'elle, Sawamura fut le premier à lever la main. On lui passa le micro.

— Les gisements hydrothermaux se trouvent aux endroits où montent des colonnes d'eau chaude du fond de la mer. Des animaux des grands fonds tout à fait uniques vivent à proximité. Vous nous dites que vous avez l'intention de prendre en compte l'impact de l'exploration sur eux et de prévoir des mesures adaptées, mais ce n'est pas possible à l'heure actuelle. Ces créatures, dont certaines mettent des années à atteindre une taille d'une dizaine de centimètres, disparaîtront. Un seul instant suffira à les tuer. Pourriez-vous nous expliquer, au moins dans les grandes lignes, la manière dont vous envisagez de les protéger ?

Narumi trouva qu'il avait bien parlé. Il avait dit exactement ce qu'elle pensait.

Le responsable du développement de DESMEC se leva.

— Comme vous venez de l'indiquer tout à fait justement, il y aura un impact négatif sur certaines de ces créatures et nous étudions actuellement des mesures de protection qui feraient appel à la recherche génomique. Nous allons en d'autres termes étudier l'ADN de ces animaux, pour vérifier qu'on ne les trouve pas ailleurs. Si ce n'est pas le cas, nous prévoirons une manière de les protéger. Soyez certain qu'elle sera adaptée.

Sawamura reprit le micro.

— Autrement dit, si vous déterminez qu'elles existent ailleurs, vous accepterez leur destruction ici.

Le visage de l'ingénieur se troubla.

— Oui, c'est exact.

— Mais allez-vous vraiment pouvoir vérifier l'ADN de l'ensemble de ces animaux ? La faune des grands fonds recèle de nombreuses énigmes. N'est-il pas impossible d'appréhender dans sa totalité celle qui se trouve sur le site ?

— Non, enfin… Nous sommes conscients de ce problème.

À peine avait-il répondu cela qu'une voix s'éleva.

— C'est inacceptable !

Toutes les personnes assises sur l'estrade écarquillèrent les yeux. L'auteur de cette protestation n'était autre que Yukawa, le physicien.

— Je ne peux pas laisser passer une déclaration de ce genre, reprit-il. Même les spécialistes n'oseraient affirmer comprendre parfaitement la vie dans les grands fonds. Si quelque chose est impossible, il faut le reconnaître franchement.

Visiblement contrarié, le responsable de l'exploration garda le silence. L'animateur de la réunion s'approcha du micro, probablement poussé par le sentiment qu'il devait dire quelque chose. Yukawa fut plus rapide.

— Pour exploiter une ressource sous-marine, il faut avoir recours à l'extraction minière. Qui dit extraction minière dit dommages sur la faune et la flore. C'est vrai sur terre comme sous la mer. L'homme a toujours fait ainsi. Le reste, c'est une question de choix, ajouta-t-il avant de poser le micro en fermant les yeux comme pour ignorer les regards tournés vers lui.

Narumi et Sawamura quittèrent le centre de conférences après 16 h 30.

— Tout s'est à peu près déroulé comme prévu. Heureusement que les explications ne se sont pas bornées à des déclarations de principe ! commenta Sawamura en marchant dans le couloir.

— Oui, moi aussi, j'ai l'impression qu'ils n'ont pas trop menti. Ils ont encore beaucoup de travail à faire. Et il me semble qu'ils pensent à l'environnement.

— Nous ne devons pas baisser la garde pour autant. Si le projet leur paraît rentable, ils le mèneront à cent à l'heure, en se préoccupant de l'environnement comme d'une guigne. Ils le font toujours. Le nucléaire en est un bon exemple. Restons vigilants !

Narumi approuva de la tête. Elle était d'accord. Bien qu'elle ait eu l'impression que la réunion d'information avait été pour eux un succès, le combat ne faisait que commencer.

— Tu as raison. Mais il y a apparemment toutes sortes de gens du côté des promoteurs du projet. Ce qu'a dit l'universitaire qui a pris la parole après ta question était intéressant, non ? "Si quelque chose est impossible, il faut le reconnaître franchement." Il m'a surprise, celui-là.

— Ce scientifique ? demanda Sawamura en faisant la grimace. On ne peut pas faire confiance à des gens comme lui.

— Mais j'ai trouvé sympathique qu'il dénonce leur volonté de noyer le poisson. Ni les élus ni les politiciens ne disent les choses aussi clairement.

— Ce n'est pas faux, concéda-t-il, sans paraître convaincu, sans doute parce qu'il ne voulait reconnaître aucun mérite à la partie adverse.

Une fois dehors, leur groupe se dispersa.

— Bon, à tout à l'heure, lança Sawamura à la ronde.

Ils avaient prévu de se retrouver après le dîner pour préparer la réunion du lendemain.

Narumi fit ses adieux, reprit sa bicyclette et s'éloigna.

Elle mit pied à terre après avoir dépassé la gare. La pente qui menait à l'auberge était si raide qu'elle préférait la grimper en poussant son vélo.

Un taxi la dépassa au moment où elle arrivait à l'endroit d'où l'auberge était visible. Elle le suivit des yeux et le vit s'arrêter devant chez elle. Ce devait être le client de l'unique réservation du jour.

Que l'auberge n'en ait qu'un seul n'était plus exceptionnel pour le Rokugansō. L'été ne les avait pas fait affluer. Il en venait moins chaque année, non seulement chez eux, mais à Hari-Plage en général, où le tourisme était en déclin. Plusieurs auberges et hôtels avaient dû mettre la clé sous la porte ces dernières années. Narumi s'attendait à ce que le Rokugansō en fît autant tôt ou tard. L'auberge n'employait du personnel extérieur que très rarement, en cas de forte affluence. Depuis que Shigeharu souffrait des genoux, elle et sa mère s'occupaient des quelques clients qui y venaient.

Le taxi repassa à côté d'elle, vide cette fois. Elle connaissait le chauffeur de vue. Ils se saluèrent. Hari-Plage était très petit.

Au moment où elle pénétra dans le hall, le client était en train de remplir la fiche d'hébergement. Setsuko la salua de la tête.

L'homme qui avait terminé se retourna. Légèrement surprise, Narumi le reconnut. C'était l'homme à la chemise au col ouvert qui l'avait saluée au début de la réunion d'information. Il lui adressa à nouveau un sourire aimable, sans paraître étonné de la voir.

— Je vais vous conduire à votre chambre, annonça Setsuko en quittant la réception, une clé à la main.

Le client la suivit sans rien dire. Il n'avait qu'un petit sac de voyage.

Une fois qu'ils furent dans l'ascenseur, Narumi passa derrière le comptoir pour regarder sa fiche. Il s'appelait Masatsugu Tsukahara, un nom qui ne lui disait rien.

J'ai peut-être tort de me faire du souci, il se peut qu'il m'ait saluée tout à l'heure juste parce que nos regards se sont croisés et qu'il m'a trouvée sympathique, se dit-elle.

En lisant sa fiche, elle fut à nouveau perplexe. Il habitait Saitama, dans la banlieue de Tokyo. Qu'est-ce qui pouvait conduire un habitant de Saitama à assister à ces réunions d'information ?

— Tu es revenue, Narumi !

Elle releva la tête. Une porte s'ouvrit, et Kyōhei fit son apparition.

— Tu étais à la cave ?

— Oui, avec tonton.

Elle entendit le bruit de la canne de son père. Lui aussi revenait de la cave où se trouvait la chaufferie.

Il arriva en haut des marches. Il marchait visiblement avec peine. Si le service de protection de l'incendie apprend qu'il est responsable de la chaufferie, nous pourrions avoir un problème, pensa-t-elle.

— Alors ta réunion, c'était comment ? demanda-t-il.

— Très intéressant. J'ai beaucoup appris. Il y en a une autre demain, suivie d'une discussion. Désolée de vous laisser seuls.

— Ça ne nous dérange pas du tout. Fais comme tu l'entends.

— Tu t'occupes de protection de l'environnement, Narumi ? Tu m'impressionnes ! déclara son cousin avec conviction.

— Il n'y a pas de quoi !

— Tu te bats contre les pêcheurs de baleine, debout dans un petit bateau ?

Elle fit non de la tête.

— Non ! Moi, je lutte contre ceux qui souillent la mer. Le développement des ressources sous-marines peut avoir un impact négatif sur les pêcheurs.

— Ah oui ? répondit son cousin, sans cacher sa déception.

Il espérait sans doute entendre des histoires de batailles navales.

Setsuko revint.

— Le client souhaite dîner à 19 heures.

Narumi regarda la pendule. Il était presque 17 heures.

— Nous aurons un deuxième client ce soir. Il a téléphoné après ton départ. Un homme, seul.

— Ah bon !

Elle était en train de se dire que cela ne leur était pas arrivé depuis longtemps lorsque la porte d'entrée s'ouvrit.

— Bonjour ! fit une voix masculine.

Narumi sursauta. Elle avait déjà entendu cette voix.

Elle se retourna et vit, comme elle s'y attendait, le physicien de tout à l'heure.

5

Il y avait au rez-de-chaussée du Rokugansō plusieurs salons de réception destinés à accueillir des banquets, où étaient servis les repas des clients. Kyōhei, quant à lui, dînerait dans la pièce adjacente à la cuisine, avec sa tante et sa famille. Vers 18 heures, il alla jeter un coup d'œil du côté clients, car il savait que c'était l'heure à laquelle Yukawa avait commandé son dîner.

Une table roulante était arrêtée devant la cloison coulissante du premier salon de réception. Sa tante venait apparemment de lui apporter son repas.

Le petit garçon jeta un regard à l'intérieur. Yukawa était seul dans un espace assez vaste pour accueillir une dizaine de personnes. Setsuko était en train de disposer les plats du dîner sur la table basse en face de laquelle il était assis.

— Je vois. Il y a donc des bars ouverts assez tard, entendit-il dire Yukawa sans comprendre de quoi il parlait.

— Tard, je ne sais pas. Ici, c'est la campagne, et tout est fermé à 22 heures ou 22 h 30. Si vous le souhaitez, je vous emmènerai dans celui que je connais.

— Ce serait gentil de votre part. Vous sortez souvent le soir ?

— Non, plutôt rarement.

— Ah… répondit Yukawa.

Il tourna soudain les yeux vers le petit garçon, qui, pris au dépourvu, baissa la tête.

— Vous souhaitez… ? demanda Setsuko qui n'avait pas remarqué la présence de son neveu.

Kyōhei l'entendit répondre : "rien, rien", alors qu'il s'éloignait à pas furtifs.

Quelques minutes plus tard, il commença son repas avec sa tante, son oncle et sa cousine. La table était bien garnie, peut-être pour célébrer sa venue, et il y avait beaucoup de poisson cru.

— Mange bien ! Si tu maigris pendant que tu es chez nous, on aura des ennuis, lança Shigeharu dont le ventre était aussi rond qu'une pastèque.

— Je n'en reviens pas ! Grâce à toi, nous avons un client supplémentaire, déclara sa tante.

Yukawa avait dû lui expliquer comment il avait entendu parler du Rokugansō.

— Je lui ai montré le plan pour venir ici, c'est tout. J'ai vu qu'il notait le numéro de téléphone.

— Merci en tout cas. Il a dû penser qu'il serait bien ici si un enfant pouvait y venir seul.

Kyōhei en doutait. Il n'avait pas eu cette impression.

D'après Narumi, Yukawa était physicien et il était ici pour les réunions d'information concernant le projet de développement des gisements sous-marins. Il se souvint de la manière dont le scientifique avait emballé son portable dans du papier aluminium.

Narumi sortit vers 19 heures. Elle devait voir ses camarades qui militaient pour la protection de l'environnement. Il décida de retourner dans sa chambre pour regarder une émission qui l'intéressait.

Un homme assez âgé, aux cheveux coupés court, qui devait déjà avoir pris son bain, car il portait un kimono de coton et son visage était rouge, descendit de l'ascenseur qu'attendait le petit garçon. L'homme le dévisagea non sans surprise et se dirigea vers un des salons.

Kyōhei prit l'ascenseur jusqu'au premier où il était logé dans une chambre qui aurait pu accueillir quatre personnes. Lorsque sa tante lui avait demandé s'il n'aurait pas peur d'y être seul, il lui avait répondu qu'il n'était plus un bébé et ne ressentait aucune crainte. Il s'allongea sur les tatamis, la télécommande de la télévision à la main.

Après avoir passé une heure à la regarder, il se leva pour fermer le rideau et jeta un coup d'œil dehors. Il faisait trop sombre pour que la mer soit visible.

Bientôt, il entendit la porte d'entrée s'ouvrir et vit Yukawa et Setsuko sortir. Où pouvaient-ils aller à cette heure-ci ? Son oncle n'était pas avec eux.

Le téléphone de sa chambre se mit à sonner. Stupéfait, il s'empressa de le décrocher.

— Allô ?

— Kyōhei ? C'est moi, fit la voix de son oncle. Tu dormais ?

— Non, je regarde la télé.

— Bien. Dis-moi, tu aurais envie de faire un petit feu d'artifice ?

— Oh oui !

— Descends, alors.

— J'arrive.

Son oncle l'attendait dans l'entrée. Il avait préparé un seau et un carton.

— Tout le monde est sorti. Ce serait bête de ne pas en profiter.

Le petit garçon regarda à l'intérieur du carton et vit toutes sortes de petits artifices.

— Allons-y ! Tu veux bien prendre le carton ?

Son oncle prit le seau d'une main, sa canne de l'autre. Kyōhei le suivit, le carton dans les bras.

6

Narumi, Sawamura et leurs camarades quittèrent la salle de réunion municipale un peu avant 21 heures.

— On va boire un verre ? suggéra Sawamura à la cantonade.

Un jeune homme et une jeune femme acceptèrent immédiatement.

— Tu viens, Narumi ? demanda Sawamura.

— D'accord, mais je ne pourrai pas rester longtemps.

Leur groupe marcha jusqu'à la gare, puis Sawamura et ses compagnons se dirigèrent vers leur taverne habituelle, l'établissement qui restait ouvert le plus tard à Hari-Plage.

Une fois qu'ils y arrivèrent, Narumi aperçut sa mère qui regardait la mer près de la digue, en face du bar.

— Maman !

Setsuko se retourna avec une expression éberluée, comme si elle reprenait conscience d'elle-même, et elle esquissa un sourire embarrassé en traversant la rue pour les rejoindre.

— Votre réunion est finie ?

— Oui. Mais que fais-tu ici, maman ?

Setsuko pointa la taverne du doigt.

— J'ai accompagné M. Yukawa ici. Il avait envie de sortir.

— Tu as bu un verre avec lui ?

— Oui, un tout petit ! répondit-elle en montrant la quantité entre le pouce et l'index.

Depuis qu'il était malade, Shigeharu avait renoncé à l'alcool, mais Setsuko avait l'habitude de se faire un grog au whisky chaque soir avant de se coucher.

— Je vois. Tu comptais sur la brise pour chasser ton ivresse ?

— Un peu, oui. Ne fais pas d'excès !

— Ce n'est pas à toi de me dire ça, maman.

— Bon, je vais rentrer. Je vous souhaite une bonne soirée, lança Setsuko.

— Je vais vous raccompagner, proposa Sawamura avant de se tourner vers Narumi. J'ai garé la camionnette près de la gare, et je me demandais comment faire pour la rapporter chez moi plus tard. Je la déposerai chez moi après avoir ramené ta mère.

— Ce n'est pas la peine, je ne veux pas vous déranger, répondit Setsuko.

— Vous ne me dérangez pas ! Le chemin est mal éclairé et la pente est longue. En voiture, il ne faut que deux ou trois minutes.

— Vous en êtes sûr ? Merci.

— Il n'y a pas de quoi. À tout de suite, lança-t-il à Narumi.

— Merci de faire ça pour maman, répondit-elle.

Elle et ses deux camarades les regardèrent partir avant d'entrer dans la taverne. Ils jetèrent un coup d'œil autour d'eux et aperçurent Yukawa, qui buvait un verre en lisant un magazine.

— Ce type là-bas, ce ne serait pas le scientifique qui était à la réunion aujourd'hui ? chuchota à l'oreille de Narumi la jeune fille qui était avec elle, une étudiante.

— Je crois que tu as raison, murmura son compagnon.

Narumi leur apprit qu'il était descendu dans l'auberge de sa famille. Ils hochèrent la tête. Ils connaissaient le Rokugansō.

Ils s'assirent tous les trois à une table un peu éloignée de celle du physicien qui continuait à lire.

Ils bavardèrent pendant environ une demi-heure en buvant de la bière puis Narumi quitta leur table pour aller vers Yukawa.

— Bonsoir !

Il leva la tête vers elle en clignant des yeux.

— Bonsoir, répondit-il, sans montrer de surprise.

Il avait dû remarquer sa présence.

— Ma mère m'a dit qu'elle avait bu un verre avec vous.

— Oui. Elle m'a dit qu'elle m'accompagnerait avec plaisir. J'ai eu tort de l'inviter ?

— Non, non… Vous permettez que je m'assoie une seconde avec vous ?

— Bien sûr. Mais vos amis ?

— Ne vous en faites pas pour eux, dit-elle en se retournant vers le couple en grande conversation. Je voulais les laisser un peu seuls. Ils sont ensemble, ajouta-t-elle en se penchant vers Yukawa.

— Je vois.

Elle appela un serveur et commanda un verre d'eau-de-vie.

— Votre mère m'a dit que vous étiez à la réunion d'information aujourd'hui.

— Vous vous souvenez de cet homme qui a posé une question sur la protection de la faune et la flore des grands fonds ? Nous appartenons au même groupe.

— Je vois, fit le physicien avec un hochement de tête. Je lui dois des excuses, pour être intervenu sans que personne ne me demande rien.

— Il ne va pas tarder à revenir, vous pourrez le lui dire à ce moment-là. Mais vous ne lui devez aucune excuse. Votre franchise m'a plu.

— J'ai été trop direct. Je ne supporte pas les déclarations absurdes.

Le garçon arriva avec la commande de Narumi. Ils trinquèrent.

— D'après votre mère, vous êtes une activiste radicale.

— Ce n'est pas vrai. Je fais ce que je pense devoir faire.

— Et vous pensez devoir vous opposer à l'exploration des ressources sous-marines.

— Je ne suis pas opposée au développement en soi mais la protection de la nature est ma priorité. Et plus particulièrement de la mer.

Yukawa fit tourner les glaçons dans son verre et but lentement une gorgée d'alcool, comme pour savourer ce qu'elle venait de dire.

— Que signifie protéger la mer ? Est-elle si faible qu'elle ait besoin d'être protégée par l'homme ?

— Oui, parce que l'homme l'a affaiblie. Avec pour arme la civilisation scientifique.

Le physicien posa son verre.

— Je ne peux pas vous laisser dire cela.

— Vous savez que la mer est à l'origine de la vie sur terre. Les espèces qui y sont nées ont évolué pendant des millions d'années. Et vous ne pouvez pas non plus ignorer que dans les trente dernières années plus de trente pour cent de la faune marine a disparu. Le corail en est un bon exemple, dit-elle d'une seule traite, parce que c'était une argumentation qu'elle connaissait sur le bout des doigts.

— Et c'est la faute de la science ?

— Ce sont bien des scientifiques qui ont mené des essais nucléaires dans le Pacifique, non ?

Il saisit son verre, mais ne le porta à ses lèvres qu'après avoir levé les yeux au ciel.

— Vous et vos amis pensez que nous, les scientifiques, sommes sur le point de commettre le même crime avec ce projet de développement des gisements sous-marins et que nous allons nuire aux fonds sous-marins sans aucun égard pour l'environnement ?

— Non, je crois qu'il sera pris en compte. Mais personne ne sait ce qui peut se passer, il me semble. Lorsqu'on a commencé à utiliser le pétrole, les scientifiques n'ont pas prévu que cela conduirait au réchauffement climatique, n'est-ce pas ?

— D'où la nécessité de faire des recherches. DESMEC n'a pas pour intention de se mettre à creuser les fonds sous-marins pour les exploiter commercialement, mais d'établir si cela est ou non possible.

— Mais ils ne pourront pas le faire parfaitement, non ? Vous l'avez bien dit tout à l'heure.

— Je crois avoir dit qu'il fallait choisir. Si nous n'avons pas besoin des métaux rares au point de développer les gisements sous-marins, ce projet n'a pas de sens.

Ils discutaient du cœur du problème, établir s'il était nécessaire d'exploiter les fonds sous-marins. Ce serait au demeurant un des thèmes du débat prévu pour le lendemain.

— Nous reparlerons de tout cela demain, dit-elle.

Yukawa esquissa un sourire.

— Vous ne voulez pas me montrer votre jeu. Très bien.

Il commanda un autre verre, et la regarda à nouveau.

— Il y a une chose que je voulais que vous sachiez. Je ne suis pas un partisan inconditionnel du projet.

— Vraiment ? fit-elle en lui jetant un regard étonné. Dans ce cas, pourquoi étiez-vous assis sur l'estrade ?

— Parce que DESMEC m'a demandé d'être là. Pour répondre aux éventuelles questions relatives au levé magnétique.

— Au levé magnétique ?

Elle ne connaissait pas ce terme.

— Cela signifie utiliser un magnétomètre pour mesurer la valeur du champ magnétique sous-marin et l'analyser. Le levé magnétique permet de comprendre la structure du sol sous-marin sur une épaisseur d'une centaine de mètres. Autrement dit, de savoir comment sont distribués les différents gisements sans faire de sondages.

— Si je comprends bien, c'est une approche plus douce pour l'environnement ?

— Exactement. C'est le principal avantage de cette méthode.

Le serveur apporta un nouveau verre au physicien qui consulta le menu et commanda de la seiche fermentée.

— Vous devez être favorable à ce projet si vous faites ce genre de recherches, non ?

— Comment ça ? Je reconnais avoir proposé au promoteur de ce projet, DESMEC, une méthode de pointe pour faire le levé magnétique. Parce que pour moi, si le projet est lancé, il faut le mener de la manière la plus rationnelle possible, tant du point de vue économique que de celui de la protection de l'environnement. Mais qu'il soit annulé ne me gênerait en aucune façon.

— Pourtant, cela impliquerait que vos recherches auraient été vaines, non ?

— Aucune recherche n'est jamais vaine.

Le garçon leur apporta le plat de seiche.

Sawamura entra dans la taverne au moment où Yukawa venait de s'exclamer en plissant les yeux que la seiche semblait délicieuse. Il fit le tour de la taverne des yeux et une expression contrariée apparut sur son visage, probablement parce qu'il avait vu que Narumi n'était pas assise à la table de leurs deux camarades mais à celle du scientifique qu'il avait croisé à la réunion.

Il vint vers eux, l'air mécontent.

— Comment se fait-il…

— Tu l'as reconnu, n'est-ce pas ? dit Narumi. C'est le professeur Yukawa, de l'université Teito. J'avais oublié de te dire qu'il est descendu chez nous.

— Mais oui ! fit Sawamura en hochant la tête. Ta mère en a parlé tout à l'heure. Il est chez vous…

— Vous ne voulez pas vous asseoir ? demanda le physicien.

Sawamura accepta et commanda une bière.

— Tu as mis plus longtemps que je ne pensais.

— Oui, à cause d'un petit problème chez vous.

— Un problème ? demanda Narumi en fronçant les sourcils.

— Ne t'en fais pas. Un de vos clients n'est pas encore revenu et ton père se faisait du souci. Nous l'avons cherché en voiture dans les parages de l'auberge.

— Ce M. Tsukahara ?

— Oui.

— Vous l'avez retrouvé ?

— Non, répondit Sawamura en buvant une gorgée de la chope qu'on venait de lui apporter. Nous ne l'avons pas retrouvé. Je voulais continuer à le chercher, mais tes parents n'ont pas accepté. Ils m'ont dit qu'il reviendrait probablement et que je ferais mieux de vous rejoindre ici.

Cela n'étonna pas Narumi. Ses parents, qui étaient déjà embarrassés par le détour qu'avait fait Sawamura pour ramener Setsuko, n'avaient probablement pas accepté qu'il continue à les aider à chercher leur client.

— Peut-être voulait-il pêcher de nuit, suggéra le physicien.

— Je ne pense pas. Rien dans ses bagages n'indiquait qu'il en ait eu l'intention. D'ailleurs, il n'est pas venu faire du tourisme ici.

Narumi expliqua qu'elle l'avait aperçu au centre de conférences. Sawamura parut à nouveau contrarié.

Ils sortirent de la taverne peu de temps après. Narumi et Yukawa décidèrent de marcher ensemble jusqu'à l'auberge.

— J'ai trop bu. Mais l'endroit est plaisant. Je vais probablement y revenir, dit le physicien pendant qu'ils marchaient.

— Vous pensez séjourner ici combien de temps ?

— Je ne sais pas encore exactement. Je dois sortir en mer avec les gens de DESMEC pour leur apprendre à utiliser le nouvel appareil de mesure. Mais leur bateau n'est pas encore arrivé. Les formalités à accomplir seraient plus longues que prévu. Les fonctionnaires ne sont décidément pas efficaces.

Sa critique implicite de DESMEC conduisit Narumi à penser qu'il disait peut-être vrai en affirmant ne pas être un partisan inconditionnel du projet.

La lumière était encore allumée lorsqu'ils arrivèrent au Rokugansō. Setsuko et Shigeharu étaient dans le hall d'entrée, le visage inquiet. Setsuko salua le physicien.

— Sawamura m'a dit que notre client n'était pas encore rentré, dit Narumi.

— Oui, et ton père et moi nous demandions que faire.

— Je doute que la police lance des recherches ce soir, même si nous l'appelons. Nous n'aurons qu'à le faire demain matin, s'il n'est toujours pas revenu… dit Shigeharu en regardant sa fille.

Il se retourna et se rendit compte que Yukawa n'avait pas bougé et devait avoir entendu leur conversation.

— C'est très ennuyeux. Puis-je faire quelque chose pour vous aider ?

— Non, rien, je vous remercie, répondit Shigeharu en soulignant sa dénégation d'un geste de la main. Nous vous avons déjà assez dérangé.

— Mais non, pas du tout. Eh bien, je vous souhaite une bonne nuit, dit le physicien en partant vers l'ascenseur.

7

Le corps se trouvait en bord de mer, à environ deux cents mètres au sud du port de Hari-Plage. Un policier en uniforme était debout devant la digue. La fourgonnette des techniciens de la police scientifique était garée à proximité. Il n'y avait pas de badauds, sans doute à cause de l'heure matinale.

Tsuyoshi Nishiguchi, qui conduisait la voiture du commissariat local, attendit que ses supérieurs en descendent avant d'ouvrir sa porte, puis il se hâta de les suivre. Le policier en uniforme les salua au passage.

Motoyama, son chef, se mit sur la pointe des pieds pour regarder ce qu'il y avait de l'autre côté de la digue. Son visage se plissa.

— Oh là là, c'est terrible…

— Où ça ? Où ça ? demanda Hashigami, un collègue de Nishiguchi qui avait cinq ans de plus que lui. Sa haute taille lui permit de trouver la réponse à sa question sans se mettre sur la pointe des pieds.

— Tu as raison, commenta-t-il.

Nishiguchi se rapprocha craintivement de la digue car il redoutait d'apercevoir un cadavre de noyé. Il en avait vu plusieurs depuis qu'il avait été muté ici et il ne croyait pas qu'il s'y ferait un jour.

Il avala sa salive et se pencha. Les techniciens s'affairaient sur les rochers, quelques mètres plus loin.

Le cadavre était allongé sur un gros rocher, le visage tourné vers le ciel. Il était vêtu d'un kimono en coton et d'une veste assortie, tellement en désordre qu'ils donnaient l'impression d'avoir été jetés sur lui. Du sang avait coulé de son crâne qui s'était brisé sur la pierre.

— Hé, les techniciens ! cria Motoyama. Qu'en pensez-vous ?

— Il est un peu tôt pour avoir des certitudes, mais il aurait pu tomber de la digue, répondit en relevant la visière de sa casquette un homme âgé à lunettes.

— Il avait un portefeuille ?

— Non, on n'a retrouvé que ses socques en bois.

— Il était descendu où ?

— Nous l'ignorons pour l'instant. Ses vêtements ne fournissent aucune indication.

Motoyama se tourna ensuite vers le policier en uniforme.

— Qui l'a trouvé ?

— Quelqu'un qui habite près d'ici et loue des parasols sur la plage en été. Il l'a remarqué en partant travailler. Si nécessaire, nous pouvons le faire venir ici.

— Non, ce n'est pas la peine, répondit Motoyama.

Il sortit son portable, composa un numéro de ses gros doigts courts et le colla à son oreille. Son correspondant répondit immédiatement.

— C'est vous, chef? Ici Motoyama. Nous sommes sur les lieux, il ne s'agit pas d'un noyé, la victime est apparemment tombée de la digue… Ce doit être un touriste. Il est en kimono de coton… Ah oui… Ah bon ?… D'accord, je vais vérifier. Dans quelle auberge ?… Le Rokugansō ? Ça s'écrit comment ?

Nishiguchi comprit immédiatement de quel hôtel il s'agissait. Il se mit devant Motoyama, en dirigeant son index sur sa propre poitrine.

— Ah… Un instant s'il vous plaît.

Il mit sa main sur son téléphone et demanda à Nishiguchi ce qu'il voulait.

— Je connais cette auberge.

— Ah oui ? fit Motoyama en portant à nouveau le téléphone à son oreille. Nishiguchi la connaît… Très bien, c'est ce que je vais faire.

Il raccrocha et regarda successivement Nishiguchi et Hashigami.

— Ils ont appelé pour dire qu'un de leurs clients n'était pas rentré depuis hier soir. Allez donc les voir.

— On prend la voiture ? demanda Hashigami.

— Ce n'est pas la peine, d'ici on peut y aller à pied, répondit son collègue. C'est pour cela que la victime peut être leur client.

— L'affaire est réglée, conclut Motoyama en tournant à nouveau les yeux vers la mer. Vous avez pris vos photos ? Avec un Polaroïd ? On peut vous en emprunter une ? Présentable, de préférence. Bon. Merci.

Un des techniciens remonta jusqu'à eux et lui donna une photo que Motoyama tendit immédiatement à Nishiguchi.

— Tiens, prends-la.

Le visage du mort y paraissait assez rose et ressemblait à un masque. C'était l'arrière de son crâne qui était enfoncé, et l'avant n'était pas trop abîmé. La photo était utilisable.

L'auberge n'était qu'à quelques centaines de mètres de là, mais la pente de la route qui y menait en serpentant était assez abrupte.

— On aurait mieux fait de prendre la voiture, murmura Hashigami. Tu es d'ici, non ? C'est pour ça que tu connais cette auberge ? demanda-t-il ensuite.

— Oui, j'étais en classe avec la fille des propriétaires.

— D'accord. Dans ce cas, je vais te laisser parler.

— Je ne suis pas sûr qu'elle se souvienne de moi. Je ne l'ai pas revue depuis le lycée.

Il pensa à Narumi Kawahata. La plupart des élèves de son lycée venaient du même collège, mais elle avait grandi à Tokyo et elle était arrivée à Hari-Plage après avoir terminé le collège.

Elle lui avait d'abord paru calme et réservée. Peut-être parce qu'elle ne connaissait personne, elle était souvent seule. Il l'avait souvent aperçue dans le petit belvédère non loin du lycée, d'où la vue sur la mer était belle. Elle y restait longtemps, absorbée dans ses pensées. Elle était bonne élève et il s'était dit qu'elle devait aimer la lecture.

Rapidement, une autre facette de sa personnalité était apparue. Lorsque l'été était arrivé, au lieu de prendre un job lucratif dans un restaurant ou un magasin tout en aidant ses parents à l'auberge, elle s'en était trouvé un qui consistait à ramasser les déchets sur la plage. C'était presque du bénévolat, car il était peu payé. Nishiguchi la croisait souvent parce qu'il travaillait pour un loueur de parasols et de transats. Il lui avait demandé la raison de son choix.

— Que se passera-t-il si personne ne protège la mer? avait-elle répondu en tournant vers lui son visage bronzé. J'ai l'impression que les gens qui sont d'ici ne se rendent pas compte du trésor qu'elle représente.

Elle s'était exprimée sans colère, mais il se rappelait s'être senti mal à l'aise car il avait perçu dans ses mots une critique implicite de sa préférence pour une occupation qui rapportait.

Les deux policiers arrivèrent enfin à l'auberge. Ils avaient tous deux enlevé leurs vestons et leurs chemises étaient trempées de sueur.

Ils ouvrirent la porte de l'entrée et dirent bonjour. Grâce à la climatisation, l'air du hall était agréablement frais.

Une voix féminine leur répondit, et le rideau derrière le comptoir s'entrouvrit. Une jeune femme en jean et tee-shirt apparut. Il reconnut immédiatement Narumi Kawahata mais la voir si adulte le laissa sans voix.

— Quelle surprise ! s'exclama Narumi en écarquillant les yeux, le visage éclairé par un sourire. Nishiguchi ! Cela faisait longtemps. Tu vas bien ?

Même sa voix était devenue adulte. En réalité, cela n'avait rien d'étonnant puisqu'elle avait trente ans, comme lui.

— Oui, cela faisait très longtemps. Je vais bien, merci, et toi aussi, apparemment.

— Oui, répondit-elle légèrement embarrassée.

Elle salua Hashigami de la tête.

— En fait, c'est mon travail qui m'amène ici. Je suis au commissariat de Hari, expliqua-t-il en lui montrant sa carte de police.

Narumi cligna des yeux.

— Tu es policier, toi ?

— Cela peut te paraître bizarre, mais... ajouta-t-il en lui tendant une carte de visite.

— Et tu es inspecteur ? demanda-t-elle, surprise.

— Ce matin, vous nous avez appelés pour signaler qu'un de vos clients n'était pas rentré, n'est-ce pas ?

— Oui. Ah, tu es ici pour ça, fit-elle comme si elle venait de le comprendre.

— Exactement. En fait, on a trouvé un mort sur les rochers, au bord de la mer.

— Hein ? s'écria-t-elle. Vraiment ?

— Oui, répondit-il.

Ils ne pouvaient s'empêcher de parler comme s'ils étaient encore au lycée.

— Il portait un kimono de coton et une veste, et nous nous sommes dit que cela pouvait être votre client.

— Attends une minute. Je vais chercher mes parents, dit-elle, le visage crispé, et elle disparut derrière le rideau.

Debout à côté de lui, Hashigami le poussa du coude.

— Elle est mignonne, dis donc !

— Tu aimes ce genre de visage ?

— Oui. Maquillée, ce serait une vraie beauté.

— Tu crois ? fit Nishiguchi, bien qu'il fût du même avis que son collègue.

Narumi ne tarda pas à revenir en compagnie d'un couple âgé. L'homme corpulent marchait en s'aidant d'une canne. Narumi fit les présentations. Elle avait dû leur parler du cadavre, car ils paraissaient tous les deux tendus.

Nishiguchi commença par montrer la photo à Shigeharu, parce que c'était lui qui avait signalé la disparition à la police. Il la tendit ensuite à sa femme. Elle pâlit. Narumi regardait ailleurs.

— Qu'en pensez-vous ? demanda le jeune policier.

— Il s'agit bien de notre client, dit le gros homme. Il a eu un accident ?

— Il est trop tôt pour le dire. Nous l'avons trouvé sur un rocher, avec une blessure à la tête.

— Sur un rocher…

Setsuko alla chercher le registre des clients et les fiches d'hébergement. Le mort s'appelait Masatsugu Tsukahara. Il avait soixante et un ans et habitait la préfecture de Saitama.

— À quelle heure a-t-il disparu de l'auberge ? demanda Nishiguchi.

— Nous ne le savons pas exactement, répondit Shigeharu.

Il expliqua qu'hier, aux alentours de 20 heures, il avait fait un petit feu d'artifice à l'extérieur avec son neveu, un garçon âgé de dix ans. Au bout d'une demi-heure, il s'était rendu compte qu'il avait oublié de demander à Tsukahara l'heure à laquelle il souhaitait prendre son petit-déjeuner. Il était revenu dans l'auberge et avait appelé sa chambre depuis la réception, sans obtenir de réponse. Pensant qu'il était peut-être aux toilettes ou au bain, l'aubergiste était ressorti pour retrouver son neveu. Il l'avait rappelé après avoir fini le feu d'artifice à 21 heures, sans plus de succès. Il avait ensuite vérifié que M. Tsukahara ne se trouvait pas au bain. Puis il était allé dans sa chambre, au troisième étage, où il avait frappé à sa porte. Personne n'avait répondu. Comme elle n'était pas fermée à clé, il avait jeté un coup d'œil à l'intérieur et avait vu qu'elle était vide.

Dans l'intervalle, Setsuko était revenue en compagnie d'une connaissance de la taverne où elle avait emmené leur autre client.

Narumi leur expliqua qui était Sawamura, l'homme qui avait ramené sa mère la veille. Comme elle, il militait contre l'exploration des fonds sous-marins. Hier soir, en allant prendre un verre après leur réunion, ils avaient croisé sa mère non loin de la taverne vers laquelle ils se dirigeaient.

— M. Sawamura tenait à saluer mon mari, et lorsqu'il a vu son inquiétude, il nous a proposé d'aller le chercher ensemble, continua Setsuko. Ils sont partis tous les deux dans la camionnette de M. Sawamura, tandis que je le cherchais à pied à proximité de l'auberge. Je ne l'ai vu nulle part. Puis M. Sawamura et mon mari sont revenus. Ils n'avaient pas eu plus de chance que moi.

— Il était tard, et comme ce n'est pas bien éclairé par ici, nous n'avions guère de chance de le voir, à moins qu'il ne marche le long de la route ou qu'il ne soit dans un endroit qui attire l'attention.

Nishiguchi hocha la tête en entendant Shigeharu. Il disait vrai. Les réverbères étaient rares par ici.

Hashigami sortit son portable, et alla dehors, probablement pour prévenir Motoyama.

— Je n'aurais jamais imaginé une chose pareille, fit Shigeharu en portant une main à son front. Où exactement l'avez-vous trouvé ?

— En bas de la digue, non loin du restaurant Misaki.

Il faisait allusion à un établissement fermé depuis trois ans. Être du pays facilitait les choses. Les Kawahata hochèrent la tête.

— S'il est tombé sur les rochers par là-bas, nous n'aurions de toute façon rien pu faire, commenta Shigeharu, qui serra ensuite les lèvres.

— Je me demande pourquoi il y est allé, dit Narumi.

— Il voulait probablement se promener, voir la mer la nuit. Il avait bu du saké en mangeant, et peut-être voulait-il se dégriser.

— Tu penses qu'il a grimpé sur la digue et est tombé ?

— Cela me paraît possible.

Narumi regarda Nishiguchi.

— Tu crois que c'est ce qui est arrivé ?

— Je ne sais pas, répondit le policier, perplexe. Il est trop tôt pour avoir des certitudes. L'enquête ne fait que commencer.

— Hum, lâcha Narumi, qui ne paraissait pas satisfaite.

Hashigami revint, et souffla “les bagages” à l’oreille de son collègue. La consigne venait de leur supérieur.

— Pourriez-vous nous montrer la chambre de M. Tsukahara ? Nous aimerions jeter un coup d’œil sur ses bagages, demanda Nishiguchi.

— Je vous y emmène, lança Setsuko en levant la main.

Les deux policiers enfilèrent des gants dans l’ascenseur.

Elle leur expliqua qu’il y avait huit chambres par étage, et que chacune avait un nom. Celle attribuée à Tsukahara s’appelait “Arc-en-ciel”. Elle était grande, et la literie n’avait pas été rangée. Une table basse et un fauteuil étaient disposés près de la fenêtre.

— Qui s’est occupé de sortir la literie, et à quelle heure ? demanda Nishiguchi.

— Je m’en suis chargée, vers 19 heures, pendant que M. Tsukahara dînait. Mon mari ne peut plus faire ce genre de choses. Narumi et moi nous en chargeons lorsque nous n’employons pas d’extra.

Rien n’indiquait que quelqu’un avait dormi sur le futon. Masatsugu Tsukahara était peut-être repassé dans sa chambre après le dîner, mais il n’avait pas dû y rester.

Son seul bagage était un sac de voyage fatigué. Hashigami en vérifia le contenu et en sortit un portable, du type destiné aux gens âgés, pourvu de fonctions élémentaires.

Des vêtements soigneusement pliés, un pantalon gris et une chemise à col ouvert étaient posés dans un coin de la chambre. Nishiguchi souleva le pantalon : le portefeuille de la victime était dans l’une des poches. Il contenait une somme assez importante et son permis de conduire. L’adresse indiquée correspondait à celle de la fiche d’hébergement.

— Oh ! s'exclama Nishiguchi.

— Qu'y a-t-il ? demanda son collègue.

— Regarde !

En guise d'explication, il sortit une carte du portefeuille. Elle indiquait que le titulaire appartenait à la mutuelle de la police.

8

Kyōhei ouvrit les yeux avec l'impression d'avoir entendu quelqu'un crier. Il regarda autour de lui, sans reconnaître la pièce où il se trouvait.

Il se souvint vite qu'il était chez sa tante où il était arrivé la veille en train. Avant de dormir, il avait fait un petit feu d'artifice avec son oncle.

Mais il ne se trouvait pas dans la chambre où l'avait emmené sa tante la veille. D'ailleurs, son sac à dos était invisible.

Ah oui, pensa-t-il. Lorsque son oncle et lui étaient revenus à l'intérieur hier soir, ils avaient décidé de manger de la pastèque, ce qu'ils avaient fait dans le salon de son oncle et sa tante. Pendant que le petit garçon mangeait, son oncle avait quitté la pièce en lui disant qu'il devait appeler un client. La seule chose dont il se souvenait ensuite était d'avoir regardé la télévision.

Il fit le tour de la pièce des yeux. La petite table sur laquelle il avait mangé la pastèque était poussée dans un coin.

Il avait dû s'endormir devant la télévision. Son oncle et sa tante l'avaient ensuite recouvert d'une couverture.

La pendule indiquait qu'il était 9h20. Kyōhei se leva. Il portait les mêmes vêtements que la veille au soir.

Il ouvrit la porte coulissante, sortit et se dirigea vers le hall d'où provenait un bruit de voix. Deux hommes s'y trouvaient, l'un, plutôt rond et court sur pattes, l'autre plus grand, plus jeune et plus sportif. Shigeharu leur parlait, assis sur un des fauteuils en rotin.

— Tu es réveillé, Kyōhei ? demanda son oncle en le voyant.

Les deux hommes se tournèrent vers lui. Le petit garçon se recroquevilla.

— C'est votre neveu ? s'enquit le plus âgé des deux.

— Oui, le fils du frère de ma femme. Il est arrivé hier.

Celui qui avait parlé hocha la tête. L'autre était en train d'écrire quelque chose dans son carnet.

— Nous aimerions, et nous nous en excusons, que pour l'instant vous ne touchiez à rien dans la chambre, reprit le plus âgé.

— C'est d'accord. Cela ne nous pose aucun problème, puisqu'il s'agit d'une seule chambre. La fête des Morts est passée, et nous n'avons presque plus de réservations.

Il avait dû se passer quelque chose. De quelle chambre parlaient-ils ?

— Mais moi, je peux aller dans celle où j'étais hier ? demanda le petit garçon en se tournant vers son oncle.

Shigeharu regarda les deux hommes.

— Sa chambre est au premier étage. Vous n'y voyez pas d'objections ?

— Non, bien sûr, sourit le plus âgé des deux. Mais, continua-t-il en se tournant vers Kyōhei, je te demande de ne pas aller au troisième si tu n'as rien à y faire. On doit vérifier quelque chose là-haut.

— Ces messieurs sont de la police, tu sais !

Le petit garçon écarquilla les yeux en entendant son oncle.

— Il est arrivé quelque chose ?

— Euh, enfin, euh… Un peu, répondit Shigeharu, troublé.

Encore un de ces trucs dont “il ne faut pas parler aux enfants”, pensa Kyōhei qui ne comprenait pas pourquoi les adultes estimaient ne pas pouvoir mettre les enfants au courant de leurs secrets.

Autrefois, il aurait insisté, mais il ne le faisait plus. Hum, se contenta-t-il de lâcher en se dirigeant vers l’ascenseur.

Avant d’y monter, il jeta un coup d’œil vers les salons. Quelqu’un devait être en train d’y prendre son petit-déjeuner, car une paire de mules était placée devant une cloison coulissante fermée.

Il s’approcha sur la pointe des pieds et jeta un coup d’œil par la cloison entrouverte. Assis à la même place que la veille, Yukawa mélangeait des haricots fermentés dans une des soucoupes.

Il reposa ses baguettes.

— Cela t’amuse d’épier les gens qui mangent ?

Surpris, Kyōhei se décida à avancer en rentrant le menton. Yukawa versait à présent les haricots fermentés sur le riz de son bol. Il ne leva pas la tête pour le regarder.

— Je me demandais qui était là.

Le physicien renifla bruyamment et esquissa un sourire ironique.

— Une réponse plutôt bête. C’est ici que les clients de l’auberge prennent leurs repas. Actuellement, il n’y en a que deux, l’autre a disparu, donc ce ne pouvait qu’être moi.

— L’autre a disparu ? L’autre client ?

Yukawa, qui s’apprêtait à prendre une bouchée de poisson avec ses baguettes, se figea. Il regarda le petit garçon.

— Tu n'étais pas au courant ?

— J'ai compris qu'il s'était passé quelque chose, parce qu'il y a des policiers ici. Mais personne ne m'a rien dit. Les adultes font toujours comme ça.

— Ne te fâche pas pour si peu. Découvrir ce qu'ils voulaient te cacher ne change pas grand-chose.

Il s'interrompit pour prendre une gorgée de soupe au miso.

— La police a trouvé son cadavre.

— Son cadavre ? Il est mort ?

— Il est sorti hier soir, personne ne sait à quel moment, et il n'est pas revenu. Ce matin, on a trouvé son cadavre sur les rochers du rivage. Il serait apparemment tombé de la digue.

— Ah bon… Qui vous l'a dit ?

— La jeune fille de la maison. Elle s'appelle Narumi, non ? Elle me l'a expliqué quand je lui ai demandé pourquoi le petit-déjeuner était servi en retard.

— Ça alors ! lança Kyōhei en regardant vers le couloir.

Où pouvait se trouver Narumi à présent ?

— Je pense qu'elle est à la police, lui apprit Yukawa comme s'il avait deviné la question qu'il se posait. Elle y a accompagné sa mère.

— Pourquoi est-ce que tata a dû y aller ?

— Sans doute pour le rapport que va établir la police. D'après ce que j'ai compris, elle est la dernière personne à avoir vu le disparu. On va lui poser des questions sur son état à ce moment-là.

— C'est bien compliqué, non ? S'il est mort en tombant sur les rochers.

Le physicien arrêta encore une fois de se servir de ses baguettes et leva la tête vers lui.

— Pense à la famille de l'homme qui est mort. Tu crois que si la police lui dit : "il est mort en tombant sur les rochers", cela la satisfera ? Elle voudra certainement savoir comment cela a pu se produire et avoir le plus d'informations possible. Moi, j'espère que l'enquête policière ne sera pas purement formelle.

— Qu'est-ce que ça veut dire ?

— Rien de particulier, répondit le physicien qui tendit la main vers son gobelet de thé après avoir mélangé les haricots fermentés au riz de son bol.

— Je peux vous poser une question ?

— Je ne sais rien de plus sur ce qui s'est passé.

— Non, je voulais vous demander pourquoi vous avez choisi cette auberge, alors qu'il y en a plein d'autres ici.

— Je n'aurais pas dû ? demanda Yukawa, qui but une gorgée de thé, l'air perplexe.

— Ce n'est pas ce que je veux dire. Normalement, les gens qui viennent à Hari-Plage réservent un hôtel avant d'arriver.

— J'avais une réservation. Ce n'est pas moi qui l'avais faite, mais les gens de DESMEC.

— DESMEC, je sais ce que c'est. Les gens qui veulent creuser au fond de la mer, les ennemis de Narumi.

Le physicien sourit, peut-être à cause du mot "ennemis".

— Pour utiliser ton vocabulaire, je ne suis pas complètement l'allié de DESMEC. Je ne pense pas qu'il faille à tout prix exploiter les ressources sous-marines. C'est la raison pour laquelle je ne voulais pas me sentir leur obligé. Ils m'ont demandé de les aider pendant les réunions de présentation du projet, et je trouvais normal qu'ils prennent en charge mes frais de séjour, mais en même temps, cela m'ennuyait. Je t'ai rencontré et tu m'as parlé de cette auberge. Je me suis dit que cela signifiait peut-être quelque chose, et j'ai décidé de venir ici. Mon explication te paraît convaincante ?

— Oui, fit le petit garçon en hochant la tête. Mais vous êtes un drôle de docteur.

— Un drôle de docteur ? fit Yukawa en fronçant les sourcils.

— Vous faites des recherches à l'université, n'est-ce pas ? Des gens comme vous, on les appelle "docteur", non ? Vous préférez que je dise professeur ?

— Fais comme tu veux. Docteur, professeur, le fait est que j'ai un doctorat.

— Dans ce cas, je vous dirai "docteur". Ça sonne mieux.

— C'est toi qui vois. Qu'est-ce que j'ai de drôle ?

— Moi, par exemple, je serais allé dans l'hôtel qu'on m'avait réservé. Il doit être mieux que cette auberge.

— D'après ce que je sais, c'est le plus grand hôtel de Hari-Plage.

— C'est bien ce que je disais. Et si ce projet de fonds marins se fait, vous gagnerez de l'argent, non ?

Yukawa vida son gobelet de thé et le reposa en faisant non de la tête.

— Un scientifique ne changera pas d'avis seulement pour de l'argent. Sa seule priorité est le bien de l'humanité. Il choisira ce qui va dans ce sens, même si ce n'est pas dans son propre intérêt. L'idéal pour lui, c'est bien sûr quelque chose qui profite à l'espèce humaine et lui rapporte de l'argent.

Voilà un raisonneur qui aime les mots difficiles, se dit Kyōhei. Personne dans son entourage n'avait l'habitude de parler de "l'espèce humaine".

— Vous voulez dire que les scientifiques ne veulent pas d'argent ?

— Non. De l'argent, moi aussi, j'en veux. Si on m'en donne, je le prends. Mais je ne fais pas de recherches uniquement afin d'en avoir.

— Pourtant votre travail, docteur, c'est de faire des recherches en sciences, non ? Et votre travail vous en rapporte, de l'argent, non ?

— Je suis payé par l'université.

— Mais vous devez quand même penser d'abord à ce qui rapporte, non ? Mon père et ma mère ne parlent que de ça. Ils disent qu'il faut mettre à la porte les employés qui n'en rapportent pas, puisqu'ils les paient.

Yukawa prit appui sur ses deux mains pour changer de position et s'asseoir en tailleur en face du petit garçon.

— Pour que tout soit clair, sache que je touche mon salaire parce que j'enseigne la physique aux étudiants. Les recherches que je fais, les communications que je publie, ne changent rien au montant de mon salaire. L'université paie pour les frais qu'entraînent mes recherches, mais pour elle, c'est un investissement. Si mes travaux sont récompensés par le prix Nobel, la gloire rejaillira sur elle.

Kyōhei ne baissa pas les yeux devant le visage sérieux du physicien.

— Vous allez avoir le prix Nobel ?

— Non, c'était juste pour que tu comprennes ce que je te dis, répondit Yukawa en appuyant du majeur sur la branche de ses lunettes. Un scientifique recherche la vérité, et rien d'autre. Tu comprends ce que “vérité” veut dire ?

— Je crois.

— De nombreux physiciens cherchent à comprendre les origines de l'espace. Tu as entendu parler des neutrinos ? Ce sont des particules relâchées par l'effondrement des supernovæ. L'analyse de ces particules permet de comprendre des étoiles situées à une distance vertigineuse. Si l'on me demandait quel est l'intérêt de ce genre de recherche, je serais forcé d'admettre qu'elles n'ont aucun impact sur la vie quotidienne.

— Mais alors pourquoi faire des recherches à leur sujet ?

— Par désir de comprendre, répondit immédiatement Yukawa. Tu t'es servi d'un plan pour venir ici, non ? Il t'a permis d'arriver sans te perdre en route, n'est-ce pas ? De la même manière, le genre humain a besoin de plans détaillés pour comprendre où en est l'univers et progresser dans la bonne direction. Ceux dont nous disposons aujourd'hui sont presque inutilisables parce qu'ils sont loin d'être complets. Voilà pourquoi, même au XXIe siècle, nous continuons à faire des erreurs. S'il y a encore des guerres, si l'environnement continue à être détruit, c'est parce que les plans que nous avons ne sont pas encore complets. La mission des scientifiques est de trouver ces parties manquantes.

— Hum. Ça ne me paraît pas rigolo.

— Pourquoi ? Qu'est-ce qui ne te paraît pas rigolo ?

— Que ça ne rapporte pas d'argent. Moi, ça ne me plairait pas. D'ailleurs, à l'école, je suis mauvais en sciences. Je ne comprends pas à quoi ça sert. Faire de la recherche, ça vous plaît ?

— Plus que tout. Tu ne saisis pas encore l'intérêt des sciences. L'univers est rempli d'énigmes. Le plaisir d'en élucider une seule soi-même, si petite soit-elle, est sans pareil.

Le petit garçon ne comprenait pas vraiment de quoi il était question. Il inclina la tête de côté, perplexe.

— Ce n'est pas pour moi. Et je ne vois pas à quoi me servirait de savoir si le genre humain va dans le bon sens ou pas, sauf si je deviens président des États-Unis.

Yukawa soupira bruyamment et esquissa un sourire embarrassé.

— Tu penses peut-être que j'exagère en parlant du genre humain. Je pourrais tout aussi bien dire "l'homme". Chaque fois que quelqu'un fait quelque chose, il doit faire un choix. Toi, par exemple, que vas-tu faire aujourd'hui ?

— Je ne sais pas encore. Hier, mon oncle m'a dit qu'il m'emmènerait à la mer, mais après ce qui est arrivé, je ne sais pas s'il pourra.

— Eh bien, admettons que ton oncle puisse. Tu auras donc le choix entre aller à la mer, ou remettre cela à plus tard.

— Ce n'est pas vrai ! Si mon oncle peut m'y emmener, j'irai, cela va de soi !

— Et s'il pleut ?

Kyōhei alla à la fenêtre.

— Il va pleuvoir aujourd'hui ?

— Je n'en sais rien. Les prévisions météorologiques sont le résultat d'une science qui s'appelle la météorologie. Mais elles ne sont pas encore exactes à l'heure actuelle. J'imagine que tu aimerais disposer de prévisions plus précises, non ? Tu ne trouves pas que ce serait pratique de savoir exactement le temps qu'il fera ici dans une heure, dans deux heures ?

— Bien sûr, mais je n'y peux rien puisque ce n'est pas possible.

— Dans ce cas, le mieux est de demander aux pêcheurs quel temps il va faire aujourd'hui. Ils auront sans doute beaucoup de choses à t'apprendre. Chaque matin, ils partent pêcher en prévoyant le temps qu'il va faire. Une tempête peut leur être mortelle. Ils ne se basent pas seulement sur la météo, mais aussi sur le temps qu'il a fait hier, la couleur du ciel, l'orientation du vent, l'humidité de l'air, et ils arrivent à des prévisions extrêmement exactes. Ça aussi, cela fait partie des sciences. Tu trouves qu'étudier les sciences ne sert à rien ? Je préférerais que tu dises cela une fois que tu sauras lire une carte météorologique !

Kyōhei se tut, boudeur. Yukawa se leva, peut-être parce qu'il était content de l'avoir écrasé verbalement. Mais avant de regagner sa chambre, il se retourna vers le petit garçon.

— Cela ne me dérange pas que tu n'aimes pas les cours de sciences. Mais si tu continues à dire : "je n'y peux rien puisque ce n'est pas possible", tu commettras forcément de graves erreurs.

9

Hari-Ville est non seulement la gare la plus proche du commissariat, c'est aussi la plus grande de la ville. Son bâtiment assez imposant donne sur un rond-point. Mais pour quelqu'un de Tokyo, ce n'est probablement qu'une petite gare de province, pensa Nishiguchi. Chaque fois qu'il allait dans la capitale, ce qui lui arrivait plusieurs fois par an, toutes les gares là-bas lui paraissaient remarquables.

— C'est bientôt l'heure, murmura Motoyama en consultant sa montre.

Nishiguchi l'imita. Il était presque 14 h 20. L'express de Tokyo ne devrait pas tarder.

Ils étaient venus l'attendre à deux. Bien que leurs chemises soient trempées de sueur à cause de la grande activité qu'ils avaient déployée depuis le matin, ils portaient aussi veston et cravate.

La police avait pu contacter très vite la famille de Tsukahara grâce au numéro de téléphone qui figurait sur sa fiche d'hébergement. Sanaé, sa femme, était à la maison. Lorsque Nishiguchi lui avait appris le décès de son mari, elle avait été interloquée. Son silence prolongé lui avait fait deviner son expression.

Puis elle lui avait demandé ce qui était arrivé. Il ne s'attendait pas à ce qu'elle parle si calmement.

Nishiguchi lui avait dit ce qu'il savait et elle l'avait écouté jusqu'au bout sans l'interrompre.

Lorsqu'il lui avait expliqué que la police souhaitait qu'elle vienne à Hari pour identifier le corps, elle avait immédiatement accepté. Il lui avait demandé de le rappeler une fois qu'elle connaîtrait son heure d'arrivée en lui donnant son numéro de portable. Il pensait aller la chercher seul.

À peu près une heure après cette conversation, Motoyama l'avait convoqué. Il l'accompagnerait à la gare.

Le commissaire principal avait reçu un appel d'un contrôleur général de la préfecture de Police de Tokyo, du nom de Tatara qui voulait savoir si cela ne posait pas de problème qu'il vienne avec Sanaé Tsukahara. Tatara avait commencé sa carrière dans la première sous-direction de la police judiciaire sous les ordres de Tsukahara. Ce dernier avait pris sa retraite l'année précédente.

La carte de la mutuelle de la police trouvée dans le portefeuille du défunt prouvait qu'il était retraité de la police, mais Nishiguchi ne s'était pas imaginé un seul instant qu'il avait appartenu à la police judiciaire. Il avait mieux compris la réaction de sa veuve. Elle avait dû vivre de longues années en étant prête au pire.

Envoyer un simple inspecteur de police accueillir un gradé du niveau de Tatara était impensable. D'où la présence de Motoyama à la gare.

— Je crois qu'ils sont là, lança ce dernier en lorgnant le guichet des arrivées.

Des voyageurs descendaient l'escalier. Il y en avait beaucoup moins qu'à la mi-août, et la plupart avaient l'apparence d'habitants de la localité. Leurs bagages le montraient.

Un couple qui marchait parmi eux produisait une tout autre impression. Âgée d'une cinquantaine d'années, la femme était mince et portait une robe grise. Des lunettes de soleil cachaient ses yeux. Vêtu d'un costume sombre à la coupe élégante, son compagnon n'était pas très grand, mais il était large d'épaules. Ses cheveux poivre et sel étaient bien coiffés et il portait des lunettes cerclées d'or.

— Ce sont eux, murmura Motoyama. Je reconnais le regard du flic qui a gravi tous les échelons.

Le couple passa le tourniquet des arrivées. L'homme qui les avait remarqués s'avança vers eux sans l'ombre d'une hésitation. La femme le suivit.

— Vous êtes le contrôleur général Tatara ? demanda Motoyama.

— Oui. Et vous êtes…

— Motoyama, de la police judiciaire. Et voici mon subordonné, Nishiguchi.

— Enchanté, fit celui-ci en inclinant la tête.

Tatara les salua et se tourna vers la femme debout derrière lui.

— Je vous présente Mme Tsukahara.

— Je vous présente mes plus sincères condoléances, répondit Motoyama qui se tourna vers elle et lui adressa une profonde courbette.

Nishiguchi s'inclina aussi bas que lui.

— Je vous remercie, fit la veuve d'une voix plus basse que lorsqu'il lui avait téléphoné.

— Merci d'avoir accepté ma présence, ajouta Tatara.

— C'est la moindre des choses, répondit Motoyama, embarrassé.

— Mme Tsukahara m'a appelé pour m'informer de ce qui était arrivé à son mari, et j'ai immédiatement décidé de l'accompagner. M. Tsukahara n'a pas seulement été mon supérieur, il a d'abord été mon mentor.

— Je comprends… réagit Motoyama en essuyant de son mouchoir la sueur qui coulait sur ses tempes.

— Et où est le corps ? demanda Tatara.

— À la morgue du commissariat. Les techniciens ont terminé leur travail, nous allons vous y conduire.

— Bien. Merci.

Sanaé Tsukahara, debout à côté de lui, s'inclina à nouveau profondément.

Ils se rendirent au commissariat dans la voiture conduite par Nishiguchi. Okamoto, le capitaine de police responsable de la direction judiciaire, les attendait dans l'entrée.

— Nous sommes entièrement à votre disposition. Dites-nous ce que nous pouvons faire pour vous, déclara cet homme au dos voûté sur un ton presque obséquieux.

Le rang de contrôleur général de la préfecture de Police de Tokyo équivalait à celui de commissaire principal d'une petite ville.

Motoyama et Nishiguchi accompagnèrent Tatara et Mme Tsukahara à la morgue qui se trouvait au sous-sol. Le défunt était allongé de manière à ce que sa blessure soit la moins visible possible.

Il suffit à son épouse d'un regard pour l'identifier. Elle blêmit mais ne perdit pas contenance.

Les deux policiers attendaient dans le couloir. Au bout de cinq minutes environ, Tatara réapparut, seul.

— Vous avez terminé ? demanda Motoyama.

— Je crois qu'elle a besoin d'être seule avec lui. Pendant ce temps, racontez-moi tout ce que vous savez.

— Volontiers. Allons dans mon bureau, répondit Motoyama avant de se tourner vers Nishiguchi. Reste ici. Tu conduiras Mme Tsukahara à la salle de réunion numéro deux une fois qu'elle aura terminé.

— Très bien, fit le jeune policier.

Il attendait depuis une dizaine de minutes dans le couloir faiblement éclairé lorsque Sanaé Tsukahara ouvrit la porte de la morgue. Ses yeux étaient rouges mais il ne vit aucune trace de larmes sur son visage. Peut-être s'était-elle remaquillée. Elle inclina la tête en le voyant.

— Merci de m'avoir attendue, dit-elle.

— Mes supérieurs sont en train d'informer M. Tatara de tout ce que nous savons. Si vous voulez bien me suivre…

— Je vous remercie.

La salle de réunion numéro deux se trouvait à l'étage. Au moment où ils y entrèrent, Motoyama montrait sur la carte dépliée sur la table l'endroit où le corps avait été trouvé. Tomita, le commissaire principal, était assis avec eux. Il se leva avec une vitesse surprenante pour un homme de sa corpulence et présenta ses condoléances à la veuve.

— M. Tsukahara est mort à Hari-Plage, déclara Tatara en se tournant vers elle. Ce nom évoque-t-il quelque chose pour vous ?

— Hum… répondit-elle d'un ton perplexe, en s'asseyant.

— Le contrôleur général nous a appris que votre mari était parti de chez vous sans dire où il allait, commença Motoyama. Cela lui arrivait souvent ?

— Non, pas souvent, mais de temps en temps depuis qu'il a pris sa retraite l'an dernier, par exemple quand il va dans une source thermale. Je travaille pendant la semaine. Parfois, il m'indiquait sa destination, d'autres fois, il se contentait de me dire qu'il partait voir les couleurs de l'automne, ou la mer du Japon. Je savais qu'il venait par ici, mais il ne m'avait pas dit exactement où.

— A-t-il mentionné Hari-Plage ?

— Me l'a-t-il dit ?... Je ne crois pas, mais je n'en suis pas sûre.

Motoyama prit le sac de voyage posé sur la chaise à côté de lui et le mit sur la table.

— Vous reconnaissez ce sac ?

— C'est celui de mon mari.

— Pourriez-vous vérifier son contenu ? Et nous dire s'il contient des objets que vous ne reconnaissez pas ?

— Je peux le faire à mains nues ? demanda-t-elle, montrant encore une fois qu'elle était l'épouse d'un policier.

— Oui, répondit Motoyama.

Elle s'exécuta.

— Toutes les affaires appartiennent à mon mari, déclara-t-elle ensuite.

— Que pensez-vous de son téléphone portable ? Pour autant que nous ayons vérifié, il ne s'en serait pas beaucoup servi ces derniers jours.

Sanaé l'alluma et consulta la liste des numéros enregistrés et le journal des appels. Les policiers avaient établi que le disparu s'en était servi pour la dernière fois trois jours auparavant, pour appeler le Rokugansō, probablement pour faire une réservation.

— Cela ne me paraît pas bizarre. Il s'en servait très peu. Il disait qu'il n'avait plus personne à appeler depuis qu'il était à la retraite… et il ne l'utilisait pas non plus pour envoyer des SMS.

Motoyama hocha la tête, et sortit un étui en plastique transparent d'une de ses poches et le posa sur la table. Il contenait un papier.

— Reconnaissez-vous cela ? Vous pouvez le prendre, si vous voulez.

Elle saisit l'étui et l'étudia. Une expression embarrassée apparut sur son visage.

Nishiguchi avait trouvé ce papier plié dans la poche de la chemise du mort. "Bulletin de participation aux réunions d'information et de discussion relatives au projet de développement des gisements sous-marins", pouvait-on y lire, au-dessus du sceau de DESMEC.

Elle reposa le plastique, le visage perplexe.

— C'est la première fois que je le vois.

— De quoi s'agit-il ? demanda Tatara.

— D'un bulletin de participation à deux réunions de présentation. La première a eu lieu hier, et l'autre est prévue pour aujourd'hui, expliqua Motoyama. Elles concernent un projet de développement de gisements sous-marins à proximité de notre côte, et sont organisées pour fournir un forum de discussion à la population locale.

— M. Tsukahara a participé à celle d'hier ?

— Oui. Des témoins l'y ont vu. C'est sans doute pour cela qu'il est venu ici.

Tatara ne parut pas convaincu et se tourna vers Sanaé Tsukahara.

— Il ne vous en avait rien dit, n'est-ce pas ?

— Non, rien du tout. Je n'ai jamais entendu parler du développement des gisements sous-marins.

Le contrôleur général posa les coudes sur la table, et pencha la tête de côté, perplexe.

— Je me demande ce que cela signifie.

— Eh bien… D'après ce que nous avons appris, les participants à ces réunions ne sont pas seulement des gens de DESMEC ou des habitants de la région, expliqua Motoyama. Ce projet est une première au

Japon, et les demandes de participation sont venues de tout le pays. Si M. Tsukahara en a envoyé une, il devait s'y intéresser. En effet, il n'aurait pas pu recevoir de bulletin de participation sans en avoir fait la demande.

Tatara et Mme Tsukahara hochèrent légèrement la tête, mais le doute ne disparut pas de leurs visages.

— Peut-être a-t-il commencé à s'intéresser à la protection de l'environnement par le biais des voyages qu'il faisait depuis qu'il était à la retraite, suggéra Tomita, le commissaire, qui n'avait encore rien dit. La mer est très belle ici, et peut-être a-t-il décidé de venir ici parce qu'il avait peur qu'elle ne soit polluée.

Tomita avait visiblement envie de passer à autre chose. Le décès paraissait accidentel, et il devait avoir envie de se débarrasser au plus vite de l'encombrant visiteur qu'était pour lui ce contrôleur général de la préfecture de Police de Tokyo.

Ce dernier attira la carte à lui sans faire de commentaires sur cette hypothèse.

— Pourriez-vous m'indiquer comment se rendre à l'endroit où il a été trouvé ? Je voudrais le voir.

— On peut y aller en train, mais nous vous y emmènerons en voiture, répondit Motoyama.

— Vraiment ? Je vous en serais reconnaissant.

— Très bien. Et… que voulez-vous que nous fassions du corps ? J'imagine que vous n'avez pas encore eu le temps de prendre vos dispositions.

Tatara dévisagea Motoyama et Okamoto avant de se tourner vers Tomita.

— Dois-je comprendre que vous ne prévoyez pas d'autopsie ?

Nishiguchi sursauta. Dans la bouche du contrôleur général, le mot “autopsie” prenait un relief particulier.

— Non, pour l'instant, vu les circonstances, nous n'estimons pas que cela soit nécessaire, répondit Tomita en regardant Okamoto et Motoyama comme s'il attendait qu'ils viennent à son secours.

— Le médecin qui a examiné le corps a déclaré qu'il s'agissait probablement d'une fracture du crâne, expliqua Okamoto d'un ton hésitant en se tournant vers Motoyama.

— Oui, probablement, glissa celui-ci en hochant la tête. Nous avons aussi prélevé du sang pour voir s'il avait consommé de l'alcool. Le résultat des analyses montre que c'était le cas, pas au point d'être ivre, mais assez pour expliquer sa chute sur les rochers. Cette approche ne vous paraît pas la bonne ? continua-t-il.

Tatara réfléchit quelques instants, tête baissée.

— Je répondrai à cette question une fois que j'aurai vu le lieu où on l'a trouvé, fit-il. Cela vous convient ? demanda-t-il en se tournant vers Sanaé Tsukahara.

— Oui, répondit-elle.

Ils y arrivèrent une demi-heure plus tard dans la voiture conduite par Nishiguchi. Les passagers en descendirent mais n'allèrent pas sur les rochers, car c'était trop difficile. Les taches de sang encore visibles sur le rocher depuis la digue permettaient cependant de comprendre où le corps avait été trouvé. Mme Tsukahara poussa un gémissement, la main sur la bouche. Après s'être recueilli, les mains jointes, Tatara étudia attentivement les alentours d'un œil exercé.

— Nous enquêtons dans le voisinage depuis ce matin, mais nous n'avons trouvé personne qui ait aperçu M. Tsukahara hier soir. Ici, vous savez, les gens sortent très peu après 20 heures, expliqua Motoyama comme pour se justifier.

Tatara regarda autour de lui.

— Il doit faire très sombre ici, la nuit.

— Oui, certainement.

— L'auberge se trouve à environ quatre cents mètres d'ici, n'est-ce pas ? Cela n'a pas dû être facile d'arriver jusqu'ici dans le noir. Il avait une lampe de poche ? murmura Tatara comme s'il pensait tout haut.

— Enfin… même s'il faisait nuit, il devait quand même voir où il mettait les pieds. Et je crois qu'hier, la lune brillait, se hâta de préciser Motoyama.

— En tout cas, vous n'avez pas retrouvé de lampe de poche.

— Non, mais elle aurait pu tomber dans la mer, répondit le policier en tournant un regard éperdu vers Nishiguchi.

— Les gens de l'auberge n'ont pas remarqué le départ de M. Tsukahara, donc je ne crois pas qu'il leur ait emprunté une lampe de poche, déclara celui-ci. Mais des lampes de poche, il y en a dans toutes ces auberges, pour servir en cas d'urgence. Il aurait pu en prendre une. Je vais le vérifier.

Tatara, qui continuait de scruter les rochers, ne l'entendit peut-être pas. Quelques instants après, il releva la tête et posa son regard vif sur Motoyama.

— Excusez-moi, mais pourriez-vous me ramener immédiatement au commissariat ? Il faut que je parle à votre commissaire.

10

La climatisation fonctionnait normalement dans le centre de conférences mais le responsable du développement de DESMEC suait à grosses gouttes. Tenant le micro d'une main, il s'épongeait le front de l'autre à l'aide de son mouchoir.

— Je répète que nous sommes conscients de la nécessité d'étudier l'impact sur le plancton et que nous avons l'intention de le faire. Vous avez raison, creuser les fonds sous-marins aura nécessairement un certain impact sur la chaîne alimentaire. Une fois que nous l'aurons établi plus précisément…

— Ce qu'on veut savoir, c'est ce que vous comptez faire dans le cas où votre exploration préliminaire elle-même produirait un impact considérable. Par exemple, si on ne prend plus de poissons à cause d'elle, qui nous versera des compensations, hein ? rugit un homme dont le tee-shirt laissait voir des bras solidement musclés.

Ce pêcheur professionnel était un membre particulièrement actif du groupe de Narumi.

— Ne perdez pas votre calme ! La présentation de DESMEC n'est pas encore terminée, et vous pourrez ensuite poser vos questions l'un après l'autre, en levant la main. Encore une fois, merci de ne pas prendre la parole à tort et à travers.

Le débat durait depuis deux heures. La voix de l'animateur du jour, le porte-parole de la mairie, était éraillée.

Le responsable du développement de DESMEC reprit le micro.

— Nous avons commencé à effectuer quelques prélèvements sans constater d'impact négatif pour l'instant. Nous allons graduellement les élargir…

— Comment ça ! Pourquoi avez-vous commencé à les faire en douce ? Qui vous en a donné l'autorisation ? lança un des participants, d'un ton passionné, sans lever la main.

— Vous racontez des bêtises ! Comment auraient-ils découvert qu'il y avait des métaux rares s'ils n'avaient pas fait de sondages ? fit un homme en costume-cravate, assis non loin de Narumi, qui n'appartenait pas à DESMEC.

— Qui êtes-vous, vous ? Vous appartenez à quel bord ? gronda le pêcheur.

— Je suis venu ici pour me décider, bien sûr. J'en ai ma claque de vos histoires de poissons ! Laissez DESMEC nous donner plus d'information sur les opportunités que leur projet peut nous apporter !

— Vous en avez votre claque, du poisson ? Vous savez à qui vous parlez ?

— Restez calmes, s'il vous plaît ! Et merci de lever la main lorsque vous voulez prendre la parole, hurla le présentateur dans le micro, la bouche tordue.

Dire que la première discussion jamais tenue au Japon à propos du développement des fonds sous-marins se passait bien aurait été mentir. La plupart des participants, à part quelques personnes parmi lesquelles figurait le personnel de DESMEC, connaissaient mal le sujet et ne s'écoutaient pas les unes les autres.

Narumi pensait l'avoir suffisamment préparée mais elle n'aurait pas osé avancer qu'elle comprenait tout. Sa frustration était grande.

De plus, elle avait de la peine à se concentrer, pour une raison évidente, la découverte du cadavre de M. Tsukahara.

Elle se souvenait que leurs regards s'étaient croisés ici la veille. Il lui avait semblé qu'il l'avait saluée. S'était-elle trompée ? Elle avait accompagné sa mère au commissariat de Hari. Les policiers lui avaient posé de nombreuses questions sans presque rien lui apprendre.

Elle tourna les yeux vers Yukawa qui était assis à côté des employés de DESMEC. L'air absent, il consultait les documents placés en face de lui, comme s'il n'écoutait pas la discussion. Il avait d'ailleurs ôté ses lunettes.

La réunion se termina trois quarts d'heure plus tard que prévu. Les gens de DESMEC paraissaient épuisés. Le physicien était le seul sur l'estrade à ne montrer aucune fatigue. Il ramassa ses papiers et s'éloigna d'un pas tranquille.

— On a fait ce qu'on a pu, remarqua Sawamura, son voisin, tout en se levant. Estimons-nous heureux d'avoir arraché la promesse d'une nouvelle discussion.

— J'aurais aimé qu'on obtienne la publication des données sur la faune et la flore des grands fonds. Ils ont dit qu'ils n'avaient pas encore fini de les mettre en forme, mais je suis convaincue qu'ils mentent. Je croyais que tu leur poserais la question.

Sawamura rangea ses documents dans sa serviette et haussa les épaules.

— J'y ai pensé. Mais la discussion s'est ensuite tournée vers la pêche. Je reconnais avoir raté l'occasion.

C'était étonnant de la part d'un aussi bon rhéteur, et en disait long sur la complexité du sujet.

— Je voulais te demander quelque chose… commença-t-il en parlant moins fort et en regardant autour de lui alors qu'ils quittaient tous les deux le hall. Comme cela va-t-il chez toi ? Je préférais attendre la fin de la réunion pour t'en parler.

— Chez moi ?

— Je suis au courant, tu sais. Le client qui n'était pas rentré chez vous hier soir est mort ?

— Ah…

Les rumeurs se répandaient vite à Hari.

— Oui, reprit-elle. C'est incroyable, non ?

— J'ai entendu dire qu'il serait tombé de quelque part.

— De la digue. Il a atterri sur les rochers, et il s'est blessé à la tête.

— Le pauvre ! Mais c'est terrible pour vous aussi. Vous avez eu la visite de la police ?

Narumi hocha la tête, et lui raconta qu'elle avait accompagné sa mère au commissariat dans la matinée.

— Et que dit la police ?

— Rien de spécial. Ils ne savent pas encore comment cela s'est passé. Ils pensent qu'il est allé se promener après avoir bu un peu trop chez nous, et qu'il a dû glisser.

— Ah bon… Drôle d'idée de grimper sur la digue ! Ça ne pourrait pas être un suicide ?

— Je ne crois pas. Les rochers sont au maximum à cinq mètres en contrebas. Sauter depuis la digue ne garantit pas la mort.

— Ce n'est pas faux, murmura-t-il.

Ils sortirent du centre de conférences, se dirent au revoir, et Narumi enfourcha sa bicyclette. Elle pédala avec plaisir sur la route qui longeait la mer. Bientôt elle aperçut un homme qui marchait dans la même direction. Elle reconnut Yukawa de dos à sa grande taille. Elle freina, ralentit.

— Vous êtes trop rapide, monsieur Yukawa, lui lança-t-elle avant d'arriver à sa hauteur.

Il s'arrêta, et se retourna vers elle.

— Ah oui ? fit-il d'un ton las. Trop rapide ? Comment ça ?

— Je parle de la vitesse à laquelle vous avez quitté l'estrade. Vous étiez le premier dehors, non ?

— Vous l'avez remarqué ?

— Cela faisait longtemps que vous aviez enlevé vos lunettes. Vous ne paraissiez plus du tout intéressé.

— Cette discussion stérile m'a découragé.

Il se remit à marcher. Narumi descendit de son vélo et se mit à le pousser.

— Vous rentrez à l'auberge, n'est-ce pas ? Vous ne vouliez pas prendre de taxi ?

— Je ne fais pas confiance aux taxis d'ici. J'en vois beaucoup quand je n'en ai pas besoin, et aucun quand j'en cherche.

Il n'avait pas oublié son attente à la gare la veille.

— Je ne peux pas vous laisser dire que la discussion a été stérile. Tous les participants se sont exprimés avec sincérité.

— Oui, mais sans s'écouter. Les gens de DESMEC ont atteint leur objectif, organiser un débat, et vous, les opposants, le vôtre, à savoir leur chercher noise.

— Exiger la protection de l'environnement, pour vous, c'est leur chercher noise ?

— Vous exigez une protection de l'environnement parfaite, or la perfection n'existe pas en ce monde. Exiger de quelqu'un quelque chose qui n'existe pas revient à lui chercher noise.

Plus son ton se faisait véhément, plus il marchait vite. Narumi devait presque courir pour le suivre.

— Je ne suis pas d'accord : nous n'exigeons rien, nous voulons simplement que rien ne soit détruit. Cette mer magnifique sera protégée si l'homme ne fait pas de bêtises.

— Qui décide de ce qui est une bêtise ? Vous ?

Narumi s'immobilisa mais il continua à avancer sans s'en préoccuper.

Elle fixa son dos d'un regard furieux et remonta sur son vélo. Elle pédala de toutes ses forces et le dépassa. Elle freina ensuite.

À son tour, le physicien s'arrêta et lui lança un regard glacial.

— Vous voulez continuer à débattre alors que la discussion est close ?

Narumi lui jeta un regard peu amène, poussa un long soupir et se força à sourire.

— Monsieur Yukawa, vous allez rester ici encore quelques jours, n'est-ce pas ?

— Oui, jusqu'à ce que j'aie fini mon travail sur le bateau océanographique.

— Dans ce cas, il y a un endroit que j'aimerais vous montrer. Vous faites de la plongée ?

— De la plongée ?

— De la plongée sous-marine. Vous en avez déjà fait ?

Il se redressa et prit un air sévère.

— Cela vous étonnera peut-être, mais je suis licencié, répondit-il en avançant le menton.

— Ça tombe bien ! s'exclama-t-elle. Allons donc plonger ensemble un de ces jours.

— L'endroit que vous voulez me montrer, c'est en mer ?

— Bien sûr ! C’est ce dont nous parlions, non ?
— Certes. Volontiers, si l’occasion se présente.
— Elle se présentera ! J’en suis sûre. Je vous le promets.

Elle se remit à pédaler. Imaginer la tête qu’il ferait en découvrant les fonds marins de Hari-Plage la fit sourire.

11

À proximité de la gare de Hari-Plage se trouvent plusieurs magasins de souvenirs. Narumi aperçut son cousin en passant devant l'un d'entre eux. Elle ralentit et le héla.

— Que fais-tu ici ? Tu penses déjà à des cadeaux pour tes parents ?

Kyōhei fit non de la tête.

— Je n'ai rien à faire et je m'ennuyais. Je suis venu ici pour voir s'il n'y avait pas quelque chose d'intéressant.

— J'avais oublié que tu aurais dû aller à la mer aujourd'hui, fit-elle, en s'assombrissant.

— Personne n'y peut rien !

Comme l'après-midi était arrivé sans que les policiers ne disparaissent de l'auberge, Shigeharu n'avait pas pu la quitter.

— Les policiers sont encore là ?

— Ils doivent être partis maintenant. Elle était bien, ta réunion ?

Elle sourit à contrecœur.

— Je n'irais pas jusqu'à dire cela. Tu ne veux pas rentrer, Kyōhei ?

— Pas tout de suite. J'ai envie de me balader encore un peu.

— D'accord. Mais ne tarde pas trop, hein ! fit Narumi qui descendit de son vélo pour remonter la côte.

Le petit garçon qui avait soif s'acheta une canette de Coca dans un distributeur. Il était en train de la boire en se demandant ce qu'il allait faire quand il vit Yukawa. Il avait enlevé sa veste et la portait sur l'épaule.

— J'ai l'impression que tu n'es pas allé à la mer ! dit-il en le voyant.

— Comment l'avez-vous deviné ?

Yukawa tendit le doigt vers son visage.

— Tu n'as pas du tout bronzé.

Le petit garçon fit la moue.

— Mon oncle n'a pas pu m'y emmener parce qu'il attendait que la police s'en aille.

— Je le regrette pour toi. Mais que voulait la police ?

— Je ne sais pas. Je suis allé voir le rocher tout à l'heure mais j'ai l'impression que tout a été nettoyé.

— Le rocher ? demanda Yukawa, le regard brillant. Tu sais où il est ?

— Oui. Mon oncle me l'a expliqué en me disant qu'il ne fallait pas y aller.

Yukawa hocha légèrement la tête.

— Montre-moi où c'est.

— Moi ?

— Oui, toi. Tu vois quelqu'un d'autre ici ?

— Je veux bien mais… il n'y a plus rien là-bas.

— Ça m'est égal. Allez, on y va ! dit Yukawa en joignant le geste à la parole.

Ils arrivèrent à la digue quelques minutes plus tard. Une bande jaune indiquait que la zone était interdite, mais aucun policier n'était là pour la surveiller. Le physicien passa en dessous en se disant qu'il n'aurait pu faire cela à Tokyo, et le petit garçon l'imita. Il grimpa sur la digue et se pencha en avant.

— Je crois qu'il est tombé là-bas, expliqua-t-il en montrant du doigt un rocher où apparaissaient encore des taches de sang. Ils n'ont pas retrouvé une de ses sandales, à ce qu'il paraît. Elle a dû tomber dans la mer, non ?

— Une de ses sandales ? Il avait l'autre au pied ?

— Probablement, non ?

Yukawa fit oui de la tête, et poussa la branche de ses lunettes du majeur. Il examina longuement le rocher des yeux. On aurait dit qu'il prenait des mesures.

— Qu'est-ce qu'il y a ?

Le physicien cligna des yeux comme s'il reprenait conscience de lui-même.

— Rien, rien, fit-il en tournant les yeux vers l'horizon. Quelle vue merveilleuse ! Je comprends que Narumi en soit fière.

— C'est encore plus beau vers midi. À propos, vous savez ce que signifie le *hari* de Hari-Plage ?

— J'imagine que c'est parce que nous sommes dans une zone volcanique, non ?

— Volcanique ? Pourquoi ?

— Parce que *hari*, c'est le nom donné à un minéral amorphe qu'on trouve dans les roches volcaniques.

Le petit garçon fronça les sourcils et regarda le visage paisible du physicien.

— Non, pas du tout. *Hari*, ici, a le sens de "cristal". Vous connaissez les sept joyaux du bouddhisme ? Le cristal est l'un d'entre eux.

Yukawa tourna lentement la tête vers lui.

— Tu es un maniaque du bouddhisme ?

Kyōhei sourit et se frotta sous le nez.

— Mon oncle me l'a appris hier, pendant que nous faisions le feu d'artifice.

— Je vois. Et ce cristal, qu'est-ce qu'il a de spécial ?

— Lorsque le soleil est au zénith, il éclaire le fond de la mer, et à ce moment-là, à ce qu'il paraît, c'est comme si le fond de la mer était fait de cristal coloré. Voilà pourquoi cet endroit s'appelle Hari-Plage, la plage de cristal.

Bouche bée, Yukawa fit oui de la tête plusieurs fois de suite avant de se remettre à regarder l'horizon.

— Je comprends mieux maintenant. La mer est tellement transparente ici que ce phénomène se produit. Tu m'as appris quelque chose d'important. J'essaierai de revenir ici à midi si je peux.

— Mais ça, on ne le voit que là où la mer est profonde, à au moins cent mètres du rivage.

— À cent mètres, hein ? Ça peut se faire à la nage.

— Peut-être, mais ici, on n'a pas le droit de se baigner.

— Dans ce cas-là, il suffit d'aller là où on peut.

— Il faut tout vous expliquer, à vous ! Si vous partez d'une plage, vous devrez vous éloigner encore plus du rivage pour le voir, au moins à deux cents ou trois cents mètres. Au-delà de l'espace délimité par les bouées dans lequel la baignade est permise.

— Mais bien sûr ! Les plages sont généralement situées dans des zones de hauts-fonds. Mieux vaut y aller en barque dans ce cas.

— C'est sûr. Sans aucun doute, dit Kyōhei en rentrant la tête dans les épaules.

— Qu'est-ce qui t'arrive ? Il y a un problème ?

Le petit garçon mit ses deux mains sur la digue et y posa le menton.

— Je ne suis pas malade en bateau tant qu'ils sont grands, mais la barque me donne la nausée. Ma mère dit toujours que c'est parce que je ne mange pas de tout, mais je ne vois pas le rapport. Je suis comme ça, c'est tout. J'ai un copain qui est encore plus difficile que moi en matière de nourriture, mais il n'a jamais le mal des transports.

— Tu as raison, c'est avant tout une question de constitution, et plus précisément d'oreille. On a la nausée lorsque les canaux semi-circulaires de l'oreille interne n'arrivent plus à fonctionner correctement. Il y a des méthodes pour atténuer le problème, tu devrais les essayer. Tu es malade en voiture ?

— Pas quand mon père conduit, mais en bus, cela m'arrive. Quand je suis obligé d'en prendre un, j'essaie de m'asseoir à l'avant. Parce que ça bouge moins.

— La vue compte beaucoup aussi. S'il y a beaucoup de virages, par exemple, la force centrifuge fait que l'on est poussé vers l'extérieur, non ? Dans ces moments-là, si ton regard dérive aussi, les informations des canaux semi-circulaires et celles des yeux ne seront plus les mêmes, ton cerveau n'y comprend plus rien, et tu seras malade. Mais si tu regardes loin devant toi, tu courras moins le risque d'être malade. Voilà pourquoi les gens qui ont le mal des transports n'en souffrent pas lorsqu'ils conduisent eux-mêmes.

Kyōhei leva les yeux vers lui.

— Vous faites aussi des recherches là-dessus, docteur ?

— Ce n'est pas mon domaine, mais je l'ai appris quand j'étudiais une technologie liée à ce problème.

— Hum. Si je comprends bien, un scientifique s'occupe de choses très diverses. J'essaierai votre méthode la prochaine fois que j'aurai à voyager. Mais même si elle marche, elle ne me sera d'aucune utilité sur une barque.

— Pourquoi ?

— Parce que si je faisais de la barque ici, ce serait pour regarder le fond de la mer. Or si je regarde loin devant moi, je ne pourrai pas le voir.

— C'est vrai.

— Comme ma mère dit que ce n'est pas bon de prendre des médicaments contre le mal des transports, je suis vraiment coincé.

Le petit garçon s'éloigna de la digue, et fit demi-tour. Il reprit le chemin qu'ils avaient pris pour venir.

— Tu renonces ? cria Yukawa. Tu n'as pas envie de voir le cristal sous-marin ?

— Si, mais c'est impossible. Je n'ai pas envie d'être malade en barque, répondit-il.

Il se remit en marche et s'arrêta vite pour se retourner vers le physicien qui n'avait pas quitté la digue.

— Vous ne retournez pas à l'auberge ?

Yukawa était en train de remettre sa veste.

— Pas tout de suite. Je vais rester ici pour préparer mon plan.

— Votre plan ? Pour faire quoi ?

— C'est évident, non ? Pour que tu puisses voir les cristaux.

12

Yukawa avait demandé que son dîner soit servi à 19 heures. Mais le physicien excentrique n'était pas là à l'heure dite.

Il arriva, les bras encombrés de paquets au moment où les Kawahata se demandaient que faire. Il était en nage.

— Bonsoir, monsieur Yukawa, j'étais sur le point de vous téléphoner.

— Toutes mes excuses. J'ai eu encore une fois du mal à trouver un taxi.

— Souhaitez-vous remonter dans votre chambre ?

— Non, ce n'est pas la peine.

Son repas était prêt. Il déposa ses paquets et sa veste, et s'assit en tailleur sur le coussin plat.

— Vous êtes allé au magasin de bricolage ? demanda Narumi en remplissant son verre de bière.

Elle avait reconnu le logo de l'unique magasin de bricolage de la localité. Il n'était pas grand, mais tous les habitants le chérissaient.

— Oui, parce que j'ai envie de faire une expérience, répondit-il en levant son verre. Je voulais vous demander une faveur, continua-t-il avant d'en boire une gorgée.

— De quoi s'agit-il ?

— J'ai besoin de bouteilles en plastique vides. Qui aient de préférence contenu des boissons gazeuses.

— Des bouteilles de Coca d'un litre et demi vous conviendraient ?

— Parfait ! Il m'en faudrait cinq ou six. Je passerai les prendre tout à l'heure.

— Vous allez en faire quoi ?

— Demandez-le demain au petit garçon excentrique.

— Au petit garçon excentrique ? demanda-t-elle en fronçant les sourcils. Vous parlez de mon cousin ?

— Oui. J'espère que vous ne le prenez pas mal, mais cela faisait longtemps que je n'avais pas rencontré un petit garçon aussi excentrique.

Narumi le dévisagea pendant qu'il vidait d'une traite son verre de bière.

— J'ai quelque chose sur la figure ? demanda-t-il quand il s'en rendit compte.

— Non, non, répondit-elle en se retenant de rire. Bon appétit, ajouta-t-elle avant de se relever.

Elle quitta le salon et se dirigea vers l'ascenseur, puis elle descendit au deuxième. Elle allait sortir la literie dans la chambre du physicien, dont elle avait la clé dans la poche.

Sitôt qu'elle y entra, elle remarqua un carton posé devant le tokonoma. Il leur avait été livré aujourd'hui. Étant donné que Yukawa avait décidé la veille de descendre dans cette auberge, il avait dû téléphoner à quelqu'un pour que le colis soit expédié ici. Elle vit sur le bulletin d'expédition qu'il venait du laboratoire n° 13 de la faculté de physique de l'université Teito. Une étiquette indiquait que le contenu était fragile et qu'il s'agissait d'"objets en verre".

Une fois le futon sorti pour la nuit, elle retourna dans la pièce à vivre de sa famille. Ses parents venaient de finir leur repas et buvaient du thé. Kyōhei n'était pas là. Il devait être dans sa chambre.

— Je me suis occupée de la literie de M. Yukawa.

— Merci, murmura sa mère.

Sa voix était triste. Son père aussi paraissait déprimé.

— Qu'y a-t-il ? demanda Narumi en les regardant.

— Rien, enfin, ta mère et moi… commença Shigeharu. Nous avons tous les deux l'impression que le moment est arrivé…

— Le moment est arrivé… répéta Narumi sans comprendre immédiatement de quoi il parlait. De fermer l'auberge, tu veux dire ?

— C'est inévitable, vu la conjoncture actuelle. La fête des Morts est passée, d'accord, mais quand même, n'avoir qu'un seul client à cette saison… Et en plus, cet accident.

— Nous n'y sommes pour rien, non ?

— Je n'en suis pas si sûr. Nous n'avons pas remarqué à quel moment M. Tsukahara est sorti parce que nous n'avons pas d'employés, ce qui nous a empêchés de partir à sa recherche quand il l'aurait fallu. Sa femme qui est passée tout à l'heure n'a pas eu un seul mot désagréable pour nous, mais je ne savais plus où me mettre. Quand je pense qu'elle a absolument tenu à payer pour la chambre…

— Vous n'avez pas accepté, j'imagine ?

— Comment aurions-nous pu ? fit son père en agitant la main. Je lui ai dit qu'il n'en était pas question. Pourtant, elle a insisté et j'ai eu du mal à la faire renoncer. Mais j'y suis arrivé.

— Ah bon…

— Je pense vraiment que le moment est venu de fermer. Nous sommes ici depuis quinze ans, non ? Nous avons bien travaillé.

Il croisa les bras et regarda autour de lui, les yeux remplis de nostalgie.

Narumi l'écouta en se souvenant de l'époque où ils étaient arrivés ici. Elle était encore au collège lorsque Shigeharu, qui travaillait dans une grande société à Tokyo, avait pris la décision de reprendre l'auberge familiale. Son père, le grand-père de Narumi, avait gardé des séquelles de l'attaque cérébrale qu'il avait eue quelques années plus tôt, et leur entourage s'attendait à ce que Shigeharu le fasse.

Elle se rappelait nettement leur emménagement ici. Elle connaissait Hari-Plage et l'auberge pour avoir souvent rendu visite à ses grands-parents, mais tout lui avait paru différent quand elle avait compris qu'elle vivrait désormais ici. La beauté de la mer était la première chose qui l'avait séduite. Elle avait immédiatement eu le sentiment qu'elle était sur terre pour la protéger.

Une sonnerie la tira de sa rêverie. Elle venait du comptoir de la réception. Quelqu'un avait dû appuyer sur le bouton qui s'y trouvait. Ce ne pouvait être Yukawa. Un visiteur ?

— Qui peut venir ici à cette heure-ci ? demanda sa mère en regardant la pendule.

Narumi se leva, perplexe. En arrivant dans l'entrée de l'auberge, elle vit Nishiguchi. Il n'avait pas encore enlevé ses chaussures.

— Bonsoir. Désolé de vous déranger de nouveau, lança-t-il en faisant un petit geste de la main.

— Tu ne nous déranges pas, mais tu travailles rudement tard, dis donc ! Le métier de policier n'est pas de tout repos.

— D'habitude, je ne travaille pas si tard, mais c'est différent lorsqu'il se passe quelque chose. On ne peut pas faire les choses à moitié quand cela a à voir avec une vie humaine.

Elle hocha la tête avec conviction.

— Il y a du neuf? Vous avez compris comment l'accident a eu lieu?

— Non, pas pour l'instant. Il est même possible que ce ne soit pas un accident, fit-il d'un ton léger qui n'empêcha pas Narumi de sursauter.

— Que veux-tu dire? Si ce n'est pas un accident, c'est quoi? Un suicide?

— Pour l'instant, nous n'avons pas de certitude. La possibilité d'un suicide est quasiment exclue, mais il y en a d'autres… Mais il pourrait ne s'agir que d'un accident, s'empêtra-t-il.

Narumi rentra le menton, et regarda son camarade de classe par en dessous.

— Tu veux dire que ce pourrait être un meurtre?

Embarrassé, Nishiguchi se frotta les sourcils.

— Je ne mens pas en disant que nous n'avons pas de certitude pour l'instant. Il se trouve que la victime était un ancien policier de la préfecture de Police de Tokyo. Un ancien de la police judiciaire, en plus.

— Quoi?

Elle savait que la police judiciaire enquête sur les crimes de sang. Quand elle était au collège, elle avait lu beaucoup de polars.

— Voilà pourquoi sa veuve était accompagnée par un collègue de son mari quand elle est venue au commissariat cet après-midi. Lui aussi appartient à la police judiciaire, et il occupe de surcroît la fonction de contrôleur général. Tu sais ce que c'est? C'est juste en dessous de responsable d'une sous-direction, cela veut dire que c'est la personne qui en pratique dirige les enquêtes. Autrement dit, quelqu'un de haut placé. Notre commissaire était sur les nerfs.

— Et il a dit quelque chose de particulier?

— Oui, je crois. Il a d'abord voulu voir l'endroit où on avait trouvé le corps et il a ensuite demandé à rencontrer le commissaire une deuxième fois. Ils ont discuté ensemble une petite heure et il est reparti avec la veuve. Le corps de la victime va être transféré à Tokyo. J'ai bien l'impression que ce ne sera pas seulement pour la crémation.

— Pour quoi d'autre ?

— Ça se devine, non ? répondit Nishiguchi en cachant sa bouche de la main. Pour une autopsie, j'imagine.

Interloquée, Narumi se tut.

— S'il s'agit d'un meurtre, la direction de la police départementale sera impliquée. Ce serait étrange que la préfecture de Police de Tokyo se mêle d'une affaire qui s'est produite ici, mais les chefs s'entendront entre eux là-dessus. Tout ça pour te dire que tout le monde chez nous est sur les nerfs, et que nous avons reçu l'ordre de faire le maximum aujourd'hui.

Il s'arrêta comme s'il se rendait compte qu'il n'avait que trop parlé.

— Je t'en ai trop dit, fit-il en se posant l'index sur les lèvres. Je t'ai raconté tout ça parce qu'on était au lycée ensemble mais ne répète rien à personne, s'il te plaît.

— Oui, d'accord. Et pourquoi es-tu venu nous voir ?

— Merci de me le rappeler. J'ai failli l'oublier.

Il se redressa, puis lui adressa une petite courbette.

— Nous souhaitons emprunter votre registre des clients… C'est comme ça que ça s'appelle, non ? Je veux dire le registre où vous notez le nom des gens qui descendent ici.

— Qu'allez-vous en faire ?

— C'est un peu compliqué, commença Nishiguchi en regardant autour de lui. On se demande pourquoi il est descendu ici.

— Tu veux dire qu'il vous paraît bizarre qu'il ait choisi une vieille auberge comme la nôtre ?

— Non, ce n'est pas ça, mais on aimerait savoir s'il avait une raison particulière ou si quelqu'un la lui avait recommandée. D'où notre désir de voir votre registre.

— Je vois. Vous voulez remonter à combien d'années en arrière ?

— Le plus loin possible.

— D'accord. Je vais demander à mes parents.

Ella alla les voir, en ruminant la question de Nishiguchi. Pourquoi Tsukahara avait-il choisi le Rokugansō ?

13

Kyōhei, qui venait de finir son petit-déjeuner et s'apprêtait à remonter dans sa chambre, croisa Yukawa dans l'entrée. Assis sur un des fauteuils en osier, il étudiait un tableau accroché au mur, qui représentait la mer.

— Il a été peint par quelqu'un de la maison ? demanda-t-il soudain.

— Je ne sais pas. Pourquoi ?

Yukawa le montra du doigt.

— D'ici, on ne voit pas ce paysage. Je me demandais d'où on a cette vue.

Le petit garçon regarda alternativement le tableau et le visage du physicien. Puis il inclina la tête de côté, perplexe.

— Qu'est-ce que ça peut faire ? Ça ne change rien, non ?

— Mais si ! Cette auberge existe grâce aux gens qui viennent ici parce qu'ils ont entendu parler de la beauté de la côte. En voyant ce tableau, ils doivent penser que c'est un paysage local. Si ce n'est pas le cas, ils pourraient se sentir floués.

— Vous exagérez un peu, non ?

Yukawa considéra à nouveau le tableau avant de tourner les yeux vers le petit garçon.

— Tu fais quoi aujourd'hui ?

— Je n'ai rien de prévu.

— Ah bon, fit le physicien en regardant sa montre. Il est 8 h 30. Retrouvons-nous ici à 9 heures.

— Pourquoi ?

— Tu te souviens qu'hier, je t'ai dit que je réfléchissais à un plan pour te montrer le fond de la mer. Il est prêt, et je veux le mettre à exécution.

Kyōhei leva les yeux vers lui, étonné.

— Je n'aime pas les bateaux, moi.

— Je sais. Cent mètres suffisent. Pas besoin de bateau pour cela !

Il forma un revolver de sa main et le tourna vers le tableau.

— Pourvu que ça marche !

Une demi-heure plus tard, le physicien l'attendait dans le hall, en chemise à manches courtes, deux grands sacs en papier dans les bras. Il en donna un à porter au petit garçon qui ne put voir son contenu, car il était hermétiquement fermé. Sa légèreté le surprit.

— Tout ce que je peux te dire, c'est que ce n'est pas un pique-nique, répondit le physicien quand il lui demanda ce qu'il y avait dedans.

Au moment de quitter l'auberge, l'adulte voulut savoir s'il avait son portable. Lorsque Kyōhei le sortit de la poche de son short, il hocha la tête avec satisfaction.

Comme il ne lui avait pas révélé leur destination, le petit garçon n'eut d'autre choix que de le suivre. Ils passèrent non loin de l'endroit où le cadavre avait été trouvé, sans s'y arrêter.

Ils dépassèrent le port et arrivèrent à la digue. Yukawa accéléra le pas en marchant vers sa pointe.

— Pourquoi va-t-on jusqu'au bout de la digue ?

— C'est notre destination.

— Mais qu'est-ce qu'on va faire ? Dites-le-moi, enfin !

— Qui vivra verra. Garde ta curiosité pour plus tard, tu en auras besoin.

Le physicien s'arrêta une fois arrivé à destination.

— Ouvre le sac, sors ce qu'il y a dedans, et pose-le par terre.

Le petit garçon lui obéit. Il contenait un seau en plastique, de la ficelle en plastique, et des tubes visiblement bricolés à partir de bouteilles en plastique.

— Tu connais les fusées faites à partir de bouteilles en plastique ? Les fusées à eau ?

— J'en ai vu pendant une fête à l'école. On les fait voler avec de l'eau, c'est ça ?

— C'est encore mieux si tu sais ce que c'est. On va en fabriquer une.

— Maintenant ?

— Ne t'en fais pas, elle est presque finie. Je l'ai préparée hier dans ma chambre, et je l'ai simplement démontée pour qu'elle soit plus facile à transporter, expliqua le physicien tout en l'assemblant de ses mains adroites.

Bientôt apparut une fusée, plus grande que celle qu'il avait vue à l'école. Elle avait au moins un mètre de long.

— Vous avez fabriqué ça hier dans votre chambre, docteur ?

— J'ai réfléchi au moyen de te permettre de voir quelque chose à cent mètres du rivage, et je suis arrivé à la conclusion que c'était la meilleure méthode. En plus, ça te permettra d'apprendre un peu de physique.

— Comment est-ce qu'en faisant voler une fusée je vais pouvoir voir le fond de la mer ? Ce sont deux choses différentes !

Yukawa s'immobilisa.

— Tu as entendu parler de Gagarine ? Sans les fusées, l'humanité n'aurait jamais pu voir le vrai visage de la Terre, répondit-il en appuyant de l'index sur la branche de ses lunettes pour les rehausser.

14

Quelqu'un vint se mettre en face de son bureau au moment où il rédigeait son rapport. Kusanagi quitta son clavier des yeux pour relever la tête. Son chef, Mamiya, le regardait.

— Tu ne sais pas taper sans regarder ton clavier, Kusanagi ?

— Vous pouvez, vous ?

— Bien sûr que non ! répondit Mamiya avant de regarder autour de lui. Tu as une minute ? demanda-t-il ensuite en se penchant vers son subordonné.

— C'est vous qui m'avez demandé de finir au plus vite mon rapport, chef, sourit Kusanagi.

— Tu n'auras qu'à le finir plus tard. Viens avec moi. M. Tatara nous attend.

— Le contrôleur général ?

Étonné, Kusanagi passa immédiatement en revue ce qu'il avait fait et dit ces derniers temps. Aurait-il fait une bêtise ?

— Ne t'inquiète pas, il n'est pas venu nous voir pour te remonter les bretelles. Allez, viens.

Mamiya s'éloigna sans attendre de réponse. Son subordonné se leva immédiatement pour le suivre.

Ils arrivèrent devant une petite salle de réunion et Mamiya frappa à la porte. Tatara leur dit d'entrer.

Les deux hommes s'exécutèrent.

Le contrôleur général était en bras de chemise, son veston sur le dossier de sa chaise. Plusieurs documents, parmi lesquels des photos, étaient posés sur la table devant lui. Il y avait aussi la copie d'une carte.

— Je sais que vous êtes très occupés et je vous remercie de prendre le temps de me rencontrer. Asseyez-vous.

Mamiya et son subordonné prirent place à la table.

— Je voulais vous voir tous les deux parce que je veux demander à Kusanagi quelque chose qui n'est pas tout à fait réglementaire, expliqua-t-il sans le quitter des yeux.

Il paraissait détendu, mais son regard était perçant.

— Je suis à votre disposition, répondit Kusanagi se redressant sur sa chaise.

— Tu sais que Masatsugu Tsukahara est mort ?

Pris au dépourvu, le jeune policier ne réagit pas immédiatement.

— Oui, je l'ai appris hier. Il est mort pendant un voyage, n'est-ce pas ? reprit-il après un court silence.

Masatsugu Tsukahara avait travaillé à la sous-direction de la police judiciaire une dizaine d'années auparavant. Puis il avait été transféré dans un autre service en raison de problèmes de santé. Kusanagi et lui n'avaient jamais travaillé dans la même section, et il le connaissait à peine. Jusqu'à aujourd'hui, il ignorait d'ailleurs que Tsukahara avait pris sa retraite.

— J'ai débuté sous les ordres de Tsukahara et je lui dois beaucoup. Je n'exagère pas en disant que c'est grâce à lui que je suis devenu un vrai policier.

Kusanagi baissa la tête en se demandant s'il devait présenter ses condoléances.

— Hier, j'ai accompagné sa femme sur les lieux où on a retrouvé son corps. Ici, précisa-t-il en lui présentant la photo prise de haut. Il gisait sur un de ces rochers. Le décès est dû à un traumatisme cérébral.

Kusanagi fronça les sourcils.

— Il aurait glissé de la digue et serait tombé ?

— C'est la conclusion de la police locale, qui n'avait pas l'intention de demander une autopsie.

Kusanagi déduisit de cette formulation que cette hypothèse ne satisfaisait pas Tatara.

— Quelque chose vous préoccupe ?

— J'ai immédiatement pensé qu'il ne s'agissait pas d'une simple chute en voyant le corps.

Tatara s'interrompit pour dévisager les deux hommes.

— Des gens morts après une chute, j'en ai vu beaucoup, reprit-il. Lorsque quelqu'un tombe ne serait-ce que de quelques mètres, et subit un choc susceptible d'entraîner un traumatisme crânien, il y a des hématomes sur tout le corps. Mais hier, il n'y en avait presque pas. À mon avis, il était déjà mort quand il est tombé.

Kusanagi frissonna, sans savoir si c'était à cause de l'idée qu'il s'agissait peut-être d'un homicide ou du regard acéré de Tatara.

— Ma conviction s'est renforcée quand j'ai vu l'endroit où on l'a trouvé. M. Tsukahara aimait boire, mais il ne buvait jamais trop. Je suis certain qu'il n'aurait jamais grimpé ivre sur la digue.

— Vous avez fait part de vos doutes à la police locale ? demanda Mamiya.

Tatara hocha la tête avec un sourire peiné.

— Je crains que si on les laisse s'occuper de l'affaire, on ne sache jamais comment M. Tsukahara est mort. On y arrivera plus vite en rapatriant son corps ici pour faire une autopsie.

Mamiya écarquilla les yeux.

— Faire une autopsie ici ?

— Cela n'a rien de vraiment étonnant et ne pose aucun problème particulier, à condition de respecter les formes. Le directeur de la police judiciaire a déjà appelé le siège de la police locale. Ils se sont entendus pour que l'autopsie ait lieu ici. Si elle confirme mes soupçons, leur police judiciaire s'occupera de l'affaire. Nous leur communiquerons toutes les informations. Ainsi, ils ne perdront pas la face. Le responsable du commissariat de Hari a accepté.

Kusanagi l'écouta, admiratif. L'apparence de banquier de Tatara contrastait avec la réputation qu'il avait à l'époque où il travaillait dans le service de Kusanagi, celle d'être un enquêteur audacieux qui surprenait souvent ses collègues. Elle correspond probablement à la vérité, se dit-il.

— Et l'autopsie aura lieu quand ? demanda Mamiya.

— Elle a déjà eu lieu, répondit Tatara avec un sourire.

Les deux hommes poussèrent un cri de surprise.

— Ou plus exactement, elle est en cours. Le corps a été transporté hier, elle a commencé ce matin, mais je n'ai pas encore eu le rapport. D'après ce que j'ai compris, elle n'a pas permis d'établir la cause de la mort.

— La cause de la mort serait inconnue… murmura Kusanagi. Elle n'est donc pas due au traumatisme cérébral ?

— Exactement. Elle est inconnue, mais le traumatisme cérébral est postérieur à la mort. L'hypothèse d'un décès dû à des causes naturelles est donc exclue, comme celle d'une attaque cérébrale ou d'une crise cardiaque qui l'aurait fait tomber de la digue. Il n'avait pas d'autres blessures qui auraient pu lui être fatales.

— Ni blessures, ni causes naturelles… reprit Kusanagi en pesant ses mots. Serait-ce un empoisonnement ?

— C'est probable, acquiesça Tatara. Différentes analyses sont en cours. Nous devrions connaître rapidement la cause de la mort. Mais là n'est pas le vrai problème. Pourquoi un homme déjà mort a-t-il été retrouvé ici ? continua-t-il, le doigt sur la photo.

Kusanagi avait deviné où il voulait en venir. Masatsugu Tsukahara avait été assassiné.

— La police locale va se charger de l'enquête ?

— Le problème, c'est le temps. La police locale nous demandera probablement de l'assister. Mais si nous attendons cela pour bouger, nous serons à la traîne. Il est peu probable qu'ils nous laissent diriger l'enquête, et qu'ils nous passent toutes les informations. Nous devons par conséquent commencer la nôtre sans eux.

— Vous voulez dire que la préfecture de Police aura en réalité l'initiative ?

Le contrôleur général fit non de la tête à la question de Kusanagi.

— Non. Je n'ai pas l'intention d'aller plus vite que la police locale. S'ils font bien leur travail, et qu'ils trouvent le coupable, je serai satisfait. Mais s'ils font des erreurs, que l'enquête traîne ou qu'elle piétine, je ne pourrai pas le supporter vis-à-vis de la famille de M. Tsukahara, et de M. Tsukahara lui-même. Voilà pourquoi je veux que nous enquêtions de notre côté. Si nous trouvons quelque chose de valable, mon intention est évidemment de le communiquer à la police départementale.

— Et vous voulez que je me charge de cette enquête ?

— Exactement, répondit Tatara en tournant les yeux vers Mamiya. Qu'en penses-tu ? Vous venez juste de conclure une enquête, et vous n'avez rien d'autre pour le moment. Je ne pense pas que cela va durer, mais pour l'instant, pourrais-tu me prêter Kusanagi ?

— Eh bien... moi, je suis d'accord mais... répondit Mamiya en regardant son subordonné.

— Pourquoi m'avez-vous choisi ? s'enquit Kusanagi.

— Ça te déplaît ? fit Tatara, les yeux brillants.

— Non, mais cela me paraît étrange. Vous connaissez beaucoup de policiers plus expérimentés que moi.

— Comme moi, par exemple.

— Oui, et je comprends aussi que vous ne puissiez le faire vous-même, puisque vous faites partie de l'encadrement.

En effet, le personnel de cette catégorie commande plusieurs sections, dont certaines travaillent actuellement sur d'autres affaires.

— À la préfecture de Police, personne ne connaissait M. Tsukahara mieux que moi. Cela revient à dire que si je ne m'en occupe pas, peu importe qui le fait.

— Et vous avez pensé à moi puisque n'importe qui peut faire l'affaire, et que je suis disponible pour le moment ?

— Kusanagi, stop ! le tança Mamiya. Fais attention à ce que tu dis.

— Laisse-le parler ! Je comprends parfaitement ses doutes, fit Tatara avec un sourire entendu.

Il tendit une feuille à Kusanagi.

— Comme je viens de le dire, la police locale n'a pas encore requis notre assistance. Autrement dit, si nous nous manifestons ostensiblement, ils pourraient en prendre ombrage. Cela pourrait poser un problème pour la suite. Nous avons pourtant besoin d'un moyen de rassembler des informations au niveau local. Comment surmonter cette difficulté ?

Il s'interrompit et poussa un document vers Kusanagi.

— Lorsque j'ai demandé à un jeune policier de Hari-Plage s'il y avait actuellement d'autres clients dans l'auberge où était descendu Tsukahara, il m'a répondu qu'il n'y en avait qu'un seul, ce qui a été une autre surprise. Plus étonnant encore, ce client est quelqu'un que nous connaissons bien ici.

Kusanagi tendit la main vers le document, une copie du registre de l'auberge Rokugansō, tenu par un certain Shigeharu Kawahata, et lut le nom de l'autre client.

— Yukawa ?

Il releva la tête.

— Il est descendu dans cette auberge ?

— Oui, et il y est apparemment encore, répondit Tatara, qui ne paraissait pas mécontent de son effet. Cela répond à ta question, je pense. Tu comprends pourquoi je t'ai choisi, non ?

15

La fusée était déjà loin de lui lorsqu'il perçut le pschitt. Kyōhei fit la moue. Il avait encore une fois raté l'instant du tir. La fusée était trop rapide pour qu'il arrive à la suivre des yeux. Il ne s'attendait pas à ce qu'elle soit si puissante.

Yukawa était équipé de petites jumelles. La fusée était déjà retombée dans l'eau.

— Quelle est la distance, cette fois-ci ?

Le petit garçon s'en assura en regardant le cadran du moulinet électrique fixé au sol. La fusée y était reliée par un fil de pêche, dont la longueur indiquait la distance qu'elle avait parcourue.

— Euh… cent trente-cinq mètres. Un peu moins que la dernière fois.

— Bon ! Ramène-la ! lui ordonna le physicien assis en tailleur à même le sol en se mettant à taper sur le clavier de son ordinateur portable.

Kyōhei l'observa du coin de l'œil pendant qu'il faisait revenir la fusée grâce au moulinet électrique. C'était déjà la sixième fois. Pour l'instant, l'adulte n'avait fait que lancer la fusée et ne lui avait rien montré des fonds marins. Le petit garçon ne comprenait pas à quoi pouvaient servir ces tirs répétitifs.

Yukawa croisa les bras et fixa son écran d'un regard sombre.

— Ça y est, je suis arrivé à une conclusion. J'ai compris l'origine de la différence avec la simulation. On va maintenant pouvoir la faire voler dans les conditions optimales.

— On va encore la lancer ? Combien de fois vous faudra-t-il pour être satisfait ?

— Autant que possible. La préparation d'une mission, qu'il s'agisse d'une fusée à eau ou d'un vol spatial habité, nécessite de nombreux essais. Les vraies fusées sont affectées par des contraintes budgétaires, et la nôtre, par des contraintes de temps. Le soleil est presque au zénith et si on traîne, on ne verra pas les fonds de cristal. Le prochain lancement sera le vrai.

Il se leva, jeta à la mer le seau posé à côté de lui sans lâcher la ficelle plastique qui le tenait, et s'en servit pour puiser de l'eau de mer tandis que Kyōhei récupérait la fusée. Cela aussi, il l'avait déjà fait plusieurs fois.

La fusée fabriquée par Yukawa était non seulement grande, sa forme était étrange. Il affirmait que c'était une création originale, mais le petit garçon ne comprenait pas ce qui justifiait cette affirmation. Une autre de ses caractéristiques était qu'elle contenait un poids de la taille d'un paquet de cigarettes. L'adulte en avait modifié l'emplacement à chaque nouvelle tentative. Comme il pesait cent grammes, Kyōhei croyait qu'il empêchait la fusée d'aller plus loin, mais selon l'adulte, sa présence était absolument indispensable.

Il se posait de plus en plus de questions sur le savant. Certes, il lui avait fait part de son désir de voir le fond cristallin, mais il n'y tenait pas plus que cela. Le scientifique qui se donnait un mal fou pour le lui permettre ne lui avait pas expliqué grand-chose. Il agissait comme s'il était certain que le petit garçon comprendrait.

Kyōhei n'avait cependant aucune envie de lui résister parce qu'il avait l'intuition que quelque chose de passionnant allait se produire.

— Cette fois-ci, on y va pour de bon.

L'adulte prit la fusée et en détacha le poids. Kyōhei poussa un cri de surprise.

— Je croyais que le poids était indispensable.

— Non, il était là pour remplacer une chose que nous allons maintenant utiliser.

Au même moment son téléphone portable sonna. Yukawa le sortit de son sac et regarda le numéro qui apparaissait sur son écran avec mécontentement.

— Oui, c'est moi.

Son interlocuteur dit quelque chose, et le physicien fronça les sourcils.

— Désolé, mais aujourd'hui, je ne peux pas. Demain, au plus tôt… Je suis en train de conduire une expérience. Une expérience de physique, voilà pourquoi je ne suis pas disponible aujourd'hui. À demain, donc, conclut-il en raccrochant.

— C'était votre travail ? demanda le petit garçon.

— C'était quelqu'un de DESMEC qui voulait que je participe à une réunion préparatoire, en fait un déjeuner pendant lequel on ne parlera de rien. Je n'appelle pas ça du travail.

Il remplit la fusée d'une quantité d'eau qu'il mesura soigneusement. Le bouchon avait été bricolé pour correspondre parfaitement. Une fois la fusée fixée au pas de tir, il utilisa une pompe à vélo pour envoyer de l'air dans le réservoir. La bouteille en plastique gonfla à vue d'œil. Les tests avaient permis de définir la quantité optimale d'eau, d'air, ainsi que le meilleur angle de tir. La seule différence était qu'à présent la fusée n'était plus chargée d'un poids.

— Bon ! s'écria le physicien en détachant la pompe de la fusée.

Il sortit ensuite de sa poche son téléphone portable. Il composa à toute vitesse un numéro, puis plaça l'appareil à l'endroit où se trouvait précédemment le poids.

— Vous mettez votre portable là ? demanda Kyōhei.

Au même moment, le sien se mit à sonner. Par réflexe, il voulut prendre l'appel.

— Tu répondras plus tard, lança Yukawa. On passe au compte à rebours ! Trois, deux, un, zéro !

À l'instant où il appuya sur la touche de lancement, de l'eau fut projetée hors de la fusée. Le petit garçon regarda vers l'avant. La fusée transparente montait droit dans le ciel bleu, étincelant sous le soleil.

Elle retomba dans la mer à une distance bien plus éloignée que les fois précédentes. Kyōhei regarda le cadran. Deux cent vingt-cinq mètres. C'était un nouveau record. Il l'annonça d'une voix excitée.

— Très bien, fit calmement le physicien. Réponds au téléphone !

Ce n'est qu'en l'entendant qu'il se rendit compte que son téléphone continuait à sonner. Il le sortit de sa poche, regarda l'écran, répondit.

— Ouah ! s'exclama-t-il.

Le petit écran montrait le fond de la mer qui chatoyait de couleurs, rouge, bleu, vert, tel un vitrail sous-marin. L'eau était si transparente que les couleurs changeaient suivant l'angle de la lumière.

— Alors ? demanda Yukawa.

Le petit garçon fixait l'écran sans rien dire. Le physicien qui n'avait jusque-là montré aucune émotion plissa les yeux et hocha la tête deux ou trois fois.

— L'expérience a réussi, commenta-t-il d'une voix flegmatique.

16

Isobe, le capitaine de police venu de la direction de la police judiciaire de la préfecture, était un homme qui paraissait perpétuellement bouder, sauf lorsqu'il riait. La peau de son visage carré semblait épaisse, mais il avait des sourcils et des yeux très fins, et des lèvres tombantes. Lorsqu'il les relevait pour sourire, il avait l'air ambitieux et roué.

Il débarqua au commissariat de Hari accompagné de trois subordonnés.

— Tout d'abord, s'il s'avère nécessaire de baser l'enquête ici, je reviendrai avec une cinquantaine de personnes, annonça-t-il avec morgue.

Même si cela devait arriver, il ne les commanderait pas tous, puisqu'il n'avait que le rang de chef de bureau.

— Dans ce cas-là, nous ferons le nécessaire, répondit Okamoto, le responsable de la sous-direction des affaires criminelles du commissariat, sans cesser de sourire.

Isobe et un de ses subordonnés étaient venus à Hari pour vérifier les informations rassemblées jusqu'à présent dans le cadre de l'enquête sur le cadavre découvert à Hari-Plage. Motoyama, Hashigami et Nishiguchi avaient été convoqués dans la salle de réunion pour les leur présenter.

Les bras croisés, Isobe écoutait le récit circonstancié de Motoyama.

— Voilà à peu tout ce que nous avons pu déterminer. Pour l'instant, nous ne savons pas si M. Tsukahara avait des liens avec Hari-Plage, et nous ignorons aussi la raison de son intérêt pour le projet de développement des gisements sous-marins.

Isobe, immobile, continuait à se taire. Ses yeux étaient si fins qu'il avait presque l'air endormi, mais ce ne devait pas être le cas.

Il les ouvrit un peu plus, émit un grognement sourd, et regarda ses interlocuteurs.

— Et alors ?

— Je ne suis pas sûr de bien comprendre votre question, répondit Motoyama.

— Vous pensez qu'il peut s'agir d'un meurtre ?

— Euh... Eh bien... commença Motoyama en jetant un coup d'œil à Okamoto, assis à côté de lui.

Comme son supérieur s'entêtait à ne pas relever la tête, Motoyama se résigna à continuer.

— D'après ce que j'ai pu voir, cela ne me paraît pas particulièrement vraisemblable. Nous n'avons trouvé aucun signe de lutte, et la victime n'avait pas d'autre blessure que celle à la tête.

— Ce contrôleur général de Tokyo a dû remarquer quelque chose, sinon il n'aurait pas tenu à faire pratiquer une autopsie.

Okamoto releva la tête.

— Je ne suis pas absolument certain que ce soit le cas.

— Pourquoi a-t-il fait cette demande, alors ?

— La victime, M. Tsukahara, a été son mentor, et il nous a expliqué qu'il voulait faire transporter le corps à Tokyo pour le faire autopsier par un légiste, par acquit de conscience.

— Je suis au courant. C'est pour cela que nous sommes ici. Selon vous, l'autopsie ne va rien révéler ? Et il ne s'agit que d'un accident ?

Okamoto ne répondit pas. Motoyama garda lui aussi le silence. Isobe secoua la tête, et murmura de manière audible : "Il n'y a rien à en tirer."

— D'après ce que je sais, cet Isobe n'a pas très bonne réputation, lâcha Hashigami en regardant défiler le paysage, un coude appuyé à la fenêtre.

— Pourquoi ? demanda Nishiguchi, une canette de café à la main.

Ils avaient pris le train à Hari-Ville. Le wagon était presque vide, et ils étaient assis l'un en face de l'autre sur deux banquettes.

— Je me suis laissé dire qu'il est calculateur et ambitieux, et fait beaucoup de lèche. Que ce soit un meurtre lui fournirait une occasion de briller. D'où son empressement.

— Son empressement ? J'ai plutôt été frappé par sa mauvaise humeur.

— Il cherchait à dissimuler son excitation ! À l'heure qu'il est, il est probablement en train de faire son rapport à son chef, au siège de la police de la préfecture, d'un ton enfiévré.

À en croire Hashigami, Isobe souhaitait qu'il s'agisse d'un meurtre. Peut-être avait-il manifesté de la mauvaise humeur parce qu'Okamoto et Motoyama n'avaient pu le confirmer.

Le train qui roulait en bord de mer entra bientôt en gare de Hari-Plage, mais les deux policiers n'en descendirent pas. Leur destination était l'arrêt suivant, Hari-Est.

Masatsugu Tsukahara avait assisté à la réunion d'explications proposée par DESMEC, et la police avait retrouvé le taxi qui l'y avait conduit. Le chauffeur leur avait expliqué avoir été appelé pour aller chercher le client à la gare de Hari-Est. La gare la plus proche du centre de conférences était celle de Hari-Plage, comme le précisait le bulletin de participation reçu par Tsukahara. Pourquoi avait-il pris un taxi depuis Hari-Est? Les deux policiers avaient reçu l'ordre de chercher des témoins de sa présence là-bas.

Cette gare était un peu éloignée de la mer. Des établissements pour touristes, dont une roseraie et un musée présentant une collection de boîtes à musique, s'alignaient le long de la route qui menait à la plage. Aucun d'entre eux ne semblait connaître le succès.

Plusieurs des petites échoppes étaient fermées et rares étaient les clients dans celles qui ne l'étaient pas.

— Hari-Ville va un peu moins mal qu'ici, remarqua Hashigami en marchant. Là-bas, il y a encore un peu d'animation, mais ici, c'est mort.

Les deux policiers s'arrêtèrent dans tous les commerces ouverts, une photo du disparu à la main. Nishiguchi fut le premier à obtenir une information. Une femme âgée qui tenait une boutique de poisson séché se souvenait de Tsukahara.

— Il m'a demandé comment aller à Marin Hills.

— Marin Hills?

La marchande sourit, en agitant la main.

— C'est le nom d'un lotissement de maisons de vacances, bâti il y a longtemps. Plus personne n'y va aujourd'hui.

Nishiguchi appela son collègue pour le mettre au courant. Ils demandèrent à la vieille femme de leur indiquer comment s'y rendre.

Un chemin légèrement pentu, bien entretenu, y menait.

— Ce nom me dit quelque chose, fit Hashigami. Je crois me souvenir que le lotissement, baptisé Marin Hills Hari, a été construit par un grand promoteur qui espérait gagner beaucoup d'argent. Au final, les maisons de vacances se sont très mal vendues, et il a perdu beaucoup d'argent.

— Je me demande ce que M. Tsukahara est venu y faire.

Les premières constructions qu'ils aperçurent avaient dû être pimpantes autrefois, mais elles avaient mal vieilli.

Un homme dans la cinquantaine, un chapeau de paille sur la tête, fauchait l'herbe sur le bord du chemin. Hashigami lui adressa la parole.

L'homme expliqua qu'il était employé par le promoteur.

— Toutes les maisons ici sont à vendre, mais elles ne trouvent pas d'acquéreur. Mon travail est d'assurer le minimum d'entretien requis.

Le policier lui montra la photo de Tsukahara.

— Je l'ai vu ici avant-hier, répondit l'homme. Je l'ai remarqué parce qu'il regardait la maison des Semba.

— La maison des Semba ?

L'homme la leur montra.

— Vous voyez la maison blanche, là-bas ? Celle qui est tout en haut ? C'était là qu'habitaient les Semba. Oui, le Semba qui a tué quelqu'un, ajouta-t-il.

17

— J'ai trouvé, Kusanagi, fit une voix derrière lui.

Il fit tourner sa chaise où il était confortablement installé. Kaoru Utsumi, vêtue d'un tailleur-pantalon, venait vers lui, un dossier à la main.

— Merci. Et c'était quoi, cette affaire ?

— Lis-le, tu le sauras plus vite.

— Je n'y manquerai pas, pour connaître tous les détails, mais je compte sur toi pour me donner une idée des grandes lignes.

Kaoru Utsumi s'approcha de son bureau et baissa les yeux pour le regarder.

— Tu es plutôt suffisant aujourd'hui.

— C'est normal. Le contrôleur général m'a confié une mission extraordinaire et j'agis à présent comme son représentant.

— Je sais, mais pourquoi dois-je jouer le rôle d'assistante ?

— Le contrôleur général et le chef m'ont dit que je pouvais me faire assister par quelqu'un.

— Ma question est la suivante : pourquoi moi ?

Kusanagi sourit, et leva la tête vers sa jeune collègue.

— Je te l'ai dit, non ? Parce que Yukawa est là-bas.

— Et alors ? Cela explique pourquoi toi tu as été choisi, mais quel rapport avec moi ?

— Je croyais que tu comprendrais… Notre ami excentrique sera probablement peu disposé à collaborer avec nous. S'il se met à faire de grands raisonnements pour nous expliquer pourquoi il ne peut l'envisager, je compte sur toi pour le faire changer d'avis.

Utsumi fit la moue.

— Je ne m'en sens absolument pas capable.

— Mais si. Même s'il ne veut rien faire pour moi, il sera prêt à t'aider si tu pleures sur son épaule. Je m'en porte garant.

— Pleurer sur son épaule, moi ? demanda-t-elle, visiblement stupéfaite.

— Si nécessaire. Bon, cesse de rouspéter, et résume-moi l'affaire. Le temps presse.

La jeune femme soupira et consulta le document.

— Il s'agit d'un certain Hidetoshi Semba, accusé de meurtre il y a seize ans et condamné à huit ans de prison. Le crime a eu lieu dans une rue du quartier d'Ogikubo, arrondissement de Suginami.

— Dehors ? C'était une rixe ?

Sa collègue fit non de la tête.

— La victime était une certaine Nobuko Miyake, âgée de quarante ans. Elle avait longtemps travaillé comme entraîneuse, mais à l'époque, elle était sans profession. Semba et elle se connaissaient, et ils avaient bu un verre ensemble la veille du meurtre. Quand il lui aurait demandé de rendre l'argent qu'elle lui avait emprunté, elle aurait dit qu'elle ne savait pas de quoi il parlait. Il lui aurait donné un nouveau rendez-vous le lendemain auquel il serait venu avec un couteau. Il le lui aurait montré en lui expliquant qu'il s'en servirait contre elle si elle ne réglait pas sa dette. Au lieu d'être terrifiée, elle se serait moquée de lui en riant. Fou de colère, il l'aurait tuée. Voilà en gros, toute l'affaire.

Kusanagi rejeta la tête en arrière et croisa les jambes.

— Cela me paraît limpide. Je ne vois pas ce qui pourrait poser problème. Ou bien Semba n'aurait-il pas été arrêté rapidement ?

— Non, il a été interpellé deux jours plus tard.

Selon Utsumi, quelqu'un avait appelé la police le 10 mai vers 22 heures pour signaler qu'une femme gisait dans une rue d'Ogikubo. Blessée au ventre, elle était déjà morte lorsque la police était arrivée sur les lieux. Les papiers qu'elle avait sur elle avaient permis de l'identifier. Puis l'enquête avait établi que la victime avait pris un verre la veille avec un homme d'une quarantaine d'années dans un bar où on la connaissait. Plusieurs clients avaient remarqué qu'ils se querellaient. Son compagnon n'était pas venu dans cet établissement depuis longtemps, mais le propriétaire s'était souvenu qu'il s'appelait Semba.

La police avait trouvé dans l'appartement de la victime une vieille carte de visite de cet homme, un client attitré de la victime du temps où elle était entraîneuse. À cause de déboires en affaires, il s'était installé dans la ville d'où sa femme était originaire, et venait de revenir à Tokyo. Il habitait à l'époque au premier étage d'un petit immeuble dans l'arrondissement d'Edogawa.

Le policier expérimenté qui était allé l'interroger l'avait immédiatement trouvé bizarre. Semba avait refusé de le laisser entrer chez lui. L'enquêteur était reparti mais il avait décidé de surveiller son appartement à distance.

Semba n'avait pas tardé à apparaître, un petit sac à la main. Il était allé jusqu'au bord d'un canal du quartier et l'avait longuement observé. Lorsque le policier s'était approché et lui avait adressé la parole, il avait aussitôt pris ses jambes à son cou, et le policier avait eu beaucoup de mal à le rattraper et à l'arrêter.

Le petit sac contenait un couteau taché de sang dont l'analyse avait confirmé que c'était celui de Nobuko Miyake.

— Le policier qui a interpellé Semba n'était autre que M. Tsukahara, le mentor du contrôleur général, conclut Kaoru Utsumi.

Kusanagi décroisa les jambes et pencha la tête de côté.

— Tu trouves qu'il a fait preuve de flair ? Un policier ne peut que soupçonner un suspect qui refuse de le laisser entrer !

— Certes, mais tout ne se conclut pas toujours aussi vite.

— Tu parles comme si tu le savais d'expérience, alors que tu es la nouvelle !

Elle fronça légèrement les sourcils.

— Je suis encore la nouvelle ?

— Tant qu'il n'y aura pas quelqu'un de plus nouveau que toi, tu resteras la nouvelle. Et c'est M. Tsukahara qui l'a interrogé ?

— Apparemment.

— Semba a été condamné à huit ans de prison. Il doit donc en être sorti. Je me demande pourquoi M. Tsukahara a voulu aller voir son ancienne maison…

Moins d'une heure auparavant, un certain Nishiguchi, inspecteur au commissariat de Hari, avait appelé. Tatara avait visiblement déjà fait passer la consigne de transmettre au lieutenant de police Kusanagi toutes les informations relatives à l'affaire.

À en croire Nishiguchi, avant d'aller à la présentation qui avait eu lieu à Hari-Plage, Masatsugu Tsukahara s'était rendu dans un lotissement situé à Hari-Est où il s'était arrêté devant une certaine maison. Elle avait jadis appartenu à un homme arrêté par la suite à Tokyo pour meurtre. Bien qu'au moment où il avait commis son crime, elle ne lui ait déjà plus appartenu, la population locale continuait à la désigner comme "la maison du meurtrier".

Le commissariat de Hari n'avait évidemment aucune information à ce sujet, et Nishiguchi avait prié Kusanagi de lui envoyer le dossier de cette affaire.

— Puisqu'il était là… dit Kaoru Utsumi.

— Que veux-tu dire ?

— Je pense que M. Tsukahara, qui était à Hari-Plage pour la réunion d'information, a profité de sa visite pour aller voir la maison d'un homme qu'il avait arrêté.

— Hum… grommela Kusanagi. Tu y crois vraiment ? Passe encore si le criminel ou sa famille y habitait, mais la maison est vide. Et elle l'était déjà quand il a tué. Cela me semble peu vraisemblable.

— C'est vrai… Je suis d'accord, admit sa collègue, qui n'attaqua pas ce qu'il venait de dire, contrairement à son habitude.

— Quoi qu'il en soit, fais-leur parvenir le dossier. Et trouve-moi son adresse actuelle.

— Celle de Hidetoshi Semba ?

— Oui. Tu n'avais pas compris ?

— Tu sais, je suis nouvelle, alors…

Elle fit demi-tour. Son téléphone sonna pendant qu'il la regardait s'éloigner. Il ne connaissait pas le numéro affiché.

— Allô ?

— C'est moi, Tatara. Tu as une minute ?

— Bien sûr, répondit-il en se redressant sans s'en rendre compte.

— Le médecin légiste vient de m'appeler. Il a déterminé la cause de la mort.

— Et c'est quoi ?

— Une intoxication au monoxyde de carbone. Surprenant, non ?

— Quoi ? lâcha Kusanagi qui ne s'y attendait pas du tout.

— Le légiste a décidé de procéder par élimination parce qu'il ne voyait pas ce qui avait pu causer la mort. Il a trouvé une densité de carboxyhémoglobine plus que suffisante pour entraîner la mort qui a dû intervenir en moins d'un quart d'heure. Il a aussi décelé des traces de somnifère.

— Une intoxication au monoxyde de carbone et des traces de somnifère…

Il pensa immédiatement que cela évoquait un suicide mais ne le dit pas tout haut. Quelqu'un qui se serait suicidé ainsi n'aurait pas pu se jeter sur des rochers.

— Je vais prévenir la police de la préfecture. J'ai fait en sorte qu'ils reçoivent une copie du rapport d'autopsie. Dites-leur, si quelqu'un de chez eux vous pose des questions à ce sujet.

Tatara parlait vite et se trouvait dans un endroit bruyant. Kusanagi en déduisit qu'il l'appelait d'un service de police.

— Je voulais vous poser une question.

— Quoi donc ? Je suis pressé.

— Il y a seize ans, vous travailliez avec M. Tsukahara, n'est-ce pas ?

— Oui, et alors ?

— Vous souvenez-vous d'un meurtrier du nom de Semba ?

— Semba ? Hidetoshi Semba ?

La rapidité de sa réponse étonna Kusanagi. Le chemin de Tatara avait dû croiser celui d'un grand nombre de criminels. Kusanagi ne croyait pas qu'il serait capable dans seize ans de se souvenir du nom d'un criminel qui ne lui aurait pas fait forte impression.

— Oui. Celui qui a tué une ancienne entraîneuse.

— Il a fait quelque chose ?

Kusanagi résuma brièvement ce que lui avait appris Nishiguchi.

— Je suis au commissariat de Shinagawa. Peux-tu y venir ? reprit-il après un silence.

18

Yukawa avait indiqué qu'il souhaitait manger à partir de 18 heures. Narumi était occupée à dresser la table dans le salon des clients lorsque Kyōhei vint la trouver.

— Moi aussi, je peux manger ici ?

— Ici ? Sa cousine le dévisagea. Tu veux dire avec M. Yukawa ?

— Oui. Le docteur m'a dit qu'il était d'accord. J'apporterai mon repas moi-même.

— Bon... Je veux bien.

Ils avaient dû s'entendre tous les deux. Ils étaient revenus de leur journée passée ensemble couverts de coups de soleil.

Elle venait juste de finir de disposer les plats lorsque le physicien arriva. Il portait un sac qui contenait apparemment de quoi tirer un petit feu d'artifice.

— Ça a l'air délicieux ! s'exclama-t-il en regardant la langouste qu'il avait sous les yeux.

— Nous sommes désolés de ne pas vous offrir mieux.

— Vous êtes trop modeste ! J'ai peur de grossir chez vous, répondit Yukawa en souriant.

Le petit garçon arriva. Il avait sur son plateau une omelette au riz et le posa prudemment sur la table en face du physicien.

— Ton repas a l'air bon aussi.

— On échange ?

— Demain, peut-être.

La sonnette de l'entrée se fit entendre au même moment. Ce devait être un client. Narumi leur souhaita bon appétit et quitta le salon.

Arrivée dans le hall, elle vit, comme la veille, Nishiguchi.

— Salut, fit-il, l'air embarrassé.

— C'est à propos de M. Tsukahara ? demanda-t-elle.

— Oui, nous avons besoin de votre aide. Il s'interrompit pour s'humecter les lèvres de la langue. On peut inspecter l'hôtel encore une fois ?

— La chambre de M. Tsukahara, tu veux dire ?

— Non, pas seulement. Tout l'établissement.

— Tout ? s'exclama-t-elle en fronçant les sourcils. Pourquoi ? Dans quel but ?

De plus en plus embarrassé, Nishiguchi tourna les yeux vers l'extérieur. Elle en fit autant, et écarquilla les yeux. Plusieurs hommes en uniforme attendaient dehors.

— Que se passe-t-il ? demanda-t-elle à nouveau.

— C'est la police scientifique de la préfecture. Je suis désolé mais je ne peux rien te dire de plus. Si vous refusez, nous n'insisterons pas. Mais nous reviendrons avec un mandat de perquisition, et vous ne pourrez pas refuser. Voilà pourquoi je vous recommande d'accepter aujourd'hui.

Elle l'écouta en le regardant dans les yeux.

— Je vais demander à mes parents. Attends-moi ici, lui intima-t-elle avant de s'éloigner.

Shigeharu et Setsuko venaient de commencer à dîner. Ils s'interrompirent pour l'écouter.

— Que veulent-ils voir ? Ils ont passé assez de temps ici hier, protesta Shigeharu d'un ton mécontent.

— Je n'en sais pas plus. Que voulez-vous que je leur réponde ?

Ses parents échangèrent un regard et son père se leva lourdement.

Sa mère le suivit, et ils sortirent tous les trois de la pièce.

Ils arrivèrent dans l'entrée où attendaient quelques hommes, tous coiffés d'une casquette, prêts à se déchausser pour entrer dans l'auberge. Ils portaient des sacs de différentes tailles.

Shigeharu demanda des explications à Nishiguchi qui répéta ce qu'il avait dit à Narumi. Les autres policiers suivaient attentivement leur conversation.

— Concrètement, quels endroits souhaitez-vous voir ? Je ne voudrais pas que cela dérange notre client, expliqua Shigeharu.

L'un des hommes à casquette fit un pas vers lui.

— Nous voudrions d'abord aller dans la cuisine.

— La cuisine, c'est par ici, fit l'aubergiste en tendant le doigt derrière le comptoir d'accueil.

L'un des hommes commença à défaire ses chaussures, et tous les autres l'imitèrent, comme s'ils avaient attendu son signal. Ils avaient interprété ce que venait de dire Shigeharu comme l'expression de son assentiment.

Plusieurs d'entre eux allèrent dans la cuisine. Setsuko les suivit.

Un autre policier demanda à Shigeharu, qui était debout à côté de sa fille, où se trouvait la chaufferie.

— Dans la cave, répondit-il en avançant vers la porte qui y menait. Par ici, ajouta-t-il en l'ouvrant.

Un troisième homme s'adressa à Narumi.

— Pourriez-vous nous conduire dans la chambre qu'a occupée la victime ?

Il s'attendait visiblement à être obéi. Elle prit la clé derrière le comptoir.

19

— Les bombes et les fusées de feux d'artifice se ressemblent par le principe mais elles sont aussi légèrement différentes. Les bombes ont besoin d'un canon. Le physicien s'interrompit pour prendre la paille avec laquelle le petit garçon avait bu. Si tu remplis cette paille de petits morceaux de mouchoirs en papier et que tu souffles ensuite dedans, ils jailliront de l'autre côté, non ? Une bombe de feu d'artifice, une bombe pyrotechnique, est insérée dans un mortier au pied duquel se trouvent un dispositif d'allumage et un explosif. La force explosive et la pression du gaz projettent la bombe pyrotechnique dans le ciel. Une fusée de feu d'artifice, elle, éclate et fait ensuite éclater l'artifice pyrotechnique avant de s'envoler. L'explosif joue le même rôle que l'air sous pression et l'eau dans une fusée à eau.

Pendant qu'il parlait, Yukawa continuait à manipuler ses baguettes. Ses mouvements adroits intéressaient Kyōhei encore plus que ce qu'il lui racontait.

— Ce qu'on a acheté tout à l'heure, c'est donc des fusées et non des bombes.

— Exactement. Les particuliers ne peuvent pas acheter des bombes de feu d'artifice dont le commerce est réglementé par la loi sur les produits explosifs. Seuls les pyrotechniciens peuvent le faire.

— Hum.

Le physicien avait acheté un assortiment de feux d'artifice dans la supérette où ils s'étaient arrêtés en revenant de la mer, non parce que le petit garçon en avait réclamé, mais parce qu'il avait expliqué qu'il en avait tiré la veille avec son oncle.

Kyōhei avait fini son omelette et il était en train de boire son soda lorsque la porte du salon s'ouvrit soudain. Un homme vêtu de sombre, une casquette sur la tête, se pencha à l'intérieur de la pièce.

— Oh, excusez-moi ! s'exclama-t-il en refermant la cloison coulissante.

Le petit garçon cligna des yeux.

— Qui c'était, celui-là ? s'interrogea-t-il.

— Son uniforme était celui de la police scientifique. L'enquête continue, apparemment, expliqua Yukawa.

Peu de temps après, Narumi leur apporta du thé.

— Toutes mes excuses pour le dérangement, dit-elle.

— La police est de retour, dites donc ! Que cherchent-ils ?

— Je ne sais pas exactement mais j'ai l'impression qu'ils s'intéressent de près à tout ce qui pourrait causer un incendie.

— Comment ça ?

— Ils ont par exemple vérifié si les feux de la cuisinière fonctionnaient correctement.

— C'est étrange. Ce serait sans rapport avec ce qui s'est passé sur les rochers ?

— Non, c'est à ce sujet. Mais ils ne nous ont pas dit pourquoi ils étaient ici.

Yukawa but une gorgée de thé.

— C'est tout à fait leur genre, conclut-il d'un ton désabusé.

Kyōhei et lui avaient l'intention de tirer leur feu d'artifice immédiatement après le dîner. Ils quittèrent le salon et virent que l'auberge était remplie d'hommes vêtus de la même façon que celui qui avait fait irruption dans leur salon tout à l'heure.

Le petit garçon et le physicien allèrent dans le hall d'entrée. Kyōhei savait où trouver un seau. Il se retourna en entendant son oncle l'appeler du haut de l'escalier qui menait à la cave.

— Vous allez faire un feu d'artifice ?

— Oui. Je vais prendre le seau, d'accord ?

— Oui, bien sûr mais…

Les yeux de Shigeharu se posèrent sur le sac que tenait le physicien.

— Vous avez tout ce qu'il faut, je vois.

— Oui, nous avons des fusées. Il y a un problème ?

Un sourire embarrassé apparut sur le visage de l'aubergiste qui regarda son client en passant la main sur son crâne chauve.

— Hier soir, nous l'avons fait en douce, mais en réalité, dans le quartier, il y a une règle qui veut qu'on ne puisse tirer des fusées qu'en bord de mer. C'est la consigne des pompiers. D'habitude, ne pas en tenir compte ne pose pas de problèmes, mais ce soir…

— Je comprends. C'est vrai qu'il y a toujours un risque d'incendie. Tant pis, on laissera les fusées de côté.

Kyōhei hocha la tête en l'entendant.

Dehors, ils allèrent sur le terrain vague derrière l'auberge, derrière lequel s'étendait la forêt.

Le petit garçon s'empressa de sortir un feu d'artifice fontaine, mais l'adulte lui ordonna d'attendre.

— Tu connais le principe des feux d'artifice ?

— C'est juste une boule de poudre, non ?

— Dans ce cas, ça devrait exploser sitôt qu'on l'allume, rétorqua le physicien. Bon, fit-il en sortant une chose blanche de la poche de son pantalon.

À bien y regarder, il s'agissait d'ouate. Il la posa à terre. Il tira ensuite de sa poche des clous et du papier de verre. Il se mit à en frotter le clou au-dessus de la ouate, qui noircit.

— Je vais y mettre le feu, annonça-t-il en sortant un briquet.

Le coton se mit à brûler en répandant de petites étincelles colorées.

— Ouah ! s'écria Kyōhei.

— Voilà comment on peut faire brûler des métaux qui d'ordinaire ne s'enflamment pas. Les feux d'artifice font appel à des composés métalliques.

— Pourquoi des composés ?

— C'est une bonne question. Pour y répondre, allumes-en un, fit le physicien en lui tendant le briquet.

Le petit garçon s'exécuta. Des étincelles colorées commencèrent immédiatement à en jaillir. Leurs couleurs changeaient au fur et à mesure.

— Le bleu vient du cuivre, le vert du baryum, le rouge du strontium, le jaune, du sodium. Ce sont tous des métaux. Tous ces métaux ou composés métalliques brûlent en émettant une lumière colorée propre à leur nature. Cela s'appelle le test de flamme, expliqua le physicien d'un ton paisible qui contrastait avec le bruit du feu d'artifice fontaine et ses belles couleurs. Les feux d'artifice y ont recours.

Il s'interrompit brusquement pour tourner les yeux vers le haut.

Deux hommes étaient en train de descendre l'escalier de secours à l'arrière du bâtiment. Ils portaient tous les deux l'uniforme de la police scientifique.

Remarquant leur présence, ils les saluèrent d'un signe de tête.

— Où étaient-ils ? Je ne les avais pas vus.

— Sur le toit, non ? À cause de la cheminée.

L'un des policiers, celui qui portait des lunettes, vint vers eux.

— Désolé de vous déranger pendant que vous vous amusez. Vous séjournez actuellement dans cette auberge, n'est-ce pas ?

— Oui, c'est exact.

— Puis-je vous poser quelques questions ? demanda l'homme à Yukawa en faisant le geste de prendre quelque chose dans sa poche.

— J'ai compris en vous voyant que vous êtes policier. De quoi voulez-vous me parler ?

— Vous êtes arrivé ici avant-hier, n'est-ce pas ?

— Oui. Avant-hier, en fin de journée, pour être précis.

— Bien. S'est-il produit quelque chose d'inhabituel depuis votre arrivée ?

L'expression de Yukawa changea. Il ne paraissait pas comprendre la question.

— J'ai appris qu'un client est mort en tombant sur des rochers.

— Ce n'est pas ce que je vous demande. Je voulais savoir si vous aviez remarqué quelque chose d'inhabituel ici. Vous ne vous êtes pas senti mal ? Vous n'avez pas senti une odeur particulière ?

— Une odeur particulière ? Un malaise ? répéta le physicien, perplexe. Non, en tout cas rien que j'aie perçu.

— Très bien. Désolé de vous avoir interrompu, conclut l'homme, qui fit mine de s'éloigner.

— Vous ne lui demandez rien, à lui ? lui jeta Yukawa.

— Comment ?

— Ne pas poser de questions à cet enfant n'est pas logique, continua-t-il en regardant Kyōhei.

— Euh… Ah… fit le policier embarrassé, en revenant vers eux. Et toi, tu as remarqué quelque chose ?

Le petit garçon fit non de la tête en silence. Le policier hocha la tête, salua l'adulte du chef et repartit.

Le physicien tourna à nouveau les yeux vers le bâtiment.

— J'en étais où ? reprit-il.

— Vous expliquiez pourquoi les couleurs des feux d'artifice changent.

— Ah oui ! Maintenant, je vais t'expliquer comment fonctionnent les feux d'artifice toupies, répondit l'adulte en fouillant dans son sac en plastique.

20

Narumi arriva un peu après 20 heures dans le bar où Sawamura l'attendait, assis devant son ordinateur portable qu'il avait posé sur la table.

— Désolée d'avoir été si longue, lui dit-elle en s'asseyant.

Ils s'étaient donné rendez-vous pour rédiger ensemble le compte rendu des deux réunions. Elle l'avait prévenu qu'elle serait en retard à cause de la visite de la police.

— Ne t'en fais pas pour ça. Ils sont repartis ?

— Oui, juste avant que je sorte.

— Pourquoi sont-ils revenus ? demanda-t-il d'un ton soupçonneux.

Elle lui donna la même réponse qu'à Yukawa un peu plus tôt. Le visage de Sawamura s'assombrit.

— Je ne comprends pas. Je croyais qu'il était mort en tombant de la digue. Dans ce cas, pourquoi ont-ils eu besoin de revenir chez vous ?

Narumi, qui avait l'impression d'être soumise à un interrogatoire, ne sut que répondre. Embarrassée, elle pencha la tête de côté.

— Excuse-moi. Mes questions te pèsent, reprit-il en apercevant sa gêne.

— Je n'y comprends rien non plus. Mais je ne me fais pas vraiment de souci.

— Comment ça ?

— Parce que je les ai entendus dire que…

Elle lui expliqua qu'au moment où elle revenait dans la cuisine avec le plateau de Yukawa, elle les avait entendus dire que tout était normal dans l'auberge et que cela ne venait pas d'ici. De plus, Nishiguchi lui avait soufflé à l'oreille, juste avant qu'il ne s'en aille, que cette visite devrait suffire.

Sawamura sembla d'abord soulagé. Mais il ne paraissait pas entièrement convaincu.

— Je ne comprends pas ce que la police pense, lâcha-t-il ensuite.

Ils se mirent ensuite à la rédaction de leurs comptes rendus. Ils avaient tous les deux du mal à se concentrer. Sawamura finit par éteindre son ordinateur en disant que mieux valait remettre la suite à une autre fois.

— Il y a une chose que je voulais te demander. Qu'allez-vous faire à la fin de l'été ? Beaucoup d'auberges ferment pour l'hiver, non ?

Le sujet était délicat. Elle lui expliqua que ses parents pensaient jeter l'éponge. Il ne sembla pas surpris. Il devait s'y attendre.

— Ah bon. C'est dur… ! Mais toi, que comptes-tu faire ?

— Chercher du travail. Je pensais le faire quoi qu'il arrive.

— Dans ce cas, commença Sawamura en la regardant dans les yeux, pourrais-tu envisager de devenir mon assistante ?

— Hein ? s'exclama la jeune femme en écarquillant les yeux. Ton assistante ?

— En tant que journaliste free-lance, je voyage beaucoup. Mais je dois aussi être en permanence en contact avec différents organismes parce que je suis engagé dans la défense de l'environnement. Voilà pourquoi j'ai absolument besoin de quelqu'un qui soit là quand je m'absente. J'ai l'intention de faire des travaux à la maison pour m'aménager un vrai bureau. Cela m'aiderait beaucoup que tu travailles pour moi. Et je te paierai comme il faut.

Narumi se redressa sur sa chaise, le regard baissé vers la table. Elle était prise au dépourvu.

L'idée ne lui déplaisait pas. C'était plus exactement une occasion inespérée. Elle pourrait rester ici et consacrer toute son énergie à la protection de la mer. Mais les arrière-pensées de Sawamura la préoccupaient.

— Qu'en dis-tu ? demanda-t-il en lui adressant un sourire. Je te l'ai déjà dit, mais tu pourrais être ma meilleure partenaire, et je suis convaincu que je pourrais l'être pour toi. Ensemble, nous serons imbattables. Tu n'es pas d'accord avec moi ?

Narumi esquissa un sourire évasif. Elle pencha la tête de côté.

Sawamura aimait utiliser l'ambiguïté. Il n'avait pas indiqué, probablement à dessein, s'il la voyait comme sa meilleure partenaire uniquement dans la défense de l'environnement ou s'il incluait le plan privé.

Elle avait pris conscience des sentiments qu'il avait pour elle peu de temps après le début de leur collaboration pour protéger la mer. Elle faisait semblant de ne rien comprendre. Elle le respectait mais ne ressentait aucune attirance pour lui.

Depuis quelque temps, Sawamura multipliait les déclarations équivoques de ce genre, comme s'il croyait qu'à force de les répéter, elle se rendrait compte qu'il lui parlait comme un homme à une femme.

— Tu veux bien me laisser un peu de temps pour y réfléchir ?

Il exprima son assentiment d'un signe de tête, en respirant un peu plus fort.

— Bien sûr ! Prends ton temps.

Elle lui rendit son sourire mais elle sentit la préoccupation la gagner.

De retour à l'auberge, elle trouva Yukawa dans le hall d'entrée, une bouteille de vin à la main.

— Vous arrivez à point nommé. Je voulais vous emprunter un tire-bouchon.

— Vous avez du vin ?

— Je me le suis fait envoyer par l'université. Étant donné que je vais rester ici quelque temps…

Elle se souvint du grand carton qui portait la mention "fragile".

Elle alla chercher un tire-bouchon dans la cuisine.

— Vous ne voulez pas y goûter ? demanda-t-il.

— Cela ne vous dérange pas ?

— Je préfère boire en compagnie que seul.

Elle retourna chercher deux verres à vin dans la cuisine.

Ils s'assirent de part et d'autre de la table du hall et trinquèrent. La saveur boisée qui emplit sa bouche devint rapidement plus douce, et elle eut envie d'en boire une autre gorgée.

Elle lut le nom "SADOYA", en caractères latins sur l'étiquette de la bouteille. Yukawa lui apprit qu'il s'agissait d'un producteur de la préfecture de Yamanashi.

— Je n'aurais pas cru que du vin japonais puisse être aussi bon, expliqua-t-elle avec franchise.

— Les Japonais n'ignorent que trop les bons côtés de leur pays, répondit-il en faisant tourner le vin dans son verre. Rares sont ceux qui s'intéressent à ce qui se fait en province, comme ce très bon vin, que la plupart des Japonais refuseraient de goûter simplement parce qu'il est produit au Japon. Et aux yeux des gens qui ne sont pas d'ici, tous les efforts que vous et vos amis faites pour préserver la mer risquent de paraître vains car ils pensent qu'elle est belle ailleurs qu'à Hari-Plage.

— Vous voulez dire que notre mouvement est dénué de sens ?

— Non. À mes yeux, il mérite d'être récompensé. Aujourd'hui, j'ai vu avec le petit Kyōhei les fonds marins qui ont donné leur nom à Hari. C'était splendide.

Elle n'eut pas l'impression qu'il cherchait à la flatter. Peut-être avait-elle raison de penser qu'il ne faisait pas partie du camp de leurs adversaires.

À cet instant précis, le téléphone sur le comptoir de la réception sonna. Elle se leva en regardant sa montre. Il était presque 22 heures. Que quelqu'un appelle si tard était hautement inhabituel.

— Auberge Rokugansō, à votre service.

— Excusez-moi de vous appeler si tard, fit une voix masculine. J'aurais voulu parler à un de vos clients, M. Yukawa. De la part de Kusanagi.

21

— Les installations de la chaufferie ou de la cuisine au Rokugansō ne présentent aucune anomalie. La chaudière et les fourneaux sont assez anciens, certains ont plus de vingt ans, mais aucun n'est défectueux. Un examen minutieux de la chambre occupée par Masatsugu Tsukahara ne nous a pas permis d'y trouver de trace de combustion carbonique, et nous en concluons qu'il est très peu vraisemblable que l'intoxication au monoxyde de carbone ait eu lieu à cet endroit.

L'homme qui avait expliqué tout cela d'un ton égal était le chef du bureau de la police scientifique de la préfecture. Nishiguchi qui l'écoutait dans un coin de la salle de réunion en éprouva un vif soulagement. Son inquiétude l'avait empêché de trouver le sommeil. Lorsqu'il avait quitté l'auberge après 20 heures la veille, en même temps que ses collègues de la police scientifique, ils ne lui avaient rien dit de précis. Il avait deviné à leur manière de parler qu'ils n'avaient rien trouvé qui ait attiré leur attention. Il avait quand même glissé à Narumi, au moment de quitter l'auberge, que tout allait apparemment bien. Depuis le début de la réunion, il avait vécu dans la crainte d'apprendre qu'il y avait bien un problème.

— L'auberge ne serait donc pas en cause. Ce n'est pas vraiment étonnant. Si un de leurs clients était intoxiqué au monoxyde de carbone, ils auraient appelé une ambulance, commenta Hozumi, le responsable de la sous-direction de la police judiciaire de la préfecture, un homme à l'imposante chevelure noire, qui avait une moustache poivre et sel sous son nez busqué.

Ni le commissariat de Hari ni la police de la préfecture ne pouvait ignorer le rapport d'autopsie envoyé de Tokyo. M. Tsukahara était déjà mort lorsqu'il était tombé de la digue. De plus, le décès était dû à une intoxication au monoxyde de carbone. La police locale avait par conséquent fait erreur en l'attribuant à une chute entraînée par l'ivresse de la victime.

À ce stade cependant, aucun élément décisif ne confirmait que Tsukahara ait été assassiné. Par conséquent, aucune cellule spéciale n'avait été créée pour élucider ce meurtre.

— La thèse d'un accident est donc à exclure, commenta Hozumi sans s'adresser à personne de précis.

— Je pense que nous pouvons écarter la possibilité que l'intoxication se soit produite sur la digue, répondit le chef du bureau de la police scientifique.

— J'ai lu le procès-verbal de la première phase de l'enquête. On n'a retrouvé aucune trace de combustion, et quand bien même il y en aurait eu, une intoxication en plein air est *a priori* impossible.

— Se pourrait-il que la victime ait absorbé du monoxyde de carbone à un autre endroit et qu'elle soit morte sur la digue ? J'ai déjà entendu dire qu'une intoxication peut ne pas se manifester immédiatement.

— Hier, commença en levant la main Isobe, assis à côté de Hozumi, j'ai demandé à un de mes subordonnés de consulter un spécialiste à ce sujet. À toi ! continua-t-il en se tournant vers un jeune inspecteur assis à l'écart, qui se leva en ouvrant son calepin.

— J'ai contacté le professeur Yamada de la faculté de médecine de l'université de la préfecture. Comme vient de le mentionner M. Hozumi, il est arrivé qu'une personne qui semblait seulement légèrement intoxiquée ait ensuite perdu connaissance, ou manifesté d'autres symptômes. Le professeur a précisé que si la concentration de carboxyhémoglobine dans le sang dépasse dix pour cent, de tels effets secondaires sont à craindre. Les chiffres du rapport d'autopsie indiquent cependant qu'elle dépassait largement ce niveau. La victime ne pouvait donc plus se déplacer par ses propres moyens. Il me semble plus vraisemblable de considérer qu'elle soit morte à l'endroit où l'intoxication a eu lieu.

— Voilà où nous en sommes, dit Isobe en hochant la tête, apparemment satisfait de ce compte rendu. Nous avons la certitude que la victime a été intoxiquée ailleurs, continua-t-il en se tournant vers Hozumi. De quelle manière procède-t-on pour intoxiquer quelqu'un intentionnellement ?

Le responsable de la police scientifique se chargea de répondre à sa question.

— La façon la plus orthodoxe est de faire brûler des briquettes ou un combustible du même genre dans un espace fermé, comme par exemple un habitacle de voiture. Internet a assuré une certaine popularité à cette méthode, présentée comme un suicide indolore.

— Ça me revient maintenant que vous en parlez, remarqua Hozumi en se caressant la moustache. Le rapport d'autopsie évoque aussi la présence de somnifère, n'est-ce pas ? Je vois. La victime a probablement été invitée à monter dans une voiture par quelqu'un qui a réussi à lui faire prendre un somnifère et elle a été intoxiquée une fois qu'elle dormait.

— Le meurtrier l'aurait jetée sur les rochers après s'être assuré qu'elle ne respirait plus, reprit Isobe. Ensuite il serait remonté en voiture et aurait quitté les lieux. Oui, les choses ont pu se passer de cette manière.

Hozumi manifesta son assentiment d'un signe de tête.

— Tout à fait. Mais nous n'avons malheureusement aucune preuve matérielle. Dans l'état actuel des choses, nous ne pouvons pas déterminer si l'intoxication résulte de l'action d'un tiers ou de la volonté de la victime.

— On ne saurait mieux dire, approuva Isobe qui était d'accord avec son supérieur.

Nishiguchi se rappela qu'Hashigami lui avait dit qu'Isobe était connu pour son obséquiosité.

— Le journal des appels du portable de la victime n'a pas permis de trouver d'appels suspects, n'est-ce pas ?

— Non. Nous avons vérifié auprès de la compagnie de téléphone que personne n'en avait effacé.

Nishiguchi avait du mal à comprendre pourquoi la réunion avait lieu au commissariat de Hari. Motoyama, le chef du bureau auquel il appartenait, Okamoto, le sous-directeur en charge de la police judiciaire et même le commissaire Tomita étaient muets comme des carpes. Les seuls à parler étaient les gens de la police de la préfecture.

— Si j'ai bien compris, nous en savons plus à présent sur l'emploi du temps de la victime ici. M. Tsukahara serait allé voir la maison où habitait autrefois une personne qu'il avait arrêtée, c'est ça ? reprit Hozumi en se tournant vers Motoyama, comme s'il avait lu dans les pensées de Nishiguchi.

— Je laisse à Nishiguchi le soin de vous l'expliquer, répondit ce dernier en se tournant vers le jeune inspecteur qui se leva et ouvrit son calepin.

— Cette maison se trouve à Hari-Est, dans un lotissement de villas de vacances. Un certain Hidetoshi Semba qui l'avait achetée comme résidence secondaire s'y est ensuite installé de manière permanente. Puis il l'a mise en vente et il est parti travailler à Tokyo. C'est là qu'il a commis un meurtre pour lequel il a été arrêté par M. Tsukahara qui dirigeait l'enquête. La préfecture de Police de Tokyo nous a transmis le dossier complet, et je l'ai communiqué à M. Isobe.

Ce dernier ouvrit le dossier et le montra à Hozumi.

— Un provincial monte à Tokyo, et y assassine une ancienne entraîneuse… Un crime lamentablement ordinaire, lâcha Hozumi sans paraître particulièrement intéressé.

— J'ai parlé à la femme de M. Tsukahara, l'interrompit Isobe. Elle m'a dit que son mari n'oubliait jamais les gens qu'il arrêtait. On peut imaginer qu'il a décidé d'aller voir cette maison parce qu'il était à Hari-Plage et qu'il savait qu'elle n'était pas loin.

Hozumi se frotta le menton et hocha la tête.

— Beaucoup de policiers et d'anciens policiers agissent ainsi. D'autres haïssent ceux qu'ils ont arrêtés. Vous vérifierez où se trouve actuellement ce dénommé Semba, et ce qu'il fait.

— Bien, monsieur, répondit Isobe en échangeant un regard avec ses subordonnés.

— Monsieur Tomita, fit ensuite Hozumi en se tournant vers le commissaire qui continuait à se taire. Je vais retourner consulter mes supérieurs, mais vous ne pensez pas que nous pourrions commencer par ouvrir une enquête pour recel de cadavre ?

Tomita sursauta, comme s'il reprenait ses esprits, et approuva ensuite vigoureusement.

— Oui, oui, bien sûr. Cela me paraît très bien.

— On mettra tout en place aujourd'hui. Dans un premier temps, tous les hommes de l'équipe d'Isobe vont venir ici. S'il faut des ressources supplémentaires, nous les trouverons. Cela vous convient ?

— Bien sûr. Nous vous remercions, fit le commissaire avec une profonde courbette, ce qui fit discrètement soupirer Nishiguchi.

Au même moment, son portable vibra dans la poche de sa veste. Il venait de recevoir un message. Il le sortit discrètement de sa poche. Son cœur battit un peu plus vite en voyant qu'il venait de Narumi Kawahata.

22

Kusanagi arrêta sa vieille Skyline qu'il chérissait, et compara ce que montrait l'écran de son GPS avec le paysage alentour. Il se trouvait dans une zone résidentielle, sur une petite route qui tournicotait. Des bois et des petits champs occupaient les espaces entre les habitations.

— Ça devrait être par ici.

Il ne pouvait lire les noms écrits sur les plaques parce que les habitations étaient situées légèrement en retrait de la route.

— Je vais vérifier, fit Kaoru Utsumi en descendant de voiture.

Kusanagi ouvrit le cendrier et alluma une cigarette. Il pouvait fumer à son aise dans sa propre voiture. Il abaissa sa vitre et une bouffée d'air chaud pénétra dans l'habitacle.

Ils se trouvaient à Hatogaya, une ville de la préfecture de Saitama, et ne devaient pas être loin de la maison de Masatsugu Tsukahara.

Lorsqu'il avait rencontré Tatara au commissariat de Shinagawa la veille, ce dernier lui avait lancé à brûle-pourpoint : "Il doit y avoir quelque chose." L'air ébahi de Kusanagi lui avait fait préciser qu'il faisait référence à Hidetoshi Semba.

— Juste avant que M. Tsukahara ne prenne sa retraite, nous avons dîné ensemble. Je lui ai demandé quelle affaire, parmi toutes celles dont il s'était occupé, lui avait fait la plus forte impression. Je n'avais aucune intention particulière en lui posant cette question. Je savais qu'il avait une excellente mémoire et se souvenait des détails de chaque enquête, de chaque criminel. Je m'imaginais qu'il allait me répondre quelque chose comme : "Toutes les affaires sont intéressantes, et toutes m'ont fait forte impression."

Il se trompait. Son supérieur avait réfléchi quelques instants.

— Ensuite, il a mentionné le nom de Hidetoshi Semba. En toute honnêteté, je me suis senti embarrassé. Je n'en avais aucun souvenir. Quand il a précisé que c'était l'homme qui avait poignardé une ancienne entraîneuse à Ogikubo, cela m'est vaguement revenu. L'affaire avait été résolue rapidement, et le procès s'était déroulé sans encombre. J'ai voulu savoir pourquoi elle lui avait fait forte impression.

Au lieu de le lui dire, il avait secoué la tête en bredouillant qu'il avait dit n'importe quoi et lui avait demandé de l'oublier.

— Les enquêteurs qui font longtemps ce métier se souviennent souvent de toutes les affaires, petites et grandes, qu'ils ont traitées, et de tous les interrogatoires qu'ils ont menés. Souvent, on ne comprend pas soi-même pourquoi. Je n'ai donc pas insisté. Mais maintenant que je sais que M. Tsukahara est allé voir la maison où Semba avait habité, je me dis qu'il y avait autre chose. Je veux que vous découvriez quoi.

Fort de cette instruction, Kusanagi avait décidé de rencontrer Semba. Mais il n'avait pas réussi à trouver son adresse. Kaoru Utsumi avait établi qu'à sa sortie de prison, Semba avait travaillé quelque temps dans une entreprise de recyclage où il était entré grâce à la recommandation de quelqu'un qu'il connaissait. Peu de temps après, la société avait fait faillite et Utsumi n'avait pas retrouvé sa trace.

Si Tsukahara s'intéressait tant à cet homme, peut-être avait-il pris contact avec lui une fois qu'il avait accompli sa peine. Kusanagi aurait aimé consulter son carnet d'adresses et son téléphone portable, mais cela était impossible puisqu'ils se trouvaient au commissariat de Hari.

Kaoru Utsumi revint en courant.

— J'ai trouvé ! C'est un peu plus loin. Et tu pourras garer ta voiture là-bas.

— Merci, dit Kusanagi en desserrant le frein à main.

La maison des Tsukahara n'avait qu'un étage. Sanaé Tsukahara, sa veuve, les invita à entrer et les conduisit dans une pièce à tatamis qui donnait sur le jardin à l'arrière de la maison. Un autel bouddhique s'y trouvait, mais la photo du disparu n'y figurait pas encore.

— Je suis convenue avec les pompes funèbres que le corps nous soit remis demain, expliqua-t-elle d'une voix fragile qui correspondait à son aspect frêle.

Kusanagi lui présenta ses condoléances. Tatara avait téléphoné à Sanaé Tsukahara sitôt qu'il avait eu les résultats de l'autopsie.

— Dès que j'ai eu cet appel pour me prévenir qu'il était mort, je me suis dit qu'il s'était passé quelque chose. Qu'il puisse mourir en tombant de la digue parce qu'il avait trop bu me paraissait incroyable… fit-elle en agitant la tête.

Une profonde conviction transparaissait dans sa voix calme. Elle aurait mal supporté de passer tant d'années au côté de cet enquêteur hors pair si elle n'avait pas eu une force intérieure.

Kusanagi lui expliqua que son mari était allé voir la maison où avait habité Semba et lui demanda si cela lui disait quelque chose. Elle fronça les sourcils, visiblement perplexe.

— La police locale m'a appelée pour me poser la même question. Mon mari n'oubliait jamais les affaires sur lesquelles il avait travaillé, et cela ne me paraît pas particulièrement étrange qu'il y soit allé. Mais il ne m'a jamais parlé de ce M. Semba. Je ne pense pas non plus qu'il ait été en contact épistolaire avec lui.

— Votre mari aurait-il conservé des documents à propos des enquêtes qu'il a menées ?

Elle fit non de la tête.

— Non, je crois qu'il les a tous brûlés quand il a pris sa retraite. Il disait qu'il n'en avait plus besoin et qu'il devait s'en débarrasser, puisque tous ces papiers concernaient la vie privée d'autres personnes.

— Je comprends, dit Kusanagi, pour qui cela témoignait du sérieux et de l'obstination du disparu.

— Il se peut qu'il en ait conservé quelques-uns dans son bureau. Voulez-vous y jeter un coup d'œil ?

— Volontiers, répondit Kusanagi.

La pièce d'une dizaine de mètres carrés, au sol de tatamis, se trouvait à l'étage. Un bureau était disposé près de la fenêtre, à côté d'une bibliothèque où s'alignaient des romans de Ryōtarō Shiba et d'Eiji Yoshikawa, mais aucun ouvrage se rapportant à la police. Le rayon inférieur contenait de gros annuaires téléphoniques.

Avec la permission de Sanaé, il regarda ce que contenaient les tiroirs du bureau, mais n'y trouva rien qui ait un rapport avec Semba.

Le téléphone sonna au rez-de-chaussée, et Sanaé sortit de la pièce pour aller y répondre.

Kusanagi se pencha pour prendre un des annuaires, le visage perplexe.

— Qu'y a-t-il ? demanda sa collègue.

— Les gens de cette génération ont plutôt l'habitude d'avoir l'annuaire à proximité du téléphone, non ? Mais il n'y a même pas de sans-fil dans cette pièce.

— Tu as raison.

— Et pourtant, les Pages jaunes de Tokyo sont ici. Dans l'édition de l'année dernière. Je me demande pourquoi, alors qu'il était à la retraite.

Il posa un volume sur le bureau, et se mit à le feuilleter. Le coin de certaines pages était plié. Il les consulta. C'était la liste d'hébergements à bon marché, presque tous dans l'arrondissement de Taitō ou celui d'Arakawa. Un bon nombre de ces auberges étaient situées dans le quartier de Minami-Senju, à proximité du pont Namidabashi.

Il échangea un regard avec sa collègue, déplia les pages, et referma l'annuaire. Il était en train de les remettre sur l'étagère lorsqu'il y eut un bruit de pas dans l'escalier.

— C'était le commissariat de Hari. Ils vont m'envoyer quelqu'un de la police locale ce soir. Pour me poser d'autres questions à propos de mon mari. Comment voulez-vous que je leur réponde ? demanda Sanaé.

— De la même façon que vous nous avez répondu, en leur disant les choses comme elles sont, répondit Kusanagi.

— Oui, bien sûr. Et… vous avez trouvé quelque chose ?

— Non, malheureusement, fit Kusanagi avant de se lever. Nous vous remercions de votre accueil. Nous allons partir, mais je voulais vous demander si vous auriez une photo de votre mari que nous puissions vous emprunter. De préférence une photo où l'on voit bien son visage.

— Pourquoi ne lui as-tu pas parlé des annuaires ? demanda Kaoru Utsumi peu de temps après que la voiture eut démarré.

Il eut l'impression qu'elle était impatiente de lui poser cette question.

— J'ignore si c'est lié au crime. Mieux vaut ne pas donner d'informations incomplètes à la famille des victimes. C'est une règle d'or pour tout enquêteur.

— Tu estimes pourtant que c'est très probablement lié, non ?

— Je ne sais pas, moi. Tu en penses quoi ?

— Que ça l'est certainement.

Il lui jeta un coup d'œil.

— J'ai l'impression que tu n'as pas eu besoin de réfléchir.

— Je me demande pourquoi M. Tsukahara s'est acheté ces annuaires après son départ à la retraite. Si c'était afin d'avoir les numéros de téléphone d'hôtels à la semaine, je crois deviner son objectif.

— Lequel ?

— Il cherchait quelqu'un, répondit-elle immédiatement. Je pense qu'il cherchait à localiser une personne sans domicile fixe. Ce qui nous amène à une autre question : pourquoi cette personne était-elle SDF ?

— Parce que c'est un repris de justice, qui n'a pas de travail fixe, et qui ne peut pas non plus louer d'appartement ?

— N'est-ce pas un peu rapide de tirer une telle conclusion ?

— Non, je ne crois pas. J'ignore si Semba a utilisé ce genre d'hébergement, mais il me paraît probable que M. Tsukahara ait mis à profit son expérience d'enquêteur après avoir pris sa retraite.

Kusanagi pensait que retracer ses pas permettrait peut-être de retrouver Semba.

— Je peux te poser une question ?

— Et laquelle ?

— Tu n'as pas l'intention d'en parler à la police locale ? Si tu le faisais, je suis presque sûre qu'ils se mettraient aussi à chercher Semba.

— Ils ne connaissent pas Tokyo. On devrait être plus efficaces qu'eux.

— Donc tu n'as pas l'intention de leur en parler, ni de leur répéter ce que t'a raconté M. Tatara.

Kusanagi parut froissé.

— Qu'est-ce qui t'arrive ? Tu es d'humeur pinailleuse aujourd'hui !

— Le contrôleur général t'a pourtant ordonné de collaborer au maximum avec la police locale, non ?

Kusanagi soupira.

— À mon avis, leur fournir des informations ne suffira pas à résoudre cette affaire.

— Que veux-tu dire ?

— Hier soir, j'ai téléphoné à l'auberge Rokugansō. Pour parler à Yukawa.

— Tu l'as appelé à l'auberge ? Pourquoi pas sur son portable ?

— J'avais essayé, mais sans succès. Il m'a dit qu'il l'a cassé en faisant une expérience parce qu'il n'était pas étanche, ou quelque chose de ce genre. Ça n'a pas d'importance. Il était bien sûr au courant de la mort d'un client de l'auberge mais ne connaissait pas tous les détails. Je les lui ai donnés, et je lui ai brièvement expliqué pourquoi je m'en occupe.

— Il a dû être surpris.

— Non, pas vraiment. Je m'y attendais, qu'il m'a dit. Il ne savait pas que ce client était un ancien policier de la préfecture de Police de Tokyo, mais il a ajouté que ce devait être un meurtre.

— Le professeur Yukawa ? Il a remarqué quelque chose de bizarre ?

— Oui, une histoire de socques. Le mort serait tombé les socques aux pieds, et Yukawa, qui a été sur les lieux, doutait que l'on puisse grimper sur la digue avec des socques. Cela lui a paru étrange, mais il n'en a rien dit à la police, parce qu'il a entièrement confiance dans les capacités supérieures de la police japonaise et qu'un amateur comme lui ne saurait se mêler à son travail, m'a-t-il dit, raconta Kusanagi en se souvenant du ton ironique de son ami.

— Cela lui ressemble. A-t-il dit qu'il était prêt à collaborer à cette enquête ?

Kusanagi freina, car le prochain feu venait de passer à l'orange. Une fois la voiture immobilisée, il se tourna vers sa passagère.

— À ton avis, qu'a-t-il répondu ?

Utsumi leva un sourcil.

— Qu'il en avait sa claque… ou quelque chose de ce genre ?

— Toi aussi, c'est la première chose qui te vient à l'esprit ? Comme moi. Mais il m'a dit qu'il était d'accord, même s'il ne pensait pas pouvoir nous donner beaucoup d'informations.

Elle écarquilla les yeux.

— C'est vrai ?

— Même si ça peut paraître étrange, étant donné que c'est moi qui ai posé la question, j'ai été pris de court. J'ai failli lui demander ce qui lui arrivait. Mais je n'en ai rien fait, de peur qu'il ne le prenne mal et ne change d'avis.

— Tu as agi sagement. D'où ton intention de ne pas tout dire à la police locale ?

Le feu passa au vert, et Kusanagi repartit.

— Juste avant de raccrocher, Yukawa a glissé qu'il pourrait s'agir d'une histoire très embêtante. Je lui ai demandé ce qu'il voulait dire, mais il ne m'a pas donné de réponse claire. J'en ai conclu qu'il avait dû remarquer autre chose que cette histoire de socques. Au risque de paraître présomptueux, je suis certain que cette affaire l'intéresse beaucoup. Je suis sûr que tu aurais eu la même impression si tu lui avais parlé.

— Je crois connaître l'acuité de son regard dans une enquête…

— Il a de grands dons d'observation, non seulement vis-à-vis des choses mais aussi des personnes. Si cette affaire l'intéresse, cela signifie que les personnages clés sont proches de lui. Cela me fait penser que si nous voulons la résoudre rapidement, nous ferions mieux de compter sur lui plutôt que sur la police locale.

Il s'interrompit et lui jeta un coup d'œil.

— Qu'en penses-tu ? Je suis à côté de la plaque ?

— Non, je te comprends parfaitement. Il nous a déjà aidés à de nombreuses reprises. Mais cela ne te pose pas de problème de ne pas fournir d'informations à la police locale à cause de lui ?

— Je n'ai pas dit que je ne leur en fournirais pas du tout. Je compte le faire au coup par coup. Réfléchis un peu. Nous, à la préfecture de Police de Tokyo, on sait qui est Yukawa, mais les policiers d'une autre préfecture le voient comme un particulier. Ils ne penseraient jamais à solliciter son aide. Yukawa a un vrai talent de détective, mais ce talent ne se déploie que lorsqu'il a quelque chose à chercher. C'est ce que nous lui fournissons. Par conséquent, nous devons lui apporter de bonnes informations le plus rapidement possible, même aux dépens de la police locale. Qu'en dis-tu ? Je t'ai convaincue ?

Du coin de l'œil, il la vit hocher la tête.

— C'est vrai qu'il a l'habitude de ne rien nous dire avant d'avoir trouvé ce qui constitue à ses yeux une preuve irréfutable, et qu'il fait parfois des demandes incompréhensibles. D'autres policiers que nous ne seraient pas prêts à y répondre.

— Il pense, nous exécutons. C'est toujours ainsi que ça se passe.

Une vingtaine de minutes plus tard, Kusanagi arrêta sa voiture le long de l'avenue Meiji-dōri.

— Tu as apporté tous les documents concernant Semba, n'est-ce pas ? Y compris sa photo ?

— Oui, mais elle a été prise avant sa sortie de prison.

— Ça fera l'affaire. Prends ça aussi, fit Kusanagi en sortant de sa poche une photo de Masatsugu Tsukahara. Bon, je compte sur toi !

Il regarda Kaoru Utsumi qui paraissait stupéfaite, et tendit le doigt.

— Allez, au travail ! Tu sais où on est ?

Un panneau indiquait que le carrefour le plus proche était celui du pont Namidabashi. Tout autour d'eux s'alignaient des enseignes d'hôtels bon marché offrant des chambres à la journée ou à la semaine.

— Ah ! s'exclama-t-elle, en prenant son sac pour descendre de voiture.

— N’oublie pas de montrer les photos à tous les gens à qui tu parles !

Elle fit oui de la tête, et claqua la portière de la voiture.

23

Il était un peu après 15 heures lorsque Nishiguchi arriva au Rokugansō avec Isobe et deux de ses subordonnés. Il avait appelé avant de venir, et les Kawahata et leur fille les attendaient dans le hall d'entrée. L'expression hostile d'Isobe renforça leur appréhension.

Il les interrogea longuement sur le soir de la disparition de Masatsugu Tsukahara. Les Kawahata qui avaient déjà répondu à de nombreuses questions sur le même sujet le firent à nouveau sans montrer aucune mauvaise humeur, en fournissant des réponses cohérentes et naturelles. Elles n'apportèrent rien de neuf pour Nishiguchi qui observa discrètement les traits réguliers de Narumi.

— Pourriez-vous me conduire dans la chambre de M. Tsukahara, demanda Isobe de sa grosse voix.

Setsuko se leva.

— Bien sûr ! Suivez-moi, si vous voulez bien.

Les policiers se dirigèrent vers l'ascenseur derrière elle.

— Je vous accompagne, lança Shigeharu qui ferma la marche en s'appuyant sur sa canne.

Resté seul avec Narumi, Nishiguchi lui demanda de l'excuser pour cet énième dérangement.

— Apparemment, ce ne serait pas un simple accident, et l'enquête ne fait que s'élargir. Il y a chaque jour plus de monde qui y travaille. Ce n'est pas facile pour nous non plus.

Narumi esquissa un sourire tout en faisant non de la tête.

— Ne t'en fais pas pour nous. Mais je te dois des excuses pour ce mail bizarre que je t'ai envoyé, à un moment où tu as tant à faire.

Il fit non de la main.

— Ça ne m'a pas du tout dérangé. Je suis occupé, c'est vrai, mais uniquement par des tâches subalternes. Explique-moi plutôt ce que tu voulais me demander.

Dans le message qu'il avait reçu dans la matinée pendant qu'il était en réunion, elle lui disait qu'elle avait quelque chose à lui demander, et souhaitait le rencontrer sitôt qu'il le pourrait.

— Eh bien, euh… commença-t-elle, avant de se passer la langue sur les lèvres comme pour réfléchir à la manière dont elle allait continuer. Tu nous as emprunté le registre des clients, l'autre jour, n'est-ce pas ? Vous vouliez comprendre pourquoi M. Tsukahara avait décidé de descendre chez nous. Vous en savez plus ?

— Ah, le registre… Je suis désolé, mais on en a encore besoin, parce qu'on n'a pas encore tout vérifié.

— Cela ne nous gêne pas. Donc, pour l'instant, vous n'avez encore rien trouvé ?

— Non, ou du moins personne parmi vos clients des deux dernières années qui ait un lien avec M. Tsukahara. Peut-être a-t-il choisi de venir chez vous sans raison particulière. Le Rokugansō est sur la liste des hôtels du site de l'office du tourisme.

Narumi hocha la tête en regardant droit devant elle. Elle semblait penser à autre chose.

— Quelque chose te préoccupe ? demanda-t-il.

— Je n'irais pas jusque-là mais… commença-t-elle, avec un sourire perplexe. Tu sais que nous avons un client en ce moment, ce professeur d'université qui s'appelle Yukawa. Hier quelqu'un lui a téléphoné ici. Je n'ai pas épié leur conversation, mais il a pris l'appel ici et il parlait fort, si bien que je l'ai entendu…

Nishiguchi était embarrassé. Il connaissait l'existence de ce client pour avoir vu son nom dans les documents de l'enquête mais ne l'avait jamais rencontré. Il lui semblait l'avoir vu de loin, mais ne savait plus où. Il ne mettait aucun visage sur ce nom.

— Je crois que l'appel venait d'un policier de la préfecture de Police de Tokyo, fit-elle en baissant la voix.

Il sursauta.

— De la préfecture de Police ?

— Il lui a dit : "Pourquoi est-ce que toi qui travailles pour la préfecture de Police m'appelles au sujet de cette affaire ?" Ensuite, il a dû se rendre compte qu'il parlait trop fort, et je n'ai plus saisi ce qu'il disait. Quand je lui en ai parlé, il m'a dit qu'ils étaient ensemble à la fac. Je n'en sais pas plus.

— Un prof de fac et un policier, hein…

Nishiguchi, qui était diplômé de l'enseignement supérieur, fit mentalement le tour de ses camarades d'études. Aucun d'entre eux n'était devenu universitaire.

— Je veux bien qu'il s'agisse d'un ami à lui, mais tu ne trouves quand même pas bizarre que quelqu'un de la préfecture de Police l'appelle pendant qu'il est ici ? Je me suis demandé si c'était pour lui poser des questions à notre sujet… Sur l'auberge, sur mes parents, sur moi.

Le visage de Nishiguchi se détendit.

— Mais non… Je ne prétendrais pas être un expert au sujet de la préfecture de Police, mais cela me paraît peu vraisemblable. Tu ne crois pas que s'il lui a demandé cela, c'est probablement parce que son ami séjournait par hasard dans le même hôtel ?

— Tu crois ? demanda Narumi, d'un ton qui trahissait son manque de conviction.

— Pourquoi te fais-tu tant de souci ? Je comprends que la mort suspecte d'un de vos clients te préoccupe, mais toi, tu n'as rien fait de mal. Ce serait embêtant s'il commençait à courir des rumeurs à votre sujet, et que vous ayez encore moins de clients, mais pour l'instant, je n'ai rien entendu de tel. Essaie de ne pas le voir comme un espion !

À peine venait-il de finir de parler que la porte de l'ascenseur s'ouvrit et qu'Isobe en descendit. Comme à son habitude, il avait une expression courroucée.

Au même moment, Narumi salua un client. Nishiguchi se retourna vers l'entrée. Un homme grand et mince, qui portait des lunettes, était en train de se déchausser. Ce devait être Yukawa.

Isobe le regarda et demanda quelque chose à Setsuko, avant de murmurer dans sa barbe qu'il avait de la chance.

— Excusez-moi, auriez-vous une minute à m'accorder ? lui demanda-t-il en lui montrant sa carte de police.

— C'est à quel sujet ? répondit Yukawa en le regardant froidement.

— À propos de votre emploi du temps il y a trois jours dans la soirée.

Yukawa jeta un coup d'œil à Narumi avant de lui répondre.

— De 20 heures à 22 heures et quelque, j'étais dans une taverne près du port, où j'ai consommé des fèves, et de la seiche pour accompagner l'eau-de-vie Kuro-kirishima que je buvais *on the rocks*. Au début, j'étais en compagnie de Mme Kawahata, et plus tard, de sa fille.

Il s'était exprimé sans aucune hésitation, et ce qu'il venait de dire correspondait à ce que l'enquête avait déjà établi.

— Vous n'avez remarqué aucun véhicule suspect à l'aller ou au retour ?

— Qu'entendez-vous par "suspect" ?

— Eh bien, par exemple, une voiture arrêtée au bord de la route avec quelqu'un à l'intérieur.

Yukawa réfléchit un instant.

— Non, je ne crois pas.

— Ah bon. Je vous remercie de votre collaboration, dit Isobe en inclinant la tête.

— Puis-je vous poser une question à mon tour ?

— Je vous en prie.

— Avez-vous identifié la source du monoxyde de carbone ?

— Pourquoi me demandez-vous cela ? fit Isobe, en ouvrant de grands yeux surpris.

— J'ai compris en voyant ce que faisaient les policiers scientifiques que c'était ce qu'ils cherchaient. Vous l'avez identifiée ?

— Je ne peux pas répondre à votre question. Je dois préserver le secret de l'enquête, lâcha le policier, en serrant les lèvres.

— Vraiment… Je comprends.

Un sourire flotta sur le visage du physicien qui se dirigea vers l'ascenseur.

24

Il était sur le point d'arriver au niveau supérieur. Quelqu'un frappa à la porte, cela le déconcentra une seconde, et un ennemi inattendu en profita pour barrer sa route.

— Zut ! Je suis foutu !

Il appuya sur les boutons de la télécommande aussi vite qu'il le put mais cela ne suffit pas. Une petite musique narquoise se fit entendre, et il perdit une de ses précieuses vies.

— Zut ! lâcha Kyōhei en adressant une grimace à l'écran avant de se tourner vers la porte. C'est qui ? La porte n'est pas fermée à clé !

Elle s'entrouvrit doucement, et le visage de Yukawa apparut.

— Ah, c'est vous, docteur !

— Je peux entrer ?

— Ouais.

Il le fit, le visage inexpressif. Il était en bras de chemise et tenait à la main sa veste et un porte-documents.

— Vous avez déjà fini votre travail ?

— Oui, pour aujourd'hui, en tout cas, répondit-il en s'approchant de la fenêtre. Mais cela ne m'a rien apporté, ou presque. Les formalités préliminaires à l'expérience sont terminées. Beaucoup trop de gens participent à ce projet. Et je me demande où ils ont trouvé leur responsable technologique. Il se mêle de tout, sans jamais rien dire de constructif. Je ne comprends pas ce qu'il fait là. Il complique tout, pesta-t-il avant de se retourner vers le petit garçon, comme s'il reprenait conscience de lui-même. Ah… Excuse-moi de t'infliger mes jérémiades.

— Ça ne me dérange pas. Vous n'avez pas eu une journée facile, on dirait.

— Non, pas vraiment. Travailler avec d'autres gens est toujours plus ou moins stressant.

— Je vous comprends. Quand je joue à plusieurs, je n'arrive pas à grand-chose si je ne m'entends pas bien avec les autres.

— Tu joues à plusieurs ?

— Oui, on peut jouer à trois ou quatre au même jeu. Il faut juste avoir assez de télécommandes.

— Hum, fit le physicien en regardant alternativement le petit garçon et l'écran de télévision. Tu es fort en jeux ?

— Assez.

— Tu me parais bien sûr de toi, commenta-t-il en regardant l'écran. Vas-y, joue !

— Maintenant ?

— Oui. C'est ce que tu faisais avant que j'arrive, non ?

— Je n'aime pas jouer quand quelqu'un me regarde. Surtout quand c'est un adulte.

— Ne fais pas tant de manières ! Allez, vas-y !

Yukawa s'assit en tailleur derrière lui, les bras croisés.

L'enfant se résigna à reprendre la télécommande pour se remettre à jouer. Au début, la présence de l'adulte lui pesa, mais il s'y habitua et réussit à se concentrer.

Après avoir réussi à surmonter l'épreuve qui l'avait fait échouer tout à l'heure, il mit le jeu en pause et se retourna vers l'adulte.

— Ça vous donne une idée, non ?

— Oui, murmura le physicien. J'ai l'impression que tu es plutôt fort.

— Juste l'impression ?

— Que puis-je dire d'autre ? Je ne connais pas ce jeu, et je n'ai jamais vu personne y jouer. Je ne dispose pas de données suffisantes pour évaluer ta force.

— Dans ce cas, essayez donc vous-même, suggéra le petit garçon en lui tendant la télécommande.

L'expression de son interlocuteur se fit incertaine.

— Non merci.

— Pourquoi vous ne voulez pas ?

— Je préfère les expériences dans le monde réel. Le monde virtuel ne m'intéresse pas.

— Pas la peine d'en faire tout un fromage ! Je comprends. Vous n'êtes pas sûr de vous, et vous préférez ne pas essayer.

Yukawa se crispa.

— Ce n'est pas ça du tout.

— Alors, essayez au lieu de faire l'important ! fit l'enfant en lui offrant à nouveau la télécommande.

Yukawa la prit à contrecœur.

— Je ne sais pas comment ça marche.

— Vous comprendrez vite, dit le petit garçon en mettant le jeu en route.

— Oh ! Doucement ! s'écria l'adulte en ouvrant plus grands les yeux.

Il se mit à appuyer sur les boutons de la télécommande, avec toute son énergie.

Il épuisa en un tour de main les trois vies qui lui restaient. Allongé sur le tatami, Kyōhei était littéralement tordu de rire.

— J'y crois pas ! Même ma mère est plus forte. Je n'ai jamais vu quelqu'un d'aussi nul que vous !

Le physicien reposa la télécommande sans changer d'expression.

— Je comprends un peu mieux maintenant. Tu es plutôt fort à ce jeu.

L'hilarité de l'enfant redoubla.

— Sans vouloir vous offenser, docteur, je n'ai pas envie que vous jugiez de ma force à ce jeu.

— Très bien. C'est quoi, ça ? demanda Yukawa en montrant les livres posés sur la table basse.

— Ça se voit non ? Des cahiers d'exercices de japonais et de maths.

— Ce sont tes devoirs de vacances ?

— Si je n'avais que ceux-là…

Il tira à lui un carton qui avait été livré à l'auberge le lendemain de son arrivée, dans lequel se trouvaient sa console de jeux et tous ses devoirs de vacances.

— D'abord, je dois tenir un tableau de bord. Tous les jours, il faut que je me fasse un programme, et que je note si j'ai accompli mes objectifs. C'est assez ennuyeux. Je dois aussi lire des livres et rédiger des rapports de lecture. En plus, il faut que je fasse une recherche personnelle. Je n'ai aucune idée de ce que je vais faire. Pourquoi les adultes nous imposent-ils des trucs pareils ? Ils pourraient au moins nous laisser tranquilles pendant les vacances d'été !

Le physicien ramassa le cahier de calcul et en tourna les pages.

— Tu n'as encore rien fait, ou presque. Tu arriveras à finir ?

— Je ne pense pas. Je m'en occuperai juste avant que l'école ne reprenne, en me faisant houspiller par ma mère. Elle me gronde, mais elle m'aide aussi.

C'est de cette manière qu'il avait procédé les autres années.

— Ça ne s'appelle pas t'aider. En agissant ainsi, ta mère t'empêche de faire des progrès.

— Vous pouvez dire ce que vous voulez, mais si je n'ai pas fait mes devoirs, je me ferai gronder à l'école.

— À mon avis, ce serait mieux pour toi.

— C'est facile pour vous de le dire ! s'exclama le petit garçon en essayant de lui reprendre le cahier.

Mais le physicien le garda hors de sa portée.

— Je vais te donner un coup de main. Pour que tu arrives à faire tout ce qui te reste en deux ou trois jours.

Kyōhei se redressa.

— Vous allez m'aider, docteur ?

— Je n'ai pas dit que j'allais t'aider mais que je te donnerai un coup de main. Je vais t'inculquer des notions qui te permettront de répondre à toutes les questions.

— Vous voulez dire que ce sera comme si vous me donniez des cours particuliers ?

— Oui, en quelque sorte.

— Bof ! jeta le petit garçon en faisant la grimace. Je ne suis pas ici pour travailler, moi !

— Pourtant, tôt ou tard, il faudra que tu t'y mettes ! rétorqua le physicien en ouvrant le cahier. "Trouve la somme des angles d'un octodécagone." Un jour, tu devras savoir répondre à cette question tout seul. Si tu deviens adulte sans en être capable, cela te jouera des tours, d'une manière ou d'une autre. Mieux vaut donc apprendre à le faire maintenant, non ? En plus, grâce à moi, tu as déjà fait une partie du travail.

— Hein ? Comment ça ?

— Avec la fusée ! Tu as pu voir le fond de la mer grâce à une fusée à eau, non ? Tu ne trouves pas que c'est une magnifique recherche personnelle ? J'ai toutes les données, il faudra juste que tu les mettes en forme.

— Oui ! s'écria le petit garçon en battant des mains. Mais c'est vous qui avez fait l'expérience. Je ne veux pas tricher, moi.

— Que ta mère t'aide à faire tes exercices de maths ne te pose pas de problème, mais tu te préoccupes soudain d'éthique ? Tu as participé à l'expérience. Ce que je te propose n'est pas tricher.

— Super ! Un devoir en moins ! fit le petit garçon en bombant le torse.

— Avec un tel état d'esprit, tu devrais arriver à faire le reste, fit Yukawa en agitant les cahiers.

Kyōhei fronça le nez.

— OK. Je veux bien essayer. Si vous m'expliquez ce que je ne comprends pas, je devrais y arriver un peu plus facilement, acquiesça-t-il en se grattant la tête.

— Merci de ta confiance. En échange, tu veux bien me rendre un service ?

— Lequel ? fit le petit garçon, intrigué.

— Tu sais ce qu'est un passe-partout ? La clé qui peut ouvrir toutes les chambres dans un hôtel ou une auberge.

— Il y en a un chez mon oncle et ma tante. J'ai vu Narumi le sortir d'un tiroir.

— Je voudrais m'en servir. Pas longtemps, bien sûr.

— Pas de problème. Je vais aller l'emprunter.

Le petit garçon se leva. Mais l'adulte le retint.

— Je n'ai pas dit maintenant. Et il ne s'agit pas de l'emprunter ouvertement. Il s'interrompit pour s'humecter les lèvres du bout de la langue. Mais en cachette, reprit-il en baissant la voix.

25

Nishiguchi arriva vers 20 heures au commissariat de Hari, après avoir quitté Isobe qui était reparti pour le siège de la police de la préfecture. Il y régnait une grande agitation. En voyant ses collègues s'affairer, il comprit que la décision de créer sur place une cellule chargée de l'enquête avait été prise.

La grande salle de réunion, qui était la pièce la plus vaste du commissariat, se remplissait à vue d'œil d'ordinateurs et d'autres équipements de bureau.

Quelqu'un vint lui taper sur l'épaule. Il se retourna et vit Hashigami, l'air sombre.

— Si tu restes ici les bras ballants, tu vas devoir t'y mettre aussi. J'imagine que tu n'as pas encore dîné. Allons-y ensemble !

— Tu crois qu'on peut ?

— Oui, parce que dorénavant, on va devoir se décarcasser pour les gens venus du siège de la police de la préfecture. Ne ratons pas cette occasion de nous éclipser, elle ne se représentera pas de sitôt.

Hashigami se dirigea vers l'entrée et Nishiguchi lui emboîta le pas.

Ils allèrent dans un bar-restaurant proche du commissariat où Nishiguchi choisit le plat de viande grillée. Il lui fallait prendre des forces puisqu'il allait devoir se démener.

— C'est pas de chance, hein ! On croyait que c'était un accident, mais pas du tout. Ce contrôleur général de Tokyo nous a mis dans de beaux draps. Ceux de la police de la préfecture nous traitent comme si on avait bâclé l'enquête préliminaire, mais qui aurait pu penser que c'était autre chose qu'un accident ? D'ailleurs, si on se mettait à demander une autopsie pour chaque mort accidentelle, on se ferait sacrément remonter les bretelles ! se plaignit Hashigami en mangeant son poisson grillé.

— Tu as fait quoi aujourd'hui ?

— Une enquête de voisinage à Hari-Est, avec les gens de la préfecture. Enfin, je leur ai surtout servi de guide.

— Dans le lotissement de Marin Hills ?

— Oui, mais pas seulement. On est aussi allés dans un autre quartier, celui où les parents de la femme de Semba, qui est morte, habitaient jadis. Leur maison n'existe plus, elle a été remplacée par un parking.

— Sa femme était de Hari-Est ?

— Apparemment.

Hashigami posa ses baguettes et sortit son calepin de sa poche.

— D'après les informations reçues de Tokyo, Semba lui-même était originaire de Toyohashi, dans la préfecture d'Aichi. Il est monté travailler à Tokyo, et quand il avait trente ans il s'est marié avec une collègue qui était de Hari-Est.

"Épouse : Etsuko, née Hino", lut-il dans le carnet de son collègue.

— Si je comprends bien, il aurait acheté une maison de vacances tout près de celle des parents de sa femme ?

— Non, la maison des parents de sa femme n'existait déjà plus quand il s'est marié, parce que sa famille à elle avait quitté Hari quand elle était lycéenne, lorsque son père avait été muté à Yokohama. Après leur mariage, les Semba se sont installés à Tokyo. Semba a créé sa propre société de réparations d'appareils ménagers à l'âge de trente-cinq ans. Ils habitaient alors l'arrondissement de Meguro, à Tokyo. Son entreprise était florissante, et il a acheté onze ans plus tard une résidence secondaire à Hari-Est. Apparemment pour réaliser le souhait de sa femme d'habiter un jour dans une maison d'où elle puisse voir la mer dans son pays natal. C'est ce qu'il a expliqué aux enquêteurs quand il a été arrêté pour meurtre.

Hashigami referma son calepin.

— Ah bon ! Ça ne devait pas être un mauvais bougre, non ? remarqua Nishiguchi avant d'enfourner une nouvelle bouchée de viande grillée.

— L'occasion fait le larron. Ses affaires ont dû prospérer puisqu'il a pu s'acheter une maison de vacances, mais sa boîte n'était pas assez grande, et cela la fragilisait. Ensuite, il a voulu se lancer dans un nouveau secteur, ça n'a pas marché, il n'a plus réussi à rembourser ses emprunts, et il a coulé. Heureusement pour lui, il a pu garder son logement et sa résidence secondaire. Peu de temps après, sa femme est tombée malade. D'un cancer.

— D'un cancer ? répéta Nishiguchi. C'est triste.

— Il a manqué de chance, commenta son collègue en continuant à manger. Il a été contraint de vendre leur appartement de Tokyo pour payer son traitement, et ils sont venus vivre ici tous les deux. D'une certaine façon, son rêve à elle était devenu réalité. Mais cela n'a pas duré puisqu'elle est morte assez rapidement.

— Il a dû se sentir vraiment seul à Marin Hills, dit Nishiguchi qui n'avait pas oublié le sentiment de désolation qu'il avait éprouvé là-bas.

— Il y est resté quelque temps, mais comme il n'avait aucun revenu ici, sa vie était de plus en plus difficile et il est reparti chercher du travail à Tokyo. Il a commis son crime à cette époque.

— La suite, je l'ai lue. Si je ne me trompe pas, la victime était une ancienne entraîneuse.

— Avec qui il s'est querellé à propos d'argent qu'il lui aurait prêté. Elle refusait de le lui rendre, il s'est énervé, et il l'a tuée. La mort de sa femme a dû lui faire perdre la tête. C'est une histoire idiote, mais j'éprouve malgré tout de la pitié pour lui.

Nishiguchi leva la main pour l'interrompre.

— Tu crois que M. Tsukahara était dans le même cas ?

Son collègue réfléchit quelques instants.

— Sans doute. J'imagine que c'est lui qui l'avait interrogé. Et ce doit être lui qui a rédigé le rapport, et qui lui a posé des questions sur sa femme. J'ai l'impression qu'il cherchait à lui fournir des circonstances atténuantes.

— Il ne ressentait probablement pas de haine pour lui.

— Probablement pas, acquiesça Hashigami. J'ai rencontré plusieurs personnes qui habitent encore le quartier où vivaient les parents de sa femme. Quand Semba s'est installé à Marin Hills, il est venu les saluer, avec sa femme. Tous les gens à qui j'ai parlé m'ont dit que Semba était un homme d'une grande gentillesse. Et que s'il avait tué, il avait dû avoir une bonne raison. Je me demande si c'est ce qui a poussé M. Tsukahara à venir ici.

— Cette histoire aurait un rapport avec le meurtre de M. Tsukahara ?

Hashigami fit non de la tête.

— Non. Les gens du siège m'ont donné le sentiment de ne plus s'y intéresser.

26

La télévision montrait une émission de variétés dans laquelle des célébrités devaient relever différents défis. Ce n'était pas particulièrement intéressant, mais Kyōhei, assis par terre, les bras autour des genoux, faisait semblant d'être captivé. Setsuko apporta une assiette de quartiers de poire épluchée et lui dit de se servir. Il la remercia et en prit un avec les doigts, sans utiliser de fourchette à fruit.

Il n'avait pas dîné avec Yukawa mais avec la famille de sa tante et il était ensuite resté chez eux.

Shigeharu lisait un livre en buvant du thé. Narumi était sortie sitôt le repas terminé.

— Et qu'as-tu fait de beau aujourd'hui ? J'ai l'impression que tu n'es pas beaucoup sorti, demanda son oncle.

— Euh… J'ai fait mes devoirs de vacances. Après j'ai joué.

— Tu as fait tes devoirs ? Bravo !

— Je viens juste de commencer. Le docteur m'a dit qu'il m'expliquerait si je ne comprenais pas.

— Le docteur ?

— Il veut dire M. Yukawa, lui apprit Setsuko avant de se lever.

Elle quitta la pièce, probablement pour retourner dans la cuisine.

— Je vois. Je me demande combien de temps il compte rester ici, celui-là, s'interrogea Shigeharu.

— Il ne sait pas encore, répondit le petit garçon. Il a dit que les gens de DESMEC étaient de véritables imbéciles et que ses travaux n'avançaient pas du tout.

— Ah bon ! Il enseigne à l'université Teito et j'imagine qu'il ne partira pas sans payer, remarqua Shigeharu en caressant son crâne chauve. Il t'a parlé de l'accident ?

— Comment ça ?

— Je ne sais pas, moi, il aurait pu te dire qu'il trouvait déplaisante l'idée que quelqu'un soit mort ici, ou qu'il se demandait comment c'était arrivé.

— Non, il ne m'en a pas parlé, sinon pour dire que la police venait trop souvent ici.

— Ah oui ?

Il hocha la tête, et poussa un long soupir.

— Tu n'as vraiment pas eu de chance. Je regrette que cette histoire se soit produite pendant ton séjour. Je suis désolé de ne pas pouvoir tenir ma promesse de t'emmener à la plage.

— Ce n'est pas grave. Je peux aller à la mer quand je veux !

— Tu crois ? répondit son oncle.

Le téléphone se mit à sonner. Mais la sonnerie s'arrêta très vite. Setsuko avait dû répondre en décrochant le combiné de la réception.

Kyōhei regarda l'horloge. Il était presque 21 heures. L'émission de variétés était terminée. Il prit la télécommande et se demanda comment justifier sa présence ici. Son oncle n'allait probablement pas tarder à prendre son bain, il devait s'arranger pour rester.

Il appuya sur une des touches de la télécommande, et tomba sur un feuilleton dans lequel jouait une chanteuse à la mode. Il ne l'avait jamais regardé, mais il se redressa, comme s'il avait attendu le nouvel épisode avec impatience.

— Je n'aurais jamais imaginé que tu suivais cette série ! s'étonna Shigeharu.

— Si, je l'aime bien ! répondit le petit garçon, les yeux rivés sur l'écran.

Sa manœuvre avait réussi. Son oncle détestait apparemment ce genre de fictions télévisées.

Le téléphone se remit à sonner, d'une autre sonnerie que tout à l'heure. Cela signifiait que l'appel venait de l'intérieur de l'auberge.

— Qui est-ce que ça peut être ? fit son oncle sans faire un geste pour décrocher.

Il y eut un bruit de pas dans le couloir, et Setsuko apparut.

— C'est le père de Kyōhei, annonça-t-elle avant de prendre l'appareil. Allô, tu m'entends ?... Oui, je te le passe.

Elle se tourna vers son neveu et lui tendit le combiné.

— C'est papa ?

— Oui. Il appelle d'Osaka.

Le petit garçon mit l'appareil contre son oreille.

— Allô !

— Salut, c'est papa. Tu vas bien ? demanda Keiichi d'une voix pleine d'entrain.

— Oui, ça va.

— Ah bon ! Ta tante m'a raconté ce qui est arrivé. C'est terrible. Quand ta mère a appelé hier, tu lui as dit que tout allait bien, n'est-ce pas ? Pourquoi ne lui en as-tu pas parlé ?

Parce que ça m'embêtait, pensa Kyōhei sans le dire tout haut.

— Je me suis dit que ce n'était pas grave.

— Comment ça ? Quelqu'un est mort, c'est grave, non ? Mais tu es sûr que tout va bien ?

— Pourquoi ?

— Tu dois être mal à l'aise à cause des visites de la police, non ? Et puis tu ne peux aller nulle part, non ?

— Non, ça va. Je joue, et puis je fais aussi mes devoirs.

— Vraiment ? Si jamais tu ne te sens pas bien là-bas, il faut nous le dire.

— D'accord, fit-il en pensant que ses parents seraient bien embêtés s'il le faisait.

Ils l'avaient envoyé ici parce qu'ils ne pouvaient pas l'emmener à Osaka avec eux, non ? se dit-il *in petto*.

— Donc tu vas rester encore un peu là-bas ?

— Oui.

— Bon. Dans ce cas, repasse-moi ta tante. Non, attends une seconde. Maman veut te parler.

— Ce n'est pas la peine. Je l'ai eue hier.

Il tendit l'appareil à sa tante qui mit rapidement fin à la conversation.

— Ton frère se fait beaucoup de souci ? demanda Shigeharu à sa femme.

— Pas tant que ça. Je le connais, il ne peut se concentrer que sur une seule chose à la fois, et pour l'instant, c'est son travail, expliqua-t-elle avant de tourner les yeux vers son neveu. Tu peux rester chez nous aussi longtemps que tu veux, mais si tu as envie d'être avec tes parents, n'hésite pas à nous le dire. Je téléphonerai à ton père tout de suite.

— Oui, répondit Kyōhei en hochant la tête.

— Bon, je vais prendre mon bain, lança Shigeharu.

Setsuko retourna dans la cuisine. Le petit garçon était enfin seul.

Il passa la tête dans le couloir pour vérifier qu'il n'y avait personne, et ouvrit un des tiroirs du meuble à côté du téléviseur. Il contenait une clé à laquelle était attachée une étiquette en bois. Kyōhei la mit dans la poche de son pantalon.

Puis il éteignit la télévision et quitta la pièce en courant. Pieds nus, pour faire moins de bruit, il traversa le hall d'entrée et prit l'ascenseur. Son cœur battait très vite, et ce n'était pas parce qu'il avait couru.

Il descendit au deuxième étage et alla frapper à la porte de la chambre "Nuages sur la mer", celle de Yukawa. Il y eut un bruit de clé, elle s'ouvrit et le professeur apparut.

— Voilà ! dit le petit garçon en lui tendant le passe-partout.

— Merci ! J'ai combien de temps devant moi ?

— Une vingtaine de minutes, le temps qu'il prenne son bain.

— Cela suffira amplement. Allons-y.

Il sortit de sa chambre. Lui aussi était pieds nus. Il était le seul client, personne ne pouvait l'entendre, mais il préférait sans doute prendre ses précautions.

Au lieu de monter dans l'ascenseur, il choisit l'escalier. Arrivé au troisième, il partit dans la direction opposée à celle qu'attendait le petit garçon.

— Vous allez où, docteur ? La chambre "Arc-en-ciel", c'est de l'autre côté, vous savez.

Yukawa s'arrêta.

— La chambre "Arc-en-ciel" ?

— Vous vouliez voir la chambre de l'homme qui est mort, non ?

Il n'avait pas oublié que le docteur avait dit qu'il voulait utiliser le passe-partout pour aller dans une chambre. Il en avait conclu que ce devait être celle du client qui était mort sur les rochers. Il avait d'ailleurs envie de la voir. La notification de la police, qui en interdisait l'accès, le rendait encore plus curieux.

Mais l'adulte fit non de la tête.

— Je n'ai rien à y faire.

— Où allez-vous, alors ?

— Suis-moi et tu verras.

Il recommença à marcher et s'immobilisa devant la porte de celle qui s'appelait "Océan".

— Ici ?

— Oui, répondit Yukawa en sortant quelque chose de sa poche. Mets-les, s'il te plaît, dit-il en lui tendant des gants de jardinage blanc pour adultes, trop grands pour les mains de Kyōhei. Malheureusement, je n'en ai pas pour enfants. Évite… ou plutôt fais en sorte de ne toucher à rien dans la chambre.

— Qu'est-ce que vous voulez faire ?

L'adulte réfléchit un moment.

— Une petite vérification.

— Une vérification ? De quoi ?

— Disons de physique. Ce bâtiment a une structure particulièrement intéressante. Elle pourrait m'aider dans mes travaux, et je voudrais en savoir plus à son sujet.

— Vous pourriez en parler à mon oncle et à ma tante !

— Non, je ne peux pas. La police vient souvent ici et si ton oncle leur parlait de ma visite ici, ils me poseraient des questions. Cela m'embêterait d'y répondre. Donne-moi la clé.

— C'est compliqué d'être scientifique, je trouve ! fit le garçon en lui obéissant.

— La recherche de la vérité n'est jamais de tout repos.

Yukawa fit tourner la clé dans la porte et l'ouvrit. Il trouva l'interrupteur, alluma la lumière et se dirigea vers le fond de la pièce. Le garçon le suivit. La climatisation ne marchait pas, l'air était étouffant.

La chambre était aussi grande que celle attribuée à Kyōhei. Le physicien en fit le tour des yeux, puis il s'accroupit. Il frotta les tatamis de la main et regarda ses gants.

— Que faites-vous ?

— Rien d'important. Je pensais que le sol serait poussiéreux, puisque la chambre ne sert pas souvent. Mais le ménage est bien fait dans cette auberge.

Il s'approcha de la fenêtre et ouvrit le rideau. Le garçon regarda dehors. Elle donnait sur le jardin dans lequel lui et son oncle avaient fait un feu d'artifice.

— Tu m'as dit que tu avais lancé des fusées avec ton oncle, n'est-ce pas ?

— Oui, cinq, je crois.

— Cette fenêtre était fermée à ce moment-là ?

— Oui.

— Tu en es sûr ?

— Absolument. Si jamais elle avait été ouverte, cela aurait été dangereux car une fusée aurait pu y entrer. Et avec mon oncle, on a bien vérifié que tout était fermé.

— Ah bon, fit le physicien. Il y avait de la lumière dans cette chambre ?

— De la lumière ?

— Lorsque vous avez vérifié que toutes les fenêtres étaient fermées, il n'y avait pas de lumière ici ?

— Euh… Pris au dépourvu, Kyōhei hésita. Je ne sais plus.

— L'autre soir, aucune des chambres de ce côté n'était occupée, je crois. Donc, il ne devait y avoir aucune lumière.

Le petit garçon comprenait ce que l'adulte venait de dire. Mais sur le moment, il n'avait pas du tout pensé à cela. Avait-il vu une chambre éclairée ? Il avait l'impression que oui, sans en être certain.

Il le dit à Yukawa qui hocha la tête et referma le rideau. Puis il commença à faire le tour de la pièce en scrutant le mur, contre lequel il frappa deux ou trois fois, comme pour vérifier le bruit produit.

— C'est un vieux bâtiment. Je me demande quel âge il peut avoir.

— Je ne sais pas exactement, mais plus de trente ans, je crois. C'est le père de mon oncle qui l'a fait construire. Et mon oncle lui a succédé il y a une quinzaine d'années.

— Une quinzaine d'années ? Et ton oncle a quel âge ?

— Euh… Il a dit plus de soixante mais pas encore soixante-dix.

— Ça me paraît vraisemblable. Sa femme est beaucoup plus jeune que lui, non ?

— Elle a dit qu'elle n'était pas encore proche de la soixantaine mais qu'elle avait dépassé les cinquante ans.

— Vraiment ? Donc elle doit avoir cinquante-trois ou cinquante-quatre ans. Elle fait plus jeune, lâcha le physicien qui leva soudain la tête, comme s'il pensait à quelque chose. Mais ton père, il a quel âge ?

— Quarante-cinq ans.

— Ta tante et lui ont une grande différence d'âge !

— Oui, mais ils ne sont pas de la même mère. Celle de ma tante est morte jeune, et mon père est le fils de la deuxième femme de mon grand-père.

— Je vois. Autrement dit, ils ne sont pas du même lit.

— À ce qu'il paraît, ma tante a vite quitté la maison pour aller vivre à Tokyo toute seule. Papa m'a dit qu'il ne l'avait pas vraiment connue comme sa sœur, et qu'il a plutôt l'impression que c'est sa tante.

— Ce n'est pas très gentil de dire ça. Peu importe, ton oncle avait donc plus de cinquante ans quand il a repris l'auberge. Que faisait-il avant ?

— Il travaillait dans une société de moteurs.

— De moteurs ?

— Il était souvent muté, parfois sans sa femme. Je crois qu'à Tokyo, ma tante a souvent vécu seule avec sa fille parce qu'il travaillait ailleurs.

— À Tokyo ? Tu veux dire qu'ils sont de Tokyo ?

— Pourquoi ça vous intéresse ?

— Pour rien.

Yukawa ouvrit ensuite la porte du placard qui contenait la literie. Il l'observa quelques secondes, sortit les futons et y entra. Il tapota le mur et le toucha.

— Docteur ! s'écria le petit garçon soudain plein d'une angoisse inexplicable.

L'adulte ressortit du placard dans lequel il replaça la literie avant d'en refermer la porte.

— Bon, on s'en va.

— Vous avez fini ?

— Oui. Tout était comme je m'y attendais, répondit le physicien en éteignant la lumière.

Le petit garçon regarda son profil. Il ne lui avait jamais vu une expression aussi sévère.

27

Il était presque 22 heures lorsque Kaoru Utsumi l'appela. Il arrêta sa voiture au bord de la rue du quartier d'Asagaya pour prendre l'appel.

— Tu ne communiques pas assez ! Sais-tu combien d'heures se sont écoulées depuis que je t'ai déposée à Sanya ?

— Toutes mes excuses. J'ai tellement marché que j'en ai oublié l'heure.

— C'est ce que tu as fait jusqu'à maintenant ?

— Oui. Je pense être passée dans la plupart des hôtels bon marché du quartier. Je suis épuisée.

Kusanagi entendit cependant dans sa voix quelque chose qui ressemblait à de l'entrain. Il ressentit de l'admiration pour elle.

— C'est normal, après un tel effort. Et tu as appris quelque chose ?

Elle ne répondit pas immédiatement.

— Oui, on peut dire ça.

— Très bien. Où es-tu maintenant ?

— En route pour Asakusa. À pied.

— Asakusa ? Pourquoi ?

— Parce que j'ai faim. Je n'ai pas eu le temps de dîner et je connais un bon petit restaurant là-bas.

— Dis-moi où il est et je t'y retrouve. Ce soir, c'est moi qui t'invite.

— Vraiment ? Dans ce cas, je connais un endroit encore meilleur.

— N'abuse pas de ma bonté ! Dis-moi comment il s'appelle.

Il en trouva les coordonnées sur son GPS et le programma pour y aller.

Le restaurant se trouvait non loin du pont Azumabashi, dans une rue coincée entre la Sumida et l'avenue Edo-dōri. Par bonheur, il était voisin d'un parking.

Les deux collègues s'assirent l'un en face de l'autre à une table ronde coupée dans une bûche géante. Kaoru Utsumi lui conseilla la langue de bœuf et ils en commandèrent tous les deux.

— Eh bien... Peux-tu à présent me faire part de ce que tu as trouvé ? dit-il en allumant une cigarette.

Elle sortit un carnet bleu marine de son sac.

— Tu ne t'étais pas trompé. M. Tsukahara a cherché Hidetoshi Semba et s'est promené dans le quartier muni de sa photo. C'est ce qu'on m'a dit dans neuf des hôtels bon marché où je suis allée aujourd'hui. Et dans plusieurs autres, on se souvenait d'un homme d'une soixantaine d'années qui cherchait quelqu'un.

Kusanagi souffla de la fumée vers le plafond.

— Donc, j'ai vu juste. Et tu sais s'il l'a retrouvé ?

Elle releva le visage et fit non de la tête.

— Je crois pas. Sinon, il n'aurait pas eu besoin d'aller dans autant d'hôtels.

— Tu veux dire que tu as rencontré beaucoup de gens là-bas qui se souvenaient de M. Tsukahara, mais aucun de Semba ?

— J'ai montré sa photo à de nombreuses personnes, mais aucune ne l'a reconnu.

— Ça ne m'étonne qu'à moitié.

Le serveur apporta leurs plats. Il y avait sept tranches de langue sur chaque assiette, accompagnées d'igname, de riz aux céréales, de salade, et d'un bol de bouillon de queue de bœuf.

Kusanagi éteignit sa cigarette.

— Ça n'a pas l'air mauvais.

— Tu ne croyais pas à la possibilité de retrouver Semba à Sanya ?

— Pas vraiment. Même s'il n'avait pas de domicile fixe, je ne le voyais pas aller à Sanya. Ce n'est plus comme autrefois, ce ne sont plus les journaliers qui fréquentent les auberges bon marché du quartier mais les jeunes touristes étrangers qui voyagent le sac au dos. D'ailleurs, le prix des hébergements a augmenté, et il est trop élevé pour les gens sans travail. Peut-être M. Tsukahara l'ignorait-il parce qu'il ne s'occupait plus d'enquêtes ces dernières années, ou alors il le savait mais tenait à s'en assurer. Il avait la réputation d'être un détective hors pair, et je pense qu'il ne négligeait jamais aucune piste.

Il prit une bouchée de viande.

— C'est délicieux ! s'exclama-t-il, séduit par l'équilibre entre le goût et la consistance. Qu'est-ce que j'ai envie d'une bière !

— De nos jours, ce serait plutôt les cafés Internet, non ?

Kusanagi, la bouche pleine de riz, fit oui de la tête.

— Bien sûr. Les gens qui ne savent où dormir s'y réfugient. On peut y passer la nuit pour bien moins cher que dans les auberges de Sanya. Et même y prendre une douche. Ce riz aux céréales est exquis !

— Je ferai le tour des cafés Internet demain. Mais je ne comprends pas pourquoi M. Tsukahara cherchait Semba.

Son collègue goûta au bouillon, puis tendit la main pour prendre son veston qu'il avait posé sur la chaise voisine de la sienne. Il en sortit son carnet.

— Je suis passé lire le dossier sur Semba au commissariat d'Okigubo. Comme il s'agissait d'un meurtre, une cellule de recherche avait été mise en place pour s'en occuper. À cette époque, M. Tsukahara travaillait avec un brigadier, un certain Fujinaka qui est toujours au même commissariat. Il est en congé maladie en ce moment mais lorsque le commissariat lui a téléphoné, il a accepté de me rencontrer, et je suis allé le voir. Figure-toi qu'il habite au trentième étage d'une résidence luxueuse. Sa femme est masseuse, elle gagne très bien sa vie, m'a-t-il expliqué. Je me souvenais de Mme Tsukahara que nous avons vue ce matin, et je me suis dit que nous ne sommes pas tous pareils, dans la police.

Hiroshi Fujinaka paraissait plus vieux que ses cinquante et quelques années. Il souffrait du cœur, mais sa maigreur n'avait rien à voir avec cela, avait-il dit à Kusanagi. Il n'avait jamais réussi à prendre du poids.

“Je me souviens très bien de cette affaire. J'étais le partenaire de M. Tsukahara, mais je n'ai presque pas pu l'aider, sauf un peu, à la fin. C'est d'ailleurs surtout pour cela que je me le rappelle”, avait-il raconté en fronçant les sourcils, avec le ton posé d'un instituteur.

Lorsque Kusanagi lui avait demandé s'il était avec M. Tsukahara au moment de l'arrestation de Semba, il avait répondu qu'il se trouvait à un autre endroit et n'avait jamais cessé de le regretter. Il aurait aimé assister à l'interpellation.

Il n'avait cependant pas dit qu'il aurait aimé arrêter le suspect lui-même, ce qui surprit Kusanagi.

“Vous avez dit que vous n’aviez fourni de l’aide à M. Tsukahara qu’à la fin de l’affaire. Pourriez-vous dire de quelle manière ?” lui avait-il demandé.

Fujinaka avait pu lui servir de guide. L’affaire en elle-même était très simple, les aveux du criminel étaient fiables, tout avait pu être vérifié, mais un seul point demeurait obscur, avait-il continué.

Il s’agissait du lieu du crime. La victime avait été retrouvée dans une rue d’un quartier résidentiel d’Ogikubo. Semba avait expliqué que la dispute s’était produite dans un parc proche. La victime s’était bruyamment moquée de lui. Il l’avait suivie, hors de lui, quand elle s’était éloignée, et il l’avait poignardée.

Cela correspondait à ce que disait le dossier. Il ne voyait pas ce que cette affaire avait d’obscur et il l’avait dit à Fujinaka.

Son interlocuteur s’était redressé pour répondre que personne ne comprenait pourquoi le crime avait eu lieu à Ogikubo. Nobuko Miyake habitait Kiba, dans l’arrondissement de Kōtō, et Semba, celui d’Edokawa. Moins de dix kilomètres séparent ces deux endroits, alors qu’Ogikubo, situé de l’autre côté de Tokyo, est à une trentaine de kilomètres.

Kusanagi avait cité les déclarations de Semba. Nobuko Miyake était là-bas quand il l’avait appelée. Elle lui avait dit qu’il n’avait qu’à venir s’il voulait la rencontrer.

Fujinaka avait ajouté en hochant la tête que M. Tsukahara s’interrogeait sur la raison de sa présence dans cette partie de la capitale. Il avait posé la question à Semba qui lui avait répondu qu’il n’en savait rien et n’y avait même pas pensé, obsédé qu’il était par l’idée de récupérer son argent. Les deux policiers s’étaient efforcés de retracer les pas de la victime et avaient mené une enquête de voisinage approfondie, qui s'était révélée infructueuse. Ils n'avaient pas réussi à résoudre cette énigme.

Kusanagi avait avoué ne pas comprendre la nécessité de le faire. Fujinaka avait admis qu'il partageait son sentiment. Le coupable avait reconnu son crime, son récit était cohérent, cela ne le dérangeait pas que cette affaire conserve une part d'ombre. Mais il n'en allait pas de même pour Tsukahara, qui ne s'était pas contenté de parcourir le quartier où avait eu lieu le crime mais avait mené d'autres recherches de son côté. Après le procès, il avait rendu visite à Fujinaka et lui avait répété combien cela le frustrait. "Je me souviens d'avoir pensé que cette différence d'attitude entre nous montrait à quel point Tsukahara était un véritable enquêteur, un homme d'une tout autre trempe que moi", avait-il conclu en souriant.

Kaoru Utsumi se remit à manger lorsque son collègue se tut.

— M. Tsukahara aurait-il eu des doutes sur la victime plutôt que sur Semba ?

— Oui, d'après ce que dit Fujinaka. Je me demande pourquoi il s'est entêté à ce point. Comprendre le contexte d'un crime est certes nécessaire, mais on arrive rarement à faire la lumière sur absolument tout. De plus, en général, on ne se préoccupe pas de ce qu'a fait la victime avant qu'elle en soit devenue une, parce que cela n'apporte rien ou presque. Mais M. Tsukahara devait avoir une raison pour montrer une telle obstination.

— Laquelle ?

— Il devait penser que s'il ne le découvrait pas, il ne pourrait pas comprendre la vérité à propos de ce crime. Il devait croire que Semba n'avait pas tout dit, ou qu'il mentait. C'est ce qu'il a dû penser en rédigeant le compte rendu d'enquête.

— Sur quoi se basait-il pour affirmer cela ?

— Je ne sais pas. Quelque chose a dû éveiller son instinct de flic pendant qu'il interrogeait Semba.

— S'il pensait que celui-ci mentait, pourquoi n'a-t-il pas plus essayé de le lui faire admettre ?

— Probablement parce qu'il n'avait aucun élément décisif en ce sens. Face à des aveux cohérents, vérifiés, comment veux-tu faire ? J'ai lu tout le dossier sans rien trouver qui me paraisse bizarre. Même si le lieu du crime était incompréhensible, l'absence d'explications de la part de Semba à ce sujet ne gênait pas l'enquête.

Kusanagi finit ce qui restait dans son assiette. Tout avait refroidi. Il avait tellement parlé qu'il n'avait pu savourer le repas comme il le méritait.

— Nous devrions enquêter sur cette Nobuko Miyake, non ? suggéra-t-elle.

Son collègue hocha la tête en avalant une gorgée de bouillon.

— Je suis d'accord. Je commencerai demain. Ce ne sera probablement pas simple. M. Tsukahara a dû essayer, à l'époque.

— Moi, je vais continuer à chercher où est passé Semba.

— Tu comptes faire la tournée des cafés Internet ? Munie des photos de M. Tsukahara et de Semba ?

— Tu es contre ?

Kusanagi fit une moue sceptique.

— Non mais…

— Mais quoi ? demanda-t-elle d'une voix pleine de défi.

— Il doit y avoir une manière plus efficace d'agir. Plutôt que d'aller d'un café à l'autre, ce serait plus simple d'aller dans les lieux où les gens de ce genre se rassemblent, tu sais !

— Les lieux où les gens de ce genre se rassemblent ?

— Oui, ceux qui n'ont ni travail ni domicile fixe… certains endroits les attirent, et assurent parfois leur survie.

Elle réfléchit quelques instants, le visage sombre, et ouvrit soudain de grands yeux.

— Tu parles des soupes populaires ?

— Exactement, fit-il en souriant. Il y a plusieurs groupes de bénévoles qui en organisent régulièrement, non ?

— Merci pour ta suggestion ! Je vais m'informer là-dessus, dit-elle en la notant dans son calepin.

— Mais moi, comment vais-je faire ?… La victime était originaire de Chiba et n'avait apparemment que peu de contacts avec sa famille ou ses parents. À l'origine, elle travaillait dans des bars, mais j'imagine que ceux qui l'ont employée n'existent plus depuis longtemps. Quand bien même ils existeraient encore, je doute que quelqu'un se souvienne d'une femme qui y était entraîneuse il y a des années.

Puisque l'argent était le mobile du crime, l'enquête s'était intéressée aux finances de la victime. Son compte bancaire était dégarni, elle avait plusieurs crédits en cours. Les enquêteurs avaient aussi identifié plusieurs personnes à qui elle devait de l'argent.

— La veille du crime, Semba et elle avaient bu un verre dans un bar où on les connaissait. Le patron du bar a d'ailleurs contribué à l'arrestation de Semba. Tu pourrais peut-être aller le voir.

— C'est vrai. Ce n'est peut-être pas une mauvaise idée. Mais ce crime a été commis il y a plus de quinze ans. Pourvu que ce bar existe toujours !

— À mon avis, tu as plus de chance de le retrouver que ceux où la victime avait travaillé.

— Ce n'est pas faux. À mon tour de te remercier. Ce bar était à Ginza, non ? On pourrait y aller maintenant.

Un sourire illumina le visage de la jeune femme.

— Comme ça, on sera quittes, non ?

— Qu'est-ce que tu racontes ? Tu crois que cela suffit ? rétorqua Kusanagi en allumant une cigarette.

Ils sortirent du restaurant. Kusanagi était en train de régler le parking lorsque son portable sonna. L'appel venait d'une cabine.

— Je suis sûr que c'est notre ami, glissa-t-il à sa collègue avant d'y répondre.

— Bonsoir, c'est moi, Yukawa. Je ne te dérange pas ?

— Non, je viens de finir de dîner. Je suis avec Utsumi. Il y a du neuf ?

— Oui, j'ai un peu avancé. Je ne peux pas te donner plus de détails maintenant, mais j'ai identifié une personne qui semble mêlée de près à cette histoire.

Il serra plus fort le téléphone.

— Quelqu'un que tu considères comme un suspect ?

Yukawa réfléchit quelques secondes.

— Libre à toi d'utiliser ce terme, répondit-il ensuite.

— OK. De qui s'agit-il ?

— Du propriétaire de l'auberge, fit le physicien après une nouvelle pause.

— Quoi ? s'écria son ami. Cette auberge, elle s'appelle comment, déjà ?

— Rokugansō. Le propriétaire est un certain Shigeharu Kawahata. Avant de succéder à son père, il travaillait à Tokyo. Je voudrais que vous enquêtiez sur lui… et sur sa famille.

28

Yukawa entra dans le salon et salua Narumi qui venait de finir de disposer les plats du petit-déjeuner.

— Bonjour, monsieur Yukawa. Vous avez bien dormi ?

— J'ai dormi, ça oui, mais pas très bien. J'ai peut-être un peu forcé sur le vin hier soir.

Il avait mauvaise mine. Elle remplit son gobelet de thé, il la remercia et le porta immédiatement à ses lèvres.

— Vous aussi irez voir le bateau aujourd'hui ?

Il lui jeta un coup d'œil surpris.

— Comment ça, "vous aussi" ? Vous connaissez quelqu'un d'autre qui le fera ?

La jeune femme se redressa, non sans fierté.

— Nous y serons aussi.

— Vous ? Ah… je vois…

Il hocha la tête comme s'il venait de comprendre.

Le navire océanographique de DESMEC devait arriver à Hari aujourd'hui. Narumi et ses amis défenseurs de l'environnement avaient sollicité l'autorisation d'y monter plusieurs semaines auparavant, mais ce n'est que la veille au soir que Sawamura avait reçu une réponse positive.

— À mon avis, cela ne vous apportera rien, lança le physicien avant de boire une gorgée de soupe au miso.

— Vraiment ? C'est très important pour nous de savoir avec quelles machines et quels appareils les sondages seront effectués.

— Vous voulez vous assurer que ces équipements ne vont pas nuire aux fonds sous-marins, n'est-ce pas ?

— Exactement.

— Dans ce cas, les voir ne vous servira à rien. Ils nuiront aux fonds sous-marins, cela ne fait pas l'ombre d'un doute. Aller sur le bateau ne fera qu'attiser votre colère. Les choses seraient différentes si vous l'abordiez dans l'optique de la recherche d'un équilibre entre le progrès de la science et l'avenir de l'humanité d'une part, et la protection de l'environnement de l'autre.

— Ne croyez pas que nous négligions cet aspect. Mais notre objectif est la coexistence, plutôt que l'équilibre.

— La coexistence, répéta Yukawa, avec un sourire.

— J'ai dit quelque chose de drôle ? Vous pouvez m'accuser d'idéalisme…

— Je n'ai rien contre les idéalistes, expliqua le physicien qui avait retrouvé son sérieux. Mais ce que vous me dites ne me convainc pas du tout. Vous ne montrez aucune modestie face à la science.

Narumi le fixa d'un regard noir.

— Comment ça ?

— Vous êtes peut-être une spécialiste de la protection de l'environnement, mais vous n'y connaissez rien en sciences, n'est-ce pas ? Je vous demande ce que vous savez de l'exploration des ressources sous-marines ! Si votre objectif est la coexistence entre elle et la protection de l'environnement, vous devez en savoir autant sur les deux sujets. Considérer que l'un est plus important que l'autre est faire preuve d'arrogance. Vous n'arriverez à la coexistence qu'à la condition de respecter le travail et l'approche de l'autre partie.

Il s'interrompit pour verser les haricots fermentés sur son riz.

— Vous n'êtes pas d'accord avec moi ?

Narumi ne sut que répondre. Elle devait admettre qu'il disait vrai.

— Que voulez-vous que je fasse, alors ? Renoncer à cette visite ?

— Y aller dans votre état d'esprit actuel ne vous apportera sans doute rien, répondit-il en saisissant adroitement un morceau de poisson avec ses baguettes. Mais si vous avez envie de comprendre votre adversaire, je vous la recommande vivement. Tout à l'heure, je vous ai dit que cela ne vous servira à rien, mais voir quelque chose de ses propres yeux ne peut jamais être négatif. Découvrir le nombre de technologies mises en œuvre pour permettre le développement des fonds marins vous servira probablement, tôt ou tard.

La jeune femme serra les poings. Depuis l'instant où était né ce projet d'aller sur le bateau, elle s'était concentrée sur les problèmes posés par l'exploration elle-même. Elle n'avait pas un seul instant envisagé d'évaluer positivement les technologies de l'adversaire.

— Kyōhei m'a appris que votre père travaillait autrefois pour une grande entreprise.

— C'est exact. En quoi cela vous intéresse-t-il ?

— Comment s'appelait cette société ?

— Arima Motors.

— C'est une des meilleures dans son domaine. Votre père, lui, devrait pouvoir apprécier à sa juste valeur le travail des ingénieurs de notre pays.

— C’est sans rapport avec ce dont nous parlions.

— Je ne suis pas d’accord. Je vous conseille d’utiliser tout ce dont vous disposez pour faire de votre visite un succès. Les yeux du physicien se déplacèrent vers un point situé derrière elle. Bonjour ! lança-t-il.

Elle se retourna et vit son cousin entrer, un yaourt à la main.

— Bonjour, Kyōhei !

Le regard du petit garçon passa de l’un à l’autre.

— Vous allez visiter quoi ? Je peux venir ?

— Il s’agit d’un bateau, tu sais ! fit le physicien.

Kyōhei changea de tête.

— Un bateau ? Ça ne m’intéresse pas du tout.

Il prit un coussin plat, le posa sur les tatamis et s’y assit.

Narumi se releva.

— Eh bien, à tout à l’heure, monsieur Yukawa !

— Vous n’avez donc pas renoncé ?

— Bien sûr que non. Surtout après avoir bénéficié de vos excellents conseils !

Yukawa dut percevoir son ironie, car il ne releva pas la tête de son bol de riz.

Narumi était sur le point de quitter la pièce quand elle se retourna vers lui, comme si elle venait de se souvenir de quelque chose.

— Vous avez eu l’occasion de reparler à votre ami de la préfecture de Police ?

Il s’immobilisa, les baguettes en l’air.

— De quoi lui aurais-je parlé ?

— De la mort de M. Tsukahara. C’est pour cette raison qu’il vous a appelé, non ? Ce M. Kusanagi.

— Cela vous préoccupe ?

— Eh bien… Un peu, je l’admets. Parce qu’il était descendu ici. M. Tsukahara était un ancien policier de Tokyo, n'est-ce pas ? Plus précisément de la police judiciaire, à ce qu'il paraît.

Il se retourna vers elle et la dévisagea.

— Vous êtes bien informée. À ma connaissance, ni les journaux ni la télé n'en ont parlé.

— Un de mes camarades de classe est devenu policier, et il s'occupe de cette affaire. Il est passé hier. Je crois qu'il était là quand vous êtes revenu, d'ailleurs.

— Maintenant que vous le dites, il me semble me souvenir d'un jeune policier.

— C'est votre ami de la préfecture de Police qui vous a parlé de M. Tsukahara ?

— Oui. Kusanagi travaille à la sous-direction de la police judicaire. Dans le même service que celui auquel appartenait M. Tsukahara.

L'expression de Kyōhei, qui suivait leur échange, montrait qu'il ne comprenait pas tout. Narumi le remarqua mais ne changea pas de sujet.

— Que pense la préfecture de Police de cette affaire ? Pourriez-vous me dire dans quel but ce M. Kusanagi vous a contacté ?

Les baguettes en l'air, le physicien esquissa un sourire ambigu dont la signification lui échappa.

— Dans quel but Kusanagi m'a contacté ? C'est un peu difficile à expliquer. Pour me demander ce qui se passait ici, en un mot, mais il a souvent des intentions cachées. Ou plutôt, il en a presque toujours.

Narumi fronça les sourcils et secoua la tête.

— Je ne suis pas sûre de comprendre.

— Désolé. Oubliez ces histoires d'intentions cachées. Un citoyen ordinaire comme moi n'a malheureusement aucun moyen de savoir ce que pense la préfecture de Police de cette affaire. Il va de soi que Kusanagi ne m'a donné aucun détail à ce sujet. Mais j'ai l'impression qu'à Tokyo, on se pose des questions. Par exemple sur la raison de la venue de M. Tsukahara ici. Était-ce uniquement pour assister à ces réunions organisées par DESMEC ? Avait-il une autre raison, auquel cas, elles n'auraient été qu'un prétexte pour lui ? *Et cetera, et cetera.*

— Une autre raison ?

— Votre camarade de classe ne vous en a pas parlé ? M. Tsukahara se serait rendu dans un lotissement de résidences secondaires dont j'ai oublié le nom, à Hari-Est, juste avant d'aller à la réunion d'information. Un meurtrier qu'avait arrêté M. Tsukahara y aurait eu une maison.

— Un meurtrier… fit-elle en tremblant. Comment s'appelait-il ?

— Il ne me l'a pas dit. Si cela vous intéresse, je peux lui demander.

— Non, ce n'est pas la peine.

— Ah bon ? Tout ce que j'espère, c'est que cette affaire sera vite tirée au clair. Je n'arrive pas à me concentrer sur mes travaux, avec ces visites incessantes de la police à la recherche de je ne sais quoi, et les appels de cet ami policier. Quand un scientifique est bloqué, ce n'est généralement pas à cause de ce sur quoi il travaille mais de son environnement ou des gens autour de lui, conclut-il en se tournant vers Kyōhei.

Narumi quitta la pièce en regardant de biais son jeune cousin qui hochait gravement la tête comme s'il comprenait.

29

Un inspecteur de la sous-direction de la police judiciaire de la préfecture fut le prochain à se lever, calepin à la main.

— Hier, nous sommes allés à Hatogaya, la ville de la préfecture de Saitama où habitait M. Tsukahara, afin d'interroger son épouse. Il a pris sa retraite au printemps de l'année dernière et il n'a pas essayé de trouver un autre emploi. Il se consacrait entièrement à ses loisirs, à savoir le cinéma et la lecture, et partait parfois seul en voyage. Comme son épouse travaille dans un magasin de kimonos, elle est souvent absente de chez elle et ne semblait pas savoir exactement comment son mari passait son temps. Les Tsukahara ont toujours eu de bonnes relations de voisinage et n'ont jamais eu de conflits à propos d'argent ou quoi que ce soit. M. Tsukahara n'a apparemment jamais eu de relations féminines inappropriées.

— Selon sa femme ! lança Hozumi, le chef de la sous-direction. Elle n'est pas nécessairement fiable.

— Certes. Nous comptons en parler à ses anciens collègues. Nous avons aussi abordé avec elle le sujet de Hidetoshi Semba. Elle nous a répondu qu'Isobe l'avait mentionné au téléphone, mais que ce nom n'évoquait rien pour elle. Masatsugu Tsukahara se souvenait apparemment de tous les gens qu'il avait arrêtés, mais n'en parlait pas à sa femme qui n'a jamais entendu le nom de Semba dans sa bouche. Avec son autorisation, nous avons examiné le bureau de son mari, mais nous n'y avons trouvé aucune information sur les affaires dont il s'était occupé autrefois, étant donné qu'il s'était débarrassé de tous les documents s'y rapportant après son départ à la retraite. Par conséquent, il n'y avait rien non plus à propos de l'affaire Semba. Des enquêteurs de la préfecture de Police de Tokyo nous avaient précédés chez lui, mais sa femme nous a assuré ne leur avoir rien dit de plus qu'à nous. Ils n'auraient rien emporté non plus. C'est tout pour moi, conclut l'enquêteur avant de se rasseoir.

Plusieurs tables s'alignaient le long d'un des murs de la salle de réunion. Hozumi et les autres cadres de la sous-direction de la police judiciaire de la préfecture occupaient les places d'honneur. Assis à leurs côtés, Tomita, le commissaire de Hari, et Okamoto, le responsable de la police judiciaire locale, ne semblaient pas très à l'aise.

Une vingtaine d'enquêteurs leur faisaient face. La cellule de recherche sur le recel de cadavre de Hari avait été officiellement créée.

Isobe, le voisin de Hozumi, scruta les visages qui lui faisaient face.

— Et qu'a donné l'enquête de voisinage à Hari-Est ?

L'inspecteur qui répondit à cette question était assis à côté de Hashigami. Il venait de la sous-direction de la police judiciaire de la préfecture.

Il rapporta ce que Nishiguchi avait déjà appris la veille de son collègue : aucune des personnes interrogées à proximité du lieu où habitaient jadis les parents de la femme de Semba ne pensait du mal de lui. Il ne semblait pas non plus être revenu à Hari depuis sa sortie de prison.

Isobe se tourna vers son voisin, Hozumi.

— Que pensez-vous de la piste Semba, chef?

— Hum, fit l'interrogé, perplexe. C'est difficile à dire. Personne ne sait où il est, bien sûr?

— Non. Il a de la famille à Toyohashi, près de Nagoya, mais depuis ce qui s'est passé, ils ne sont plus en contact avec lui.

— Ça n'a rien de surprenant. Qui voudrait rester en contact avec un parent meurtrier? lâcha-t-il en triturant un bout de la moustache qui poussait sous son nez aquilin. Rien dans le dossier ne donne à penser que Semba ressentait de la haine pour la victime. Peut-être pouvons-nous considérer qu'il n'a rien à voir avec sa mort. Mais nous ne devons rien négliger et je vous demande de poursuivre l'enquête de voisinage afin que nous soyons sûrs qu'aucun homme ne lui ressemblant n'a été vu dans les parages.

— Bien chef, répondit Isobe en hochant la tête avant de regarder les autres policiers. Passons maintenant à la présence éventuelle d'un véhicule suspect.

Un autre enquêteur se leva.

La police scientifique était arrivée à la conclusion que si M. Tsukahara avait été endormi intentionnellement, il était très vraisemblable qu'il ait ensuite été transporté en voiture. Le criminel l'aurait asphyxié grâce à une combustion carbonée en l'enfermant dans une voiture. La concentration élevée de carboxyhémoglobine conduisait à penser que la mort avait dû intervenir très vite. Les enquêteurs cherchaient donc à savoir si quelqu'un avait remarqué un véhicule suspect à proximité de l'endroit où le corps avait été retrouvé, mais ils n'avaient jusqu'à présent recueilli aucune information d'intérêt. Le rapport présenté par l'enquêteur n'était pas encourageant. Plusieurs personnes avaient remarqué des véhicules garés à proximité des rochers, mais aucun lien avec l'affaire n'avait été établi pour le moment.

L'air mécontent, Isobe poussa un grognement et se tourna vers son supérieur, Hozumi.

— Que recommandez-vous ?

— Dans un premier temps, il faut probablement établir à qui appartenaient les véhicules remarqués à proximité. Continuez vos efforts en ce sens. Mais rien ne dit que l'intoxication ait eu lieu près de l'endroit où le corps a été trouvé. Le criminel aurait pu tuer la victime ailleurs et revenir se débarrasser du corps sur les rochers. Il faut élargir le champ des recherches.

— Bien, répondit immédiatement Isobe.

Nishiguchi observait ce qui se passait en se demandant ce qui allait arriver, comme si cela ne le concernait pas. Il était quasiment certain que tout serait résolu sans contribution de sa part, sans pour autant avoir une idée de la forme que cela prendrait. Sa participation à cette enquête n'avait cependant pas été sans mérite puisqu'il avait retrouvé Narumi Kawahata. Une fois que tout serait fini, il l'inviterait à dîner. Où pourrait-il l'emmener ? Elle avait grandi à Tokyo et il ne voulait pas l'emmener dans un restaurant qui lui paraisse rustique.

Isobe éleva soudain la voix. Il reprit ses esprits. Tout le monde autour de lui se levait. Il se hâta d'en faire autant.

— Garde à vous !

Il s'exécuta immédiatement.

30

Lorsque Sawamura arriva en voiture dans le port de Hari, le bateau d'exploration maritime était déjà à quai. Assise à côté de lui, Narumi écarquilla les yeux, surprise par ses dimensions.

— Il est énorme, murmura son compagnon.

Ils laissèrent la voiture dans le parking du port et se dirigèrent vers la jetée. Ils étaient accompagnés de cinq camarades, dont le jeune couple de l'autre soir. Tous avaient assisté aux réunions d'information.

Plus ils se rapprochaient du bâtiment, plus il leur paraissait gigantesque. Long d'une centaine de mètres, il était haut comme un bateau de croisière. Vu de près, il paraissait vieux et mal entretenu. Les grues et les autres machines du pont appartenaient sans aucun doute au monde de l'industrie.

— C'est incroyable qu'un aussi gros bateau ait pu entrer dans ce port ! s'exclama Narumi.

— Le port de Hari est un cratère, par conséquent, il est profond. J'ai entendu dire que DESMEC l'a choisi pour cela.

— Je comprends, fit-elle, en entendant l'explication de Sawamura.

Deux hommes vinrent à leur rencontre et les saluèrent. Elle crut reconnaître l'un d'entre eux. Elle regarda sa carte de visite et vit qu'elle ne s'était pas trompée. Il s'agissait du responsable des relations publiques de DESMEC, un certain Kuwano, accompagné par un subordonné.

— Vous aurez tout le temps de découvrir notre bâtiment aujourd'hui, déclara-t-il, avec un grand sourire.

À bord, les deux employés de DESMEC leur firent visiter le poste de pilotage. Kuwano entreprit de leur donner des explications sur la taille du bateau, son tonnage, sa vitesse maximale, son tirant d'eau. Assez vite, Sawamura l'interrompit.

— Ne vous fatiguez pas. Cela n'a pas de lien direct avec le développement des fonds sous-marins.

— Vous avez raison. Toutes mes excuses, fit Kuwano.

Le groupe alla ensuite dans la salle des machines, de radio, et enfin celle des cartes. Sawamura réagit instantanément en voyant sur une porte un panneau où il était écrit "Salon". Il exprima le désir de le voir.

Assez vaste pour accueillir une dizaine de personnes, l'espace était meublé d'une table, de canapés, d'un écran à haute résolution et d'appareils audiovisuels.

— Je vois à quoi sert l'argent du contribuable, commenta Sawamura sur un ton ironique.

— Les expéditions durent parfois plusieurs mois, pendant lesquels l'équipage ne peut quitter le bateau. Et sans ce genre de confort… s'excusa Kuwano avec une expression contrite.

Ils visitèrent les cinq laboratoires.

— Le laboratoire n° 1 est le centre de commande de tous les équipements d'échosondage, dont notre sondeur multifaisceaux. C'est aussi ici que se fait la supervision des instruments remorqués comme le sonar à balayage latéral, et la commande à distance des treuils, expliqua-t-il debout en face des différents écrans, sans cacher sa fierté. Ces instruments de mesures sont logés dans un dôme sonar spécial à l'avant du bateau. Il les protège de l'influence des bruits marins et…

— Vous me demandez pourquoi ? fit soudain une voix proche.

Kuwano s'interrompit, bouche bée. Il cligna des yeux et ne la referma qu'après avoir fait le tour du laboratoire des yeux.

— Je vous l'ai déjà dit, non ? J'ai deux genres de bobines. Pour lesquelles j'ai fait deux programmes différents.

Un gros appareil dissimulait la personne qui venait de parler, mais Narumi avait instantanément reconnu sa voix.

Elle tendit le cou pour s'assurer qu'elle ne se trompait pas et vit Yukawa de profil. Il parlait à un employé de DESMEC, qui était assis en face de lui. Sur son bureau étaient posés un ordinateur portable, des dossiers et une carte.

— Nous avons essayé plusieurs fois de vous contacter, mais vous n'étiez pas joignable sur votre portable… plaidait l'employé.

— Mon portable est cassé. Cela arrive, non ? Vous auriez dû m'appeler à l'hôtel !

— Lorsque nous l'avons fait, on nous a dit que vous n'y étiez pas… et que vous aviez annulé la réservation à la dernière minute. C'est exact ?

— Oui. Je suis descendu ailleurs et j'en ai informé mon correspondant chez vous.

— L'information ne m'a pas été communiquée. C'est étrange. Mais pourquoi avez-vous annulé la réservation que nous avions faite pour vous ?

— Je ne vois pas en quoi cela vous regarde.

— Euh… oui, vous avez raison, fit l'interlocuteur du physicien, le visage penaud.

Une main se posa soudain sur son épaule. En se retournant, elle vit que Sawamura était debout à côté d'elle.

— Allons-y !

Elle fit oui de la tête, et le suivit hors du laboratoire.

Kuwano leur montra les autres laboratoires. Il les conduisit ensuite sur le pont et leur fournit des explications sur les appareils qui s'y trouvaient. Narumi n'en comprit que la moitié, mais Sawamura posa de nombreuses questions.

— Les engins libres arrivent au fond grâce à leur lest, y font des prélèvements puis remontent à la surface automatiquement en le larguant, n'est-ce pas ? Et que devient ce lest ensuite ? Vous les laissez là où ils sont ?

— Euh… Oui, mais cela ne pose aucun problème pour la mer.

— Vous en êtes sûr ? Vraiment sûrs ? Ce sont des éléments étrangers aux fonds marins ! Au moment où de grands efforts sont faits pour que les océans ne soient plus considérés comme des poubelles, vous ne croyez pas qu'utiliser un dispositif qui laisse les poids sur place n'est pas une bonne chose ?

— Hum, fit Kuwano, visiblement embarrassé. C'est une méthode utilisée universellement, partout dans le monde.

— Quel est le rapport ? Il est question de la mer de notre pays. Il n'y a aucune raison de faire comme dans le reste du monde.

— Hum, répéta Kuwano en rentrant la tête dans les épaules.

Narumi était à deux doigts d'éprouver de la pitié pour lui.

Elle n'entendait goutte aux explications techniques, mais comprenait cependant que les chercheurs de DESMEC voulaient développer un domaine encore inconnu en utilisant des technologies scientifiques. L'idée que la science permettait aujourd'hui de l'envisager faisait naître en elle de l'émerveillement. Yukawa avait peut-être raison. Il était indispensable de bien connaître un interlocuteur pour avoir une discussion fructueuse avec lui.

Après leur avoir donné des explications sur les autres équipements, Kuwano consulta sa montre.

— La visite du bateau océanographique est à présent terminée. Nous avons prévu de vous montrer un film sur les prélèvements expérimentaux que nous avons déjà réalisés dans la salle de réunion, mais tout n'est pas encore tout à fait prêt, et cela vous laisse un peu de temps libre. Si vous deviez quitter le navire, merci de bien vouloir nous en informer, conclut-il.

Disposer de temps libre était plaisant, mais le pont n'offrait guère de distractions. Les camarades de Narumi, hormis Sawamura qui prenait des notes dans son carnet, semblaient ne savoir que faire. Le jeune couple bavardait en regardant la mer. Elle décida d'aller revoir les différents appareils d'observation.

Elle s'approcha de deux espèces de grosses turbines auxquelles étaient fixées d'imposantes pales. Kuwano leur en avait parlé, mais elle n'avait pas tout compris.

— Ce sont des magnétomètres à protons.

Elle regarda dans la direction d'où venait la voix et vit Yukawa qui venait vers elle.

— Tractés à quelques centaines de mètres du bateau, ils peuvent détecter les anomalies magnétiques infimes qui se produisent au fond de la mer, expliqua-t-il une fois qu'il fut près d'elle. Votre visite semble bien se passer.

Il avait remarqué sa présence et celle de ses camarades.

— Vous vous êtes énervé tout à l'heure, n'est-ce pas ? À propos d'une erreur ? De quoi s'agissait-il ?

Yukawa fit la grimace.

— Des spécifications techniques. La bobine que j'ai construite sur la base de celles qui m'ont été communiquées est incompatible avec leur appareil. Chaque fois que j'essaie de faire quelque chose, je tombe sur un nouveau problème. Ce serait supportable si c'était dû à des phénomènes physiques, mais je trouve intolérable de ne pas pouvoir avancer à cause d'erreurs humaines.

— C'est ennuyeux. Pouvons-nous vraiment confier la mer à des personnes qui commettent de telles erreurs ?

Une ombre passa sur le visage du physicien qui hocha ensuite la tête à contrecœur.

— Je n'ai, à mon grand regret, aucun argument à vous opposer. Pourquoi tenez-vous à ce point à protéger la mer ?

— Je ne devrais pas ? Chacun d'entre nous a le devoir de protéger la beauté.

— Je ne vais pas vous contredire. Mais dans la plupart des cas, un engagement comme le vôtre remonte à un fait précis.

— Vous avez raison. Quand je suis arrivée ici, j'ai été frappée par la beauté de la mer.

— Hum, fit Yukawa sans paraître entièrement convaincu. Vous aviez quatorze ou quinze ans quand votre famille s'est installée à Hari-Plage, non ? Tokyo ne vous a pas manqué ?

— Jamais.

— Ah bon. Pourtant, en général, les adolescents trouvent qu'il y a plus de choses à faire dans une grande ville. Vous habitiez où, à Tokyo ?

— À Ōji.

— Dans l'arrondissement de Kita ?

— Ce n'est pas un quartier très animé.

— Certes, mais on peut y prendre le train pour Shibuya ou Shinjuku.

Elle le dévisagea en faisant non de la tête.

— Toutes les jeunes filles ne sont pas attirées par les lumières de la ville. Certaines d'entre elles peuvent leur préférer une bourgade au bord d'une mer splendide.

Yukawa réajusta ses lunettes en posant le bout d'un doigt sur une des branches et scruta son visage.

— Que se passe-t-il ?

— Pour autant que je puisse en juger, ce n'est pas votre cas, déclara-t-il d'une voix calme, le regard observateur.

Elle écarquilla les yeux.

— Comment ça ? Qu'est-ce qui vous permet de dire cela ! D'ailleurs, pourquoi croyez-vous me connaître ? rétorqua-t-elle en haussant le ton, les joues rouges.

— Narumi ! s'écria Sawamura en courant vers elle. Qu'y a-t-il ? demanda-t-il en les regardant tous les deux.

— Pardon, murmura-t-elle. Rien, rien du tout.

Son camarade fixa Yukawa d'un œil soupçonneux.

— Que lui avez-vous dit ?

— Je ne voulais pas vous blesser, et je vous prie de m'en excuser si je l'ai fait, fit le physicien après un court silence glacial.

Narumi continua à regarder le bout de ses chaussures en silence.

— Bon, je vous laisse, dit Yukawa avant de s'éloigner.

— Qu'est-ce qu'il te veut, celui-là ? Ça va ? Que te racontait-il ? demanda Sawamura.

Elle ne pouvait continuer à garder le silence plus longtemps.

— Rien de grave, je t'assure. Je suis désolée. Ce n'est rien, vraiment.

— Je veux bien te croire, mais… dit Sawamura sans conviction.

L'arrivée de Kuwano l'interrompit.

— Tout est prêt. Je vous prie de venir dans la salle de réunion où nous avons préparé des rafraîchissements, annonça-t-il d'une voix enjouée.

31

L'immeuble se trouvait à proximité de la station d'Azabu-Jūban. Un panneau sur le trottoir signalait la présence du restaurant Konamo au premier étage. Les caractères utilisés pour écrire ce nom firent deviner à Kusanagi qu'il devait avoir les crêpes salées pour spécialité.

Il observa la porte de l'établissement depuis le bas de l'escalier. Un jeune homme en sortit. Son tablier rouge faisait penser qu'il s'agissait d'un employé. Le policier le salua et il en fit autant avant de retourner à l'intérieur.

Il était un peu plus de 14 heures. Deux jeunes femmes, sans doute les dernières clientes du déjeuner, quittèrent le restaurant. Kusanagi s'engagea dans l'escalier une fois qu'elles furent en bas. Une pancarte indiquait que le restaurant était fermé.

Il poussa la porte, ce qui fit tinter une clochette.

— Bonjour ! Vous arrivez malheureusement trop tard pour le déjeuner, lança le jeune homme qu'il venait de voir depuis l'autre côté du comptoir.

— Ce n'est pas grave, je ne suis pas venu pour cela. J'aurais voulu parler à M. Muroi, dit-il en faisant le tour du restaurant des yeux.

Un homme aux cheveux blancs qui lui tournait le dos lisait le journal à une table voisine. Il dut l'entendre car il se retourna. Son teint hâlé rajeunissait son visage ridé. Lui aussi portait un tablier rouge.

— Qui êtes-vous ? demanda-t-il.

Le policier vint vers lui en lui montrant sa carte de police.

— Monsieur Muroi ?

— Oui, c'est moi, mais que me voulez-vous ? demanda-t-il sur un ton soupçonneux.

— Je voudrais vous parler du temps où vous travailliez au Calvin.

— Au Calvin ? Mais c'était il y a plus de dix ans !

— Oui, je sais. J'y suis allé hier soir, et c'est là qu'on m'a donné votre nom.

Le Calvin se trouvait un peu à l'écart de Ginza. Son décor ostentatoire et ses nombreux canapés en cuir renvoyaient à une époque où l'économie japonaise était florissante.

Seize ans auparavant, Hidetoshi Semba et Nobuko Miyake s'y étaient rencontrés un soir. Le lendemain, il était devenu un meurtrier, et elle, sa victime. Semba un ancien client, tout comme Nobuko Miyake, avait été arrêté grâce au témoignage de Masao Muroi qui tenait alors le Calvin et connaissait son nom.

Il ouvrit de grands yeux en comprenant que Kusanagi était venu le trouver pour cette raison.

— C'est de l'histoire ancienne, tout ça ! Pourquoi voulez-vous m'en parler ? Ou alors… Il s'interrompit et replia bruyamment son journal. M. Semba est sorti de prison ? Il m'en veut ?

Kusanagi esquissa un sourire embarrassé.

— Non, pas du tout. Hidetoshi Semba a fini sa peine depuis plusieurs années déjà. Et il n'est jamais venu vous voir, n'est-ce pas ?

— Non. Je ne savais pas qu'il était déjà sorti.

— Vous les connaissiez bien tous les deux ?

— Je n'irais pas jusque-là. Le soir où ils sont venus au Calvin ensemble, je ne les avais pas vus depuis une éternité. Jamais je n'aurais pensé que le lendemain…

— D'après notre dossier, les choses s'étaient mal passées la veille entre eux.

— Non, je ne dirais pas cela. La tension entre eux était inhabituelle… Il s'interrompit, comme s'il se demandait s'il devait continuer. En fait, M. Semba s'est mis à pleurer, reprit-il.

Muroi demanda alors à Kusanagi s'il avait déjeuné. Lorsqu'il répondit par la négative, Muroi offrit de lui préparer une crêpe au porc à la mode d'Osaka. Le policier commença par refuser mais finit par accepter.

— Je suis né à Tokyo, mais ma famille a déménagé à Osaka quand j'avais une dizaine d'années. Tout près de chez nous là-bas, il y avait un restaurant de crêpes salées. Elles étaient délicieuses, et j'ai toujours rêvé d'avoir le mien plus tard. À Tokyo, on ne les prépare pas de la même façon, n'est-ce pas ? Et quand j'ai quitté le Calvin, je suis allé apprendre à en faire dans un restaurant du quartier de Tsukijima. Je n'ai pas eu besoin de cours pour celles à la mode d'Osaka, parce que j'ai commencé à en cuisiner très jeune. Je vais vous en faire goûter une, expliqua-t-il en mélangeant les ingrédients d'une main experte.

— Vous avez travaillé au Calvin pendant combien de temps ?

— Vingt ans exactement. J'y suis entré comme barman à trente-cinq ans. J'avais été employé dans plusieurs autres bars, mais le Calvin est le seul où j'ai eu envie de rester. J'y étais bien, mais j'avais envie d'être à mon compte, et je le suis devenu ici, il y a dix ans. Je ne sais pas si cela se voit, mais je suis quelqu'un de sérieux et je n'ai pas eu à emprunter beaucoup, continua-t-il en versant sur la plaque chauffante la préparation qui se mit à grésiller.

— À quelle époque Semba était-il un habitué du bar ?

Muroi croisa les bras pour réfléchir.

— Eh bien… Ce devait être pendant les dix premières années que j'ai passées là-bas, je dirais il y a vingt-deux ou vingt-trois ans.

— Donc… fit Kusanagi en calculant mentalement, six ou sept ans avant qu'il ne commette son crime.

— Oui, je pense que vous avez raison. Tout allait bien pour M. Semba à ce moment-là. Il avait sa propre entreprise, petite, mais…

Comme Muroi parlait de lui en disant "monsieur", Kusanagi en conclut qu'il avait été pour lui un client fidèle.

— Mais à partir d'un certain moment, on ne l'a plus vu. Ce n'était plus le même homme quand il est revenu. C'était ce fameux soir. Ses vêtements n'avaient plus la même qualité.

Son entreprise avait fait faillite, la maladie de sa femme avait englouti ses économies. Il venait de revenir à Tokyo pour y prendre un nouveau départ et qu'il ait changé n'avait rien de surprenant.

— Et Nobuko Miyake ? Elle aussi, cela faisait longtemps que vous ne l'aviez pas vue, ce soir-là ?

— Oui, mais pas aussi longtemps que lui. Deux ou trois ans, je pense. Rié, je ne l'avais pas rencontrée depuis qu'elle avait quitté le bar où elle travaillait.

— Rié ?

— C'était son prénom pour le travail. Ou peut-être Rieko, je ne sais plus. Elle venait souvent au Calvin avec des clients à elle, quand elle était entraîneuse, après son service. M. Semba était l'un d'entre eux.

— Sauriez-vous pourquoi elle avait cessé de travailler comme entraîneuse ?

Muroi ne répondit pas tout de suite. Il détourna son attention de la grosse crêpe et se pencha vers Kusanagi.

— Je peux vous dire ce que disait la rumeur.

— Quoi donc ?

— Ce n'est pas elle qui aurait cessé de travailler. Elle aurait été mise à la porte à cause des problèmes qu'elle causait.

— Quels problèmes ?

Muroi haussa les épaules et sourit.

— Elle aurait escroqué des clients pour de petites sommes.

— Ce n'est pas bien.

— Elle racontait par exemple à des clients qu'elle s'était fait agresser quand on l'avait envoyée collecter une somme due par un autre client, ou qu'un client à elle s'était évanoui dans la nature en laissant une ardoise qu'elle avait dû rembourser elle-même. Apitoyés, ils lui prêtaient de l'argent, cent ou deux cent mille yens. À la longue, certains d'entre eux se sont plaints d'elle auprès du patron du bar, et il l'a mise à la porte.

— Comment s'est-elle débrouillée pour gagner sa vie ensuite ?

— Je n'en sais rien. Elle n'était plus toute jeune, elle a dû avoir du mal.

Elle avait été assassinée à l'âge de quarante ans. Si Muroi disait vrai, elle avait perdu son emploi à trente-sept ou trente-huit ans. À moins de disposer d'un grand nombre de clients attitrés, retrouver une place n'avait pas dû être simple.

— Vous savez, elle a toujours été dépensière. Donc quand j'ai appris ce que M. Semba avait fait, cela ne m'a pas vraiment surpris. Il a très bien pu lui prêter de l'argent à l'époque où il gagnait bien sa vie.

— Et vous l'avez vu pleurer ? fit Kusanagi tout bas. Vous en êtes sûr ?

— Oui, et je n'ai pas été le seul à le remarquer, répondit-il en surveillant la crêpe. On en a parlé entre employés, discrètement. "Il pleure, ce monsieur, je me demande de quoi ils discutent tous les deux." Voilà pourquoi je ne l'ai pas oublié.

— Mais vous ne vous souvenez pas de quoi ils parlaient ?

— Non, je ne l'ai jamais su, répondit-il avec un sourire gêné, en levant la main comme pour s'excuser. Si cela avait été une jeune fille, j'aurais sans doute été plus curieux, mais personne n'a envie de s'approcher d'un couple d'âge moyen, dont l'homme est en larmes. Je me souviens d'avoir pensé qu'il avait peut-être la larme facile.

Kusanagi hocha la tête en essayant d'imaginer la scène. Un homme et une femme plus très jeunes se retrouvent après plusieurs années. Il a connu la prospérité, puis la déchéance. La femme est une ancienne entraîneuse sans le sou. Que s'était-il passé entre eux, pour que l'homme pleure, et qu'il la tue le lendemain à coups de couteau ?

— Pourriez-vous me donner le nom de quelqu'un qui les ait bien connus, lui ou elle ? Ou celui d'un autre bar que le Calvin où l'un ou l'autre allait souvent ?

— Eh bien… commença Muroi, perplexe. C'était il y a si longtemps. Vous savez, je les connaissais seulement de vue, et je ne leur ai jamais vraiment parlé.

— Je comprends.

Il rangea son carnet dans sa poche. Que quelqu'un se souvienne à ce point d'événements qui remontaient à une vingtaine d'années était déjà exceptionnel.

— C'est prêt. Mangez pendant que c'est chaud !

Muroi aspergea la crêpe de sauce Worcester, la saupoudra d'algues en poudre et la coupa en morceaux sur la plaque chauffante.

— Je vais vous apporter une bière.

— Non, je vous remercie, je ne peux pas, je suis en service. Elle a l'air délicieuse ! dit Kusanagi en prenant ses baguettes.

La crêpe était parfaite, bien grillée sur le dessus et moelleuse à l'intérieur.

— C'est fameux ! s'exclama-t-il.

Muroi dut entendre qu'il était sincère, car il sourit.

— J'ai beaucoup de clients originaires de l'Ouest du Japon. Ils me disent que mes crêpes ont le même goût qu'à Osaka. La cuisine de là-bas doit leur manquer. Il changea soudain d'expression. Ah mais… fit-il, le regard soudainement lointain.

— Qu'y a-t-il ?

— Rien, enfin, euh… répondit-il en se frottant la tempe de l'index, comme s'il cherchait à se rappeler quelque chose. Je me souviens de les avoir entendus tous les deux dire quelque chose de ce genre.

— Tous les deux ?

— Je veux dire Rié et M. Semba. Ils parlaient souvent de cuisine régionale. D'ailleurs, un jour, ils m'ont rapporté quelque chose.

— Ah oui ?

— Oui. Mais je ne sais plus ce que c'était. Si seulement j'arrivais à me le rappeler… fit-il en croisant les bras, les sourcils froncés.

Au bout de quelques instants, il secoua la tête.

— Non, j'ai oublié. Je me souviens vaguement qu'ils m'ont donné quelque chose mais c'est tout.

— Si cela devait vous revenir, ce serait gentil à vous de me le faire savoir, fit Kusanagi en écrivant son numéro de portable sur une feuille de papier qu'il posa en face de son interlocuteur.

— Bien sûr. Mais n'y comptez pas trop. Je ne suis pas sûr de m'en souvenir et encore moins que cela puisse vraiment vous aider.

— Ce n'est pas grave. Si jamais… répondit le policier en reprenant ses baguettes.

Au même moment, son téléphone lui signala l'arrivée d'un message. Il jeta un coup d'œil sur l'écran. Comme s'il s'y attendait, Utsumi le lui avait envoyé.

Il ne le lut qu'après avoir quitté le Konamo. "Shigeharu Kawahata a travaillé chez Arima Motors, je l'ai vérifié." Il la rappela.

— Tu as fait du bon travail. Comment t'y es-tu prise ?

— Je suis allée au siège de la société, qui se trouve à Shinjuku.

— Et ils ont accepté de te communiquer cette information ?

De nombreuses entreprises l'auraient considérée comme hautement confidentielle, puisqu'elle relevait de la vie privée de l'individu concerné.

— Ils m'ont juste fait signer un papier par lequel je m'engageais à n'utiliser l'information que dans le cadre de l'enquête. Il fallait que j'indique le nom de mon supérieur hiérarchique et j'ai mis le tien.

— Parfait. Tu as eu de la chance.

— Ils m'ont aussi posé plusieurs questions sur la nature de l'enquête.

— Quoi ? s'exclama Kusanagi. J'espère que tu ne leur as rien dit.

— Tu me prends pour qui ? Je suis nouvelle, mais pas à ce point-là.

— Me voilà rassuré. Et le nom de Kawahata figurait dans leur registre ?

— Oui. Au moment de sa démission, il y a quinze ans, il dirigeait le centre de service clients de la filiale de Nagoya.

— De Nagoya ? Il n'était pas à Tokyo ?

— Non, pas d'après ce registre. Mais il était domicilié à Tokyo.

— À Tokyo ? Comment ça ?

— Je ne sais pas. L'adresse de son domicile était celle d'une résidence pour employés d'Arima Motors dans l'arrondissement de Kita. Ōji est la gare la plus proche.

Il a dû préférer laisser sa famille à Tokyo quand il a été muté à Nagoya, pensa Kusanagi.

— Le registre fournissait d'autres informations que son poste et son adresse ?

— Oui, d'abord son numéro d'employé, grâce auquel on peut savoir en quelle année il a commencé à travailler pour la société, le nom de l'université dont il était diplômé, et son numéro de téléphone.

— As-tu pu noter le nom d'employés ayant fait leurs études avec lui entrés dans la société la même année que lui ? demanda-t-il en pensant que cela leur permettrait d'en savoir plus sur Kawahata.

— Je n'en ai malheureusement pas trouvé. Mais j'ai fait une copie du nom des cinquante employés entrés dans l'entreprise la même année que lui, et j'ai pris le nom de ses quatre subordonnés, ainsi que leur adresse. Ils habitent tous Nagoya.

— Bon travail ! On va commencer par la résidence où il habitait. Pourvu qu'elle existe encore.

— J'ai posé la question, et la réponse est oui. Elle est assez vieille.

— Tu as bien dit que c'était près de la gare d'Ōji, non ? Retrouvons-nous là-bas.

Il raccrocha et se dirigea à grands pas vers la station de métro d'Azabu-Jūban. La ligne qui y passait allait à Ōji.

Il pensa à l'appel qu'il avait reçu de Yukawa la veille au soir. Le physicien voulait qu'il enquête sur le propriétaire du Rokugansō et sa famille parce qu'il était convaincu qu'ils avaient à voir avec ce qui s'était passé. Kusanagi lui avait demandé s'il devait les considérer comme faisant partie des suspects et il avait été surpris de l'entendre dire qu'il était libre de le faire. Cela signifiait que son ami en était quasiment certain.

Fidèle à lui-même, le physicien ne lui avait fourni aucune indication sur son raisonnement.

— Je vous fais confiance à toi et tes collègues, mais tu dois comprendre que je ne joue pas le rôle d'un indicateur en te parlant ainsi. Vous devez avoir la force de résoudre cette affaire seuls, avait-il déclaré.

Kusanagi n'avait pas vraiment compris la signification de cette déclaration alambiquée.

— Je suis presque certain que les Kawahata sont mêlés à cette affaire. Mais je préférerais que tu n'en parles pas à la police locale pour l'instant. Ce serait mieux que nous trouvions la vérité seuls. Je crains que si la police locale s'en mêle, elle n'en fasse trop, et que cela ne cause des dommages irréversibles, avait-il ajouté.

Ces propos paraissaient obscurs à Kusanagi qui lui avait demandé de quels dommages il parlait.

— Si cette affaire devait ne pas trouver sa juste conclusion, cela pourrait avoir des conséquences néfastes sur la vie d'une personne. Je veux l'éviter à tout prix.

Il avait refusé de préciser de qui il parlait.

— Désolé, mais je ne peux pas t'en dire plus. Je m'engage cependant à vous réserver la primeur de mes découvertes et vous pourrez en faire ce que vous voulez ensuite, avait-il conclu d'une voix douce.

Il devait avoir de très bonnes raisons de s'exprimer ainsi et Kusanagi savait par expérience que le presser de questions ne changerait rien. Il avait raccroché après s'être engagé à enquêter sur les Kawahata.

Le commissariat de Hari leur avait transmis très peu d'informations sur Shigeharu Kawahata. Cela n'avait, à la réflexion, rien de surprenant : la police locale n'avait aucun intérêt à en fournir à la préfecture de Police de Tokyo. Il n'était pas non plus facile pour Kusanagi d'en demander car ses collègues provinciaux auraient voulu connaître les raisons de sa curiosité. Cela aurait pu les conduire à soupçonner les Kawahata. Kusanagi risquerait dans ce cas de tromper la confiance de Yukawa.

Il était en train de réfléchir à la manière dont il allait procéder pour enquêter sur eux lorsque son ami lui avait fourni une information précieuse : il venait d'apprendre de la bouche de Narumi Kawahata que son père travaillait autrefois chez Arima Motors. Voilà pourquoi Kaoru Utsumi s'était rendu au siège le matin même.

C'est de plus en plus intéressant, se dit Kusanagi en se laissant bercer par le roulement du métro. Tout est arrivé dans une bourgade en bord de mer mais la clé du mystère semble se trouver à Tokyo, et apparemment personne dans la cellule chargée de l'enquête locale ne s'en rend compte.

Les yeux fixés sur le mur gris qui défilait de l'autre côté de la fenêtre, il se demanda ce que faisait son ami à Hari, et quel genre de gens il y rencontrait.

32

Kyōhei écarquilla les yeux dans son masque en voyant un petit poisson long de deux ou trois centimètres, d'une belle couleur bleue, surgir soudain de derrière un rocher. Il ne put résister à l'envie d'essayer de l'attraper, mais n'y arriva pas. Le poisson se cacha sous un autre rocher. Kyōhei décida de l'attendre, mais très vite, il eut du mal à respirer. L'extrémité de son tuba devait être sous l'eau.

Il remonta à la surface, ôta son masque et se frotta la figure. Il se mit sur le dos et commença à nager vers la plage. Il était fier de ses talents de nageur.

Lorsque l'eau n'arriva plus qu'à sa taille, il passa à la marche. Il y avait à présent moins de monde sur la plage d'où avaient disparu presque tous les parasols et les tentes de plage.

Comme le sable était brûlant, il enfila ses sandales. Shigeharu, allongé sur un transat, somnolait à l'ombre d'un parasol, un magazine posé sur son ventre aussi volumineux qu'un tambour.

— Tonton !

Shigeharu ne devait pas dormir car il ouvrit immédiatement les yeux.

— Ah, tu es revenu ! Tu veux rentrer ?

Kyōhei fit oui de la tête et sortit une bouteille d'eau de la glacière.

— Je suis fatigué. Et puis j'ai un peu faim.

— Ah bon… répondit l'adulte en se relevant pour regarder sa montre. Il est trois heures passées. On va rentrer et on mangera de la pastèque à la maison.

— Oui. Tu sais, tonton, j'ai vu un poisson bleu, d'une très belle couleur, à peu près grand comme ça, fit-il en lui montrant la taille de ses doigts.

— Vraiment ? Des comme ça, je crois qu'il y en a, répondit son oncle que cela ne semblait pas intéresser.

— Tu sais comment il s'appelle ?

— Hum… fit-il en se levant du transat. Tu n'auras qu'à le demander à Narumi. Elle sait tout sur les poissons qu'on trouve par ici.

— Toi, tu es né ici mais tu ne le sais pas ?

— Hé oui ! Je suis parti après le lycée et je ne suis pas d'une famille de pêcheurs.

— C'est vrai, tu as fait tes études à Tokyo. Maman m'a dit que tu étais diplômé d'une très bonne université et qu'avant, tu occupais un poste important.

— Pas du tout, j'étais un simple employé. Ta mère plaisantait. Va vite te changer au lieu de raconter des bêtises !

— Oui, fit Kyōhei en ramassant le sac plastique qui contenait ses vêtements.

Il prit une douche et se rhabilla dans le vestiaire. Son oncle sortit son portable de sa poche et composa un numéro quand il le vit revenir.

— C'est moi. On va rentrer… D'accord, au même endroit que tout à l'heure.

Il raccrocha et ferma le parasol qu'il avait loué sur place comme son transat. Kyōhei souleva la glacière et ils se mirent en route. Appuyé sur sa canne qui s'enfonçait dans le sable, Shigeharu progressait avec difficulté.

L'auberge n'ayant pas reçu de visite de la police aujourd'hui, il avait enfin pu emmener son neveu à la mer. Le petit garçon s'était réjoui d'avoir quelqu'un à qui parler, même si son oncle ne s'était pas baigné.

De retour sur la route, ils attendirent devant une petite supérette où vint bientôt s'arrêter un monospace blanc qui portait sur ses portes le nom de l'auberge. Setsuko, qui le conduisait, les avait déposés au même endroit tout à l'heure.

Shigeharu se hissa avec peine sur le siège arrière, et Kyōhei s'assit devant, comme à l'aller.

— Tu t'es bien amusé ? demanda sa tante.

— Oui, et maintenant je n'aurai plus à subir en silence les vantardises des autres.

— Les vantardises des autres ? Que veux-tu dire ?

— Je parle de mes camarades de classe. Ceux qui sont allés à la mer s'en vantent et se moquent de ceux qui ne l'ont pas fait. C'est pénible. Je n'aime pas mentir. C'est bien plus commode d'y être vraiment allé.

— C'est pour ça que tu y tenais tant ! s'exclama son oncle. Moi qui croyais que c'était parce que tu voulais nager…

— Bien sûr que je voulais nager. J'y suis allé pour ça. Mais l'important, c'est l'endroit où on nage. La piscine du quartier, par exemple, ça ne compte pas.

— Hum, fit Shigeharu.

Il semblait ne pas suivre le raisonnement de son neveu, mais sa femme rit de bon cœur.

La voiture passa près du port de Hari. L'énorme bateau qui y était amarré ce matin y était encore. Ce doit être celui de DESMEC, pensa Kyōhei.

Il regarda dans sa direction, puis vers la route, et poussa un cri.

— Mais c'est le docteur ! lança-t-il en le montrant du doigt.

Il avait raison : Yukawa marchait devant eux, une veste claire posée sur les épaules, une serviette à la main.

— Mais oui ! fit Setsuko en ralentissant.

Elle se mit à rouler au même rythme que lui qui continuait à marcher de l'autre côté de la route. Elle baissa sa vitre. Mais le physicien, le visage sombre, peut-être parce qu'il réfléchissait à un problème ardu, garda la tête baissée. Il semblait ne pas avoir remarqué la voiture.

— Monsieur Yukawa ! appela Setsuko.

Il tourna les yeux vers la voiture et s'arrêta. Elle en fit autant.

— Vous avez fini de travailler ?

— Oui, en quelque sorte, répondit-il en regardant le petit garçon.

Kyōhei défit sa ceinture de sécurité pour se rapprocher de la vitre de sa tante.

— Mon oncle m'a emmené à la mer !

— Tu en as de la chance !

— Si vous avez l'intention de rentrer à l'auberge, montez avec nous ! suggéra Setsuko.

— Ça ne vous dérange pas ?

— Vous plaisantez !

Yukawa accepta après une seconde d'hésitation. Il traversa la route et passa du côté gauche de la voiture dont il ouvrit la porte coulissante.

— Aujourd'hui aussi, les gens de DESMEC ont été de vrais idiots, docteur ? lui demanda Kyōhei en se tournant vers lui.

— Non, pas tout à fait, mais ils continuent à m'énerver. Leur organisation est trop complexe. Un bateau qui a trop de capitaines finira par grimper une montagne.

— Quoi ? Ce bateau peut aussi grimper les montagnes ?

— Non, c'est un proverbe qui signifie que trop de cuisiniers gâtent la sauce. À propos, cette voiture est à vous ? J'ai vu le nom de l'auberge sur la porte.

— Oui, répondit Shigeharu. Autrefois, nous nous en servions pour aller chercher les clients à la gare. Mais ces derniers temps, tout le monde vient en voiture, et nous ne l'utilisons plus que lorsque je dois aller quelque part.

— Vous ne conduisez pas vous-même ?

— Non, plus maintenant. Je ne peux plus, avec mes mauvais genoux. Je n'arrive plus à utiliser le frein.

— Ah bon… fit Yukawa en regardant autour de lui. La police ne vous a pas questionné à propos de votre voiture ?

— Que voulez-vous dire ?

— Les gens de DESMEC m'ont dit aujourd'hui que la police s'intéresse à une voiture qui aurait pu stationner près d'ici, la nuit de l'accident. Et qu'il est possible qu'ils l'examinent de près, selon l'identité de son propriétaire.

— Je vois, répondit Shigeharu. Ce véhicule a déjà été examiné chez nous avant-hier soir. Je n'ai d'ailleurs pas bien compris ce qu'ils cherchaient.

— J'imagine qu'ils voulaient vérifier s'ils trouvaient une source de CO. L'autre jour, les policiers de la préfecture qui sont passés à l'auberge ont vérifié si j'avais un alibi pour le soir où c'est arrivé. Je leur ai demandé s'ils avaient pu établir l'origine du CO, et celui que j'ai pris pour leur chef n'a pas tout de suite su me répondre. La personne qui a été retrouvée sur les rochers serait morte d'une intoxication à ce gaz. Ils doivent examiner toutes les voitures avec une attention toute particulière, étant donné qu'ils ne savent ni où ni quand cela s'est produit.

— Docteur ! lança Kyōhei. C'est quoi, le CO ? C'est différent du CO_2 ?

Yukawa se figea une seconde, peut-être parce qu'il ne s'attendait pas à cette question. Mais il reprit ses esprits et hocha la tête avant de tourner les yeux vers Shigeharu.

— Je crois que ton oncle saura te l'expliquer mieux que moi. Il en a été un spécialiste autrefois. Votre fille m'a appris ce matin que vous avez travaillé chez Arima Motors.

— C'était il y a longtemps, réagit Shigeharu avec un rire contraint. Tu sais ce qu'est le CO_2, n'est-ce pas ? reprit-il en regardant son neveu. Le dioxyde de carbone, je veux dire.

— Bien sûr. C'est ce qui cause le réchauffement climatique.

— Exactement. Le CO_2 est produit par la combustion des matières organiques. Mais quand elles brûlent mal, elles produisent un autre gaz, le monoxyde de carbone, appelé aussi CO.

— Et celui-là, quand on le respire, on meurt ?

— On peut en mourir.

— Ça fait peur. Mais quel rapport avec les voitures ?

— Eh bien… commença son oncle avant de se passer la langue sur les lèvres. Les voitures produisent des gaz d'échappement, n'est-ce pas ? Et dans ceux-ci, il y a du monoxyde de carbone.

— C'est vrai ? s'écria le petit garçon en regardant Yukawa.

— Vous expliquez très bien, commenta ce dernier les yeux tournés vers Shigeharu.

— Mais non, pas du tout… se défendit-il.

— Je voudrais juste ajouter une précision, reprit le physicien en reposant les yeux sur Kyōhei. Je ne pense pas que la police s'intéresse aux voitures à cause des gaz d'échappement.

— Mais pourquoi, alors ?

— Ton oncle vient de dire qu'une mauvaise combustion produit du CO ? Dans quelles conditions cela arrive-t-il ? En un mot, lorsqu'il n'y a pas assez d'oxygène. Tu n'as jamais entendu dire qu'il ne faut pas utiliser un poêle à mazout dans une pièce sans aération ? Si on fait par exemple brûler du charbon dans une petite voiture, cela produira rapidement du CO. Je crois que la police se demande si ce n'est pas ce qui est arrivé à la personne qu'on a retrouvée sur les rochers. Voilà pourquoi elle s'intéresse aux voitures dans ce coin.

— Hum, fit le petit garçon à qui une autre question vint immédiatement à l'esprit. Mais si ce monsieur est mort de cette façon, comment se fait-il qu'on l'ait retrouvé sur les rochers ?

Une expression sombre traversa le visage du physicien qui redevint sérieux, avant de se détendre à nouveau. Il jeta un coup d'œil sur Shigeharu et inclina pensivement la tête de côté.

— On peut se le demander. Je ne le sais pas non plus.

Le regard dirigé vers l'extérieur, Shigeharu se taisait. Son profil était sinistre. Kyōhei ne lui connaissait pas ce visage.

Il retourna les yeux vers l'avant et sa tante qui conduisait. Il fut choqué de voir qu'elle avait l'air aussi morne que son mari.

33

Une jeune fille bronzée souriait, une coupe de fruits tropicaux dans les bras. On apercevait des palmiers et la mer bleue derrière elle. Une feuille blanche était collée sous cette belle affiche : "Cette année, le restaurant fermera ses portes le 31 août. Nous remercions notre aimable clientèle." Les habitants de Hari-Plage savaient qu'il ne rouvrirait pas l'année suivante.

Assis à une table, Narumi et ses amis prenaient un verre après leur visite du navire océanographique, car c'était le seul établissement proche du port.

Elle se souvenait de l'inauguration de la pizzeria, logée dans un bâtiment multicolore comme il n'y en avait pas d'autre dans la bourgade. Ses grandes baies donnaient sur la plage et on pouvait y manger une pizza et boire une bière en respirant la brise marine. La saison d'été durait de mi-juillet à fin septembre lorsqu'il avait ouvert ses portes, mais, à présent, elle était plus courte.

— Ils se sont mal débrouillés, commenta en regardant le panonceau Sawamura qui était en face de Narumi. Un joli restaurant ne suffit pas à attirer les clients. Il faut que toute la ville s'y mette pour faire revenir du monde ici. Hari-Plage n'a qu'un seul attrait, la mer. Les gens de la mairie ne comprennent rien à rien. Ils feraient mieux d'investir dans le tourisme au lieu de dépenser leur énergie à faire venir DESMEC ici.

— Quand bien même ils le feraient, je ne suis pas sûr que cela suffirait, objecta un membre du groupe, qui enseignait l'histoire et la géographie. Je suis d'accord, la mer est la première ressource touristique ici, mais il en faut plus pour séduire les touristes. Des plages, il y en a partout.

— Mais la mer ici n'est pareille à aucune autre, objecta Narumi.

— Certes, mais les habitants des autres localités touristiques doivent penser la même chose à propos de leurs plages. Et pour les citadins, la mer est probablement belle partout. C'est la renommée qui compte pour eux. La plupart des gens qui vont à Okinawa le font pour pouvoir se vanter d'y être allés. Le nom de Hari-Plage n'éveille pas l'enthousiasme. Personne ne pense que c'est un endroit merveilleux, poursuivit l'enseignant d'un ton sans réplique.

Narumi fronça les sourcils.

— Vous y allez un peu fort avec l'endroit où vous êtes né et où vous avez grandi, non ?

— Je me contente d'analyser froidement la situation. Cela faisait longtemps que je n'étais pas revenu ici, et ce que j'ai vu m'a surpris. Hari-Plage ne mérite pas le nom de lieu touristique. Ses hôtels et ses restaurants sont vieillots, ses équipements de plage, fatigués. Les gens qui vont à Okinawa y trouvent l'opulence, et ceux qui viennent ici, la pauvreté. Je peux comprendre qu'ils n'aient pas envie de passer leurs congés dans un endroit qui leur fait sentir qu'ils n'ont pas les moyens d'aller ailleurs.

— Faites attention à ce que vous dites ! lança Sawamura en se levant pour se jeter sur l'homme qu'il agrippa au col. Vous exagérez !

— J'ai tort de dire les choses comme elles sont? s'entêta son interlocuteur, bien qu'il parût passablement effrayé.

— Arrête, enfin ! lança Narumi en mettant la main sur le bras de Sawamura. Calme-toi, s'il te plaît. Tu fais peur à tout le monde !

Ces mots durent l'atteindre, car il regarda autour de lui. Il n'y avait pas d'autres clients, mais la serveuse le surveillait d'un œil inquiet.

Sawamura relâcha son adversaire et retourna à sa place. L'enseignant, blême, l'imita et but une gorgée d'eau.

— C'est très bien de discuter, à condition de ne pas perdre son calme.

Les deux hommes hochèrent la tête en l'entendant. L'enseignant fut le premier à s'excuser.

— J'ai mal choisi mes mots.

— Non, je vous dois des excuses pour m'être emporté, répondit Sawamura.

La tension se dissipa. Une expression soulagée apparut sur le visage de la serveuse.

— Je comprends ce que vous dites, reprit-il. J'admets volontiers que nos hôtels et nos commerces sont vétustes. D'ailleurs, personne n'en est satisfait. Chacun aimerait faire des travaux, rénover, mais l'argent manque. Ici, on vit au jour le jour. Et chez Narumi…

L'enseignant la regarda en clignant des yeux.

— J'avais oublié que vos parents tiennent une auberge. Toutes mes excuses. Je ne voulais pas vous blesser.

— Je l'avais compris. Mes parents envisagent d'ailleurs de mettre la clé sous la porte.

— Ah… Je suis navré de l'apprendre, répondit-il en baissant les yeux.

L'ambiance était plus détendue, mais demeurait pesante. Lorsque Sawamura suggéra qu'il était temps de partir, personne ne s'y opposa.

Narumi monta dans sa voiture parce qu'il avait offert de la ramener. Ce n'était pas son pick-up habituel mais un break.

— Je regrette de m'être mal conduit, dit-il en démarrant.

— Je ne te savais pas capable de t'énerver à ce point.

— Je trouvais qu'il exagérait. J'ai l'impression qu'il attend en réalité beaucoup du développement des fonds marins. D'après ce que je sais, ses parents possèdent des terrains par ici. Tu as vu les machines sur le bateau. Si elles creusent le fond, on ne pourra rien faire pour l'environnement. Et s'ils installent une unité de valorisation des métaux, cela entraînera sans aucun doute une pollution marine. Je trouve ça terrifiant.

— Moi aussi, dit Narumi.

Elle l'écoutait avec cependant moins de passion que d'ordinaire car elle commençait à se dire qu'il valait mieux s'efforcer d'être neutre pour essayer de trouver une voie intermédiaire, dont les deux parties pouvaient s'accommoder, au lieu de sans cesse chercher à attaquer la partie adverse.

Elle s'étonnait elle-même de cette idée nouvelle pour elle. Elle comprenait qu'elle était liée à ses échanges avec le physicien et qu'elle n'aurait pas vu les choses ainsi si elle ne l'avait pas rencontré.

Elle se rappela soudain ce qu'il avait dit sur elle à bord du navire océanographique lorsqu'elle avait soutenu que la vie dans une bourgade en bord de mer lui convenait mieux que la grande ville : “Pour autant que je puisse en juger, ce n'est pas votre cas.” Pourquoi avait-il fait cette réflexion ?

— Tu as réfléchi à ce dont nous avons parlé l'autre jour ? demanda Sawamura d'un ton plus posé.

— À ce dont nous avons parlé ?

Narumi fit semblant de ne pas comprendre.

— La proposition que je t'ai faite de devenir mon assistante parce que je vais avoir un bureau chez moi, et que je voudrais que tu m'aides. Tu y as pensé ?

— Oh ! Excuse-moi... Il s'est passé tant de choses ces derniers jours que je n'ai pas vraiment eu le temps. Tu peux m'accorder un délai supplémentaire ?

— Oui, bien sûr. Je n'ai aucune envie de demander à quelqu'un d'autre que toi. Tu es la seule qui puisse convenir.

Il utilisait comme à son habitude une formulation ambiguë. Narumi aurait préféré qu'il s'exprime aussi clairement que Yukawa.

La voiture s'engagea sur le raidillon qui menait à l'auberge.

— Regarde... murmura-t-il.

Debout devant l'entrée, le physicien et le petit garçon dessinaient quelque chose sur le sol à l'aide d'un bâton.

Kyōhei fut le premier à les remarquer.

— Voilà Narumi ! s'écria-t-il.

Yukawa la regarda. Son regard lui parut plus froid que d'ordinaire.

Sawamura arrêta sa voiture à côté d'eux et abaissa sa vitre.

— Merci pour tout à l'heure, lança-t-il.

Elle entendit une allusion à leur rencontre à bord du navire océanographique.

— La visite vous a paru instructive ?

— Oui, j'y ai beaucoup appris et elle a renforcé ma conviction que nous devons suivre tout cela de près.

— Je vois. C’est votre voiture ?

— Oui, et alors ?

— On m’avait dit que vous conduisiez une camionnette.

— Ah ! fit Sawamura. Vous parlez de celle du magasin d’électricité de mes parents.

— Je vois. C’est celui que vous aviez pour chercher M. Tsukahara l’autre jour ?

— Oui, répondit-il avec une expression soupçonneuse. Ça change quelque chose ?

— Non, mais je me demandais ce que vous comptiez faire si vous le retrouviez.

— C’est évident, non ? Le ramener à l’auberge.

— Mais comment ? On ne peut monter qu’à deux dans votre pick-up. L’autre soir, M. Kawahata était assis à côté de vous.

Narumi tressaillit en l’entendant. Il a raison, se dit-elle.

— Euh… c’est que… Comment faire autrement ? Sans M. Kawahata, j’aurais été incapable de le reconnaître, et je conduisais le pick-up ce soir-là.

— Vous auriez pu prendre le monospace de l’auberge. J’y suis monté tout à l’heure. Vraiment, pourquoi ne l’avez-vous pas fait ? demanda le physicien, avec une expression de doute théâtrale.

— Que puis-je vous répondre ? Je n’y ai pas réfléchi sur le moment, c’est tout. Mais je suis sûr qu’on se serait arrangé si on l’avait retrouvé. M. Kawahata serait descendu et j’aurais ramené M. Tsukahara à l’auberge avant de retourner le chercher, par exemple.

Yukawa hocha la tête mais ne parut pas convaincu par ce qu’il venait d’entendre.

— Vous auriez pu vous arranger, c’est sûr. Quelqu’un aurait pu monter à l’arrière.

Sawamura lui lança un regard noir.
— Où voulez-vous en venir ?
— Nulle part. Bon, je vais vous laisser. Il faut que je continue à enseigner les mathématiques à mon jeune assistant, conclut le physicien en repartant vers Kyōhei.
Sawamura le suivit des yeux, le visage fermé.
— Il y a quelque chose qui ne va pas ? lui demanda Narumi.
— Quoi ? Euh… non, rien. Il est bizarre, celui-là. Pourquoi parle-t-il comme ça ?
— C'est un excentrique, ne t'en fais pas pour ça.
— Tu as peut-être raison. Il faudra qu'on se voie pour préparer le compte rendu de la visite.
— D'accord. Merci de m'avoir raccompagnée, dit-elle avant de descendre de voiture.
Yukawa et Kyōhei discutaient de ce qu'ils avaient dessiné sur le sol. Narumi s'approcha d'eux après avoir regardé s'éloigner la voiture de Sawamura.
— Monsieur Yukawa, merci de vous exprimer clairement si vous avez quelque chose à dire !
— Attention, ne marchez pas sur le dessin !
— Quoi ?
— Je vous demande de ne pas piétiner mon matériel pédagogique. Je suis en train de lui apprendre la formule "rayon fois rayon fois pi", expliqua-t-il en pointant le doigt vers le sol.
Elle vit à ses pieds un cercle divisé par de nombreux rayons.
— Je n'ai pas demandé à apprendre tout ça, moi, geignit Kyōhei d'une voix défaite.
— Appliquer un nombre à une formule revient à effectuer une opération. N'oublie pas que nous nous occupons de figures.

— Pourquoi lui avez-vous posé ces questions ? demanda Narumi. Vous le croyez mêlé à cette affaire ?

— Je n'ai pas dit cela. Je lui ai fait part de questions que je me pose, c'est tout.

— Pourtant…

— Ne vous faites pas de souci. Il… son nom est Sawamura, c'est bien cela ? Oui, il n'a rien à voir avec la mort de M. Tsukahara, puisqu'il a un alibi. Au moment de sa disparition, il était avec vous et vos amis, il me semble.

— Oui, bien sûr…

Yukawa regarda sa montre avant de se tourner vers le petit garçon.

— Je viens de me souvenir que j'ai quelque chose à faire. On continuera après le dîner.

— Qu'est-ce que vous avez à faire ?

— Il faut que j'aille quelque part pendant qu'il fait encore jour. J'espère que je trouverai un taxi, ajouta-t-il en prenant la veste qu'il avait accrochée au guidon du vélo. Je voudrais dîner à 18 h 30 aujourd'hui, lança-t-il à Narumi avant de commencer à descendre la pente.

34

— Kawahara ? Ah non, Kawahata. Je ne suis pas sûre de m'en souvenir, fit en se portant la main au front la femme qui avait une quarantaine d'années.

— C'était il y a quinze ou seize ans. On m'a dit qu'à cette époque, vous habitiez déjà ici, dit Kusanagi.

— C'est exact. Nous avons emménagé ici il y a dix-sept ans et nous sommes probablement les plus anciens ici. Mais je n'ai aucun souvenir de ces Kawahata.

— D'après ce que je sais, ils habitaient l'appartement 305.

— Le 305 ? Je comprends mieux. Ce n'est pas dans le même escalier. On se croise rarement lorsqu'on n'utilise pas le même escalier et on ne se salue même pas, fit la ménagère.

La visite d'un policier avait piqué sa curiosité mais elle souhaitait visiblement mettre fin à la conversation. Elle referma sa porte sans même attendre la fin de ses remerciements.

La résidence de la société Arima Motors occupait un immeuble de trois étages, assez ancien, sans ascenseur, dans une rue calme. Il comptait une trentaine de logements.

Kusanagi et sa collègue avaient décidé de frapper à toutes les portes afin d'en apprendre un peu plus sur les Kawahata, sans grands résultats jusqu'à présent. Presque tous les occupants avaient changé.

Il descendait l'escalier en se grattant la tête de son stylo lorsqu'il entendit sa collègue l'appeler. Debout sur le trottoir, elle levait la tête vers lui.

— Tu as appris quelque chose ? demanda-t-il, en s'attendant à une réponse négative.

— Oui, j'ai l'adresse des anciens occupants de l'appartement 206. La dame du 106 les connaissait. Ils s'appellent Kajimoto et ils ont déménagé il y a huit ans dans une maison qu'ils ont fait construire dans l'arrondissement de Nerima. Elle m'a donné leur adresse, dans le quartier de Kotake. La gare la plus proche est celle d'Ekoda, sur la ligne Seibu-Ikebukuro.

— Les Kawahata devaient utiliser le même escalier puisque les Kajimoto habitaient le 206. Ils ont vécu ici longtemps ?

— Je ne sais pas exactement, mais la dame du 106 se souvenait que Mme Kajimoto lui avait dit qu'elle avait passé vingt ans ici.

— Elle y était donc déjà du temps des Kawahata, dit-il en faisant claquer ses doigts. Allons tout de suite les voir.

Il héla un taxi qui passait providentiellement dans la petite rue.

Le téléphone d'Utsumi se mit à sonner pendant la course. Elle regarda qui l'appelait, poussa un petit cri et répondit.

— Oui, c'est moi. Je vous remercie de votre accueil ce matin… Ah, vous l'avez trouvé ?… Oui… Oui. Pourrais-je lui parler ? Ah, je comprends. Très bien. Dans ce cas, je vous rappellerai. Je vous remercie de votre aide.

Elle raccrocha et se tourna vers son collègue, les joues rouges.

— Qui était-ce ?

— Une association de bénévoles qui a son bureau à Shinjuku. Ils organisent des distributions de repas pour les SDF. Je les ai contactés avant d'aller chez Arima Motors. Comme la personne à qui j'aurais dû parler n'était pas encore arrivée, je leur ai laissé une photo de Semba.

— Et alors ? l'encouragea Kusanagi qui se sentait optimiste.

— Une des bénévoles qui vient d'arriver affirme l'avoir déjà vu. Plusieurs fois, lors de distributions de repas.

— Quand ça ?

— La dernière fois remonte à environ un an. Cette personne est absente pour l'instant, mais elle sera de retour dans une heure environ.

— Chauffeur ! Arrêtez-vous ici.

Le taxi freina immédiatement.

— Que se passe-t-il ? demanda Utsumi.

— C'est évident, non ? Tu viens de recevoir une information importante, et urgente. Je veux que tu ailles immédiatement au bureau de cette association pour rencontrer cette femme. Ouvrez la porte, s'il vous plaît, ordonna-t-il au chauffeur. Je finirai la course seul.

35

Il était plus de 17 heures, mais la touffeur était inchangée. La réverbération du soleil sur la chaussée était un peu moins intense, mais l'asphalte d'où montait une légère vapeur conservait sa chaleur.

Nishiguchi et le brigadier-chef Nonogaki, de la police de la préfecture, avaient été envoyés à Hari-Est pour trouver le restaurant où Tsukahara avait déjeuné. Le rapport d'autopsie indiquait que son estomac contenait des pâtes. Comme il n'y en avait pas au menu du dîner qu'il avait pris à l'auberge, elles provenaient probablement de son déjeuner.

La police n'avait pas encore complètement reconstitué l'emploi du temps de sa dernière journée, mais elle était certaine qu'il était venu à Hari-Est avant d'aller à la réunion d'information. Il y avait probablement déjeuné.

L'autopsie avait permis de préciser les caractéristiques du plat de pâtes consommé : il contenait de la farine, du sel, et trois sortes d'algues, ce qui correspondait à une spécialité locale, les nouilles aux algues.

Informé par téléphone de ce résultat, le commissariat de Hari avait établi qu'à Hari-Est trois restaurants, ou plus exactement trois cantines, servaient ce plat. Les deux policiers qui avaient fait chou blanc dans la première se dirigeaient vers la deuxième, à pied, car la distance entre les deux établissements ne justifiait pas l'usage de la voiture. Ils suaient à grosses gouttes. Avant de venir ici, ils avaient participé à l'enquête sur les hangars et les entrepôts de Hari, destiné à localiser l'endroit où Tuskahara avait été intoxiqué. Elle n'avait pas encore abouti. Les deux hommes en avaient été détachés pour trouver le restaurant. Nishiguchi avait pour mission de servir de guide au brigadier-chef qui venait du siège de la police départementale.

La deuxième cantine se trouvait au bord d'une route qui gravissait une colline. Il fallait traverser un magasin de souvenirs pour y parvenir. Un banc placé devant l'échoppe offrait une belle vue sur la mer.

L'établissement était vide, à l'exception d'une employée d'âge moyen. Nishiguchi lui adressa la parole et lui montra la photo de Tsukahara.

— Il est venu ici, répondit-elle immédiatement.

Le regard du brigadier-chef se fit plus acéré. Il l'accabla de questions. Qu'en avait-elle pensé ? Avait-il téléphoné à quelqu'un ? Lui avait-il fait l'impression d'attendre quelqu'un ? Paraissait-il de bonne humeur ? De plus en plus embarrassée, la femme fut incapable de lui répondre. Elle expliqua qu'il était venu pendant l'heure d'affluence et qu'elle n'avait pas prêté particulièrement attention à lui. Cela se tenait.

— Donc vous ne vous souvenez de rien de particulier à son sujet ? demanda Nonogaki, découragé.

— Non, sinon qu'il s'est assis sur le banc à la fin du repas.

— Sur le banc ? Et alors ?

— Rien. Il a passé quelque temps à regarder la mer, puis il s'est relevé et il est parti à pied, pour aller à la gare, j'imagine.

— C'était à peu près à quelle heure ?

— Je ne m'en souviens pas précisément, mais il devait être 13 heures passées.

Nishiguchi écouta la conversation en réfléchissant. Tsukahara avait pris un taxi devant la gare de Hari-Est vers 13 h 30, cela collait. Il avait ensuite déjeuné ici après s'être rendu dans le lotissement de Marin Hills.

Les deux hommes remercièrent la femme et quittèrent le restaurant. Nonogaki soupira bruyamment.

— On n'a rien appris. Sinon qu'il a bien déjeuné de nouilles aux algues.

— Et maintenant, qu'allons-nous faire ? Nous continuons à chercher par ici ?

— Euh… répondit son collègue qui semblait préoccupé. D'un autre côté, il est vraisemblable que la victime soit allée directement à la gare en sortant du restaurant. Je ne sais pas si on peut trouver quelque chose, commenta-t-il en sortant son téléphone, sans doute pour demander conseil à Isobe.

Debout à côté du banc, Nishiguchi attendit la fin de la conversation en regardant la mer. Les toitures de maisons vétustes s'alignaient au pied de la colline, séparées les unes des autres par des bosquets d'un vert intense. Il était né à Hari-Plage et connaissait ce quartier qui n'avait pas changé depuis des années. L'environnement est harmonieusement préservé, se dit-il. En contrepartie, le bourg était figé dans le passé. Il n'aurait su dire si c'était une bonne chose.

Une dizaine de mètres en contrebas, un autre chemin menait à la mer. Un homme y était arrêté. Il fit passer sa veste d'une épaule à l'autre et Nishiguchi vit son profil. Sa présence l'intrigua.

— Nishiguchi ! appela son collègue. Je vais rentrer au commissariat, pour parler avec mon chef. Et toi que fais-tu ?

Quelque chose dans son attitude faisait comprendre qu'il ne souhaitait pas être accompagné d'un jeune policier local.

— Je vais continuer à essayer de trouver quelque chose ici. Je vais aller voir les gens que je connais.

— C'est vrai que tu es du coin. Bien ! fit l'autre en remettant son portable dans sa poche avant de s'éloigner, sans un regard pour Nishiguchi.

Une fois que son collègue avait disparu de sa vue, le jeune inspecteur descendit l'escalier. Plongé dans ses réflexions, l'homme qu'il avait aperçu tout à l'heure n'avait pas bougé.

— Excusez-moi… commença-t-il.

L'homme ne dut pas l'entendre car il ne réagit pas.

— Excusez-moi, répéta-t-il un peu plus fort.

L'homme se retourna lentement, sans cacher son mécontentement.

— Vous êtes bien monsieur Yukawa, n'est-ce pas ?

— Oui, répondit-il en le fixant avant de cligner soudain des yeux. Je vous ai rencontré hier au Rokugansō. Vous êtes policier, n'est-ce pas ?

— Oui. Mon nom est Nishiguchi.

Le physicien hocha vigoureusement la tête et tendit le doigt vers lui.

— Oui, et vous êtes aussi un ancien camarade de classe de Narumi Kawahata. Je me trompe ?

— Non, c'est exact. Elle vous a parlé de moi ?

— En passant.

Le jeune policier aurait aimé en savoir plus et il remua les lèvres pour poser une autre question.

— Ne vous faites pas de souci, le rassura Yukawa. Elle m'a dit qu'elle avait un camarade de classe dans la police locale, et rien de plus.

— Ah bon… fit-il, légèrement déçu. Si je ne me trompe pas, vous avez un ami qui est policier à Tokyo.

— Oui. Et qui me pose un peu trop de questions à mon goût. Tout ça parce que je suis descendu dans la même auberge que la victime.

— Sauriez-vous ce que la préfecture de Police pense de cette affaire ? Si votre ami vous en a parlé, bien sûr.

Le physicien rentra comiquement la tête dans les épaules en esquissant un sourire embarrassé.

— Je ne suis qu'un simple citoyen, moi.

— Mais votre ami…

— Je ne vous apprends rien, mais les policiers sont de curieuses créatures. Ils ne se gênent pas pour mettre à contribution leurs amis ou leur famille, mais ne les tiennent pas pour autant au courant des progrès de leur enquête. Peut-être est-ce mieux ainsi, d'ailleurs.

Nishiguchi se demanda s'il devait prendre pour argent comptant ce qu'il venait d'entendre. Tous les policiers savent qu'il leur est interdit de parler de leurs enquêtes, même à leurs amis.

— Qu'est-ce qui vous amène ici ?

— Rien de particulier, sinon contempler la mer.

— Pourquoi ici ? C'est loin de Hari-Plage.

— Oui, j'ai mis une vingtaine de minutes en taxi…

— Répondez à ma question. Qu'est-ce qui vous amène ici ? répéta Nishiguchi, en le fixant d'un regard sévère pour lui faire comprendre qu'il entendait obtenir une réponse.

Yukawa enleva ses lunettes pour les nettoyer avec un chiffon qu'il sortit de sa poche.

— Le paysage. Je me suis laissé dire que c'est à Hari-Est qu'on a la plus belle vue sur la mer. Ou plutôt, je l'ai lu sur Internet.

Il remit ses lunettes.

— Sur quel site ? demanda le policier en sortant un stylo et un carnet de sa poche. J'aimerais le savoir, de manière à pouvoir vérifier.

— Il me semble qu'il s'appelle *My Crystal Sea*. C'est le site créé par Narumi.

— Ah ! s'écria Nishiguchi qui en fut tellement étonné qu'il oublia de le noter dans son carnet.

— Monsieur Nishiguchi, reprit le physicien en le regardant droit dans les yeux. Elle a toujours été comme ça, votre camarade ? Elle me fait l'effet d'être prête à tout pour protéger la mer, dit-il.

L'intensité de son regard était perceptible derrière ses lunettes.

— Au début, c'est-à-dire quand elle est arrivée ici, elle n'était pas passionnée à ce point-là. C'est à partir de son premier été qu'elle a commencé à se préoccuper de l'environnement. Je crois que la mer l'attirait beaucoup même avant cela. Je l'ai souvent vue en train de la contempler depuis le belvédère qui se trouve près du lycée.

— Depuis un belvédère. Hum… fit Yukawa, songeur.

— Cela vous dérange qu'elle veuille protéger la mer ?

— Pas du tout, je trouve ça très bien. Ce n'est pas à la portée de tout le monde.

— La présence de gens comme elle vous pose peut-être problème, mais moi, je suis à fond derrière elle. Je trouve que ce qu'elle fait est juste.

Son interlocuteur hocha la tête et sourit.

— Cela ne me pose aucun problème. Si vous n'avez pas d'autres questions à me poser, je vais vous laisser.

Nishiguchi le regarda s'éloigner et se rendit compte qu'il n'avait pas été celui qui avait posé les questions. Il toussota et rangea carnet et stylo.

36

La sonnerie de son portable pour enfants retentit. Kyōhei vit qu'il était 18 h 30 et l'éteignit. Il tourna les yeux vers son cahier et soupira. Il n'avait pas encore fait ses devoirs de japonais, à part quelques pages de caractères. Le docteur l'aidait pour le calcul, mais il devait faire le japonais seul. Il se mit au travail sans parvenir à se concentrer. Il avait très envie de jouer sur sa console. Il réussit à résister à cette tentation, mais pas à celle d'allumer la télévision. Un dessin animé qu'il ne connaissait pas apparut sur l'écran. Il n'était pas particulièrement intéressant, mais il le regarda jusqu'au bout. Cela lui prit une demi-heure. Il éteignit la télévision sans pour autant recommencer à travailler. Il n'attendait qu'une chose, que son téléphone sonne à nouveau.

Le petit garçon sortit de sa chambre et descendit au rez-de-chaussée. Il jeta un coup d'œil vers l'entrée, et aperçut Yukawa. Debout, les bras croisés, il contemplait un des tableaux accrochés au mur, celui qui représentait la mer.

— Docteur ! lança-t-il. Vous lui trouvez quoi, à ce tableau ?

— Je me demande depuis combien de temps il est ici.

— Hum… Ça doit faire longtemps. Je crois qu'il était déjà là quand je suis venu ici il y a deux ans.

— Probablement, répondit Yukawa avec un sourire. Bon, c'est l'heure du dîner, non? continua-t-il en regardant sa montre.

Narumi était en train de dresser la table du physicien. Aujourd'hui aussi, le repas comportait plusieurs plats de poisson.

Elle avait déjà apporté le plateau de Kyōhei. Ce soir, il mangerait du hamburger.

— Cela m'a l'air délicieux aujourd'hui aussi, commenta Yukawa en s'asseyant en tailleur.

— Merci, mais nous craignons que cela ne vous paraisse monotone.

— Pas du tout. C'est du poisson, mais jamais le même. La mer abonde en délices.

— À propos… lança le petit garçon. Je voulais te demander quelque chose. Tout à l'heure, à la mer, j'ai vu un poisson drôlement beau. Il était petit et bleu. Tonton m'a dit que tu saurais ce que c'était.

— Un petit poisson bleu? Long d'à peu près deux centimètres?

— Exactement, acquiesça Kyōhei. On aurait dit un poisson tropical.

— Ce devait être une demoiselle néon.

— Une demoiselle? Comme les libellules?

Narumi sourit.

— Leur nom scientifique est *Pomacentrus coelestis*. Il y en a beaucoup par ici. Je crois que c'est le premier poisson que remarquent les gens qui commencent la plongée sous-marine. Moi aussi, la première fois que j'en ai vu une, j'ai eu l'impression qu'ils étaient très précieux.

— J'ai été drôlement surpris! J'ai essayé de l'attraper, mais je n'y suis pas arrivé.

— Ça ne m'étonne pas. Mais tu sais, en hiver, ces poissons deviennent tout noirs.

— Ah bon ! Ça m'est égal, je n'irai pas me baigner dans la mer en hiver.

Il prit sa fourchette et son couteau. Son hamburger était juste à point. Du jus de viande jaillit quand il en coupa un morceau.

— Comme d'habitude, ce que tu manges a l'air très bon, dit le physicien.

— Je peux vous en donner un morceau, si vous voulez. Ou vous l'échanger contre du poisson cru.

— Une proposition intéressante à laquelle je vais réfléchir. On verra, conclut-il en prenant ses baguettes. Puis-je vous poser encore une question ? demanda-t-il ensuite en se tournant vers Narumi.

— Bien sûr, répondit-elle en se redressant.

— Savez-vous qui a peint ce tableau que vous avez dans l'entrée ?

Sa poitrine palpita légèrement. Son cousin eut l'impression qu'elle inspirait profondément.

— Non, je l'ignore, fit-elle en secouant la tête. Pourquoi ?

— Parce que je me pose la question. J'en ai parlé à Kyōhei, d'ailleurs. On en a discuté tous les deux. On se disait que cela ne représentait pas la mer près d'ici.

La jeune femme pencha la tête de côté en se remettant une mèche de cheveux derrière l'oreille.

— Je ne saurais vous le dire. Il est ici depuis tellement longtemps que je n'y ai jamais pensé.

— Depuis longtemps ? Vous voulez dire qu'il était déjà ici avant que vous ne vous y installiez ?

— Oui. Mon père m'a dit que quelqu'un l'avait donné à mon grand-père, et qu'il est là depuis. Mais je ne crois pas que mon père en sache plus.

Elle saisit l'allume-feu posé sur le plateau et le tendit pour allumer le feu du réchaud qui se trouvait devant le physicien.

— Laissez, je l'allumerai moi-même, si vous voulez bien me confier l'allume-feu.

Elle hésita un instant avant d'accepter et de le reposer sur le plateau.

— Bon appétit ! dit-elle et elle se releva pour s'en aller.

— La mer sur ce tableau… recommença Yukawa, bien qu'elle lui tournât le dos. Elle est vue depuis Hari-Est. J'y suis allé pour m'en assurer.

Narumi s'immobilisa. Tout son corps se figea. Puis elle se retourna, avec un mouvement gauche, comme un robot rouillé.

— Vraiment, souffla-t-elle. Depuis Hari-Est ? Je l'ignorais, reprit-elle avec un sourire contraint.

— Vous ne le saviez vraiment pas ? demanda-t-il.

— Non, je n'y avais jamais réfléchi.

— Comme si vous aviez besoin de réfléchir pour le comprendre ! Un seul coup d'œil aurait dû vous suffire. La mer à Hari, vous la connaissez mieux que personne, non ? Puisque vous avez créé un site Internet à ce sujet.

— Hari-Est, j'y vais rarement.

— Dois-je vous croire ? Je me souviens d'avoir lu sur votre blog que c'est de Hari-Est qu'on a la plus belle vue sur la mer.

À présent, elle fronçait les sourcils.

— Je n'ai jamais écrit cela ! jeta-t-elle.

Yukawa sourit ironiquement.

— Il n'y a pas de quoi se fâcher !

— Je ne suis pas fâchée…

— Si vous ne l'avez pas écrit, je dois me tromper. Vous attendez de moi des excuses ?

— Non, ce n'est pas la peine. Y a-t-il autre chose que je puisse faire pour vous ?

— Non, rien, répondit-il en remplissant son verre de bière.

Narumi quitta la pièce d'un pas las.

— C'est vrai, ce que vous lui avez dit ? demanda le petit garçon. Vous savez d'où on voit ce que représente ce tableau ?

L'adulte répondit oui en versant de la sauce au soja dans une coupelle avant d'y ajouter du wasabi. Ses gestes précis rappelaient qu'il était scientifique.

— Vous êtes allé là-bas rien que pour ça ? Ça vous intriguait à ce point ?

— Intriguer, cela peut vouloir dire exciter la curiosité intellectuelle. Ne pas faire cas de sa curiosité est criminel. C'est d'abord elle qui nous pousse à apprendre.

Kyōhei approuva de la tête en se demandant pourquoi le docteur ne savait parler que de cette façon.

Yukawa saisit l'allume-gaz, pressa sur la touche, et une petite flamme apparut à son extrémité. Les parents de Kyōhei en avaient un chez eux. Ils l'avaient acheté pour les barbecues mais ne s'en étaient servis qu'une seule fois. Ils travaillaient tellement qu'ils n'avaient jamais le temps d'en faire.

L'adulte approcha la flamme du cube de combustible solide qui se trouvait à l'intérieur du réchaud de table.

— Sais-tu en quoi est fait le récipient sur le réchaud ?

Le petit garçon le regarda. De couleur blanche, il n'était pas en céramique.

— J'ai l'impression que c'est du papier, répondit-il.

— Tu as raison. C'est du papier. Tu ne trouves pas ça bizarre ? Comment se fait-il que le papier ne brûle pas ?

— Parce que c'est du papier spécial ?

En guise de réponse, Yukawa arracha du bout des doigts un petit morceau du récipient, qu'il saisit ensuite de ses baguettes, et l'approcha de l'allume-gaz sur lequel il pressa. Le papier ne s'enflamma pas mais noircit. Comme les baguettes étaient sur le point de prendre feu, il éteignit l'allume-gaz.

— Du papier ordinaire s'enflammerait immédiatement. Tu as raison, ce papier a apparemment été traité pour que cela prenne du temps. Mais il se consume quand même. Ton explication est insuffisante.

Kyōhei posa son couteau et sa fourchette, et il s'approcha à quatre pattes de l'adulte.

— Mais comment se fait-il que ça ne brûle pas ?

— Regarde ce qu'il y a l'intérieur. Des légumes, du poisson, mais aussi du bouillon. Autrement dit, de l'eau. À quelle température l'eau bout-elle ? Tu es en cinquième année à l'école primaire, et tu dois le savoir.

— Bien sûr ! À 100 degrés. Je l'ai appris l'année dernière. On a fait une expérience.

— Vous avez mis de l'eau dans un ballon, vous l'avez fait chauffer et vous avez mesuré la température, n'est-ce pas ?

— Oui. Juste avant qu'elle n'atteigne 100 degrés, il y a eu des bulles.

— Que s'est-il passé ensuite ? La température a continué à monter ?

— Pas du tout, répondit le petit garçon en faisant non de la tête.

— Eh oui ! Le point d'ébullition de l'eau est 100 degrés, ce qui veut dire que tant qu'elle est liquide, sa température ne dépasse pas ce niveau. De la même manière, tant qu'il reste du liquide à l'intérieur de ce papier, sa température ne dépassera pas 100 degrés et il ne brûlera pas. Parce qu'il ne le fait qu'à une température d'environ 300 degrés.

— Je comprends… dit Kyōhei en croisant les bras, sans quitter la flamme du réchaud des yeux.

— Passons à l'expérience suivante.

Yukawa déplaça son verre de bière et prit le sous-verre rond en carton sur lequel il se trouvait.

— Que va-t-il arriver si nous le plaçons au-dessus du combustible solide ?

Le petit garçon regarda le rond de carton et le visage du physicien.

— Il va brûler, répondit-il d'une voix tremblante, car il flairait un piège.

— Probablement, hein ! lâcha l'adulte d'un ton détendu.

— C'est quoi, cette expérience ? En quoi elle consiste ?

— Ne t'affole pas ! Et si je fais ça, que va-t-il se passer ?

Il tendit la main vers la carafe d'eau, et en aspergea le sous-verre. Un peu d'eau coula sur le tatami, mais il ne s'en préoccupa pas.

— Que va-t-il se passer si je le mets maintenant au-dessus du combustible solide ?

Kyōhei réfléchit. Il ne fallait pas répondre n'importe quoi. Cela avait probablement quelque chose à voir avec le récipient en papier. Il pensa à ce qu'avait dit le scientifique.

— Je sais ! Il va quand même brûler. Mais pas tout de suite.

— Et pourquoi pas ?

— Parce que le carton est mouillé. Il ne brûlera pas tant qu'il restera de l'eau dedans. Mais seulement quand il sera sec.

— Je vois, fit le physicien, le visage neutre. C'est ton dernier mot.

Le petit garçon rentra le menton.

— C'est mon dernier mot.

— Bon !

Yukawa mit le rond en carton au-dessus du combustible solide qui brûlait à l'intérieur du petit réchaud, ou plutôt au-dessus de l'ouverture de celui-ci, à la manière d'un couvercle.

Kyōhei le fixait des yeux. Il s'attendait à ce que sa partie centrale noircisse, puis à ce que des flammes apparaissent. Rien de ce genre ne se produisit.

Le physicien l'enleva. Le combustible solide s'était éteint. Le petit garçon poussa un petit cri, et lui adressa un regard interrogatif.

— Ce qui compte ici, c'est l'emplacement du combustible, à l'intérieur du réchaud. Pour que quelque chose brûle, que ce soit du combustible solide ou du papier, il faut de l'oxygène. Utilisé comme couvercle, le sous-verre empêche l'oxygène de pénétrer à l'intérieur du réchaud. Si je ne l'avais pas mouillé, il se serait sans doute enflammé avant que le feu ne s'éteigne, et cela aurait permis un nouvel apport d'oxygène. Mais comme tu l'as justement dit, il était mouillé et il ne s'est pas enflammé immédiatement. Un papier mouillé empêche l'air de passer plus efficacement qu'un papier sec.

Il prit l'allume-gaz pour rallumer le réchaud, reposa le carton comme un couvercle, et l'enleva presque immédiatement. Le feu s'était éteint.

— On dirait de la magie, dit Kyōhei.

— Tu n'as pas appris que si l'huile d'une friteuse s'enflamme, il ne faut pas essayer de l'éteindre en l'aspergeant d'eau mais plutôt la couvrir d'un torchon humide ? Pour que quelque chose brûle, il faut de l'oxygène. Sans oxygène, les flammes s'éteignent. Lorsqu'il n'y en a pas assez, la combustion est incomplète.

— La combustion est incomplète ? On en a déjà parlé aujourd'hui, non ?

— Oui, répondit l'adulte en rallumant le réchaud. Une combustion incomplète produit du CO.

Le petit garçon se rappela la conversation qu'ils avaient eue dans la voiture. Pourquoi son oncle avait-il fait cette drôle de tête ? Il n'avait pas été le seul, d'ailleurs. Sa tante aussi paraissait perturbée.

— Qu'est-ce qui t'arrive ? Tu n'as plus faim ? Ton hamburger va être froid.

— Ah… Si, si, je vais le manger.

Il retourna à sa place à quatre pattes.

37

Kusanagi était assis dans un café en self-service à proximité de la gare d'Ekoda. Il n'était pas grand, et le comptoir qui donnait sur la rue ne pouvait accueillir que trois personnes. Le policier occupait le siège du milieu et attendait que le temps passe en buvant de l'eau. Il avait fini son café depuis plus de dix minutes.

Il vit qu'il était 19 heures à sa montre et il se leva. Il prit son plateau, le déposa à l'endroit approprié et quitta l'établissement. La rue étroite et tortueuse était évidemment à sens unique. De petites échoppes, un restaurant de nouilles chinoises, un marchand de saké, un bar, la bordaient.

Elle rejoignait une artère plus large, mais pas au point d'avoir un terre-plein central. La vitesse maximum était fixée à vingt kilomètres/heure.

Des immeubles d'habitation et des maisons individuelles remplacèrent bientôt les magasins. Comme il s'était égaré quand il y était venu deux heures plus tôt et qu'il avait mis beaucoup de temps à trouver l'adresse qu'il cherchait, il avançait prudemment.

Il disposait à présent de quelques repères. Plus il progressait dans le quartier résidentiel, plus les rues lui paraissaient inextricables. Elles se croisaient souvent, mais jamais à angle droit. Kusanagi ressentit de la sympathie pour ses collègues qui travaillaient dans cet arrondissement.

Il fut rassuré d'apercevoir son but, la maison aux murs carrelés des Kajimoto.

Il appuya sur l'interphone et donna son nom. Tout à l'heure, il avait dit à Mme Kajimoto qu'il repasserait car il voulait parler à son mari, avant tout dans le but de lui faire comprendre qu'il venait pour quelque chose d'important.

La porte de l'entrée s'ouvrit, et un homme mince qui portait un polo à manches courtes apparut. Avec son visage long et ses yeux ronds, il avait un aspect vaguement chevalin.

— Vous êtes bien monsieur Kajimoto ? Désolé de vous déranger à une heure si tardive.

— Vous ne me dérangez pas, répondit son interlocuteur qui l'invita à entrer.

Il se demandait probablement ce qui lui valait cette visite d'un policier. Kusanagi s'était contenté de dire à son épouse qu'il voulait lui poser des questions à propos de l'époque où ils habitaient Ōji.

Les deux hommes entrèrent dans un vaste living où se dressait un buffet rempli d'objets divers. D'autres jonchaient le sol. Huit ans plus tôt, la famille n'avait probablement pas eu l'intention de laisser un tel désordre s'installer. Mais avec les années, leur ambition s'était amenuisée. Le policier les complimenta cependant sur la beauté de leur demeure.

— Elle a mal vieilli, vous savez. Nous pensons faire des travaux bientôt, répondit l'homme d'un ton qui manquait de conviction.

— Avant de vous installer ici, vous habitiez à Ōji, n'est-ce pas ?

— Oui. Nous y sommes restés dix-huit, ou plutôt dix-neuf ans. Longtemps. Je me suis marié tôt, à vingt-quatre ans.

Il expliqua que sa femme et lui avaient immédiatement emménagé à Ōji.

— Vous habitiez dans l'appartement 206, n'est-ce pas ? Vous souviendriez-vous de la famille qui occupait alors le 305, les Kawahata ?

— Les Kawahata… répéta-t-il, la bouche entrouverte. Oui, c'est comme ça qu'ils s'appelaient. Tu t'en rappelles ? demanda-t-il à sa femme qui était assise sur une chaise à la table de la salle à manger.

— Eux aussi sont restés là-bas longtemps, répondit-elle.

— Oui, ils étaient là depuis au moins quatre ou cinq ans quand on est arrivés. Lui, par contre, s'était marié tardivement, et je me rappelle ma surprise de voir quelqu'un d'aussi âgé dans une résidence de la société. Parce que généralement, ce sont des gens plus jeunes qui y vivent.

— D'après nos renseignements, vous avez été voisins pendant plus de dix ans. Vous vous fréquentiez ?

— Eh bien… fit Kajimoto en croisant les bras. On se voyait pendant les événements organisés par la résidence, le grand ménage de printemps, les rondes nocturnes, ce genre de choses. Je n'irais pas jusqu'à dire que nous nous connaissions bien. Nous n'avions pas le même âge, expliqua-t-il en jetant un regard interrogatif vers Kusanagi. Pourquoi êtes-vous venu me poser des questions sur eux ? Il a eu un problème ?

Le policier s'attendait à ce qu'il lui demande cela. Il sourit.

— Je ne peux pas vous donner de détails, mais nous enquêtons à propos de personnes qui ont quitté Ōji pour la province à une certaine époque qui correspond précisément à celle où les Kawahata ont déménagé.

— Autrement dit, vous ne vous intéressez pas seulement aux Kawahata.

— Exactement. J'ai déjà rassemblé des informations sur… Il s'interrompit pour compter sur ses doigts. Euh… environ vingt personnes.

Kajimoto ouvrit de grands yeux.

— Vous ne faites pas un travail facile !

— Je ne sais pas s'il est difficile, mais il me demande de voir du monde. Permettez-moi de continuer. Pourriez-vous me dire si vous vous souvenez de quelque chose de particulier à propos des Kawahata ? Les considériez-vous comme des gens difficiles ? Se sont-ils jamais querellés avec un autre locataire ?

— Non, répondit son interlocuteur en secouant la tête. Ils n'étaient pas du genre à se fâcher avec leurs voisins.

Son épouse le regarda en fronçant les sourcils.

— Avant même de déménager, ils n'habitaient plus vraiment sur place, non ? Tu l'as oublié ?

— C'est vrai, tu as raison !

— Si je ne me trompe pas, M. Kawahata avait été muté quelque part et sa femme et sa fille ne l'avaient pas suivi.

Kajimoto ouvrit la bouche. Il hocha la tête.

— Oui, ça me revient maintenant. Il avait été muté, à Nagoya, je crois bien, mais sa femme et sa fille ne l'avaient pas accompagné.

— Nous avons pu établir qu'il a travaillé dans la succursale de Nagoya avant sa démission.

— Mais oui ! Si vous me l'aviez dit plus tôt, ça me serait revenu plus vite.

— Toutes mes excuses. Cela m'était sorti de l'esprit, dit Kusanagi qui ne pouvait pas lui expliquer qu'il souhaitait le laisser parler librement. J'imagine qu'à cette époque, seules sa femme et sa fille habitaient ici pendant la semaine, et qu'il ne revenait que les week-ends ?

— Probablement, acquiesça-t-il avec indifférence.

— Non, tu te trompes, le corrigea sa femme. Ce n'était pas comme ça.

— Mais comment était-ce alors ? demanda le policier en pensant qu'elle avait meilleure mémoire que son mari.

— M. Kawahata travaillait à Nagoya, mais sa femme et sa fille n'habitaient plus ici non plus. En tout cas pas la dernière, ni même l'avant-dernière année avant leur déménagement.

Kusanagi les quitta un peu après 20 heures. Il revint à la gare par les petites rues tortueuses en réfléchissant à ce qu'il venait d'apprendre. Le plus important était ce qu'avait raconté Mme Kajimoto : l'épouse et la fille de Kawahata ne vivaient plus dans la résidence avant de la quitter définitivement.

— Ils n'étaient pas non plus complètement partis, parce que je voyais Mme Kawahata de temps en temps. Elle devait venir aérer leur appartement ou chercher des affaires. La seule fois où nous avons bavardé, elle m'a expliqué qu'ils habitaient chez des amis, un couple dont le mari avait été muté pour quelque temps à l'étranger, qui leur avait demandé de s'occuper de leur maison pendant leur absence. Le collège privé fréquenté par leur fille était bien plus près de cette maison que la résidence d'Ōji, et ils avaient décidé de s'y installer jusqu'à ce qu'elle finisse ses études là-bas. Je peux me tromper sur les détails, mais c'était à peu près comme ça, je crois.

Elle avait oublié si ce couple avait un lien particulier avec les Kawahata et le lieu où se trouvait cette maison. Peut-être ne l'avait-elle d'ailleurs jamais su, avait-elle ajouté. Mais elle se souvenait du nom du collège. Kusanagi le connaissait, c'était celui d'un établissement prestigieux pour jeunes filles.

Il avait décidé d'aller consulter leurs registres d'anciens élèves le lendemain. Il savait de Yukawa que son prénom était Narumi. S'il parvenait à retrouver une de ses anciennes camarades de classe, peut-être pourrait-elle lui dire où la famille habitait à cette époque.

Il ne s'égara pas cette fois-ci, bien qu'il marchât sans se concentrer sur le chemin à suivre. Kaoru Utsumi ne lui avait pas téléphoné. Arrivé à la gare, il était en train de sortir son portable pour l'appeler quand il se mit à sonner. Mais l'appel ne venait pas de sa collègue. Il se hâta de décrocher, et mit l'appareil contre son oreille.

— Allô ?

— Bonjour, c'est Tatara. Je ne te dérange pas ?

— Non, pas du tout. Que puis-je faire pour vous ?

— Je viens de rencontrer quelqu'un du service des affaires urbaines, là où travaillait Tsukahara avant de prendre sa retraite.

— Oui.

— Il m'a dit qu'il avait reçu la visite d'enquêteurs de la police de la préfecture aujourd'hui. J'imagine que tu devines ce dont ils voulaient lui parler.

— De M. Tsukahara, bien sûr. Ils voulaient savoir s'il n'avait pas d'ennemis.

— Et s'il avait jamais mentionné Hari-Plage. Ils sont à la recherche de personnes liées à lui, en d'autres termes.

— Cela pose un problème ?

— Non, bien sûr. Mais quelque chose me paraît étrange. Apparemment, ils ne lui ont posé aucune question au sujet de Hidetoshi Semba. La police de la préfecture ne considère pas cela comme important ? Tu leur as transmis les informations que je t'ai données ?

Kusanagi était embarrassé. Il ne s'était pas attendu à ce que Tatara lui en parle si vite. Il essaya en vain de trouver une justification.

— Tu ne leur en as pas parlé ?

Il ne pouvait pas lui mentir. Il inspira profondément.

— Non, pas encore.

— Pourquoi pas ?

— J'y ai réfléchi.

— Réfléchi ?

— Oui.

Kusanagi s'attendait à se faire rabrouer. La paume de sa main qui tenait le téléphone était moite. Il s'immobilisa, les muscles bandés, prêt à recevoir un mauvais coup.

Mais il n'entendit qu'un long soupir.

— Tu es arrivé à cette conclusion sur la base des informations reçues de là-bas ?

Tatara était vif. Ce “là-bas” faisait allusion à Yukawa.

— Oui, répondit-il. Des informations qui me paraissaient significatives.

— De quelle manière ? Tu soupçonnes quelqu'un de précis ?

— Je ne le nie pas. Mais je veux éclaircir quelques points obscurs ici à Tokyo avant de vous en dire plus.

— Ici… Tu veux dire que tu ne veux pas être gêné par la police de la préfecture ?

— Pour l'instant, mieux vaut que nous gardions ces informations pour nous.

Tatara se tut à nouveau. Kusanagi sentit la sueur couler sous ses aisselles. Il se dit que son interlocuteur allait se mettre à hurler. Il savait que Tatara était surnommé “la cocotte-minute” quand il était enquêteur.

— Et que fait Utsumi ? reprit le haut fonctionnaire d’un ton calme. Elle est avec toi ?

— Non. Elle continue à chercher Semba.

— Elle a trouvé des indices ?

— Des gens l’ont vu.

Il lui parla de l’association de Shinjuku, et de la femme qui l’avait reconnu.

— Très bien. Puisque je t’ai confié cette enquête, je me fie à ton approche. Je veux seulement que tu t’engages à me contacter sitôt que tu as rassemblé tout ce dont tu as besoin pour identifier un suspect. Et quand je dis sitôt que tu as rassemblé, je veux dire dans l’instant !

— Bien sûr. Vous pouvez compter sur moi.

— Bon travail ! lança Tatara avant de raccrocher.

Kusanagi expira doucement, puis il composa un numéro en sentant que sa chemise était trempée.

— Allô ? J’allais t’appeler, fit la voix de Kaoru Utsumi.

Son ton était détendu. Elle avait dû découvrir quelque chose.

— Tu es où ? Encore à Shinjuku ?

— Non, à Kuramae.

— À Kuramae ? Pourquoi ? Tu as parlé à cette femme bénévole à Shinjuku ?

— Oui. Elle s’appelle Yamamoto et appartient à une association qui organise une distribution de repas tous les samedis dans le parc central de Shinjuku. Jusqu’à la fin de l’année dernière, Semba y venait presque chaque semaine. Elle m’a dit qu’elle se souvenait bien de lui, car il avait quelque chose de plus distingué que les autres SDF.

— J'en conclus qu'elle ne l'a pas vu depuis le début de l'année.

— Exactement. Elle pense qu'il est peut-être mort.

— Mort ? Pourquoi ?

— Les dernières fois où elle l'a vu, il avait beaucoup maigri et semblait malade. Elle lui a recommandé d'aller voir un médecin qu'elle connaît et qui soigne gratuitement les sans-abri, mais…

— Il ne l'a pas fait ?

— Mme Yamamoto a eu la gentillesse d'appeler son cabinet, qui n'avait aucune trace de son passage. En tout cas pas sous le nom de Semba. Il a pu donner un faux nom et j'ai l'intention d'y passer demain avec la photo.

— Je vois. Et qu'est-ce qui t'amène à Kuramae ?

— Mme Yamamoto m'a parlé de quelqu'un qui connaît Semba, un bénévole de son association. Depuis le début de l'année, il a rejoint une autre association qui organise des soupes populaires, dont le bureau est à Kuramae. La leur a lieu tous les samedis, dans le parc d'Ueno.

— Tu penses qu'il y a une chance que Semba ne vienne plus à celle de Shinjuku mais fréquente celle de Kuramae ?

— Oui. Mme Yamamoto a contacté l'association de Kuramae pour moi. Malheureusement, la personne qu'elle connaît n'y a jamais vu Semba.

— Mais alors, pourquoi y es-tu allée ?

— Parce que l'association avait reçu la visite de quelqu'un qui le cherchait.

— Quoi ? Quand ? demanda-t-il en serrant plus fort son téléphone.

— Au mois de mars. Cette personne avait une photo de Semba.

Kusanagi sortit son carnet de sa poche, et s'accroupit pour écrire. Il l'ouvrit, le téléphone coincé contre son épaule.

— Donne-moi l'adresse du bureau et je te rejoins.

Il raccrocha et trouva un taxi. Une demi-heure plus tard environ, il était là-bas. Le bureau de l'association se trouvait dans une petite rue à l'écart de l'avenue Edo-dōri.

Il appuya sur l'interphone, et un homme d'une quarantaine d'années, de petite taille, vint lui ouvrir.

— Vous êtes de la police ?

— Oui, répondit-il en voyant Utsumi assise à un des bureaux du petit espace.

Elle le salua de la tête.

L'homme se présenta, il s'appelait Tanaka, et l'invita à entrer.

— Je vous remercie, fit Kusanagi en passant entre des cartons posés à même le sol. Vous avez déjà parlé ? demanda-t-il à sa collègue.

— Oui. J'ai montré une photo de M. Tsukahara à M. Tanaka. Il est quasiment certain que c'est lui qui cherchait Semba.

— Il ne vous a pas expliqué pourquoi il voulait le retrouver ? demanda Kusanagi en se tournant vers Tanaka.

— Je n'en ai pas le souvenir. Je l'ai pris pour un collecteur de dettes. Il arrive que ce genre de personnes surveillent nos distributions de repas. Beaucoup de sans-abri ont tout perdu parce qu'ils n'arrivaient pas à rembourser leurs dettes.

— M. Tanaka m'a dit qu'il avait parlé pour la première fois à M. Tsukahara vers la fin mars, et qu'il était ensuite revenu deux ou trois fois. Il observait de loin les gens qui venaient profiter des repas. Mais depuis le mois de mai, il ne l'a plus revu, lui expliqua sa collègue. C'est bien ça, n'est-ce pas ? demanda-t-elle à leur hôte.

— Oui. Je dois dire qu'avec les autres bénévoles, on trouvait sa présence déplaisante, et qu'on a été contents de ne plus le voir. Pour quelle raison le cherchez-vous ?

— Rien d'important, le rassura Kusanagi en accompagnant ses mots d'un geste de dénégation. Ne croyez pas qu'il s'agisse d'une affaire importante.

Kaoru Utsumi se leva.

— Nous nous permettrons peut-être de vous recontacter si nous avons autre chose à vous demander, si vous le voulez bien. Merci de votre accueil aujourd'hui, lança-t-il d'une seule traite avant de se diriger vers la porte.

Les deux policiers rejoignirent l'avenue Edo-dōri, où ils virent un café en libre-service de la même chaîne que celui où Kusanagi s'était arrêté près de la gare d'Ekoda. Comme il n'y en avait pas d'autre ouvert alentour, ils y entrèrent.

Il la mit au courant de ce qu'il avait appris et mentionna aussi l'appel de Tatara.

— Vous ne lui avez pas parlé de ce que vous a raconté le professeur Yukawa, je veux dire, son affirmation selon laquelle une erreur pourrait avoir des conséquences irréversibles sur la vie de quelqu'un ?

— Non. Toi et moi sommes probablement les seuls à pouvoir comprendre ce qu'il veut dire par là. Si Yukawa se mêle de cette histoire, mieux vaut ne pas l'en empêcher. Bon, maintenant, quelle est la prochaine étape ? Pour ma part, je compte chercher l'endroit où Narumi Kawahata et sa mère habitaient vraiment.

Il s'interrompit pour boire une gorgée de café.

— Il m'est venu une idée en écoutant ce M. Tanaka, dit-elle.

— Laquelle ?

— Il semble certain que M. Tsukahara était à la recherche de M. Semba. Deux personnes l'ont vu observer la distribution de repas à des moments et dans des lieux différents. Nous savons qu'il était excellent détective. Il a dû le chercher ailleurs. Elle regarda son collègue. Tu ne crois pas qu'il l'a trouvé ? À partir de mai, plus personne n'a vu M. Tsukahara. Ne peut-on en conclure que c'est parce qu'il l'avait retrouvé ?

Kusanagi reposa sa tasse et la dévisagea.

— Et si tu as raison, on fait comment, nous ?

— Comme je te l'ai dit tout à l'heure, la dernière fois que Semba a été vu à Shinjuku, il était très affaibli. Il avait l'air gravement malade. Si M. Tsukahara l'a localisé en mai, il est difficile d'imaginer qu'à ce moment-là, il était en bonne santé.

— Il devait être encore plus mal, ou même mort…

— J'ai vérifié hier la banque de données sur les cadavres non identifiés trouvés à Tokyo depuis le début de l'année mais je n'ai trouvé personne qui aurait pu correspondre à Semba. Je recommencerai demain. Réfléchissons plutôt à l'endroit où il peut se trouver s'il n'est pas mort. S'il était gravement malade et sans abri quand M. Tsukahara l'a retrouvé, qu'aurait-il fait ?

Appuyé au dossier de sa chaise, Kusanagi fixait un point dans le vide. Comment aurait-il agi dans cette situation ?

— Il l'aurait sans doute emmené dans un hôpital. Pour faire un diagnostic, et au besoin le faire hospitaliser. Cela me semble le plus vraisemblable. Il existe des hôpitaux qui acceptent de soigner les SDF, non ?

— Tu veux dire ces hôpitaux qui acceptent de soigner gratuitement ou presque ?

— Exactement. J'ai entendu dire qu'il y en a une quarantaine à Tokyo.

— Je vois de quoi tu parles. Mais je ne suis pas sûre que Semba était qualifié pour en bénéficier. J'ai entendu dire qu'il faut une fiche d'état civil, et donc un domicile fixe, or Semba n'en a probablement jamais eu depuis sa sortie de prison, je l'ai vérifié. Tu ne crois pas que M. Tsukahara lui aurait avancé l'argent pour le faire soigner ?

— C'est possible. Mais tu penses qu'il aurait pu guérir après une ou deux visites chez le médecin ? D'après ce qu'on t'a raconté, il devait être gravement malade.

— Certainement. Peut-être a-t-il dû être hospitalisé.

— Faire hospitaliser un SDF, ce ne doit pas être facile.

— D'ordinaire, l'hôpital fait les démarches pour qu'il puisse bénéficier d'une couverture sociale, en le faisant domicilier à l'hôpital. Mais d'après mes recherches au service de l'état civil, personne ne l'a fait pour lui.

— Que peut-on en conclure ?

— Tu ne penses pas que si un hôpital a accepté de le soigner sans cette couverture sociale, ce doit être parce que cet hôpital était prêt à se montrer accommodant avec M. Tsukahara ? demanda-t-elle sans changer d'expression, mais d'un ton assuré.

38

Au fur et à mesure que les enquêteurs présentaient leur rapport, l'ambiance dans la salle de réunion se faisait plus morose. Aucun d'entre eux n'avait fait de découverte importante. Hozumi, le responsable de la sous-direction de la police judiciaire de la préfecture, contemplait les documents qu'il avait sous les yeux, l'air mécontent. Ils ne contenaient aucune information substantielle. Ses hommes avaient interrogé de très nombreux habitants sans rien en tirer d'objectivement ni de concrètement utile. Grâce à Nishiguchi et son collègue, la police connaissait à présent le nom du restaurant où Tsukahara avait pris son dernier repas, mais cela ne faisait pas avancer l'enquête.

Assis au fond de la salle, Nishiguchi suivait ce qui se passait en pensant à sa conversation avec Yukawa. Pourquoi le physicien était-il venu à Hari-Est hier ? Il lui avait expliqué qu'il était là pour vérifier de ses propres yeux ce que Narumi avait écrit sur son blog. Il disait vrai, elle en tenait un, *My Crystal Sea*, Nishiguchi l'avait vérifié, mais il n'y avait trouvé aucune référence à Hari-Est.

Yukawa lui aurait-il menti ? Dans quel but ?

La réunion continuait. Il était à présent question de la manière dont la victime avait été assassinée, ainsi que de l'endroit où le crime avait eu lieu.

La cause de la mort était une intoxication au monoxyde de carbone, mais pour l'instant, l'endroit où elle s'était produite était inconnu. L'absence de témoins était une des raisons pour lesquelles l'enquête piétinait. Le meurtrier avait dû inviter la victime à monter dans une voiture et lui faire avaler un somnifère pour ensuite l'intoxiquer en faisant brûler du charbon de bois. Il avait déposé le cadavre sur les rochers et était reparti en voiture. L'emplacement où il avait garé sa voiture était crucial. S'il l'avait bien choisi, le succès était presque garanti. Très peu de gens se promenaient la nuit en bord de mer.

Le meurtre pouvait aussi avoir eu lieu dans un hangar, une cabane, ou une maison inhabitée. Les enquêteurs avaient commencé à faire des vérifications dans ce genre d'endroits, sans succès pour le moment. On avait trouvé des traces de feu dans une chambre d'une auberge à l'abandon depuis des années, mais la poussière qui s'y était accumulée indiquait que cela remontait à un mois au moins. C'était par conséquent sans rapport avec l'affaire.

— Et du côté des relations de la victime ? Rien non plus ? demanda Hozumi, d'un ton qui montrait que cette absence de progrès l'irritait.

— J'ai le rapport de l'équipe de Tokyo, commença Isobe en se levant, plusieurs feuilles à la main.

L'équipe de Tokyo désignait les policiers envoyés dans la capitale pour en apprendre plus sur Tsukahara.

Isobe se racla la gorge.

— Quand il a pris sa retraite l'an dernier, M. Tsukahara travaillait au service des affaires urbaines. Nous avons rencontré trois de ses anciens collègues. Le premier nous a dit…

Il parlait d'un ton confiant, mais le contenu de ses propos n'avait pas de quoi réjouir Hozumi. La victime était un homme passionné par son travail. Il tenait compte de tous les aspects de sa mission, prévenir les crimes. Ce n'était pas un homme d'abord facile, mais une fois qu'il avait accepté quelqu'un, il était capable du plus grand dévouement. Il n'était pas, en d'autres termes, homme à se faire des ennemis.

Il n'avait jamais eu d'ennuis dans sa vie professionnelle, et la passation des affaires sur lesquelles il travaillait avant son départ n'avait posé aucun problème. Tous ses anciens collègues étaient d'accord pour dire qu'il n'avait jamais fait de vagues.

Hozumi écouta Isobe en bâillant. Il croisa ensuite les mains derrière la tête.

— Rien à attendre de ce côté-là non plus, si je comprends bien. Et du côté de… Comment s'appelait-il déjà ? Semba ? Personne ne l'a vu ?

— Pas pour l'instant. Le groupe qui s'occupe de Hari-Est va aller dans le lotissement aujourd'hui, commença Isobe dont le ton peu assuré faisait deviner qu'il n'en attendait pas grand-chose.

— On ne sait toujours pas si ce Semba est toujours en vie ?

— Hum… hésita son subordonné. Les gens de la préfecture de Police de Tokyo cherchent à le localiser et doivent nous prévenir une fois qu'ils en sauront plus.

L'absence de nouvelles de leur part indiquait qu'ils ne l'avaient pas encore fait.

— A-t-on quelque chose de plus sur ce qui a conduit la victime à venir ici ? demanda Hozumi avec une irritation grandissante.

— Les entretiens que l'équipe de Tokyo a eus avec la famille et les connaissances de M. Tsukahara n'ont pas encore permis de l'établir. À l'heure actuelle, la seule raison que nous pouvons envisager est qu'il s'intéressait à ces réunions d'information sur le développement des fonds sous-marins. Nous avons d'ailleurs appris quelque chose à ce sujet. Nonogaki, à toi !

Un homme assis dans les premiers rangs se leva. C'était lui que Nishiguchi avait accompagné la veille à Hari-Est. Une autre mission lui avait apparemment été confiée.

— N'étaient admises à ces réunions que les personnes qui s'étaient inscrites à l'avance auprès de l'organisateur, DESMEC. Elles avaient toutes reçu un bulletin de participation à ces deux réunions. Celui de M. Tsukahara était authentique, il n'avait pas été falsifié. Pour l'obtenir, il avait fait la demande par courrier et l'avait reçu de la même manière. Étant donné qu'il y a eu beaucoup plus de demandes que de places disponibles, il n'avait aucune garantie d'être choisi. Son nom se trouvait parmi les sélectionnés, nous l'avons vérifié auprès de l'organisateur.

— Et alors ? lança Hozumi, les yeux brillants, comme pour montrer qu'il attendait d'autres explications.

— DESMEC a décidé de tenir ces réunions en juin, et des communiqués précisant la marche à suivre pour y participer ont été publiés dans trois quotidiens nationaux, ainsi que sur le site Internet de DESMEC au début du mois de juillet. M. Tsukahara a envoyé sa demande de participation le 15 juillet. Nous le savons, car l'organisateur avait conservé les enveloppes des demandes. La sienne porte le cachet de la poste de Chōfu, et cela nous intrigue.

— De Chōfu ? répéta Hozumi en fronçant les sourcils. Chōfu, c'est dans Tokyo, non ? Où dans Tokyo ?

— Que quelqu'un apporte un plan de Tokyo ! hurla Isobe.

Un jeune policier apporta immédiatement une carte routière à Hozumi. Nishiguchi venait d'apprendre de son téléphone portable que Chōfu se trouve à une quinzaine de kilomètres à l'ouest de Shinjuku.

— La victime habitait à Hatogaya, dans la préfecture de Saitama, reprit Nonogaki. Son adresse figure au dos de l'enveloppe, et sur la liste de l'organisateur. Mais il a envoyé sa demande depuis le bureau de poste de la gare de Chōfu, c'est-à-dire à presque trente kilomètres de chez lui. Nous n'avons pas encore pu déterminer pourquoi il l'a fait.

Hozumi se pencha sur la carte puis releva la tête, perplexe.

— Il n'avait pas besoin d'une raison spécifique, non ? Il avait à faire à Chōfu, et il s'est rappelé qu'il avait une lettre à poster. Cela ne vous paraît pas plausible ?

— Si, bien sûr, fit Isobe qui continua, osant exceptionnellement ne pas être entièrement d'accord avec son supérieur. Mais quand j'en ai parlé à sa femme, elle m'a dit qu'elle ne voyait pas du tout ce que son mari était allé y faire, puisque les Tsukahara n'ont ni amis ni famille là-bas. M. Tsukahara n'avait pas de voiture, et il a dû prendre le train. Il aurait pu envoyer cette lettre en chemin. Pourquoi l'a-t-il fait depuis Chōfu ? Bien sûr, on peut penser que c'est simplement parce qu'il n'a pas trouvé de boîte plus tôt.

Hozumi se taisait. Il semblait trouver correct le jugement de son subordonné. Il leva les yeux vers les hommes qui l'écoutaient.

— Quelqu'un a-t-il quelque chose à dire là-dessus ?

— Oui, fit une voix peu assurée au bout de quelques secondes de silence, celle de Motoyama.

— Je vous écoute, l’encouragea Hozumi.

— Nous ignorons ce qu’il allait faire à Chōfu, mais nous pouvons supposer que c’est à cette occasion qu’il a appris que DESMEC organisait ces réunions. Quelqu’un lui en a peut-être parlé. Il s’est dit qu’il tenait absolument à y aller, et il a rempli le formulaire là où il était. Quand il a repris le train, il a pensé à mettre la lettre à la boîte. Cela me semble l’explication la plus naturelle.

Nishiguchi l’écouta attentivement. Il était d’accord, c’était vraisemblable.

Hozumi hocha la tête.

— C’est possible, en effet. La vraie question, savoir ce qu’il allait faire là-bas, demeure. C’est irritant.

— Voulez-vous que j’appelle l’équipe de Tokyo ? demanda Isobe en se penchant vers lui.

— Oui. Découvrir la raison pour laquelle la victime voulait assister à ces réunions nous permettra peut-être de tirer toute l’affaire au clair. Dis-leur de retourner voir sa veuve, pour lui en reparler.

— Oui, chef, dit son subordonné d’une voix pleine d’entrain, probablement parce qu’il avait remarqué que son chef était de meilleure humeur.

39

Kusanagi se retint de siffler entre ses dents en regardant la carrosserie bleu marine étincelante. La voiture avait un moteur hybride, 3,5 litres de cylindrée et consommait 6,3 litres aux 100. Il vit le prix et esquissa un sourire peiné. S'il avait six millions de yens, il n'achèterait pas une voiture neuve, mais déménagerait.

Il posa la main sur la portière, l'ouvrit. Elle était agréablement lourde et se referma avec un bruit plaisant.

— Je vous en prie, montez, si vous en avez envie, fit une voix derrière lui.

Une jeune femme aux cheveux courts, qui portait un tailleur gris, lui souriait.

— Euh… non merci. Je ne suis pas ici pour regarder les voitures, expliqua-t-il tout en lisant le badge qu'elle portait. Vous êtes madame Ozeki ?

— Oui, répondit-elle sans cesser de sourire. Vous êtes de la police, c'est ça ?

— Oui, mon nom est Kusanagi, fit-il en lui montrant sa carte qu'il remit immédiatement dans sa poche.

Reiko Ozeki cligna une fois des yeux et l'invita à se diriger vers la petite table du hall.

— Que puis-je vous apporter à boire ?

— Rien, je vous remercie, ce n'est pas la peine. Au risque de me répéter, je ne suis pas ici en tant que client.

— Cela ne fait rien ! Vous préférez un café ou un thé glacé ?

— Eh bien, plutôt un thé, merci.

— Je vous l'apporte, glissa-t-elle.

Sa présence semblait ne pas la déranger. Kusanagi soupira et regarda les catalogues posés sur la table.

Il était un peu après 13 heures. C'est pour parler à cette jeune femme qu'il était venu chez ce concessionnaire automobile de l'arrondissement de Kōtō.

Il avait commencé sa journée dans le collège privé qu'avait fréquenté Narumi Kawahata où il avait pu consulter la liste des anciens élèves et l'album de sa promotion. Le visage plutôt sévère qu'elle avait adolescente lui fit penser qu'elle devait être une belle jeune femme.

Elle appartenait au club de tennis, comme trois camarades de son année. Kusanagi avait relevé leurs adresses et les avait contactées : personne n'avait répondu chez la première, les parents de la deuxième lui avaient appris que leur fille s'était mariée et vivait à Sendai. Mais la mère de Reiko Ozeki, la troisième de sa liste, lui avait dit qu'elle travaillait chez un concessionnaire automobile de l'arrondissement de Kōtō. Il lui avait expliqué qu'il souhaitait la rencontrer le plus vite possible et elle avait immédiatement appelé sa fille. Celle-ci pouvait le recevoir aux alentours de 13 heures. Sa mère, intriguée par la visite du policier, l'avait interrogé sur le but de cette enquête.

Il lui avait assuré en souriant que ce n'était en rien lié à sa fille et il était parti.

Reiko Ozeki revint avec un plateau chargé de deux verres qu'elle posa sur la table basse et s'assit en face de lui.

— Je vous remercie de votre accueil.

— Ma mère m'a rappelée tout à l'heure. Elle m'a demandé de vous poser le plus de questions possible sur votre enquête. Elle adore les téléfilms policiers.

— Je comprends.

— Vous êtes le premier enquêteur à qui elle ait jamais parlé et elle en est tout émoustillée. Comme moi d'ailleurs, je dois le reconnaître. Elle s'interrompit et but une gorgée de thé. Et sur quoi porte votre enquête ?

— Je ne suis malheureusement pas autorisé à vous le dire.

— Quel dommage ! Mais je peux le comprendre, répondit-elle en lui souriant.

— Je veux vous poser quelques questions sur l'époque où vous étiez collégienne. Vous faisiez partie du club de tennis, n'est-ce pas ?

— C'était il y a si longtemps ! Oui, c'est exact.

— Vous souvenez-vous de Narumi Kawahata ?

Le visage de Reiko Ozeki s'illumina. Ses yeux brillèrent.

— De Narumi ? Bien sûr ! Mais je ne lui ai pas parlé depuis longtemps.

— Vous êtes restée en contact avec elle après le collège ?

— Oui. Elle a quitté Tokyo pour raisons familiales, moi, je suis allée au lycée dans le même établissement. On se téléphonait de temps en temps. Mais cela doit faire dix ans que nous ne nous sommes pas parlé, expliqua-t-elle avant de s'interrompre, pensive. Seriez-vous ici parce que Narumi est impliquée dans une affaire criminelle ? reprit-elle en le fixant d'un regard surpris.

— Non, pas du tout, répondit-il en accompagnant sa dénégation d'un geste de la main, sans cesser de sourire. L'affaire n'a rien à voir avec elle. Je cherche simplement à savoir où elle habitait à Tokyo.

— Où elle habitait ?

— Son adresse officielle était dans le quartier d'Ōji, arrondissement de Kita. Mais d'après ce que j'ai compris, ce n'est pas de là qu'elle fréquentait le collège. Vous étiez au courant ?

Elle fronça les sourcils en se concentrant visiblement. C'était il y a plus de dix ans et il n'aurait pas été étonné qu'elle ait oublié. De plus, même si les deux élèves étaient dans le même club, elles pouvaient ne pas connaître leurs adresses respectives.

Au moment où il se disait qu'il allait revenir bredouille, elle releva soudain la tête.

— Ça me revient.

— Vous vous en souvenez ?

— Je suis allée chez elle plusieurs fois. Ce n'était pas à Ōji.

— Mais où ?

— Je ne me souviens plus de l'adresse précise. Mais je sais à quelle gare il fallait descendre.

— Laquelle était-ce ?

— Ogikubo, répondit-elle immédiatement.

Le cœur de Kusanagi battit plus vite. Il réussit à ne pas le montrer.

— À Ogikubo… Vous ne pouvez pas m'en dire plus ? Par exemple, le chemin que vous suiviez depuis la gare…

— Euh… Je me rappelle que ce n'était pas tout près de la gare. Je crois d'ailleurs qu'elle y venait à vélo, ajouta-t-elle d'une voix qui manquait d'assurance.

— Elle habitait une maison individuelle ?

— Oui. Pas très grande dans mon souvenir.

— Vous n'auriez pas de carte routière ici ?

— Si, je pense. Un instant s'il vous plaît.

Il la regarda s'éloigner et but une gorgée de thé. Il desserra sa cravate parce qu'il avait soudain chaud.

Elle revint rapidement, un ordinateur portable à la main.

— C'est plus pratique, expliqua-t-elle, en faisant apparaître sur l'écran un plan des alentours de la gare.

— Alors ? Cela vous rappelle quelque chose ?

Elle étudia l'écran pendant quelque temps, puis secoua la tête. Sa déception était visible.

— Je suis désolée. Rien ne me revient. Je sais que nous prenions des petites rues pour arriver chez elle, mais je me contentais de la suivre, et je ne devais pas vraiment faire attention.

— Très bien.

C'était compréhensible, pensa-t-il. Elle lui avait déjà beaucoup appris.

— Mais... commença-t-elle d'une petite voix. Vous pourriez lui demander directement, non ? J'ai son numéro de téléphone. Si elle n'en a pas changé, bien sûr.

— Euh... Non... c'est que... commença-t-il en secouant la tête. Nous finirons certainement par le faire. Mais nous préférerions commencer par contacter le plus grand nombre de personnes possible. Je sais où la joindre. Elle habite Hari-Plage, n'est-ce pas ?

— Oui. Son père est né là-bas, et si je ne me trompe pas, ils y sont retournés pour reprendre l'auberge familiale.

Sa mémoire était excellente sur ce point.

— Sauriez-vous par hasard si ce déménagement était prévu ? Ou s'il a été décidé à la dernière minute ?

— J'ignore les détails, mais il m'a paru soudain. Narumi devait continuer au lycée dans le même établissement. Du moins, c'est ce qu'elle disait. Elle savait que son père devrait un jour succéder à son grand-père, mais elle n'avait aucune envie de s'installer là-bas. Elle pensait d'ailleurs faire ses études à Tokyo. Voilà pourquoi j'ai été stupéfaite quand elle nous a annoncé son déménagement.

— Vous êtes restées en contact, n'est-ce pas ? Vous n'en avez jamais reparlé ?

— Non, pas vraiment. Elle n'a jamais abordé le sujet et elle devait avoir ses raisons pour ne pas le faire. Du moins, c'est ce que j'ai pensé, dit-elle d'une voix mélancolique. Vous m'avez dit que votre enquête n'est pas liée directement à Narumi, mais serait-elle liée à son emménagement là-bas ? continua-t-elle en lui adressant un regard soupçonneux.

— Non, ce n'est pas le cas.

— Cette histoire me turlupine. C'était il y a quinze ou seize ans, n'est-ce pas ? Ne pourriez-vous pas au moins me donner une idée de ce dont il s'agit ? Je suis sûre que je ne vais pas arriver à ne pas y penser, et que je vais passer une mauvaise nuit.

— Désolé, mais c'est impossible. Ce sont nos règles, expliqua-t-il en baissant la tête avant de se lever. Je vous remercie d'avoir pris le temps de me rencontrer et de votre coopération.

— Je vous ai aidé ?

— Bien sûr ! Merci encore.

Il se dirigea vers la porte mais s'immobilisa soudain.

— Comme je vous l'ai dit, nous avons l'intention de parler de tout cela à Mlle Kawahata mais plus tard. Voilà pourquoi j'ai une faveur à vous demander. Je vous prie de ne pas la contacter pour lui raconter ma visite d'aujourd'hui. J'aimerais que vous n'en parliez à personne.

Reiko Ozeki parut ne pas comprendre, puis elle sourit, en rougissant légèrement.

— Mais je peux en parler à ma mère, non ? D'autant plus qu'elle sait que je vous ai vu aujourd'hui.

— Ce serait mieux de ne pas le faire.

— Vraiment ? Pourtant elle va m'assaillir de questions !

— C'est important pour nous, insista-t-il en lui adressant une courbette.

— Très bien, je ferai de mon mieux, répondit-elle d'un ton qui manquait de conviction.

Elle le raccompagna jusqu'à l'entrée, comme s'il avait été un client. Il sortit. La succursale était située non loin du pont Eitaibashi.

Elle le retint au moment où il repartait.

— Je viens de me souvenir d'une chose. Je suis allée la voir une fois au mois d'avril. Il y avait près de chez elle un parc où les cerisiers étaient particulièrement splendides. Avec d'autres amies, on y est venues pour les regarder.

— Un parc… avec des cerisiers. Vous en êtes sûre ?

— Absolument. Je crois bien que c'est la seule fois où je suis allée admirer les fleurs de cerisiers quand j'étais collégienne.

Kusanagi réfléchit quelques secondes puis il la remercia en souriant.

— Ça non plus, je n'en parlerai pas ! lâcha-t-elle en agitant l'index devant lui.

— Je vous en remercie.

— Je vous en prie. Eh bien, permettez-moi de vous souhaiter bonne chance ! dit-elle avant de retourner dans l'espace de ventes.

Il la regarda puis s'éloigna à grands pas. Il ressentait une certaine excitation.

Ogikubo, près d'un parc… Cela correspondait à ce qu'il savait de l'endroit où Nobuko Miyake avait été assassinée. La famille Kawahata avait quelque part un lien avec l'affaire Semba.

Son téléphone sonna dans sa poche tandis qu'il se demandait s'il devait en informer Yukawa. Il le sortit et vit que l'appel venait de Kaoru Utsumi. Elle était allée voir la veuve de Masatsugu Tsukahara, afin de lui demander si elle pensait que son mari connaissait un hôpital qui aurait accepté de soigner un SDF.

— Allô ? Alors, tu as fait bonne chasse ?

— Je n'en suis pas encore certaine, mais j'ai appris quelque chose d'intéressant.

— De sa femme ?

— Non, de policiers venus de Hari.

— Ah oui ?

— Ils étaient chez elle quand je suis arrivée. Il y en avait deux. Elle m'a reçue avec eux, et j'ai pu entendre ce qu'ils lui demandaient.

— À savoir ?

— Si M. Tsukahara avait des liens avec la gare de Chōfu.

— La gare de Chōfu ? Pourquoi ?

— Parce qu'il avait posté une lettre de là-bas.

Elle lui expliqua que la lettre contenait la demande de participation aux réunions sur le développement des fonds marins à Hari.

— Quelle a été la réponse de sa femme ?

— Elle a longuement réfléchi et leur a dit qu'elle ne lui en connaissait pas. Peut-être en avait-il eu avant de prendre sa retraite, mais comme il avait pour principe de ne jamais lui parler de son travail, elle n'en savait rien.

Il se souvint du visage sérieux de Sanaé Tsukahara. Elle ne posait pas de questions à son mari non par manque d'intérêt pour ce qu'il faisait, mais parce qu'elle considérait que son rôle en tant qu'épouse était de veiller sur la maison pour lui permettre de se concentrer sur son travail.

— Ils ne lui ont posé aucune autre question ?

— Rien de neuf en tout cas. Ils voulaient savoir si elle avait pensé à quelque chose qui aurait expliqué la décision de son mari d'aller à Hari-Plage. Elle a répondu que non, bien sûr.

— Et toi ? Ils ne t'ont pas demandé si tu avais de nouvelles informations ?

— Si, et ils voulaient aussi savoir pourquoi j'étais là.

— Tu leur as dit la vérité ? En leur parlant de l'hôpital ?

— J'aurais dû ?

Il esquissa un sourire.

— Que leur as-tu dit ?

— Que j'étais venue emprunter des albums de photos, si les Tsukahara en avaient, pour vérifier s'il n'était jamais venu à Hari-Plage.

— Je vois. Ils t'ont crue ?

— Je dirais plutôt qu'ils m'ont prise pour une idiote parce qu'ils croyaient que la police de Tokyo pouvait les aider, mais si nous en étions encore là… Ils m'ont appris que leurs collègues avaient emprunté les albums lors de leur première visite, en me faisant comprendre qu'ils ne pensaient pas qu'une femme enquêtant seule pouvait arriver à quelque chose, continua-t-elle d'une voix égale, dans laquelle il décela cependant une légère acrimonie.

— Ne t'en fais pas ! Tu as appris quelque chose de plus substantiel qu'eux.

— Je ne m'en fais absolument pas. Cette information te paraît importante ?

— Bien sûr ! Il a envoyé sa demande de participation depuis la gare de Chōfu. Je suppose qu'il l'a fait après avoir rencontré une certaine personne, dont nous connaissons les liens avec Hari-Plage.

— Je suis d'accord. C'est pour cela que je t'appelais. Je suis déjà en route.

Il serra plus fort son téléphone.

— Pour Chōfu ?

— Oui, je suis passée prendre ma voiture chez moi tout à l'heure. Je t'appelle depuis le parking.

Au moins elle ne téléphone pas en conduisant, se dit-il.

— Je compte vérifier tous les hôpitaux à proximité de la gare de Chōfu.

— Bonne chance ! Les provinciaux feront bientôt la même chose, mais toi, tu sais ce que tu cherches. Trouve cet hôpital !

— C'est mon intention. Et toi, que vas-tu faire ?

— Eh bien… commença-t-il en se passant la langue sur les lèvres. Je te le dirai plus tard. Parce que je veux que tu restes concentrée.

— Tu m'intrigues.

— Tant mieux. À plus tard !

À dire vrai, il n'avait pas encore organisé ses pensées. Il mit fin à la communication.

40

Trois triangles découpés dans du papier étaient posés sur la table. Ils avaient tous la même taille et la même forme. Après avoir formé un parallélogramme à l'aide de deux d'entre eux, Yukawa posa le dernier. Il obtint un trapèze.

— Tu comprends, non ? La somme des angles internes d'un triangle donne une ligne droite, c'est-à-dire 180 degrés. C'est la base de tout. Si on divise une figure quadrangulaire en deux, on obtient deux triangles, donc la somme de ses quatre angles sera 360 degrés. De la même façon, un pentagone…

Ses explications étaient précises mais une tout autre image flottait dans la tête de Kyōhei.

Elle remontait au soir précédent. Il était passé voir ce que faisaient son oncle et sa tante avant d'aller se coucher dans sa chambre. Du couloir, il les avait entendus parler tout bas, sans pouvoir comprendre ce qu'ils disaient, à l'exception d'une seule phrase.

"Le physicien sait."

Il avait senti ses jambes se dérober sous lui. Ses genoux s'étaient mis à trembler et il avait eu du mal à tenir debout. Il avait réussi à faire demi-tour et à repartir, lentement, afin de faire le moins de bruit possible.

De retour dans sa chambre, il s'était couché. Terrifié, il avait longtemps entendu son cœur battre. Il ne savait rien. Les adultes ne disent jamais la vérité aux enfants. Il ne comprenait pas ce qui se passait, mais ce n'était pas une bonne chose. Si cela l'avait été, son oncle n'aurait pas eu un ton aussi sinistre.

Il s'aperçut que Yukawa se taisait et releva la tête. Le menton posé sur ses mains croisées, le physicien le scrutait, comme il aurait observé un objet.

Le petit garçon se gratta la tête et posa les yeux sur la table. Il vit des formes géométriques sur le cahier devant lui. La dernière était un polygone à neuf côtés.

— Je viens de te demander en combien de triangles on peut diviser un polygone à neuf côtés, mais je doute que tu puisses me répondre.

— Euh… fit-il en prenant son porte-mines.

— À partir d'un angle intérieur de cette figure, on trace des segments le reliant à tous les autres angles, sauf les deux angles voisins, car c'est impossible. On ne peut par conséquent tracer que six segments qui forment sept triangles. La somme de leurs angles est de 180 × 7, c'est-à-dire 1 260 degrés.

Assis en face de lui, Yukawa écrivit le chiffre à l'envers sur son cahier.

— Qu'est-ce qui t'arrive aujourd'hui ? Tu n'es pas du tout concentré. Ce n'est pas comme ça que tu vas arriver à finir tes devoirs. Quelque chose te préoccupe ?

— Non, mais… Il hésita, ne voyant comment se justifier.

Son téléphone portable posé à côté de lui se mit à sonner. Il tendit la main pour le prendre, heureux de cette distraction. Mais il ne reconnut pas le numéro qui s'affichait.

— Pourquoi ne réponds-tu pas ?

— Mes parents m'ont dit de ne pas décrocher quand l'appel vient d'un numéro que je ne connais pas.

— Ce numéro, ce ne serait pas le 090… demanda-t-il en le débitant d'un seul trait.

— Bingo ! s'exclama le petit garçon, étonné.

— C'est normal que tu ne le connaisses pas, l'appel est pour moi, expliqua l'adulte en prenant le téléphone. Allô, c'est moi, Yukawa… Oui, ça va. Tu en sais plus à présent ? demanda-t-il en se levant pour sortir de la pièce.

Kyōhei l'imita, boudeur, en pensant qu'il exagérait. Il alla jusqu'à l'entrée et ouvrit un tout petit peu la porte.

— … Ah, je comprends. Ogikubo, dis-tu ?… Tu dois avoir raison. C'est ce que je pensais. Il y a quelque chose avec cette famille… Oui, c'est une bonne idée.

Le petit garçon referma la porte et revint à sa place sur la pointe des pieds. Il tremblait aussi fort que la veille au soir.

Il entendait la voix de son oncle : "Le physicien sait."

41

Lorsqu'un client reste plus de cinq jours, imaginer chaque jour un nouveau menu devient compliqué, se dit Narumi en disposant sur la table des plats qui n'étaient guère différents de ceux de la veille. Yukawa arriva au même moment.

— Bonsoir !

— Bonsoir, monsieur Yukawa. Aujourd'hui aussi, vous étiez sur le bateau océanographique ?

Il hocha la tête en s'asseyant en tailleur à la table basse.

— Tout est enfin prêt pour mon expérience. Je me demande quand je pourrai repartir à Tokyo.

— Vous allez rester ici encore quelques jours ?

— Je ne sais pas. Cela pourrait aller très vite si les gens de DESMEC travaillent sérieusement.

Il y eut du bruit du côté de l'entrée et Kyōhei apparut. Comme à son habitude, il s'assit en face du physicien. Une escalope de porc panée était posée sur l'assiette de son plateau.

— Aujourd'hui aussi, ce que tu manges a l'air délicieux !

— Je vous ai déjà dit que je suis d'accord pour échanger avec vous, si vous voulez.

L'adulte renifla bruyamment et regarda Narumi.

— Je voudrais vous demander quelque chose. À partir de demain, pourriez-vous me servir la même chose que lui ?

— Mais… Il mange ce que nous mangeons en famille…

— C'est ce que je veux. Ne croyez pas que je vais exiger une réduction pour autant.

Narumi posa les deux mains sur ses genoux, et baissa la tête.

— Je suis confuse. Votre menu est monotone, je comprends que vous vous en lassiez. Pourtant nous faisons de notre mieux.

Yukawa sourit et fit un signe de dénégation.

— Ne prenez pas ce que je vous dis comme un reproche. Le poisson d'ici est tellement bon que cela ne me dérangerait pas de continuer à en manger, mais je commence à me languir de plats plus ordinaires.

Elle le dévisagea.

— Dois-je comprendre que la cuisine de votre épouse vous manque ?

Il haussa les épaules.

— Je suis malheureusement célibataire. Quand je parle de plats plus quotidiens, je pense à ceux que je prépare moi-même. Ceux que vous cuisinez dépassent ceux du quotidien. C'est vous qui les préparez ?

— Non, j'aide ma mère. Autrefois, quand l'auberge marchait mieux, nous avions un cuisinier.

— Votre mère… glissa-t-il en prenant ses baguettes. Elle cuisine comme une professionnelle. Comme cela se fait-il ?

— Elle a travaillé dans un restaurant quand elle était jeune et elle y a beaucoup appris.

— Ce restaurant était à Tokyo ?

— Oui, je crois.

— Moi aussi, j'en ai entendu parler, intervint Kyōhei avec emphase. C'est là qu'elle a rencontré tonton !

— Ah bon ! C'est vrai ? demanda le physicien en regardant alternativement Narumi et Kyōhei.

— Je ne mens pas, hein ? dit le petit garçon en levant les yeux vers sa cousine.

— Non, moi aussi on me l'a raconté, mais je n'en sais pas plus.

— C'est compréhensible. Vous n'étiez pas encore née !

— Ce restaurant servait de la cuisine d'ici, ajouta Kyōhei.

— De la cuisine d'ici ?

— Papa m'a dit qu'il était spécialisé dans le poisson d'ici.

— Vous le confirmez ?

Elle ne pouvait pas dire le contraire.

— Oui, je crois, acquiesça-t-elle en sentant son cœur battre plus vite.

— Donc il s'agissait d'un restaurant de spécialités régionales. Qu'il existe devait faire plaisir aux gens d'ici qui habitent Tokyo, et votre père était l'un d'entre eux, j'imagine. C'est là qu'ils ont fait connaissance ?

— C'était un petit restaurant.

— Peut-être mais je suis sûr que d'autres gens d'ici devaient le fréquenter. Votre père ne vous en a jamais parlé ?

— Euh… eh bien… commença-t-elle en se levant. Peut-être, mais il y a si longtemps… À dire vrai, cela ne m'intéresse guère, continua-t-elle en essayant de sourire sans y arriver. Bon appétit, conclut-elle avant de les quitter.

De retour dans le hall, elle s'arrêta involontairement devant le tableau, en repensant à ce que Yukawa lui avait dit la veille. Il avait remarqué que le paysage qu'il représentait était situé à Hari-Est. Les questions qu'il venait de lui poser avaient un sens. Peut-être n'aurait-elle pas dû lui dire que sa mère avait travaillé dans ce restaurant.

Que pouvait-il savoir ? Qu'avait-il deviné ? Quelle était la nature de ses relations avec cet ami policier, qui s'appelait Kusanagi ?

Le téléphone de l'accueil se mit à sonner au moment où elle poussait la porte de la cuisine. Elle se souvint de l'appel de l'ami du physicien et décrocha craintivement.

— Auberge Rokugansō, bonsoir !

— Excusez-moi de vous déranger. Je suis bien chez les Kawahata ? fit une voix féminine.

— Oui. Qui est à l'appareil ?

Il y eut un court silence.

— Je m'appelle Ozeki, Reiko Ozeki. J'aurais voulu parler à Narumi.

Narumi chercha dans sa mémoire à la recherche de ce nom. Il lui fallut moins de trois secondes pour le retrouver.

— Reiko… Mais pourquoi m'appelles-tu ? C'est moi, Narumi.

— Ah… C'est ce que je me disais, mais je n'en étais pas sûre. Cela fait si longtemps ! Tu vas bien ?

— Oui, à peu près.

Entendre la voix de sa camarade de classe l'émut fugitivement. La seconde suivante, elle eut un mauvais pressentiment. Comment se faisait-il que Reiko Ozeki lui téléphone aujourd'hui ?

— Cela faisait longtemps, dis donc ! Je pense souvent à toi, mais je ne trouve jamais l'occasion de te téléphoner. Mon travail est très prenant. Je suis employée chez un concessionnaire automobile.

— C'est vrai ? Cela doit être intéressant, non ? répondit Narumi en sentant monter son irritation.

Si Reiko avait trouvé le temps de l'appeler ce soir, elle devait avoir une raison. Laquelle ?

— Et toi, Narumi, tu fais quoi ? J'imagine que tu n'es pas encore mariée, sinon tu n'aurais pas été là pour me répondre.

— Non, j'aide mes parents.

— Ah bon ! Sais-tu que Naomi est mariée ? Elle a déjà deux enfants, et elle dit que son mari est quelqu'un sur qui on ne peut pas compter.

Elle se mit à lui parler d'amies du collège. Ce n'était pas désagréable, mais Narumi n'arrivait pas à se concentrer sur ce qu'elle lui disait. Pourquoi avait-elle décidé de l'appeler ?

— Et toi, tu vas bien ? demanda-t-elle ensuite. Tu n'as pas de problèmes ?

— De problèmes ?

— Je ne sais pas moi, il pourrait se passer des choses bizarres dans ton entourage.

Cette question lui parut étrange.

— Non, rien de spécial. Je mène une vie normale.

— Ah bon. Comme moi, alors. Oh, mais il est tard… Excuse-moi de t'avoir dérangée en plein travail.

— Pas du tout. Tu m'as appelée à un moment où je n'avais plus grand-chose à faire.

— Heureusement ! Bon, écoute, je te rappellerai bientôt. Tu veux bien me donner ton numéro de portable ?

Narumi accepta et nota celui de Reiko.

— Ah oui, et puis… c'était bien à Ogikubo que… commença celle-ci d'une voix hésitante.

— Quoi ? sursauta Narumi. De quoi parles-tu ?

— La maison où tu habitais, elle était près de la gare, non ?

— Oui, mais pourquoi me poses-tu cette question ?

— Je ne sais pas, j'y ai pensé l'autre jour, et je voulais m'en assurer. Bon, à une autre fois !

— Oui, à bientôt, et merci d'avoir appelé.

Narumi raccrocha, la main tremblante.

Elle était certaine à présent que quelqu'un était allé voir Reiko Ozeki et lui avait demandé où les Kawahata habitaient autrefois. Si cela avait été une connaissance, son ancienne amie ne se serait pas donné la peine de l'appeler. Mais elle l'avait fait. Elle était déjà fouineuse quand elle était au collège.

La police enquêtait sur elle et sa famille. Sur l'époque où ils habitaient Ogikubo.

Elle crut qu'elle allait défaillir. Elle chancela et s'accroupit près du comptoir de l'accueil.

42

Il descendit du métro à la station Azabu-Jūban un peu après 21 heures. Le Konamo fermait à 22 heures, l'heure d'affluence était passée.

Il s'arrêta en bas de l'escalier qui menait au magasin. Un couple venait de s'y engager. Il attendit qu'ils arrivent en bas pour l'emprunter à son tour.

Il poussa la porte du restaurant et regarda à l'intérieur. Le jeune employé derrière le comptoir ouvrit la bouche pour lui souhaiter la bienvenue mais aucun son n'en sortit. Il avait reconnu le policier.

— Désolé de vous déranger à nouveau.

— Pas du tout, répondit le jeune homme en tournant les yeux vers le fond.

Masao Muroi, un tablier rouge autour des hanches, vint à sa rencontre.

— Je serai libre dans quelques minutes, si vous voulez bien attendre.

— Merci, ne vous pressez pas pour moi, répondit Kusanagi en s'asseyant à la table libre la plus proche.

Il ne restait plus que trois groupes de clients, tous masculins, en costume-cravate, qui buvaient de la bière ou des cocktails.

Le policier se rappela ce que lui avait dit Yukawa. Il lui avait parlé deux fois aujourd'hui. La première fois, il l'avait appelé, en fin de journée, sur le portable dont son ami lui avait donné le numéro en expliquant qu'il appartenait à une personne avec qui il était probable qu'il se trouve. Lorsqu'il s'en était servi, Yukawa avait décroché.

Il lui avait appris que Setsuko et Narumi Kawahata vivaient à Ogikubo lorsque Shigeharu Kawahata avait été muté à Nagoya. Kusanagi lui avait déjà dit que c'était dans ce quartier que Semba avait commis son crime.

— C'est très intéressant. Cela signifie que Setsuko et Narumi Kawahata partageaient les coordonnées spatiotemporelles de Semba, avait réagi Yukawa.

— Je ne sais rien de la famille Kawahata. Crois-tu que tu pourrais trouver un lien entre eux et Semba ?

— Je ne peux pas le garantir, mais je vais essayer. La femme de Semba et Shigeharu Kawahata sont tous deux originaires de Hari, et il n'y aurait rien d'extraordinaire à ce qu'ils se soient connus. Mais pour autant que je sache, Kawahata n'était pas à Tokyo au moment où Semba a commis son crime. Peut-être y a-t-il eu un lien entre sa femme et Semba.

— Ce n'est pas impossible. Comment est-elle, cette Setsuko Kawahata ?

— Tu aurais tort de te la représenter comme une paysanne. Elle ne se maquille pas du tout mais elle a quelque chose de distingué et paraît plus jeune que son âge. D'après ce que j'ai compris, elle a quitté sa famille très jeune pour aller travailler à Tokyo.

Il s'en était fait une image très différente et crut comprendre ce à quoi son ami faisait allusion.

— Une jeune fille qui vient travailler seule à Tokyo… Tu penses qu'elle aurait pu travailler dans le milieu de la nuit ?

— Peut-être pas dans le milieu de la nuit, mais je n'exclus pas qu'elle ait travaillé dans un restaurant.

— OK, continue à rassembler des informations, avait-il demandé à son ami avant de raccrocher.

Yukawa l'avait rappelé deux heures après.

— Il s'agissait d'un petit restaurant, avait-il déclaré.

— Un petit restaurant ?

— Setsuko Kawahata y travaillait avant son mariage, et elle y aurait rencontré son mari. Ce restaurant avait pour spécialité la cuisine de Hari. Shigeharu Kawahata devait le fréquenter parce que les plats régionaux lui manquaient.

— Les plats régionaux... avait répété Kusanagi.

Cela lui rappelait quelque chose.

— Ah ! s'était-il écrié.

— Qu'est-ce qui te prend ?

— Moi aussi, j'ai parfois des idées. Peut-être pas autant que toi, mais... avait-il répondu d'un ton enjoué.

— Ça alors ! J'espère que tu m'en parleras !

Il lui avait répondu qu'il le ferait sitôt qu'il les aurait vérifiées avant de raccrocher. Il aurait aimé aller directement chez Konamo mais avait réussi à attendre jusqu'à maintenant.

— Je suis navré de vous déranger à nouveau. J'ai réfléchi à ce que vous m'avez appris, et je voulais m'assurer d'une chose.

— Et de quoi s'agit-il ?

— Vous m'avez dit que Mme Miyake et Semba parlaient souvent de cuisine locale, n'est-ce pas ? N'était-ce pas celle de la région de Hari, par hasard ?

— De Hari ?

Muroi avait réfléchi en se grattant le front, puis il s'était tapé la cuisse de la main droite.

— Vous avez raison ! Ils m'avaient parlé d'un restaurant dont c'était la spécialité à Ginza, où ils allaient souvent. Je crois bien qu'un jour ils m'avaient même rapporté des nouilles de Hari.

— Des nouilles ? Des nouilles aux algues ? demanda Kusanagi qui avait appris en consultant Internet après sa dernière conversation avec Yukawa qu'il s'agissait d'un plat typique de Hari.

— Exactement ! s'écria Muroi, en souriant.

Semba était un client du restaurant où travaillait autrefois Setsuko Kawahata. Kusanagi en avait à présent la certitude. Il n'était pas impossible que Setsuko ait aussi connu Nobuko Miyake, la femme qui avait été tuée.

Au même moment, le téléphone portable de Kusanagi émit le signal indiquant l'arrivée d'un message. Il venait de Kaoru Utsumi. Le policier le consulta immédiatement et écarquilla les yeux. "J'ai trouvé l'hôpital où Semba est hospitalisé. Je rentre."

43

Narumi n'était qu'hésitation, mais ses jambes marchaient malgré sa volonté. Comment aborder le problème ? Elle arriva à la porte de la cuisine avant de l'avoir décidé. Setsuko y était seule. Elle affûtait un couteau. La pendule accrochée au mur indiquait qu'il était plus de 22 heures.

— Maman ! lança-t-elle d'une voix résolue.

Peut-être parce que sa mère ne l'avait pas entendue, elle sursauta et leva vers elle un regard étonné.

— Tu m'as surprise !

— Où est papa ?

— Euh… Au bain, je crois.

C'était ce qu'elle espérait, et la raison pour laquelle elle avait attendu cette heure tardive.

— J'ai une question à te poser.

Sa mère posa son couteau. Aucune tension n'était visible sur son visage même si son expression était froide. Narumi eut le sentiment qu'elle avait deviné ce que sa fille allait lui dire.

— Laquelle ? demanda-t-elle dans un murmure.

— Tout à l'heure, j'ai reçu un appel d'une camarade du collège. Elle n'avait apparemment rien de particulier à me dire, mais à la fin de la conversation, elle m'a posé une question à propos d'Ogikubo.

— D'Ogikubo ? répéta Setsuko en fronçant les sourcils.

— “Tu habitais bien à Ogikubo quand nous étions au collège, non ?” Je lui ai demandé pourquoi elle voulait le savoir, elle n’a pas pu me répondre. Mais je crois savoir.

— C’était pourquoi, à ton avis ?

En voyant le visage résigné de sa mère, Narumi se sentit oppressée. Elle comprit qu’elle ne se faisait pas d’idées, et le désespoir la submergea.

Elle reprit la parole en réprimant ses larmes.

— Je n’en ai pas de preuve, mais j’imagine que c’est parce que quelqu’un est venu l’interroger, lui demander si elle ne savait pas où habitait Narumi Kawahata quand elle était au collège avec elle. Ce devait être un policier. Et elle m’a appelée parce qu’elle se demandait pourquoi.

— Pourquoi crois-tu cela ? demanda sa mère avec un sourire forcé. Peut-être t’a-t-elle téléphoné juste parce qu’elle avait envie de te parler !

Narumi fit non de la tête.

— Je n’y crois pas. La coïncidence est trop étrange.

— La coïncidence ?

— Ce M. Tsukahara était un policier de Tokyo à la retraite, m’a dit Nishiguchi. Il travaillait à la police judiciaire.

Le sourire de sa mère avait disparu.

— Et alors ?

— J’ai appris autre chose de M. Yukawa. M. Tsukahara a été vu dans le lotissement de résidences secondaires de Hari-Est dans lequel avait habité un assassin qu’il avait arrêté. M. Yukawa a un ami qui travaille pour la police judiciaire de Tokyo. Je pense que c’est grâce à lui qu’il le savait. Ce crime… Il s’agit de cette personne, non ?

— Narumi ! lança sa mère, le regard sévère. Tu m’avais promis de ne plus jamais parler de cela.

— Il est trop tard. Je ne connais pas les détails, mais la police de Tokyo enquête. Elle s'intéresse à nous. Maman, je veux savoir la vérité. Tu sais pourquoi M. Tsukahara est venu ici, n'est-ce pas ? Que s'est-il passé l'autre nuit ? Qu'a fait papa ce soir-là ?

Le visage déformé par l'angoisse, la tête baissée, Setsuko se mordait les lèvres.

— S'il te plaît maman, dis-le-moi ! répéta Narumi.

Sa mère releva bientôt la tête, comme si elle avait pris une décision. Mais avant qu'elle ne se mette à parler, elle écarquilla les yeux en fixant quelque chose derrière sa fille.

Narumi se retourna craintivement. Shigeharu, en maillot de corps, une serviette éponge autour du cou, se tenait debout derrière elle.

— Vous parlez tellement fort que tout le monde peut vous entendre ! dit-il d'un ton égal en s'approchant, la canne à la main.

Il prit une bouteille de thé glacé dans le réfrigérateur et la versa dans un verre qu'il porta goulûment à ses lèvres. Narumi en déduisit qu'il n'avait pas entendu toute leur conversation.

Setsuko, qui n'avait pas relevé la tête, continuait à se taire. Narumi était incapable de parler.

Son père finit son thé glacé, et poussa un long soupir.

— Tout est peut-être fini, lâcha-t-il.

Narumi le regarda.

— Fini ?

— Mais… commença Setsuko.

— Toi, tais-toi ! ordonna son père à sa mère.

Il lui sourit ensuite.

— Je dois te dire quelque chose. Quelque chose de très important.

44

Il aperçut Kaoru Utsumi assise à une table au fond du café-restaurant où ils s'étaient donné rendez-vous et alla la rejoindre.

Sa collègue rangea le téléphone portable sur lequel elle pianotait.

— Oh, je me suis installée dans la section non-fumeurs. Désolée ! s'écria-t-elle en écarquillant les yeux. Tu veux qu'on change de table ?

— Non, ce n'est pas la peine. Ce soir, c'est toi qui décides. Tu dois être épuisée après toutes ces recherches.

La serveuse arriva et lui tendit un menu qu'il ne prit pas la peine d'ouvrir. Il commanda un café, comme Utsumi qui avait déjà commencé à boire le sien.

— Je t'écoute. Comment as-tu fait pour le retrouver ?

— J'ai pris le taureau par les cornes et je suis allée dans tous les hôpitaux et cliniques qui se trouvent à proximité de la gare de Chōfu. Il n'y en a pas tant que cela, d'ailleurs. Dans le cinquième, une des réceptionnistes m'a dit qu'elle était certaine d'avoir vu M. Tsukahara à plusieurs reprises.

— Bravo ! Comment s'appelle l'hôpital ?

Il le lut sur la brochure que lui tendit sa collègue : Clinique Shibamoto.

— C'est une polyclinique de taille moyenne, dont l'accompagnement est la spécificité.

— L'accompagnement ?

Utsumi lui montra une section de la brochure.

— Elle comporte une unité de soins palliatifs, destinés à soulager les douleurs des patients en fin de vie. En règle générale, il s'agit de personnes qui ont un cancer en phase terminale.

Kusanagi reposa sa tasse de café.

— Semba a un cancer ?

— Comme je n'ai pu rencontrer ni le directeur de l'hôpital ni le médecin traitant de Semba, je ne dispose d'aucun détail, mais une infirmière m'a dit qu'il était en soins palliatifs. Voilà pourquoi je pense qu'il est en phase terminale. Mais elle ne m'a pas dit de quel cancer il était atteint.

— Tu as pu le voir ?

Elle secoua la tête.

— Je suis arrivée après 18 heures, Seules les familles ont le droit de rencontrer les patients à cette heure-là. M. Tsukahara avait ce privilège. D'après la dame de l'accueil, c'est lui qui payait pour M. Semba.

— Quel rapport y a-t-il entre lui et l'hôpital ?

— Je l'ignore. Les infirmières m'ont simplement dit qu'il avait l'air de bien connaître le directeur de la clinique.

Kusanagi but une gorgée de café.

— Tu avais probablement raison en supposant qu'il doit s'agir d'un hôpital avec lequel M. Tsukahara avait un lien. Savoir pourquoi il en a tant fait pour Semba est ce qui nous intéresse. Il l'a retrouvé alors qu'il était SDF et s'est occupé de lui trouver un hôpital. Il devait avoir de très bonnes raisons.

— Tout à fait d'accord, déclara-t-elle en le regardant dans les yeux.

Elle a l'air sûre d'elle, pensa Kusanagi en croisant les bras.

— J'ai l'impression que tu as ton idée là-dessus. Je me trompe ?

— Ce n'est pas ton cas ?

Il respira bruyamment.

— Arrête de faire l'importante ! Si tu as une idée, explique-la.

— Je ne fais pas l'importante. M. Tatara avait raison. L'affaire Semba préoccupait M. Tsukahara, même si l'arrestation de Semba avait semblé la régler. Pour lui, toute la lumière n'avait pas été faite.

Son collègue posa ses coudes sur la table. Il la dévisagea.

— À ton avis, quelle partie de la vérité manquait ? Sois franche !

Elle réfléchit quelques instants, comme si elle passait en revue plusieurs hypothèses pour finir par secouer la tête.

— Je n'ai pas envie de faire de conjectures sans fondement.

Kusanagi se força à sourire avant de se caresser le lobe du nez d'un doigt.

— Tu agis comme l'exige notre éthique de policier. Peut-être vas-tu changer d'avis quand tu m'auras écouté. Je sais maintenant où habitaient la femme et la fille de Shigeharu Kawahata. Je n'ai pas leur adresse exacte, mais c'était à proximité de la gare d'Ogikubo, continua-t-il en baissant le ton.

Elle écarquilla les yeux. Ses pupilles avaient un éclat plus vif.

— M. Tsukahara cherchait à comprendre l'implication des Kawahata dans cette affaire, non ? De quelle manière y sont-ils mêlés ? reprit-il, le visage serein. Pour l'instant, nous n'en savons rien.

45

Kyōhei luttait avec toutes ses forces contre une montagne de boue. Mais la boue qu'il réussissait à faire tomber était immédiatement remplacée. Elle ne cessait d'augmenter.

Le tas devint bientôt plus haut que lui. Son aspect se transforma graduellement. Il vit apparaître des formes humaines et il comprit qu'elles allaient l'ensevelir. Il se mit à courir. Ses jambes s'agitaient désespérément sans qu'il n'avance d'un centimètre. Il décida de rester sur place, pelotonné sur lui-même. Les créatures de boue s'accroupirent en essayant de le regarder dans les yeux. Il les ferma car il savait que leurs visages étaient terrifiants. L'une d'entre elles vint se coller contre lui. Il avait du mal à respirer. Mais il ne rouvrit pas les paupières. Il ne devait le faire à aucun prix.

Il émit un long sifflement. La chose sur son visage cessa d'être de la boue et devint quelque chose de doux.

Il entrouvrit les yeux. Il était allongé sur son lit, mais sa tête, au lieu d'être sur son oreiller, était enfoncée dans le matelas. Ce n'était qu'un rêve. Quel soulagement !

Il se leva lentement. Son pyjama était trempé de sueur.

Ahuri, il prit son portable posé sur la table basse. À sa grande surprise, il était presque 11 heures. C'était la première fois qu'il dormait aussi tard depuis son arrivée à Hari-Plage.

Il s'habilla et quitta la chambre. Son ventre criait famine. Il descendit au rez-de-chaussée par l'ascenseur et se dirigea vers le salon. Il se ravisa. Yukawa avait fini son petit-déjeuner depuis longtemps.

Il traversa le hall d'entrée pour aller dans l'appartement de son oncle et sa tante d'où lui parvenait un bruit de voix. Il se souvint de ce qu'il avait entendu son oncle dire l'avant-veille : "Le physicien sait", et se figea.

Il continua sur la pointe des pieds et colla son oreille contre la cloison coulissante. Il entendit une voix demander : "Mais pourquoi donc ?" et sursauta. Elle ressemblait à celle de quelqu'un qu'il connaissait bien, qui n'avait aucune raison de se trouver ici.

— Nous sommes vraiment désolés de vous causer tant de problèmes, dit Shigeharu.

— Tu n'as pas à t'en excuser !

Il était sûr de ne pas se tromper. Il ouvrit la porte coulissante.

Son oncle et sa tante parurent surpris de le voir. L'homme assis en face d'eux se retourna vers lui. C'était bien son père, en jean et tee-shirt. Un sac de voyage était posé à côté de lui sur les tatamis.

— Kyōhei… Tu étais là ?

— Non, je viens d'arriver. Comment se fait-il que tu sois ici, papa ?

— Ça se devine, non ? Je suis venu te chercher.

— Déjà ? Vous avez fini de travailler à Osaka ? Où est maman ?

— Elle y est encore, parce que nous n'avons pas tout fini. Toi, tu vas m'accompagner là-bas.

— À Osaka ? demanda Kyōhei, étonné.

— Oui. Nous ne sommes plus si occupés et tu n'auras pas à passer tout ton temps à l'hôtel. Il faudrait d'ailleurs que tu te mettes sérieusement à tes devoirs. Tu seras mieux avec nous.

Le petit garçon le regarda. La situation lui paraissait étrange. Son père devait avoir une bonne raison de venir le chercher. Que s'était-il passé ? Il n'eut pas le courage de lui poser la question, car il redoutait la réponse.

— On va partir à Osaka tout de suite ?

— Non, euh…

Keiichi s'interrompit, regarda Shigeharu et Setsuko puis reposa les yeux sur son fils.

— Non pas tout de suite. On va rester au moins jusqu'à ce soir. Ou peut-être demain matin, je ne sais pas encore.

— Demain matin ?

— J'ai du travail. Mais j'ai réservé une chambre ailleurs, et tu vas venir avec moi.

— Pourquoi ? Tu n'as qu'à rester ici.

— Pardon, Kyōhei, dit sa tante en souriant. Ce n'est pas possible.

— Nous en sommes navrés, ajouta son oncle.

Le petit garçon hocha la tête. Il quitta la pièce et retourna dans le hall. Il leva les yeux vers la pendule et s'immobilisa, stupéfait.

Son père avait dû quitter Osaka très tôt pour être déjà ici. Pourquoi avait-il jugé nécessaire de le faire ?

46

Kaoru Utsumi était très fière de sa voiture, un Pajero rouge. Elle savait que ses supérieurs n'aimaient pas qu'elle s'en serve dans son travail mais n'en tenait pas nécessairement compte. Kusanagi ne la critiquait pas, car il souffrait du même travers. Il était d'ailleurs son passager aujourd'hui.

Elle quitta l'autoroute à Chōfu et mit une dizaine de minutes pour arriver à la clinique logée dans un grand bâtiment couleur crème, et un plus petit, moins haut, de couleur grise.

— L'unité de soins palliatifs se trouve dans le second, expliqua-t-elle.

Elle gara sa voiture sur le parking et ils se dirigèrent vers l'entrée du premier. La température dans le hall était plaisamment fraîche. Une dizaine de personnes, sans doute des patients, attendaient sur des banquettes.

Elle s'approcha du guichet d'informations. Elle s'était assurée par téléphone de la présence du directeur aujourd'hui mais elle n'était pas sûre qu'il accepte de les rencontrer.

La jeune femme de l'accueil composa un numéro, dit quelques mots, et passa le combiné à Kaoru Utsumi qui le prit après s'être retournée vers son collègue. La conversation fut brève.

Elle raccrocha, échangea quelques paroles avec la réceptionniste, et revint vers Kusanagi, visiblement satisfaite.

— Le directeur veut bien nous recevoir. Son bureau est au premier.

— Tu viens de lui parler, n'est-ce pas ?

— Oui, il aurait voulu que nous revenions un autre jour, car il est très occupé aujourd'hui.

— Et que lui as-tu dit ?

— Que je voulais lui parler de M. Masatsugu Tsukahara. Il doit le connaître puisqu'il m'a demandé pourquoi.

— Il ignorait qu'il était mort ?

— Apparemment. Quand je le lui ai appris, il m'a dit qu'il nous recevrait. Il était stupéfait.

— C'est compréhensible, non ? Bon, allons-y.

Ils montèrent au premier étage où ils trouvèrent aisément le bureau du directeur. Sa porte côtoyait celle de l'administration. Kusanagi frappa, et une voix masculine les invita à entrer.

Le directeur était un homme de haute taille, âgé d'une soixantaine d'années. Il portait une blouse blanche et ses cheveux poivre et sel étaient coupés court. Il louchait légèrement derrière ses lunettes.

Kusanagi se présenta, lui montra sa carte de police et lui tendit une carte de visite. Le directeur lui remit la sienne. Il s'appelait Kunio Shibamoto.

Il les invita à s'asseoir sur le canapé qui se trouvait dans un coin de son bureau et prit place sur le fauteuil qui lui faisait face, de l'autre côté d'une table basse.

— M. Tsukahara est décédé ? Je ne m'y attendais pas du tout. C'est arrivé quand ? demanda-t-il en regardant les deux policiers.

— On a trouvé son corps à Hari-Plage il y a cinq jours.

— À Hari-Plage ? Pourquoi y était-il allé ?

— Les journaux d'ici n'ont pas dû en parler. On a retrouvé son corps sur des rochers. Nous ne savons pas encore s'il s'agit d'un décès suspect, dit Kusanagi pour ne pas éveiller la méfiance de son interlocuteur.

— Je comprends. C'est un peu ennuyeux, murmura-t-il comme s'il se parlait à lui-même.

— Ennuyeux ? Comment cela ?

— Excusez-moi, je pensais à voix haute. Et que vouliez-vous me demander ?

Kusanagi se redressa et le regarda droit dans les yeux.

— Hidetoshi Semba est hospitalisé ici, n'est-ce pas ? D'après ce que nous savons, M. Tsukahara s'est occupé de le faire entrer chez vous. C'est exact ?

Shibamoto sembla légèrement embarrassé.

— C'est exact. Il n'y a pas d'erreur, répondit-il sans l'ombre d'une hésitation.

— Quand est-il arrivé ici ?

— Fin avril, il me semble.

Kusanagi hocha la tête. Cela correspondait à ce qu'ils avaient découvert : Semba n'était plus venu à la distribution de repas du parc d'Ueno depuis début mai.

— J'aimerais connaître la nature de vos relations avec M. Tsukahara.

Son interlocuteur réfléchit quelques instants avant de lui répondre.

— Il y a une vingtaine d'années, notre clinique a été accusée d'avoir commis une erreur médicale. Un de nos employés a contacté la police en affirmant qu'un de nos patients était mort à la suite d'une erreur de diagnostic d'un de nos médecins, et que la direction de la clinique avait comploté pour le cacher. Prouver qu'il y a eu erreur médicale est généralement difficile, mais dans notre cas, l'inverse s'est produit. Tout allait contre nous. Nous avons essayé de nous défendre mais cela a été difficile parce que les documents qui auraient pu établir notre innocence avaient disparu. Mon père qui dirigeait alors la clinique a été interrogé plusieurs jours de suite, et il en a été très affecté.

Masatsugu Tsukahara l'avait tiré de ce mauvais pas. Responsable de l'enquête, il avait fait preuve de son habituelle ténacité et avait réussi à identifier l'auteur de la dénonciation, une infirmière âgée qui avait participé à l'opération à l'origine de la mort du patient. Elle avait avoué et reconnu avoir agi pour nuire à l'hôpital. Proche de la retraite, elle estimait avoir été injustement traitée.

C'était un mobile banal, mais cette affaire nous a beaucoup embarrassés. Si la vérité n'avait pu être établie, elle nous aurait causé du tort en termes d'image, même si elle n'avait pas eu de suites judiciaires, conclut Shibamoto d'un ton calme.

— Dois-je comprendre que lorsque M. Tsukahara vous a demandé d'accueillir un SDF, vous ne pouviez pas refuser, à cause de la dette que vous aviez à son égard ?

Une expression désemparée flotta sur le visage du directeur.

— S'il ne s'était pas agi de M. Tsukahara, j'aurais sans doute eu du mal à convaincre le service administratif, concéda-t-il.

— Que vous a-t-il dit à propos de Semba ?

— Simplement qu'il le connaissait depuis longtemps.

— C'est lui qui paie sa note d'hôpital ?

— Oui, M. Semba est indigent.

— Tout à l'heure, vous avez dit que c'était ennuyeux. Vous parliez de cela ?

— Oui, exactement.

— Quel est son état de santé ? J'ai cru comprendre qu'il était en soins palliatifs.

Shibamoto fronça les sourcils et fit la moue.

— En principe, je n'ai pas le droit de communiquer sur l'état de santé des patients, mais je pense pouvoir faire une exception à cette règle. Vous avez raison, il est en soins palliatifs. Il a une tumeur au cerveau.

— Au cerveau…

Kusanagi était surpris. Il associait le cancer en phase terminale à l'estomac ou au pancréas.

— Il s'agit d'une tumeur maligne, n'est-ce pas ? demanda sa collègue.

— Elle était déjà étendue quand M. Tsukahara nous l'a amené. M. Semba parvenait à peine à marcher avec une canne. Très affaibli, il souffrait de dénutrition. Selon M. Tsukahara, d'autres SDF le soignaient, mais s'il ne l'avait pas fait hospitaliser, il n'avait probablement plus qu'une semaine à vivre, expliqua-t-il, le visage sombre.

L'atmosphère était devenue pesante.

— Il peut s'en sortir ?

— Si c'était le cas, il ne serait pas hospitalisé en soins palliatifs, répondit le directeur avec un haussement d'épaules. La tumeur est inopérable, ou plutôt, l'opérer n'aurait pas de sens.

Kusanagi soupira et se pencha en avant.

— Est-il capable de parler ?

— Cela dépend des moments. Souhaitez-vous le voir ?

— Si c'est possible, répondit-il, car Utsumi et lui étaient venus dans ce but.

— Un instant, s'il vous plaît.

Il se leva et retourna à son bureau pour passer un appel.

— L'infirmière me dit qu'il va bien aujourd'hui. Si vous le souhaitez, vous pouvez lui parler immédiatement, expliqua-t-il, le téléphone à la main.

— Merci, fit Kusanagi.

Shibamoto ajouta quelques mots avant de raccrocher et de revenir vers eux.

— Il viendra dans l'espace d'accueil du deuxième étage de l'annexe des soins palliatifs.

Les deux policiers se levèrent et le remercièrent.

Ils redescendirent au rez-de-chaussée et marchèrent jusqu'à l'autre bâtiment, de construction plus récente. La porte vitrée s'ouvrait sur un espace où régnait le silence, vide à l'exception d'une sculpture métallique qui faisait penser à un arbre. Un panneau expliquait qu'elle avait pour thème la métempsycose.

Kusanagi et Utsumi prirent l'ascenseur jusqu'au deuxième étage et allèrent jusqu'à l'espace d'accueil. Une infirmière âgée d'une trentaine d'années, qui portait un uniforme rose, les y attendait. Son badge indiquait qu'elle s'appelait Yasunishi.

— C'est le directeur qui vous envoie, n'est-ce pas ? leur demanda-t-elle.

— C'est cela. Merci de nous accueillir.

Kusanagi porta sa main à sa poche, mais elle lui fit signe que ce n'était pas nécessaire en souriant.

— Je vous prie d'attendre ici. Je vais aller chercher M. Semba.

— Merci.

Les deux policiers la regardèrent s'éloigner et entrèrent dans la pièce meublée de deux petites tables, autour desquelles étaient disposées des chaises.

Kusanagi s'assit sur l'une d'entre elles et fit le tour de la pièce des yeux. Ses murs étaient dépourvus de toute décoration, à part une horloge dont on entendait la trotteuse.

— Quel calme ! C'est comme si le temps passait différemment ici.

— C'est probablement intentionnel, dit Utsumi.

— Que veux-tu dire ?

— Eh bien… commença-t-elle avec un certain embarras. Le temps qui reste aux patients hospitalisés ici n'est plus très long et…

— Ah… fit son collègue sans savoir comment continuer, en s'appuyant contre le dossier de sa chaise.

Le silence qui s'installa entre eux fut troublé par un bruit, dont Kusanagi se dit que c'était celui de roues.

Il cessa, et la porte s'ouvrit. L'infirmière apparut. Elle entra en poussant la chaise roulante d'un homme âgé, au visage amaigri. La peau ridée de son visage était tendue sur ses pommettes et on distinguait nettement la forme de son crâne. Son cou décharné faisait penser à celui d'un poulet, et ses mains qui sortaient des manches de son pyjama à des branches effeuillées.

Presque immobile, le vieillard regardait droit devant lui. Seules ses pupilles bougeaient au fond de ses yeux caves. Kusanagi se pencha vers lui.

— Vous êtes bien monsieur Hidetoshi Semba ?

— Oui, répondit le malade d'une voix rauque, avec une vigueur qui prit le policier au dépourvu.

— Nous appartenons à la police judiciaire. Vous connaissez M. Tsukahara, n'est-ce pas ?

Semba cligna plusieurs fois des yeux avant de répondre par l'affirmative.

— M. Tsukahara est décédé, lui apprit Kusanagi sans le quitter des yeux.

Le regard vide, Semba ouvrit plus grands les yeux. Il était blafard, mais une rougeur apparut autour de ses yeux.

— Quand ? Où ? demanda-t-il, la voix tendue.

— Il y a quelques jours, à Hari-Plage.

— À Hari…

Il cligna à nouveau des yeux, et ses rides se creusèrent. Bientôt, il laissa échapper un gémissement. Mais sa tête demeura quasiment immobile.

— Nous n'en sommes pas encore complètement certains, mais il se peut qu'il ait été assassiné. Pouvez-vous nous dire quelque chose à ce sujet ?

Les yeux fixés sur Kusanagi, Semba le regardait sans le voir. La mort de Tsukahara lui causait une vive émotion.

— Monsieur Semba ! Savez-vous pourquoi M. Tsukahara a décidé d'aller à Hari-Plage ? C'est tout près de l'endroit d'où venait votre femme. Son voyage avait-il un rapport avec vous ?

Les lèvres du malade frémirent, comme s'il murmurait quelque chose et n'était pas sûr de vouloir le dire tout haut.

Au moment où le policier allait répéter sa question, Semba tourna légèrement la tête. Puis il leva faiblement la main gauche. L'infirmière se pencha vers lui et approcha son oreille de sa bouche, comme si elle avait compris le signal qu'il venait de lui donner. Elle hocha deux ou trois fois la tête.

— Un instant, s'il vous plaît ! dit-elle en se tournant vers les deux policiers, avant de sortir de la pièce.

Semba ferma les yeux, avec une expression qui indiquait clairement qu'il ne voulait plus rien dire.

L'infirmière revint, une coupure de journal à la main. Elle échangea quelques mots avec le malade et la tendit à Kusanagi.

L'article daté du 3 juillet annonçait les réunions d'information relatives au projet de développement des fonds sous-marins et la manière d'y participer.

— La mer de Hari… commença-t-il soudain. Pour moi, c'est un trésor. Je voulais savoir ce qu'on allait y faire, et j'en ai parlé à M. Tsukahara, continua-t-il d'un ton haché, comme si chaque mot lui coûtait un effort. Et il m'a dit qu'il irait là-bas pour moi. Pour se renseigner. C'est la raison de son voyage là-bas.

— C'est la seule raison ? Il ne vous a pas parlé d'autre chose ?

Semba fit non de la tête, en tremblant de tout son corps.

— Non, de rien d'autre, répondit-il en secouant la tête.

Il leva la main droite. L'infirmière desserra le frein de la chaise roulante.

— Un instant, s'il vous plaît. Nous souhaiterions continuer cet entretien…

— Je suis désolée mais c'est trop fatigant pour M. Semba, expliqua-t-elle en poussant le fauteuil.

Kusanagi regarda sa collègue et soupira.

Il marchait dans le parking lorsque son téléphone sonna. L'appel provenait d'une cabine téléphonique. Il répondit. C'était Yukawa.

— Quoi de neuf ? Tu as trouvé le coupable ?

— On peut dire ça comme ça.

— Tu peux être plus précis ?

— Je viens de me faire chasser de l'auberge. Parce que les Kawahata vont s'absenter longtemps.

— Tu veux dire que…

— Ils ont l'intention de se rendre à la police.

47

Il cessa de tourner en rond comme un ours en cage, et consulta sa montre. Seulement deux minutes s'étaient écoulées depuis la dernière fois qu'il l'avait regardée. Nishiguchi se gratta la tête, puis sortit son mouchoir de la poche de son pantalon pour essuyer la sueur qui coulait sur son visage. Il avait déjà desserré sa cravate et ôté sa veste qu'il avait laissée dans le hall d'entrée de l'auberge Rokugansō.

Il était un peu plus de 13 h 30. Le soleil, qui était au zénith dans le ciel où il n'y avait pas un seul nuage, dardait ses rayons brûlants. Nishiguchi aurait été plus à l'aise à l'intérieur de l'auberge climatisée, mais cela l'aurait obligé à être avec les Kawahata, ce qu'il ne pouvait envisager, étant donné l'ambiance pesante qui régnait chez eux.

Il entendit un bruit de moteur. Plusieurs voitures de police montaient la pente qui menait à l'auberge. L'une d'entre elles était un break. Elles avaient leurs gyrophares allumés, mais leurs sirènes étaient éteintes.

La première s'arrêta dans la cour de l'auberge et les autres se garèrent le long de la route.

Isobe et deux de ses subordonnés furent les premiers à en descendre. Nishiguchi les salua.

— Où est le suspect ? demanda Isobe.

— À l'intérieur.

— Il reconnaît sa culpabilité ?

— Plus exactement, il admet avoir causé la mort de la victime.

Le visage d'Isobe se ferma.

— Il a des complices ?

— Sa femme l'aurait aidé à se débarrasser du cadavre.

— Et sa fille ?

— Elle… leur fille ne savait apparemment rien.

La moue d'Isobe montrait qu'il n'était pas prêt à gober de telles histoires. Il renifla bruyamment.

— On y va, lança-t-il à ses subordonnés en se dirigeant vers l'entrée de l'auberge.

Nishiguchi suivit le mouvement.

Lorsque Narumi l'avait appelé environ une heure auparavant, il se trouvait dans un restaurant à proximité d'une petite gare, à l'est de Hari-Est. Il avait passé la matinée à demander aux habitants s'ils avaient vu Semba ou Tsukahara, sans aucun succès, et cela lui avait ouvert l'appétit. Il savait qu'on l'avait envoyé là parce qu'il ne fallait négliger aucune possibilité. Ce genre de tâches destinées à n'aboutir à rien était l'apanage des inspecteurs les plus jeunes du commissariat local.

Il s'était réjoui en voyant que l'appel venait de Narumi. Avoir une conversation avec elle était un plaisir en soi. Mais son ton était sombre. Elle voulait le rencontrer car elle avait besoin de ses conseils et il avait deviné que ce dont elle voulait lui parler n'était pas gai. Peut-être s'était-il produit quelque chose de grave. Il lui avait dit qu'il se mettait immédiatement en route pour le Rokugansō et il avait raccroché.

Il était rapidement arrivé à l'auberge où Narumi et ses parents l'attendaient, le visage fermé.

Il leur avait demandé ce qui s'était passé, et Shigeharu Kawahata avait pris la parole d'un ton résolu. Il voulait se rendre à la police, car il était responsable de la mort de M. Tsukahara dont il avait jeté le corps sur les rochers.

Sa confession avait plongé Nishiguchi dans le désarroi. Il avait cherché de quoi écrire pour noter ce qu'il entendait, mais sa main tremblait si fort qu'il n'avait réussi à écrire que la date.

Kawahata était calme. Son récit était clair et facile à comprendre. Malgré son émoi, le jeune policier avait pu absorber ce qu'il entendait. Quand Kawahata s'était tu, il avait téléphoné à son supérieur, Motoyama, qui lui avait ordonné de rester sur place.

Les Kawahata qui attendaient dans le hall se levèrent en voyant arriver les policiers. Kawahata s'inclina profondément devant eux.

— Je vous présente mes plus sincères excuses.

— Restez tous assis, je vous prie, dit Isobe en se déchaussant avant d'entrer dans le hall.

Plusieurs subordonnés le suivirent.

Incertain sur la conduite à tenir, Nishiguchi décida de rester en bas de la marche qui marquait l'entrée. Il remarqua Motoyama et Hashigami, qui se déchaussèrent tous les deux.

— Nous prendrons votre déposition ultérieurement, au commissariat, mais pourriez-vous nous donner les grandes lignes de ce que vous avez à nous dire ? demanda Isobe aux Kawahata qui s'étaient rassis.

Debout à ses côtés, Nonogaki prépara son crayon et son bloc-notes.

Shigeharu releva la tête.

— Tout est ma faute. J'ai fait preuve d'une négligence coupable.

— De quelle négligence parlez-vous ? demanda Isobe.

— Je savais les équipements de l'auberge vieillissants, notamment la chaudière, mais je n'ai pas fait ce qu'il fallait pour les remplacer. J'ai eu tort et cette négligence est à l'origine de l'accident.

— L'accident ? Il s'agit d'un accident ?

— Oui. J'aurais immédiatement dû contacter la police, mais au lieu de cela… Je me suis conduit d'une manière inqualifiable, répondit-il en s'inclinant à nouveau profondément.

La contrariété était apparente sur le visage renfrogné d'Isobe. Il se gratta la tête.

— Écoutez, essayez de nous expliquer ce qui s'est passé.

— Bien. Comme je vous l'ai dit, ce soir-là, j'ai fait un feu d'artifice avec mon neveu dans le jardin de derrière.

Il raconta qu'un peu avant cela, M. Tsukahara était venu lui demander s'il n'avait pas un alcool fort à lui faire boire. Shigeharu lui avait demandé pourquoi et il avait expliqué qu'il avait des difficultés d'endormissement en voyage. L'aubergiste lui avait alors offert de prendre un somnifère que lui avait prescrit un ami médecin. Le client avait accepté avec soulagement, et il était retourné dans sa chambre. Shigeharu avait alors appelé son neveu, et ils étaient sortis tous les deux dans le jardin.

L'aubergiste était retourné à l'intérieur vers 20 h 30 pour demander à son client à quelle heure il souhaitait prendre son petit-déjeuner. Celui-ci n'avait pas répondu quand il avait appelé sa chambre. Shigeharu était revenu dans le jardin où il était resté en compagnie de son neveu jusqu'aux environs de 21 heures.

Il n'avait pas eu plus de succès quand il lui avait téléphoné. Il ne se trouvait pas non plus dans le bain de l'auberge. L'aubergiste était monté dans sa chambre. La porte n'était pas verrouillée, mais Tsukahara n'y était pas. Setsuko était revenue avec Sawamura peu de temps après et il leur avait expliqué la situation. Sawamura avait proposé d'aller le chercher en camionnette dans les environs de l'auberge. Ils ne l'avaient pas retrouvé. Jusque-là, son récit correspondait à celui qu'il avait déjà fait à la police. La suite cependant différait.

Après le départ de Sawamura, Setsuko avait à nouveau fait le tour de l'auberge et elle avait remarqué de la lumière dans une des chambres du troisième étage. Elle avait perçu une légère odeur de brûlé quand elle y était entrée. Elle avait fait un pas à l'intérieur, et s'était immobilisée, stupéfaite. Tsukahara gisait, allongé sur les tatamis. Elle avait appelé son mari qui l'avait rejointe et avait immédiatement deviné ce qui s'était passé. Il s'était précipité dans la cave. La chaudière s'était éteinte.

Un conduit de fumée qui passait à l'intérieur du mur la reliait à la cheminée. Certaines des chambres de l'auberge, dont celle où gisait Tsukahara, étaient en contact avec ce tuyau. En principe, cela n'aurait pas dû poser de problèmes, mais le mur était fissuré au troisième étage, à cause de la vétusté du bâtiment et d'un tremblement de terre quelques années plus tôt. Le conduit n'était plus étanche, comme l'indiquait l'odeur de fumée qui flottait souvent dans cette chambre. Elle n'était presque jamais utilisée pour cette raison.

Tsukahara ne respirait déjà plus mais son visage était rouge. Shigeharu qui avait jadis travaillé chez un fabricant de moteurs avait immédiatement reconnu les symptômes d'une intoxication au monoxyde de carbone. Le gaz produit par le dysfonctionnement de la chaudière avait intoxiqué le client qui était venu dans cette chambre.

Pourquoi y était-il entré ? On ne le saurait jamais, mais peut-être avait-il voulu regarder le feu d'artifice qu'il avait entendu. Au Rokugansō, les chambres inutilisées n'étaient pas fermées à clé afin de faciliter leur entretien. Tsukahara avait déjà pris le somnifère que lui avait donné Shigeharu. Il avait dû s'assoupir en le regardant, sans se rendre compte de rien.

Shigeharu aurait dû immédiatement appeler la police mais il n'avait pu s'y résoudre. Il ne voulait pas couvrir de honte l'établissement que lui avait laissé son père.

— J'ai été tenté par le diable, expliqua-t-il.

Il avait proposé à sa femme de transporter le cadavre ailleurs. Une intoxication au monoxyde de carbone n'est pas facile à déceler, et si le corps avait une autre blessure importante, la mort serait vraisemblablement attribuée à celle-ci.

— C'est moi qui ai eu l'idée de le jeter sur les rochers. Ma femme hésitait. Elle voulait que nous appelions la police. Mais je l'ai forcée à m'aider.

Assise à côté de lui qui serrait les poings, elle essaya de dire quelque chose, mais Isobe l'en empêcha.

— Je vous prie de garder le silence pour l'instant, madame. Nous vous interrogerons plus tard. Laissez parler votre époux. Continuez, fit-il en se tournant vers Shigeharu.

Ce dernier s'éclaircit la gorge.

— Nous avons déplacé le corps tous les deux. Cela n'a pas été facile, en raison de mes genoux défaillants, mais nous avons réussi à le mettre dans la voiture.

Nous sommes allés jusqu'aux rochers, sur lesquels nous l'avons jeté depuis la digue après nous être assurés que personne ne regardait. Juste avant, nous lui avons mis la veste en coton matelassé, afin que l'on puisse croire qu'il était sorti se promener. C'est aussi pour cela qu'il avait des socques aux pieds. Puis nous sommes revenus à l'auberge. Peu de temps après, notre fille est revenue avec notre autre client, M. Yukawa. Vous savez tout à présent, conclut-il en s'inclinant à nouveau profondément.

Isobe hocha la tête, se tapota la nuque et regarda ses subordonnés.

— Tu as tout noté ? demanda-t-il à Nonogaki qui répondit oui.

— Monsieur, fit Shigeharu en relevant la tête. Comme je viens de vous l'expliquer, tout est ma faute. Ma femme n'a fait que m'obéir. Je vous supplie d'en tenir compte.

Il s'interrompit, parce qu'Isobe l'arrêta en levant la main.

— Ne parlez pas pour ne rien dire, lâcha-t-il froidement. J'ai compris ce que vous venez de nous dire. Nous vous interrogerons séparément au commissariat. Même si votre fille n'est pour rien dans ce qui s'est passé, nous l'entendrons aussi.

Narumi hocha la tête en silence.

— À partir de maintenant, aucune personne extérieure à l'enquête n'est autorisée à pénétrer dans ce bâtiment, annonça-t-il. Vous nous remettrez les clés. Où est votre neveu ?

— Son père est venu le chercher ce matin.

— Son père ? répéta Isobe sans dissimuler son mécontentement. Et il est reparti avec lui ?

— Non, ils sont encore à Hari.

— Je préfère ça. Donnez-moi le nom de l'endroit où ils se trouvent. Nous aurons besoin de parler à cet enfant. Et votre client, Yukawa, où est-il ?

— Il s'est installé dans un autre hôtel. Nous lui avons dit que nous devions nous absenter.

— Nous avons besoin de savoir de quel hôtel il s'agit.

Isobe ordonna à ses hommes de conduire les Kawahata au commissariat. Puis il leur donna ses instructions pour protéger les lieux et faire venir les techniciens.

Nishiguchi n'eut d'autre choix que de regarder les Kawahata monter dans les voitures de police. Il aurait aimé encourager Narumi, lui dire que la peine encourue par ses parents n'était pas lourde, mais deux de ses collègues l'encadraient, et il ne put s'approcher d'elle.

48

Le portable de son père posé sur la table sonna à nouveau. Kyōhei leva la tête de son cahier. Keiichi regarda d'où provenait l'appel et décrocha avec résignation. C'était la quatrième fois en une heure. Cette fois-ci, ce devait être sa mère.

— … Quoi ? Je t'ai déjà dit que pour l'instant je n'en sais rien… Oui, nous sommes à l'hôtel. Pour l'instant, nous ne pouvons qu'attendre… Oui, attendre. Je te l'ai déjà dit, d'ailleurs. À mon avis, il est certain que la police… il s'interrompit, regarda autour de lui, et baissa la voix. Il est certain que la police voudra entendre Kyōhei… Ça servirait à quoi, que tu viennes ici ? Sinon à compliquer les choses… Non, puisqu'on ne peut plus changer la date d'ouverture…

Il se leva, le téléphone collé à l'oreille, et s'éloigna de la table.

Kyōhei buvait son jus d'orange à la paille. Son père et lui se trouvaient dans le lounge-bar de l'hôtel, juste à côté de la piscine. Les seules personnes à y nager étaient une mère et son enfant qui devait avoir à peu près cinq ans.

Keiichi s'éloigna de son fils pour continuer sa conversation. Il avait apparemment laissé sa femme en charge de tout à Osaka. Kyōhei lui-même comprenait que cela devait être difficile. Il l'imaginait s'affairant, préoccupée par tous les détails à régler. Elle en voulait probablement à sa belle-sœur et à son beau-frère d'avoir choisi un tel moment pour se mettre dans le pétrin.

Son père avait d'abord cherché à dissimuler la raison pour laquelle il était venu soudainement le chercher, mais entre le moment où ils avaient quitté le Rokugansō et leur arrivée dans cet hôtel de villégiature, il lui avait tout raconté. Le client qui s'appelait Tsukahara était mort à cause d'un mauvais fonctionnement de la chaudière de l'auberge. Son oncle et sa tante avaient jeté son corps sur les rochers pour le cacher.

Tout aurait été plus simple s'ils avaient appelé la police tout de suite. Maintenant, ils vont probablement devoir aller en prison, lui avait expliqué son père, le visage sombre.

Kyōhei pensa à la manière dont leur attitude avait changé après l'accident. Cela se comprenait, à la lumière de ce que lui avait dit son père.

Soudain il perçut la présence de quelqu'un à côté de lui et il leva les yeux. C'était Yukawa.

— Docteur ! s'exclama-t-il.

— Ton père et toi êtes aussi dans cet hôtel ?

— Oui, on vient d'arriver. Vous aussi, vous avez choisi celui-là ?

— C'était celui que DESMEC avait réservé pour moi au départ. Je ne m'attendais pas du tout à y venir dans ces conditions.

Le petit garçon le dévisagea.

— Pourtant, vous saviez, non ?

Le physicien releva ses lunettes du bout des doigts.

— Quoi donc ?

— Eh bien… Que mon oncle et ma tante étaient à l'origine de l'accident !

— De l'accident… répéta l'adulte tout bas, avant de hocher la tête. Oui, je l'avais envisagé, comme d'autres possibilités. Dis-moi, combien de temps allez-vous rester ici ?

— Je ne sais pas. Si tout va bien, on partira peut-être tard ce soir.

— Ah bon ! Je trouve que ce serait une bonne chose. Mieux vaut pour toi que tu ne restes pas ici.

— Pourquoi ? demanda le petit garçon à qui la formulation paraissait étrange.

— À mon avis, tu le sais mieux que personne.

Kyōhei sursauta, et regarda Yukawa par en dessous.

Au même moment, son père revint vers lui. Le physicien dut le remarquer car il s'éloigna à grands pas.

— C'est qui, celui-là ?

Incapable de le lui expliquer, le petit garçon suivit Yukawa des yeux.

49

Narumi fournissait les mêmes réponses à toutes les questions, sans égard pour la manière dont elles étaient formulées. Ce soir-là, elle avait bu un verre avec des amis. Elle se trouvait dans ce bar quand elle avait appris la disparition de Tsukahara. De retour chez elle, elle était allée dans sa chambre pour n'en sortir que le lendemain matin. Elle ne savait rien de la panne de la chaudière.

— Vous n'avez appris la vérité qu'hier soir ? demanda Nonogaki.

— Oui. Je vous l'ai déjà dit.

— Hum, grogna-t-il, les bras croisés. J'ai mes raisons pour me répéter. Vous habitez sous le même toit que vos parents, non ? Et vous prétendez n'avoir rien remarqué ! Rien du tout !

— Je n'y peux rien… glissa Narumi en baissant la tête.

Elle était seule avec lui dans ce qui était d'ordinaire une salle de réunion du commissariat. L'idée que son père et sa mère étaient chacun interrogés dans des pièces plus étroites et étouffantes lui était pénible.

Elle se rappela la façon dont il avait entamé sa confession hier soir. “J'ai quelque chose à te dire. Quelque chose de très important. Ta mère et moi irons nous rendre à la police demain.”

Si grande était sa stupéfaction qu'elle avait cru que son cœur allait cesser de battre. Elle avait soupçonné un lien entre ses parents et la mort de M. Tsukahara, mais elle n'en avait pas moins été choquée.

"Pourquoi ?" avait-elle demandé, le souffle court. Le visage grave, Shigeharu lui avait tout expliqué. C'était un accident et M. Tsukahara en était mort. Son père en était responsable. Tout aurait été plus simple s'il en avait immédiatement informé la police, mais il avait tenté de dissimuler ce qui s'était passé. Il avait voulu cacher le cadavre. Il s'était conduit comme un imbécile.

Puis il lui avait fait le même récit que celui qu'il avait donné à la police à l'auberge. C'était aussi ce qu'il avait raconté à Nishiguchi, à son arrivée chez eux.

— La police finira nécessairement par découvrir la vérité. Je dois me rendre. Je ne supporte plus de continuer à cacher ce qui s'est passé. Setsuko va être arrêtée en même temps que moi, mais si j'explique que je l'ai placée devant le fait accompli, elle devrait bénéficier de circonstances atténuantes, avait-il ajouté.

Narumi avait été ébranlée, perturbée. L'idée que ses parents se soient ainsi débarrassés du cadavre pour dissimuler l'accident la terrifiait. Elle avait l'impression de vivre un cauchemar.

Force lui était de reconnaître qu'à côté de son désespoir, elle ressentait aussi un certain soulagement. Cela n'aurait été qu'un accident ? La mort de Tsukahara n'était pas liée à un passé complexe, mais simplement à la vétusté de l'auberge ? C'était pour elle une lumière dans les ténèbres.

Elle ne parvenait cependant pas à bloquer une autre idée qui commençait à germer en elle. S'agissait-il véritablement d'un accident ? N'était-ce pas une nouvelle tentative de dissimuler la vérité ? Elle n'avait pu se résoudre à en parler. Accepter comme vraie la confession de son père l'avait vidée de ses forces. Elle souhaitait ardemment que ce soit la vérité.

Setsuko avait gardé le silence. Narumi ne croyait pas que c'était uniquement parce que Shigeharu lui avait ordonné de se taire. Bien qu'elle eût son idée, elle s'était probablement résolue à suivre son mari.

Narumi n'avait posé que deux questions après avoir écouté la confession de son père : qu'adviendrait-il de l'auberge ? où irait son cousin ? Il y avait naturellement pensé et lui avait tristement répondu qu'une auberge où un tel accident avait eu lieu ne pouvait continuer à fonctionner.

Elle n'avait presque pas dormi de la nuit tant elle redoutait l'arrivée de l'aube du jour où ses parents seraient arrêtés comme criminels. Une autre crainte la taraudait : les choses n'iraient-elles pas plus loin ? L'appel reçu de Reiko Ozeki l'inquiétait. La police de Tokyo serait-elle en train d'enquêter sur le passé de sa famille ?

— … avez fait, oui ou non ?

Elle comprit que Nonogaki venait de lui poser une question.

— Euh ? Vous pouvez répéter ?

— Je vous ai demandé quel sport vous avez pratiqué autrefois.

— Ah… Euh, le tennis, quand j'étais au collège.

— Le tennis… souffla le policier en la regardant de la tête aux pieds. Vous êtes aussi monitrice de plongée. Donc vous êtes plutôt musclée pour une fille.

— C'est vous qui le dites.

Nonogaki tapota la table des doigts.

— Je n'arrive pas à croire qu'ils aient fait ça à deux. Votre père a de mauvaises jambes, et votre mère est trop petite pour être assez forte. Comment auraient-ils pu descendre le corps du troisième au rez-de-chaussée, le hisser dans la voiture et ensuite le faire tomber sur les rochers ? Vous, vous croyez qu'ils auraient pu ?

— S'ils disent qu'ils l'ont fait, c'est qu'ils y sont probablement arrivés.

— Hum... Vraiment ? grogna le policier en soulignant son doute d'un geste de la tête. Moi, je n'y crois pas. Avec un peu de jugeote, on comprend que c'est parfaitement impossible.

Narumi ne savait comment réagir.

Les coudes sur la table, son interlocuteur la regarda dans les yeux.

— Tous les parents veulent avant tout protéger leurs enfants. Ils préfèrent se faire arrêter plutôt que voir leur enfant connaître ce sort.

— De quoi parlez-vous ?

— Vous ne saisissez pas ? Ne faites pas l'idiote. Ça vous plaît à vous, de laisser vos parents aller en prison pendant que vous, vous goûtez à la liberté ?

Narumi finit par comprendre. Elle rentra le menton.

— Vous pensez que... je les ai aidés ?

Nonogaki fit la moue.

— Vous auriez tort de nous sous-estimer. Une reconstitution prouvera que leur histoire ne tient pas debout. Elle établira immédiatement qu'ils cherchent à protéger quelqu'un. Comprendre de qui il s'agit ne nécessite pas de réfléchir longtemps.

Elle fit non de la tête en se sentant rougir.

— Je n'ai rien fait. Je ne vous mens pas. Si je les avais aidés, je le reconnaîtrais. Comme si j'étais capable de laisser mes parents trinquer pour moi... Jamais je ne ferais une chose pareille. Jamais.

Le policier réagit en s'enfonçant l'index dans l'oreille comme pour se moquer d'elle et lui faire comprendre qu'il n'avait pas l'intention de se laisser mener en bateau.

Au même moment, quelqu'un frappa à la porte qui s'entrouvrit.

— Monsieur Nonogaki ! fit une voix.

Il se leva bruyamment et quitta la pièce, ostensiblement de mauvaise humeur, en claquant la porte derrière lui.

Narumi se couvrit le front des mains. Elle s'était préparée à devoir répondre à toutes sortes de questions mais ne s'attendait pas à ce que sa parole soit remise en question. Le même soupçon pesait probablement sur ses parents. Imaginer qu'ils aient pu disposer du cadavre sans une aide extérieure était difficile.

La porte s'ouvrit et le policier revint. Son expression avait légèrement changé. Il fronçait les sourcils mais son regard était plus calme.

Il se rassit et se remit à tapoter des doigts, à un rythme plus rapide. Puis il cessa et la regarda dans les yeux.

— Vous avez bien dit que vous êtes arrivée au bar vers 21 heures, n'est-ce pas ?

— Oui, fit-elle sans craindre son regard.

— Ce qui veut dire que vous y étiez donc quand M. Tsukahara est mort. Vous êtes absolument certaine que c'est à 21 heures que vous y êtes entrée ? continua-t-il, d'un ton irrité.

— Oui, je ne pense pas me tromper à ce sujet, répondit-elle, non sans inquiétude, car elle ne comprenait pas pourquoi il revenait sur ce point.

— Ce dénommé Sawamura a ensuite ramené votre mère à l'auberge. À quelle heure est-il revenu au bar ?

— Il me semble que c'était avant 22 heures. Je me souviens d'avoir trouvé qu'il mettait longtemps. À son retour, il m'a expliqué qu'il avait aidé mes parents à chercher le client qui avait disparu… Cela pose un problème ?

Le policier parut fugitivement dérouté.

— Tant pis, tant pis, grommela-t-il. On le saura très vite.

— S'est-il passé quelque chose avec mes parents ?

— Non, pas du tout. Genya Sawamura a avoué au collègue qui est allé l'interroger qu'il les avait aidés à se débarrasser du cadavre.

— Quoi… s'écria Narumi en se redressant sur sa chaise.

— Nous allons le faire venir ici pour l'interroger en bonne et due forme, mais cette version paraît bien plus crédible que celle qu'ont donnée vos parents. J'ai l'impression qu'on commence à voir la lumière au bout du tunnel, remarqua-t-il comme s'il n'avait plus vraiment envie de continuer à l'interroger.

50

Isobe décida de s'occuper lui-même de Sawamura. Il savait sans doute que cet entretien serait décisif. Au lieu de choisir un de ses subordonnés comme assistant, il surprit Nishiguchi en le désignant. Le jeune policier le suivit dans la salle d'interrogatoire en se demandant pourquoi.

— Nishiguchi est d'ici, il connaît le magasin de vos parents et le Rokugansō, expliqua-t-il à Sawamura avant de commencer à l'interroger. Il est allé au lycée avec Narumi Kawahata et connaît ses parents. Il saura si ce que vous dites est vraisemblable ou non. Ne l'oubliez pas, et répondez à mes questions sans rien me cacher.

Son rôle était d'empêcher Sawamura de mentir. Mais il eut le sentiment que ce ne serait pas nécessaire, tant le suspect paraissait déterminé.

— Je n'ai aucune intention de dissimuler quoi que ce soit. M. Kawahata s'est rendu à la police sans m'en informer, mais s'il l'avait fait, je l'aurais accompagné, déclara Sawamura, d'un ton vigoureux, une pointe de fierté dans la voix.

— Hum. Bien. Maintenant, racontez-moi tout, de la manière la plus détaillée possible.

Sawamura inspira profondément comme pour mettre de l'ordre dans ses pensées.

— Comme vous le savez probablement, Narumi Kawahata et moi avions décidé d'aller boire un verre ce soir-là. Nous sommes arrivés devant le bar au moment précis où sa mère en sortait. Je lui ai proposé de la ramener dans mon pick-up qui était garé devant la gare.

— À ce moment-là, vous ignoriez ce qui venait de se passer au Rokugansō.

— Oui, bien sûr ! Jusque-là, j'avais passé le début de la soirée avec mes camarades écologistes.

— Bien. Continuez !

— Nous avons trouvé M. Kawahata assis dans le hall. Il avait l'air égaré. Sa femme lui a immédiatement demandé ce qui s'était passé. Il lui a répondu : "C'est terrible. J'ai causé la mort d'un client."

Nishiguchi cessa de prendre des notes et leva les yeux vers Sawamura pour les reposer sur le clavier en sentant le regard noir d'Isobe.

— Autrement dit, reprit Isobe, vous êtes arrivé après l'accident.

— Oui. M. Kawahata nous a expliqué qu'il avait trouvé le client inanimé dans une chambre du troisième étage et qu'il avait compris sur-le-champ que la panne de la chaudière était la cause de son décès.

— Qu'a-t-il dit qu'il allait faire ?

— Que la seule solution était de se rendre à la police.

— Quoi ? s'exclama le policier. Mais il n'en a rien fait. Pourquoi ?

Sawamura soupira, le visage lugubre.

— Je l'en ai empêché.

— Empêché ? Comment ça ?

— Eh bien... commença-t-il en se mordant les lèvres. J'ai pensé que si cela se savait, cela nuirait à l'image de Hari-Plage. Plus personne n'aurait voulu venir dans nos hôtels décrépits.

— Je comprends. Je crois savoir que vous êtes contre le projet d'exploration des fonds marins. Pour vous, la première ressource ici, c'est le tourisme, et vous craigniez les répercussions négatives de la divulgation de cet accident.

— Protéger Hari-Plage est pour moi la priorité.

— Hum. Et Kawahata vous a immédiatement donné raison ?

— Non, il a hésité. Mais quand je lui ai expliqué qu'il s'agissait d'un problème qui ne touchait pas seulement son auberge, mais tous les gens d'ici, il m'a demandé ce qu'il devait faire. Je lui ai dit qu'il fallait déplacer le corps.

— Se débarrasser du cadavre, c'était votre idée ? s'enquit Isobe, comme pour souligner l'importance de cette question.

— Oui. C'est moi qui en ai parlé. Et qui ai suggéré qu'on le fasse tomber sur les rochers, continua-t-il comme s'il n'avait plus rien à perdre.

— Les Kawahata ont tout de suite été d'accord ?

— Non, pas tout de suite. Ils étaient hébétés, j'ai dû insister, leur dire que s'ils n'agissaient pas immédiatement, il serait trop tard. C'est ce qui les a décidés.

Selon Sawamura, il aurait porté le corps quasiment seul jusqu'au plateau de son petit camion, et serait parti avec Shigeharu vers les rochers. Ce dernier n'avait presque pas pu l'aider à le faire passer par-dessus le parapet en raison de ses mauvaises jambes.

Sawamura avait ensuite reconduit Kawahata. Il était reparti, avait laissé son véhicule chez ses parents pour revenir au bar à pied. Il y avait retrouvé Narumi et ses camarades et avait bu un verre avec eux mais n'avait aucun souvenir de la conversation.

— C'est ce qui s'est passé ce soir-là. Ce délit s'appelle recel de cadavre, non ? Je n'ai aucune intention de nier ma culpabilité. Par conséquent…

Il marqua une pause.

— Par conséquent, laissez repartir Narumi. Elle n'est au courant de rien. Elle n'a rien à voir avec tout cela.

Son ton passionné fit comprendre à Nishiguchi pourquoi il avait décidé de tout avouer. Un policier avait dû faire allusion aux soupçons qui pesaient sur elle. Il savait que la vérité serait découverte tôt ou tard et avait dû se dire que, dans ce cas, il avait intérêt à reconnaître les faits, et à gagner des points auprès d'elle.

Aucun homme ne peut rester indifférent devant elle, pensa le jeune policier en regardant Sawamura à la dérobée.

51

La cuisine de tata était bien meilleure, se dit Kyōhei en mastiquant ses beignets de coquilles Saint-Jacques. Les plats du restaurant de l'hôtel étaient joliment présentés mais ils avaient le même goût que ceux de n'importe quelle cafétéria. Pourquoi ne pas servir autre chose dans un hôtel de villégiature ?

Son père avait choisi de dîner ici. Ils passeraient la nuit sur place, et Keiichi ne semblait pas certain qu'ils puissent partir à Osaka le lendemain.

— Peut-être allons-nous devoir rester ici pour différentes formalités à cause de ce qui arrive à ton oncle et ta tante. Je te demande de faire preuve de patience.

Kyōhei hocha la tête en silence. Il n'était pas du tout pressé de quitter Hari-Plage. Au contraire, il n'aurait pas aimé le faire sans être fixé sur le sort de son oncle et de sa tante.

Le téléphone de son père se mit à sonner vers la fin du repas. Son visage s'assombrit quand il vit le numéro affiché. Il y répondit en cachant sa bouche de la main puis raccrocha avec la même expression.

— Qu'y a-t-il ?

Son père fit la moue.

— La police veut te parler. Ils nous attendent dans le lounge-bar où nous irons après le repas. Tu veux bien ?

— Ça ne me dérange pas, déclara le petit garçon en finissant ses frites avant de prendre une bouchée de salade de tomates.

Bien qu'il n'ait pas beaucoup mangé, il se sentait déjà repu.

Les deux policiers qui les attendaient s'appelaient Nonogaki et Nishiguchi. Leurs visages parurent vaguement familiers à Kyōhei, mais il ne leur avait jamais parlé.

Il s'assit à côté de son père, en face d'eux. Nonogaki leur demanda s'ils voulaient boire quelque chose. Kyōhei refusa, comme venait de le faire son père.

— Et pouvez-vous me dire comment la situation évolue ? demanda celui-ci. Votre enquête est terminée ?

— Les choses ne sont pas si simples, répondit Nonogaki en bombant le torse. Un homme est mort. Les déclarations de M. et Mme Kawahata nous paraissent ne pas correspondre entièrement à la réalité. Je comprends que ce soit pénible pour vous, mais nous devons procéder lentement.

— Leurs déclarations ne correspondent pas à la réalité ? Comment cela ?

— Je ne peux pas vous donner de détails sur notre enquête. Sachez qu'ils ne sont apparemment pas les seuls impliqués dans cette affaire.

— Ils auraient eu des complices ? Pas ma nièce Narumi, quand même…

— Non, elle n'a rien à voir là-dedans, lança avec vivacité le jeune policier qui s'appelait Nishiguchi.

Son collègue lui lança un regard noir et il détourna les yeux pour se concentrer sur son stylo et son bloc-notes.

— Puis-je poser quelques questions à votre fils ? demanda le plus âgé des deux en adressant un sourire déplaisant à Keiichi. Nous ne sommes pas ici pour répondre aux vôtres, vous savez !

— Euh… oui, fit le père en regardant son fils comme pour lui demander s'il s'en sentait capable.

Ce dernier lui indiqua son accord en clignant une fois des yeux.

— Tu te souviens du soir où ton oncle a tiré un petit feu d'artifice, il y a six jours de cela ?

Il y a quelque chose du renard dans son visage, pensa le petit garçon en répondant par l'affirmative.

— C'est toi qui voulais en faire un ?

— Non. J'étais dans ma chambre en train de regarder la télévision quand mon oncle m'a appelé pour m'inviter à en tirer un avec lui.

— C'était à quelle heure ?

— Vers 8 heures du soir, je crois…

Les autres questions du policier n'avaient rien d'inattendu. Il cherchait à vérifier ce qu'avait fait Shigeharu ce soir-là et il lui demanda à quelle heure son oncle était retourné à l'intérieur de l'auberge, combien de temps il y était resté, et jusqu'à quelle heure ils avaient été dehors ensemble. Kyōhei n'avait pas passé son temps à consulter sa montre mais il s'efforça de répondre à chaque question. Lorsque le policier lui demanda s'il avait remarqué quelque chose de spécial pendant qu'ils tiraient des fusées, il lui répondit qu'ils n'avaient rien fait d'autre que tirer un feu d'artifice. Le policier parut satisfait.

Il lui raconta qu'il avait ensuite mangé de la pastèque avec son oncle dans leur appartement privé et s'était endormi devant la télévision. Nonogaki se tourna vers Nishiguchi. Le policier n'avait plus de questions à lui poser.

— Merci d'avoir pris le temps de nous aider. Il se peut que nous ayons encore besoin de vous, et j'espère que vous serez d'accord, conclut le plus âgé des deux d'un ton monotone en se levant.

Il les salua de la tête et partit vers la sortie. Nishiguchi s'empressa de le suivre.

Keiichi poussa un soupir et se leva à son tour.

— On y va ?

— Dis papa… C'était bien un accident, non ?

— Évidemment. Qu'est-ce que ça pourrait être d'autre ? rétorqua son père avec quelque chose qui ressemblait à de la colère.

— Je ne sais pas mais…

— Le policier a bien expliqué que parce qu'il y a eu mort d'homme, même accidentelle, il faut tout vérifier. Ne t'en fais pas. Ton oncle sera sans doute puni, mais probablement pas très sévèrement.

Kyōhei baissa la tête. Son père dut y voir un signe d'acquiescement car il se leva et se mit à marcher. Le petit garçon le suivit en pensant à ce que lui avait dit Yukawa.

"Mieux vaut que tu ne restes pas ici. À mon avis, tu sais pourquoi mieux que personne."

52

— On a eu de la chance que ce soit un gosse qui parle correctement. Ils ne sont pas tous comme ça, de nos jours, commenta Nonogaki en sortant du lounge-bar. Apparemment, la seule chose qu'a cachée Kawahata est l'aide que lui a apportée Sawamura. Il ne nous reste plus qu'à parler à l'autre client, Yukawa. Heureusement, il est descendu ici aussi, mais c'est embêtant que son portable soit cassé.

— Je vais aller à la réception pour l'appeler dans sa chambre.

— Oui, tu devrais y arriver.

Fort de cette réponse condescendante, Nishiguchi se dirigea vers le comptoir. Il avait pris l'habitude d'être traité comme une arpette depuis qu'il travaillait avec les hommes de la police de la préfecture.

Il appela le physicien dans sa chambre. Personne ne décrocha. L'employé le remarqua.

— Vous cherchez à joindre M. Yukawa ? Il m'a demandé de transférer ses appels au bar du neuvième étage, expliqua-t-il.

— Ah bon ! répondit Nishiguchi en pensant qu'il aurait pu lui dire plus tôt.

Il retourna auprès de son collègue.

— Je croyais que ce physicien était ici pour ses recherches sur les fonds marins, non ? Et non pour se prélasser au bar d'un hôtel de villégiature. Il se la coule douce, celui-là ! lança Nonogaki en se dirigeant vers l'ascenseur.

Nishiguchi pensa que chacun avait le droit de faire ce qu'il voulait après le travail.

Les clients étaient peu nombreux dans le vaste bar qui offrait une vue splendide sur la mer, malheureusement noire ce soir. Le seul jour où il y a du monde ici doit être celui du grand feu d'artifice de Hari-Plage, se dit-il.

Yukawa était assis à une table voisine de la fenêtre. Ses lunettes étaient posées sur la table à côté de son verre de vin rouge. Peut-être écoutait-il de la musique, car il avait des oreillettes dans les deux oreilles.

Il leva lentement la tête vers eux lorsqu'ils s'approchèrent de lui. Il dut reconnaître Nishiguchi car il enleva une des oreillettes.

— Vous aussi, vous êtes de la police ? demanda-t-il en regardant Nonogaki.

Celui-ci se présenta et s'assit sans plus de façons à la table du physicien.

— Je peux vous parler ?

— Et si je disais non ?

Yukawa sourit en voyant la moue de Nonogaki.

— Je plaisantais. Vous comptez rester debout ? lança-t-il à Nishiguchi qui imita son collègue. Vous ne voulez pas prendre quelque chose ? C'est embarrassant d'être le seul à boire, reprit-il en enlevant sa seconde oreillette.

— Non merci. Mais ne vous gênez pas pour nous.

— Bien. Si vous le dites, fit-il en portant tranquillement son verre à ses lèvres.

Nonogaki se racla la gorge.

— Nous avons arrêté les parents Kawahata, annonça-t-il.

Le physicien posa son verre.
— Vraiment ?
— Vous ne paraissez pas surpris.
— Quand ils m'ont demandé de trouver un autre hôtel ce matin en ajoutant qu'ils ne voulaient pas que je les paie pour les nuits que j'avais passées chez eux, j'ai pensé qu'ils devaient avoir une bonne raison. Puis j'ai appris que plusieurs voitures de police avaient convergé vers l'auberge, et cela a renforcé mes doutes. De quoi sont-ils soupçonnés ?
— Pour l'instant, d'homicide involontaire résultant d'une négligence professionnelle et de recel de cadavre.
Yukawa prit ses lunettes et commença à les nettoyer avec une serviette en papier.
— Qu'entendez-vous par "pour l'instant" ? Cela pourrait changer, selon vous ?
— Peut-être. L'enquête n'est pas terminée. Voilà pourquoi nous voulons vous parler.
— Je vois. Et de quoi voulez-vous me parler ? demanda-t-il en remettant ses lunettes.
— De ce qui s'est passé. Recommencer encore une fois doit vous paraître fastidieux, mais pourriez-vous le faire à partir du moment où vous êtes allé au bar le premier jour ?
— Hum. C'est fastidieux, mais inévitable.
Le récit qu'il fit était très proche de ce qu'il avait déjà déclaré aux enquêteurs. Setsuko Kawahata l'avait emmené au bar, ils avaient bu un verre ensemble. Puis sa fille était arrivée avec des amis, et pour finir, Sawamura les avait rejoints. Il leur avait appris que l'autre client de l'auberge avait disparu. Lorsque le physicien était revenu au Rokugansō, il n'était pas encore rentré.

Son récit était compatible avec les aveux de Sawamura sur le recel de cadavre, ce qui soulagea Nishiguchi. Si Yukawa ne mentait pas, l'innocence de Narumi était établie.

— Quelle impression vous a faite Sawamura lorsqu'il est revenu au bar ?

— Que voulez-vous dire ?

— Eh bien… fit Nonogaki.

Il était embarrassé, car il aurait souhaité lui entendre dire que Sawamura paraissait agité. Il ne voulait pas lui poser de question tendancieuse.

— Je voudrais savoir quelle impression il vous a faite.

Yukawa haussa les épaules.

— Aucune impression particulière. Au demeurant, c'était la première fois que je le rencontrais.

— Avez-vous été frappé par quelque chose de particulier au moment de votre retour à l'auberge ? Ou les jours suivants, à propos des époux Kawahata ?

— Non, rien, répondit-il sèchement. J'avais peu de contacts avec eux. Je parlais plus avec leur fille, car c'est elle qui me servait les repas. Mais elle n'est pas mêlée à cette affaire, n'est-ce pas ?

Nonogaki se leva sans répondre.

— Je vous remercie. Toutes nos excuses pour ce dérangement.

— Vous n'avez rien d'autre à me demander ?

— Non.

Nishiguchi se leva pour suivre son collègue qui se dirigeait vers la sortie.

— Vous avez fait des essais ? lança Yukawa.

Nonogaki s'immobilisa et se retourna vers lui.

— Des essais ?

— Vous avez parlé d'homicide involontaire résultant d'une négligence professionnelle. J'imagine qu'il s'agit d'une intoxication au monoxyde de carbone due à un accident à l'auberge. Je ne me trompe pas ? Vos techniciens ont l'habitude de procéder à des essais, à une reconstitution, non ?

— Une intoxication au monoxyde de carbone ? De quoi parlez-vous ?

Nonogaki choisit de faire comme s'il ne comprenait pas.

— Ce n'est pas le cas ? Dans ce cas, pourquoi parlez-vous d'homicide involontaire résultant d'une négligence professionnelle ? demanda Yukawa, avec une perplexité aussi artificielle que l'incompréhension de Nonogaki.

Le policier écarquilla les yeux et gonfla ses narines. Il inspira si profondément que sa poitrine se creusa et se souleva.

— Je vous remercie de votre coopération, lâcha-t-il avant de s'éloigner à grands pas.

Nishiguchi salua le physicien de la tête, et s'apprêta à suivre son collègue.

— La reconstitution doit poser problème, fit Yukawa.

Nishiguchi s'arrêta.

— Pourquoi ? demanda-t-il.

Au lieu de lui répondre, le physicien remplit son verre en prenant son temps. Il le saisit ensuite par le pied, et fit tournoyer le liquide à l'intérieur du ballon. Cela finit par irriter Nishiguchi.

— Les policiers aiment parler de leur instinct, commença Yukawa au moment où le jeune policier allait ouvrir la bouche, mais nous aussi, les physiciens, nous en avons un, déclara-t-il avant de boire une gorgée de vin.

Nishiguchi hésita. Il ne comprenait pas. Yukawa se moquait-il de lui ? Ne voyant pas comment lui répondre, il s'en alla.

Nonogaki qui l'attendait dehors était au téléphone. Il raccrocha avec une expression mécontente, et appuya sur le bouton de l'ascenseur.

— Il est pénible, celui-là ! Tous les scientifiques sont comme lui ?

— J'ai l'impression qu'il est particulièrement excentrique.

— Peu importe. Nous n'aurons probablement plus affaire à lui. L'affaire semble réglée.

— Il y a du neuf ?

Nonogaki hocha la tête.

— Nos collègues de Tokyo ont retrouvé Semba. Il est hospitalisé à Chōfu. La victime lui rendait fréquemment visite. Semba n'est donc pour rien dans sa mort.

La porte de l'ascenseur s'ouvrit et ils y montèrent.

Les premières dépositions des époux Kawahata étaient incomplètes, mais les aveux de Sawamura avaient éliminé la plupart des incohérences. La seule énigme qui demeurait était la raison de la visite de Tsukahara à Hari-Plage, mais d'après ce que venait de dire Nonogaki, elle serait bientôt résolue. L'affaire semblait quasiment réglée.

Les mots du physicien continuaient pourtant à préoccuper Nishiguchi.

En parallèle aux interrogatoires des suspects, la police scientifique avait commencé dans l'après-midi à reconstituer les circonstances de l'accident au Rokugansō. D'après les informations communiquées aux enquêteurs, il y avait réellement une fissure dans le mur de la chambre du troisième étage par laquelle la fumée de la chaudière y pénétrait. La seule chose à vérifier était la densité du monoxyde de carbone produit par la chaudière défectueuse.

Les techniciens de la police scientifiques qui y travaillaient depuis plusieurs heures ne leur avaient pas encore fait savoir qu'ils y étaient parvenus. Ils ne comprenaient pas comment y arriver, ce qui était plus embarrassant.

53

Elle ouvrit la fenêtre. Une bouffée d'air tiède qui sentait la mer envahit la pièce. Éclairés par les réverbères, la jetée et le quai flottaient dans l'obscurité. La mer était invisible.

Elle vérifia l'heure sur son téléphone portable. Il était presque 21 heures.

Il y eut un bruit de pas et la porte s'ouvrit. Wakana Nagayama entra, les bras encombrés de paquets et d'une glacière.

— Désolée d'avoir mis si longtemps. Je n'ai pas trouvé grand-chose. Enfin, je nous ai rapporté des sandwichs et des boulettes de riz. Et de la soupe au miso instantanée. J'ai aussi acheté de quoi grignoter en prenant un verre, expliqua-t-elle en posant ses courses sur le tatami.

— Je te cause bien du dérangement ! s'excusa Narumi.

— Pas du tout ! rétorqua son hôtesse qui avait le visage hâlé en faisant “non” de ses bras bronzés. C'est normal de s'entraider entre amis, et je suis contente que tu sois venue te réfugier chez moi. Ce n'est pas grand, mais tu peux rester ici aussi longtemps que tu veux.

— Merci.

— Si tu as envie de soupe, je vais descendre faire chauffer de l'eau.

— Non, ça va pour le moment. Tu aurais quelque chose à boire ?

— Bien entendu ! répondit Wakana en ouvrant la glacière. Tu veux de la bière ? Un cocktail ? J'ai tout.

— Tu aurais du thé glacé ?

— Évidemment !

Elle lui tendit une bouteille en plastique.

Narumi but à longs traits le liquide glacé en regardant dehors. La journée qu'elle venait de vivre lui paraissait aussi irréelle qu'un cauchemar.

Les policiers ne l'avaient laissée repartir qu'après 20 heures. Les déclarations de Sawamura auraient dû la blanchir, mais les policiers lui avaient demandé de répéter son récit de nombreuses fois et ils l'avaient aussi fait attendre sans raison précise. Elle était à bout de forces lorsqu'elle avait enfin pu quitter le commissariat.

Rentrer se reposer chez elle était cependant exclu, puisque seuls les enquêteurs avaient le droit de pénétrer dans l'auberge. Les policiers qui lui avaient donné l'ordre de leur communiquer ses nouvelles coordonnées dès qu'elle les connaîtrait avaient refusé de lui donner la moindre information sur ses parents.

Après une longue hésitation, elle avait décidé d'appeler Wakana Nagayama, une étudiante de Tokyo qui passait l'été à Hari-Plage, en travaillant comme vendeuse dans un magasin de sports nautiques. Elles avaient fait connaissance deux ans plus tôt lorsque la jeune étudiante préparait sa licence de plongée à Hari-Plage avec Narumi pour instructrice.

Elle lui avait tout raconté au téléphone, jusqu'à l'arrestation de ses parents. Wakana l'avait écoutée et lui avait immédiatement offert de venir la chercher. Elle était arrivée au volant du break du magasin une demi-heure plus tard. Pendant le trajet pour revenir ici, elle ne s'était intéressée qu'au bien-être de Narumi, sans lui poser aucune question sur l'affaire, ce dont elle lui était reconnaissante.

Elle vit son amie tendre la main vers la bouteille de thé.

— Tu n'as pas envie de boire autre chose ? demanda-t-elle, parce qu'elle connaissait le goût pour l'alcool de Wakana.

— Euh… non… c'est que…

— S'il te plaît, ne t'abstiens pas parce que je suis là ! Je me sentirais mal à l'aise si tu le faisais.

— Vraiment ? Dans ce cas…

Elle remit la bouteille de thé froid dans la glacière et en sortit une canette de bière. Elle tira sur la languette et la porta immédiatement à sa bouche pour ne pas perdre une goutte de la mousse.

— Hmm, c'est bon ! murmura-t-elle.

Narumi se souvint en la regardant de ce que lui avait dit Yukawa lorsqu'elle avait affirmé que la vie dans une bourgade en bord de mer lui convenait mieux que la grande ville : "pour autant que je puisse en juger, ce n'est pas votre cas". Il ne dirait probablement pas la même chose de son amie.

Qu'allait-il se passer pour elle à présent ? Son père avait dit qu'il comptait fermer l'auberge, mais elle doutait que quelqu'un ait envie d'acheter une auberge vétuste où s'était produit un accident mortel. La faire démolir coûterait aussi de l'argent. Il lui fallait d'abord trouver un endroit où se loger. Wakana lui avait dit qu'elle pouvait rester ici aussi longtemps qu'elle le voulait, mais ce n'était pas réaliste. L'étudiante repartirait d'ailleurs à Tokyo à la fin de la saison.

— Wakana, je peux emprunter ta voiture ?

— Ma voiture ? Oui, mais si tu veux aller quelque part, je vais t'y emmener !

— Tu ne peux pas conduire après avoir bu une bière ! Ne t'en fais pas, je veux juste passer chez moi.

— À l'auberge…

— J'ai besoin de vêtements de rechange, d'affaires de toilette. Et d'argent. La police m'a dit qu'il me suffirait d'obtenir la permission des hommes qui montent la garde là-bas.

— Ah bon ! C'est vrai que je n'ai aucun vêtement que tu pourrais mettre, répondit Wakana qui se leva après avoir posé sa bière.

Sa chambre était au-dessus du magasin. Elles descendirent l'escalier toutes les deux et traversèrent l'espace sombre pour aller dehors. La voiture était garée devant la vitrine. Narumi prit la clé que lui tendait son amie et y monta. Ce n'était pas le même break que celui du Rokugansō, mais elle saurait le conduire.

— Sois prudente ! lança Wakana.

Elle roula d'abord sur la route déserte qui longeait la mer, puis gravit la colline derrière la gare. L'auberge familiale apparut. Plusieurs dispositifs lumineux rouges, du même type que ceux qu'on utilise sur les chantiers, étaient disposés sur la chaussée. Un jeune policier montait la garde dehors, assis sur une chaise métallique. Il se leva à l'approche de la voiture.

Narumi se gara et alla lui expliquer la raison de sa visite. Il entra dans le bâtiment, échangea quelques mots avec un collègue et lui fit signe de venir.

Un autre policier plus âgé, assez fort, était assis dans le hall où il regardait une émission de divertissement à la télévision.

— Je préfère vous accompagner. Si je vous laisse seule, mes collègues pourraient me le reprocher, expliqua-t-il d'un ton las.

Narumi fit oui de la tête et avança à l'intérieur. Le policier la suivit après avoir éteint la télévision.

Elle alla dans sa chambre, sortit une grande valise du placard et la remplit de vêtements. Elle prit garde à ce qu'il ne la voie pas y mettre ses sous-vêtements.

— C'est grave, ce qui s'est passé. Vous allez faire quoi, vous ? demanda le policier sans cacher sa curiosité.

Elle prit une mine perplexe mais garda le silence.

— Je comprends que vous ne puissiez pas me répondre, reprit-il. Autrefois, il y a une vingtaine d'années, je travaillais au poste de police devant la gare. À cette époque, Hari-Plage était plus animé, et cette auberge marchait bien. Mais ces derniers temps, ce n'est plus pareil, avec la crise. Les gens qui n'ont pas de sous ne voyagent pas, et ceux qui en ont vont à l'étranger, ou dans des endroits plus chics. Les temps sont durs. Partout, les bâtiments sont vieux, mais personne n'a d'argent pour les réparer. Vous savez, je suis de votre côté. Votre famille n'a pas eu de chance. Mais se débarrasser du cadavre sur les rochers n'était pas une bonne idée. L'affaire n'aurait pas été grave sans ça.

Il était bavard. Narumi se concentra sur ce qu'elle avait à faire, en l'ignorant à partir d'un certain moment. Il continua à parler, bien qu'elle ne lui répondît plus.

Elle referma la valise et quitta la pièce. De retour dans le hall, le gros policier se rassit sur un des fauteuils en osier et ralluma la télévision. Il n'avait visiblement aucune intention de la raccompagner.

Elle ouvrit la porte et entendit des voix qui se querellaient dehors.

— Puisque je vous dis que c'est comme ça ! Ne peuvent entrer que les gens qui s'occupent de l'affaire.

— Combien de fois dois-je vous répéter que j'en fais partie ! J'étais dans cette auberge jusqu'à ce matin.

— Cela ne suffit pas à vous donner le droit d'entrer ici.

— Mais alors, qui l'a ? Dites-le-moi, enfin !

Elle regarda dehors. La personne qui discutait avec le jeune policier n'était autre que Yukawa. Elle le salua.

— Quelle chance ! Vous ne voulez pas m'aider à convaincre ce policier de me laisser jeter un coup d'œil à l'intérieur ?

— C'est vous qui êtes déraisonnable. Je ne peux pas vous laisser entrer. Partez d'ici ! lança le jeune policier avant d'entrer dans l'auberge.

Le physicien posa ses mains sur ses hanches et soupira.

— C'est incroyable !

— Pourquoi voulez-vous aller à l'intérieur ?

— Je pense que la police scientifique a procédé à une reconstitution et j'aimerais voir ce qu'elle a donné. Je ne pense pas qu'elle se soit bien déroulée.

Narumi le dévisagea puis cligna des yeux.

— Et pourquoi ?

Il ne lui répondit pas, se contentant de soulever la branche de ses lunettes du bout des doigts.

— Ça m'énerve ! Si j'avais su, je ne me serais pas fatigué à venir ici à pied.

Il tourna les talons.

— Attendez, s'il vous plaît ! Je suis en voiture. Je vais vous raccompagner.

Il accepta sa proposition et monta à ses côtés. Elle démarra. Son hôtel n'était pas loin en voiture.

Ils se turent pendant le trajet. Narumi aurait aimé lui demander pourquoi il avait fait cette remarque à propos de la reconstitution, mais elle ne croyait pas qu'il le lui expliquerait.

Ils furent bientôt à proximité de l'hôtel. Elle voulut entrer dans le parking mais il lui dit que ce n'était pas la peine et voulut descendre.

— Pourquoi donc ? Je vais vous amener jusqu'à l'entrée !

— Non, je ne préfère pas. Votre oncle et votre cousin sont ici aussi, et vous serez tous les trois mal à l'aise si vous vous rencontrez.

— Hum… fit-elle en appuyant sur la pédale de frein pour arrêter la voiture au bord de la route. Je vous remercie d'y avoir pensé.

— Et puis je voulais vous poser quelques questions. Si vous n'avez pas envie d'y répondre, libre à vous de ne pas le faire.

Elle le dévisagea en sentant une boule se former dans sa gorge.

— À quel sujet ?

— Croyez-vous que ce qui s'est passé n'est qu'un accident ?

Elle tressaillit et sentit son visage se tendre.

— Si ce n'est pas qu'un accident, qu'est-ce donc ?

— C'est moi qui pose les questions. Passons à la suivante. Vos parents vous ont expliqué qu'il s'agissait d'un accident ?

— Non pas mes parents, mais mon père. C'est ce qu'il m'a dit, en effet.

— Vous l'avez cru ?

— Je n'aurais pas dû ? Où voulez-vous en venir ?

— Vous m'intriguez. Je ne peux pas m'empêcher de penser que vous avez dû avoir des doutes. Vous ne pouvez pas être entièrement convaincue. Mais je peux imaginer deux raisons qui vous ont conduite à le croire. La première, c'est que vous lui faites confiance. La seconde, c'est que vous voulez le croire. Ou les deux à la fois.

Les paroles du physicien éveillaient quelque chose en elle, sans qu'elle se sente menacée par ce qu'il disait. Elle ne savait pas si c'était intentionnel de sa part.

— Certaines parties du récit de mon père m'ont paru peu vraisemblables. Mais je me suis dit qu'il ne se souvenait peut-être pas de tous les détails, et que ces petites incohérences étaient sans conséquence. Mes parents se sont rendus à la police ! C'est tellement grave que je n'ai pas eu le temps de me préoccuper du reste, répondit-elle, d'un ton légèrement froissé, en essayant de se persuader qu'elle ne mentait pas.

— Je comprends. Ça se tient. Je voulais aussi vous demander à quel point vous connaissiez le disparu, ce M. Tsukahara.

— Je ne sais presque rien de lui. Sinon que c'était un policier à la retraite.

— Ah bon… Comme je vous l'ai déjà dit, j'ai un ami qui travaille au bureau des enquêtes criminelles de la police de Tokyo. Je peux lui demander de vous mettre en contact avec la famille du disparu. Si vous voulez lui présenter des excuses de la part de vos parents, je peux l'arranger. Qu'en pensez-vous ?

Un frisson parcourut le dos de Narumi. Il avait raison. Elle devait le faire.

— L'enquête sur mes parents vient juste de commencer. Une fois que tout sera plus clair, j'y réfléchirai, réussit-elle à répondre.

— Très bien. Je transmettrai votre réponse à mon ami. Merci de m'avoir ramené en voiture.

Il ouvrit la portière mais ne descendit pas immédiatement. Il se tourna vers elle.

— Qu'allez-vous faire à présent ? Vous avez l'intention de rester ici ?

Narumi hésita. Elle ne comprenait pas pourquoi il lui posait cette question.

— Je n'ai pas encore eu le temps d'y penser. Je ne sais même pas quelles surprises me réserve la journée de demain…

— Mais vous voulez protéger la mer, non ?

— Oui, bien sûr !

— Jusqu'à quand ?

— Comment ? Elle le dévisagea, surprise. Que voulez-vous dire ?

— Comptez-vous le faire toute votre vie, rester ici jusqu'à votre mort ? Vous n'avez pas l'intention de vous marier ? Comment ferez-vous si vous tombez amoureuse de quelqu'un qui n'est pas d'ici et qui s'en va loin d'ici ?

Elle se tut quelques instants.

— Pourquoi me demandez-vous cela ?

Il la regarda droit dans les yeux.

— Parce que vous me faites l'impression d'attendre quelqu'un. De vouloir rester ici pour protéger la mer jusqu'à ce que quelqu'un revienne.

Elle se sentit pâlir. Elle voulut parler mais ne trouva pas les mots.

Il mit la main dans une poche et en sortit quelque chose qui ressemblait à un petit carnet.

— "Bienvenue dans la mer de cristal. La mer est le trésor de Hari-Plage. J'ai décidé de veiller sur elle. Sur mon site, vous pourrez voir de vos propres yeux la couleur de la mer. Je vous attends…" J'ai trouvé ces phrases sur la première page de votre site Internet. Elles peuvent s'entendre comme une invitation lancée à quelqu'un. J'y vois plus que ce que vous y avez mis ?

Elle hocha vigoureusement la tête.

— Tout à fait. Ce n'était pas du tout mon intention, répondit-elle, la voix tremblante.

— Ah bon. Très bien. Pour finir, j'ai une faveur à vous demander.

— De quoi s'agit-il ?

— Cela n'a rien de compliqué.

Il sortit un appareil photo numérique de sa poche.

— Je vais bientôt partir d'ici et je voudrais prendre une photo-souvenir.

— De moi ? Ce n'est pas la peine !

— Ne vous en faites pas, je ne la mettrai pas en ligne, répondit-il en pressant sur un bouton.

Un flash illumina l'habitacle.

— Elle est réussie, commenta-t-il en la lui montrant.

Elle vit son visage stupéfait.

Il descendit de la voiture, lui souhaita bonne nuit et partit vers l'hôtel sans se retourner une seule fois. Narumi le regarda s'éloigner et redémarra.

54

Kusanagi revint chez lui après minuit. L'air dans l'appartement était chaud et moite. Il jeta sa veste sur son lit, mit le climatiseur en route, desserra sa cravate, prit une bière dans le frigo et la but sans même s'asseoir. Une plaisante sensation de fraîcheur envahit son corps. Il soupira et s'assit sur son canapé.

Il défit quelques boutons de sa chemise et tira à lui sa veste pour en sortir son téléphone portable. Il sélectionna parmi les numéros en mémoire celui de l'hôtel de Hari-Plage où était descendu Yukawa. Il l'avait enregistré lorsque son ami l'avait appelé dans la journée pour lui apprendre que les époux Kawahata allaient se rendre à la police.

Kusanagi n'avait découvert qu'en fin de journée, par un coup de fil de Tatara, qu'ils l'avaient fait peu après.

— Les Kawahata affirment qu'il s'agit d'un accident. Le dysfonctionnement de la chaudière a produit du monoxyde de carbone, et il y aurait eu une fuite dans sa chambre. Ils se seraient débarrassés du cadavre pour dissimuler le mauvais état de leur auberge, et il y a encore quelques incohérences dans leur récit, avait expliqué Tatara, la voix pleine de méfiance. J'ai demandé qu'on m'appelle s'il y avait du neuf, mais j'aimerais pouvoir leur fournir quelques informations aussi. Vous avez du nouveau ?

Kusanagi lui dit qu'ils avaient localisé Semba, l'avaient rencontré et lui avaient appris la mort de Tsukahara, mais il avait déclaré ne rien savoir.

— Très bien. Il faut en informer le commissariat de Hari.

— Je ne manquerai pas de le faire.

Kusanagi avait mauvaise conscience de ne pas lui avoir dit qu'il était possible que les Kawahata aient été mêlés à l'affaire Semba. Il ne pouvait deviner les conséquences que cela aurait, mais sous l'inspiration du moment, il avait décidé que mieux ne valait pas lui en parler pour l'instant.

Il avait ensuite appelé le commissariat de Hari et informé Motoyama de leur découverte. Il lui avait promis de lui donner tous les détails par fax. Motoyama l'avait remercié d'un ton qui manquait singulièrement de conviction.

— Nous vous avons fait travailler, mais l'affaire nous paraît quasiment réglée. Nous avons trouvé le complice des époux Kawahata. C'est un ami de leur fille, qui les a aidés à transporter le cadavre sur les rochers. Ses déclarations sont compatibles avec les leurs et nous avons l'impression d'être arrivés au bout de nos peines, avait-il ajouté d'un ton satisfait.

Kusanagi n'en était pas convaincu. Les recherches menées avec sa collègue le conduisaient à penser qu'il ne s'agissait pas d'un simple accident.

Il en avait parlé à Kaoru Utsumi qui était d'accord avec lui. Que pouvaient-ils faire ?

— Pour moi, il faut remonter jusqu'au point de départ, avait dit sa collègue.

— Je suis d'accord avec toi.

Ils s'étaient ensuite rendus à Ginza, dans le but de retrouver le restaurant où Setsuko et Kawahata avaient fait connaissance une trentaine d'années plus tôt.

Ils n'y étaient arrivés qu'au prix d'un effort considérable. Utsumi et lui avaient beaucoup marché, ses jambes étaient douloureuses, et son costume trempé de sueur. Ils étaient persuadés que trouver ce restaurant leur permettrait de faire la lumière sur cette affaire. Mais cet espoir avait été déçu. Kusanagi était épuisé, physiquement et mentalement.

Il poussa un soupir et manipula son portable. La connexion fut longue à s'établir. Lorsqu'un employé de l'hôtel répondit enfin, il dut attendre une autre minute avant qu'il lui passe la chambre et qu'il entende enfin la voix de son ami.

— C'est moi. Tu ne dormais pas ?

— Non, j'attendais ton appel. J'étais sûr que tu m'appellerais.

— Quelle est la situation à Hari ? J'ai l'impression que la police locale est prête à clore l'affaire.

— Tu as raison. La police ici n'a pas l'intention d'en faire plus. Ou plutôt, ils ne peuvent rien faire de plus. Probablement parce qu'ils n'y comprennent rien.

— Mais toi, tu comprends ?

— Je raisonne. En comptant sur ta collègue et toi pour vérifier si mes conjectures sont exactes. J'imagine que c'est pour les connaître que tu m'appelles.

Kusanagi fit la grimace et ouvrit son carnet.

— Nous avons trouvé le restaurant où travaillait Setsuko Kawahata. Il a déménagé mais il existe encore. Le patron est toujours vivant.

— Vous avez pu lui parler du passé ?

— Bien sûr, répondit Kusanagi.

Le restaurant se trouvait dans une petite rue du quartier de Ginza. Son nom, Haruhi, était indiqué à côté de la porte coulissante en bois blanc, sur un panneau d'une taille si modeste qu'il semblait destiné à ne pas être vu des passants qui ne le cherchaient pas. Il devait fonctionner grâce à une clientèle de fidèles.

— Soixante-dix à quatre-vingts pour cent de nos clients sont des habitués. Ils emmènent ici leurs amis, qui reviennent ensuite. C'est grâce à eux que nous sommes toujours là, leur avait expliqué le patron, Tsuguo Ukai, un homme dont les cheveux parfaitement blancs étaient coupés en brosse.

Il avait les rides de son âge, soixante-dix ans, mais un corps musculeux, sans une once de graisse. Il continuait à s'occuper seul des achats du restaurant, leur avait-il dit.

Kusanagi et sa collègue étaient arrivés un peu après 23 heures, l'heure de fermeture. Ils s'étaient assis à une table où ils avaient bu du thé glacé en attendant le départ du dernier client. À en juger par la façon dont il avait longuement bavardé avec Ukai, lui aussi devait faire partie des fidèles.

La salle ne comptait que trois tables et un comptoir. Elle pouvait accueillir au maximum trente convives et Ukai employait deux cuisiniers et une serveuse.

Lui aussi était natif de Hari. Il était venu à Tokyo avant son vingtième anniversaire pour y apprendre la cuisine. Après avoir fait ses classes dans plusieurs établissements prestigieux, il avait ouvert, à l'âge de trente-quatre ans, le Haruhi, qui servait la cuisine de Hari. À ses débuts, sa femme était sa seule collaboratrice.

— Autrefois, nous étions installés derrière l'immeuble Sony. C'était beaucoup plus petit là-bas, à peine dix personnes pouvaient y tenir. Nous nous sommes installés ici il y a une vingtaine d'années, parce que notre clientèle ne cessait de grandir.

— Si je comprends bien, Setsuko Esaki a travaillé chez vous avant que vous n'emménagiez ici.

Ukai avait hoché la tête. Lorsque Kusanagi lui avait dit qu'il souhaitait parler d'elle, son interlocuteur avait voulu savoir sur quoi portait l'enquête. La seule réponse qu'il avait obtenue était que la police rassemblait des informations à propos d'une certaine personne. Ukai n'avait pas été jusqu'à leur demander de qui il s'agissait.

— Setsuko a commencé chez nous deux ou trois ans après l'ouverture. Nous ne nous en sortions plus à deux et nous souhaitions embaucher quelqu'un. Nous en avons parlé autour de nous et un de nos clients a mentionné une jeune femme qui aimait faire la cuisine et voulait quitter le bar où elle travaillait. Il nous l'a présentée. C'était Setsuko. Elle m'a tout de suite plu, et ma femme était encore plus enthousiaste que moi. Nous lui avons proposé de venir chez nous et elle a accepté sur-le-champ. Elle voulait quitter le monde des bars. Elle était fantastique ! Adroite de ses mains, elle a vite appris et j'ai pu rapidement lui confier la préparation de nombreux plats.

Elle avait quitté le restaurant au bout de trois ans, pour se marier avec un habitué du Haruhi.

Ukai se souvenait bien de Shigeharu Kawahata.

— Ses parents tenaient une auberge à Hari-Plage. Il avait une bonne situation à Tokyo, mais la cuisine du pays devait quand même lui manquer, car on le voyait souvent ici. Il me semble d'ailleurs qu'ils sont venus ensemble quelques fois après leur mariage. Elle a très vite été enceinte, j'avais l'impression qu'ils étaient heureux ensemble. Je me demande comment ils vont aujourd'hui. Nous avons échangé des vœux au Nouvel An pendant une dizaine d'années après son mariage.

— Y avait-il d'autres clients que M. Kawahata pour apprécier Setsuko Esaki ? avait demandé innocemment Kusanagi.

— Ça, oui ! Elle était jeune, jolie, et savait y faire avec les clients puisqu'elle avait travaillé dans un bar. À mon avis, nombreux étaient ceux qui venaient pour elle, avait répondu Ukai en plissant les yeux.

— En faisait-il partie ? avait continué le policier en lui montrant une photo de Semba au moment de son arrestation. À l'époque, il était plus jeune.

— Bien sûr… s'était écrié Ukai en écarquillant les yeux. C'est M. Semba, dont je vous ai parlé.

— Dont vous nous avez parlé ?

— Oui, vous savez, le client qui nous a présenté Setsuko. Sa femme était originaire de Hari, ce devait être pour cela qu'il venait souvent ici.

Kusanagi et Utsumi avaient échangé un regard.

— Vous voulez dire que Semba était un de ses clients avant qu'elle ne vienne travailler ici ?

— Oui. Si je me souviens bien, il travaillait pour une société, je ne sais plus laquelle, et gagnait bien sa vie. Ensuite, il en est parti et a créé la sienne. C'était un fêtard. Après m'avoir présenté Setsuko, il est venu ici avec plusieurs autres jeunes femmes. À l'époque, nous fermions à une heure du matin.

Kusanagi lui avait montré une photo de Nobuko Miyake. Ukai l'avait regardée pendant quelques instants.

— Ce ne serait pas Rié, par hasard ?

— Si, avait répondu Kusanagi, qui savait de Muroi, le patron du Konamo, que Nobuko Miyake travaillait sous le nom de Rié.

— Rié… Elle était belle à cette époque, mais que c'est vieux, tout ça… avait-il commenté, songeur. C'était il y a plus de trente ans, ce serait étrange qu'elle n'ait pas vieilli.

— La photo a quinze ans.

— Vraiment ? C'est pour ça. Rié et Setsuko avaient travaillé dans le même bar. C'était la bonne époque.

L'information était précieuse. Si les deux femmes avaient travaillé ensemble, il n'était pas absurde d'imaginer qu'elles aient pu rester en contact.

— À partir d'un certain moment, Rié et M. Semba ont cessé de venir ici. Je n'ai jamais su pourquoi. Vous en avez une idée ?

— Non, et nous cherchons à le comprendre.

— M. Semba aurait fait une bêtise ?

— Non, ce n'est pas cela.

Kusanagi était embarrassé. Ukai semblait ne pas savoir que Nobuko Miyake avait été assassinée. Il ne se sentait pas obligé de lui apprendre.

Était-il possible que Semba ait eu une liaison avec elle ?

— Non, je ne pense pas, avait immédiatement répondu le restaurateur. Je crois qu'il était plus attiré par Setsuko. Comme je vous l'ai dit, il a commencé à venir ici parce que sa femme était de Hari, mais il ne nous l'a jamais amenée, peut-être pour éviter que Setsuko ne la rencontre. Je peux me tromper.

Lorsqu'il avait ajouté qu'il avait une photo de cette époque, les policiers avaient demandé à la voir. Elle figurait sur la première page de l'album bien tenu qu'il leur avait apporté. On y voyait un homme entouré de deux femmes devant un petit comptoir. Kusanagi avait immédiatement reconnu Ukai, qui n'avait presque pas changé.

— À droite, c'est Setsuko.

Jeune, elle avait de beaux yeux dans un visage aux traits réguliers, qui aurait paru sévère si elle n'avait souri. Elle portait un tablier sur un kimono aux couleurs automnales, dans les rouges.

— Elle est belle, s'était écrié Kusanagi.

— N'est-ce pas ? avait répondu Ukai. Vous comprenez maintenant pourquoi je vous ai dit que de nombreux clients venaient pour elle ! Ce kimono, c'était un cadeau de ma femme, et elle le portait toujours.

Sensiblement plus âgée que Setsuko, l'autre femme était jolie aussi.

— C'est ma femme, avait précisé le restaurateur. Elle avait trois ans de plus que moi, et elle était dure au travail. Sans elle, le Haruhi n'aurait pas tenu. Non, sans elle, il n'aurait jamais existé.

Il avait ajouté que cette excellente épouse avait succombé à un cancer du pancréas à la fin de l'année précédente.

Yukawa resta silencieux quelques instants à la fin du récit de Kusanagi.

— Yukawa ? Que penses-tu de tout cela ? demanda-t-il, parce qu'il l'avait entendu soupirer.

— C'est donc bien ça, murmura-t-il ensuite.

— Que veux-tu dire ?

— Je pense que tu le sais. Pourquoi M. Tsukahara s'intéressait-il à l'affaire Semba ? Quel rapport cela a-t-il avec les Kawahata ? Après ce que tu viens de me dire, tu ne peux pas ne pas t'en rendre compte. Je me trompe ?

— Non, j'ai une vague idée.

Un étrange silence s'était installé entre eux. Kusanagi était sûr que son ami souriait.

— Étant donné que tu es policier, j'imagine que tu ne peux pas t'exprimer plus clairement. Je vais m'efforcer de le faire à ta place. Semba s'est accusé d'un crime qu'il n'avait pas commis, et il a été condamné pour éviter que quelqu'un d'autre ne le soit. C'est ce que tu entrevois aussi ?

Kusanagi avait froncé les sourcils. On ne pouvait tromper son ami. Il connaissait mieux que personne le dévouement qui peut conduire quelqu'un à se déclarer coupable pour protéger un être cher.

— Oui, mais nous manquons de preuves.

— Pas vraiment. M. Tsukahara n'a jamais cru aux aveux de Semba, et il a cherché la vérité. C'est lui qui l'avait arrêté. Normalement, il n'aurait pas dû avoir de doutes. Mais il n'a pas supporté de rester sans rien faire. Pourquoi ? Précisément parce qu'il avait arrêté Semba. Celui-ci a été condamné avant qu'il n'ait découvert la vérité, mais M. Tsukahara a continué à chercher. Et quand il l'a retrouvé, il l'a fait entrer à l'hôpital dans le but d'apprendre la vérité. Pour lui, ce devait être une forme de rédemption. Semba avait peut-être choisi de s'accuser pour protéger quelqu'un, et M. Tsukahara se sentait une obligation vis-à-vis d'un homme à qui il avait permis de le faire.

Kusanagi se taisait. Il n'avait aucun argument à lui opposer. Ce que venait de lui dire Yukawa correspondait précisément à ce qu'il pensait.

— Kusanagi ! lança son ami. J'ai une faveur à te demander.

55

Kyōhei se réveilla en entendant une voix. Quelqu'un parlait au téléphone. Il se frotta les yeux. Debout devant la fenêtre, son père lui tournait son large dos. Une vive lumière pénétrait par les rideaux entrouverts. Aujourd'hui aussi, il ferait beau.

— C'est pour cela qu'il faut en parler au fournisseur… Ah bon ! Je vois. Oui, ça me semble une bonne idée… Oui, je sais. Il faudra probablement que je revienne ici… Il y aura sûrement un procès… Je compte sur toi pour l'avocat… D'accord, à tout à l'heure.

Il rangea son portable dans sa poche.

— Bonjour papa !

Keiichi se retourna. Il souriait.

— Tu es réveillé ?

— Tu parlais à maman ?

— Oui. On partira d'ici un peu après midi, et ce soir, on dînera avec elle.

— On peut partir ? Les policiers n'ont plus de questions à nous poser ?

Son père fit non de la tête sans cesser de sourire.

— Quand je les ai appelés tout à l'heure, ils m'ont dit qu'ils n'avaient plus besoin de toi. Si jamais ils ont d'autres choses à te demander, ils le feront par téléphone. Il suffira que je leur donne mon numéro.

Le petit garçon sortit du lit.

— Tonton et tata vont aller en prison ? On ne peut pas les aider ?

Son père cessa de sourire.

— Non, répondit-il en se grattant la tête. Je ferai tout ce qui est en mon pouvoir. Je leur trouverai le meilleur avocat possible. Mais ils devront sans doute aller en prison. Surtout ton oncle.

— Son crime est si grave ?

Keiichi se renfrogna.

— Je t'en ai parlé hier, non ? S'ils avaient appelé la police lorsque l'accident s'est produit, cela n'aurait pas été si grave. Ce qui les a mis dans le pétrin, c'est de bêtement tenter de le dissimuler. C'est toujours comme ça. Tout le monde peut se tromper. Le problème, c'est ce qui vient ensuite. Ils ont fait une grosse bêtise. Penser à ce qui va leur arriver dorénavant me donne mal à la tête.

Le petit garçon eut l'impression en entendant son père qu'il ne condamnait pas l'acte inconsidéré de son beau-frère et de sa sœur d'un point de vue moral, mais qu'il était avant tout irrité par les complications qui en découlaient pour lui. Cela l'attrista.

— Oui, mais ce serait encore plus grave s'ils l'avaient fait exprès, non ?

Keiichi sursauta.

— Bien sûr ! Ce ne serait plus un accident, mais un assassinat. Ils risqueraient non seulement la prison, mais peut-être même la peine de mort. Je ne vois pas où tu veux en venir en disant une chose pareille ! Il s'interrompit et regarda sa montre. Il est déjà tard. Je n'ai pas très faim, mais si tu veux, on peut aller prendre le petit-déjeuner.

Kyōhei regarda le réveil. Il était presque 9 heures.

Le lounge-bar où ils avaient rencontré les policiers la veille faisait aussi office de salle de petit-déjeuner. Des mets divers étaient disposés sur une grande table, et chacun pouvait se servir à volonté.

— N'en prends pas trop à la fois. Si tu as encore faim, tu n'auras qu'à y retourner, lui recommanda son père.

Kyōhei eut l'impression qu'il le prenait pour un bébé. Il n'était pas stupide au point de mettre dans son assiette plus qu'il ne pouvait manger. D'ailleurs, rien n'avait l'air particulièrement bon.

Il fit le tour de la salle des yeux en mâchant un bout de bacon qu'il accompagna de jus de fruits. Il y avait peu de monde. Yukawa n'était pas là.

Ils finirent leur repas et repartirent vers la chambre.

— Dis, papa, je peux aller voir la mer ? demanda Kyōhei au moment où ils se dirigeaient vers l'ascenseur.

— Oui, mais ne t'éloigne pas trop !

— Je sais.

Le petit garçon traversa la salle du petit-déjeuner et passa à côté de la piscine sur le chemin de la plage. L'hôtel avait la sienne et s'en vantait. Elle était presque déserte.

Il repartit vers l'hôtel après s'être assuré que Yukawa n'y était pas. Il alla à la réception et demanda le numéro de sa chambre.

— Tu veux le voir ?

— Oui, j'ai quelque chose à lui dire.

— Un instant s'il te plaît.

Elle composa un numéro, mais personne ne répondit. Elle raccrocha.

— Il ne doit pas être dans sa chambre, dit-elle, et elle recommença à pianoter sur le clavier de son ordinateur. Ah… fit-elle soudain. M. Yukawa est sorti. Il ne reviendra que ce soir.

— Ce soir… répéta-t-il déçu.

Il serait parti.

— Tu veux lui laisser un message ? Lui écrire un mot ? Je le lui donnerai quand il reviendra.

Kyōhei fit non de la tête.

— Ce n'est pas la peine. Il sera trop tard, répondit-il avant de s'éloigner du comptoir.

56

— La déposition de Sawamura est cohérente. L'heure à laquelle il dit être revenu dans le bar correspond aux déclarations des gens qu'il y a retrouvés. Les indications qu'il nous a données sur le chemin suivi entre le Rokugansō et l'endroit où le corps de la victime a été abandonné sont correctes. Compte tenu de l'heure et du lieu, l'absence de témoins n'a rien d'étrange. C'est tout pour moi, fit Nonogaki d'un ton prétentieux avant de se rasseoir.

Les enquêteurs étaient à nouveau rassemblés dans la salle de réunion du commissariat. Les participants étaient les mêmes, mais leur expression avait changé, particulièrement celle de Tomita, le commissaire de Hari, et d'Okamoto, le responsable de la police judiciaire à Hari. L'affaire était presque résolue, et le soulagement qu'ils ressentaient à l'idée d'être bientôt délivrés de la présence de leurs collègues de la préfecture était visible.

Pour ces derniers, les choses ne semblaient pas aussi simples. Ils devaient être frustrés qu'au final, il ne s'agisse non d'un meurtre, mais d'un simple homicide involontaire et d'un recel de cadavre.

Ils ne pouvaient néanmoins que se réjouir que l'affaire ait été résolue en moins d'une semaine, et l'ambiance qui régnait dans la salle était quasiment cordiale.

Les premières dépositions des époux Kawahata étaient bourrées d'invraisemblances, mais les aveux de Sawamura les avaient éliminées. Shigeharu Kawahata et sa femme avaient reconnu la véracité des déclarations de Sawamura. Ils avaient commencé par mentir pour protéger l'ami de leur fille, mais puisque ce dernier avait avoué, ils n'avaient plus de raison de dissimuler la vérité.

Les techniciens de la police scientifique avaient réuni de nombreux éléments qui confirmaient leurs dépositions, dont quelques cheveux sur le plateau du petit camion de Sawamura. L'analyse ADN n'était pas terminée, mais ils appartenaient vraisemblablement à la victime.

Une boîte du même somnifère que celui que Shigeharu avait donné à la victime se trouvait dans un tiroir d'un meuble des Kawahata, et le médecin qui le lui avait prescrit avait témoigné l'avoir fait cinq ans auparavant, parce que l'aubergiste souffrait de légers troubles du sommeil.

Tout n'était cependant pas résolu. La plus grande interrogation portait sur la cause de la mort.

Le responsable des techniciens chargés de reconstituer la manière dont l'accident était arrivé prit la parole. Ses collègues étaient encore au travail à l'auberge.

— Le dysfonctionnement de la chaudière n'est pas très grave en lui-même, mais si pour une raison quelconque l'arrivée d'air est bouchée, il se produit une combustion incomplète. Les souvenirs du suspect à ce sujet sont imprécis, mais nous pensons que les cartons qui se trouvent dans la chaufferie pourraient être à l'origine du problème. L'un d'entre eux a dû tomber et boucher l'arrivée d'air. Nous avons vérifié la densité de monoxyde de carbone que produit la combustion incomplète dans la chambre en question. Hier, nous sommes arrivés à un maximum de 100 ppm, et à une moyenne de 50 à 60 ppm. La chaudière est en outre équipée d'un système d'arrêt automatique si une combustion incomplète se prolonge plus de trente minutes. La concentration de carboxyhémoglobine dans de telles conditions ne correspond pas à celle constatée sur le cadavre.

— Comment l'expliquez-vous, alors ? demanda Hozumi en fronçant les sourcils, l'air mécontent.

— Nous pensons que d'autres facteurs ont joué.

— D'autres facteurs ?

— Par exemple, les conditions météorologiques ce soir-là. Un vent fort aurait pu repousser la fumée à l'intérieur de la cheminée. La densité de monoxyde de carbone aurait augmenté dans ce cas. Elle aurait pu atteindre plus de 1 000 ppm dans la chambre.

— Je vois, acquiesça Hozumi, qui ne semblait pas avoir tout saisi. Si je comprends bien, le décès est dû à une négligence humaine, mais il résulte probablement d'un enchaînement de hasards.

— C'est exactement cela. Nous avons l'intention de poursuivre nos essais.

— Entendu. Je compte sur vous.

Hozumi leva légèrement la main. Son mécontentement avait disparu.

Nishiguchi qui écoutait attentivement se dit que la conclusion était proche. Si la reconstitution de l'accident était si difficile, il était peu vraisemblable que Shigeharu Kawahata l'ait causé volontairement. Les chefs d'accusation retenus contre lui seraient homicide involontaire résultant d'une négligence professionnelle et recel de cadavre.

Il n'arrivait pas à se libérer du doute qu'avait semé en lui le physicien en prédisant la veille que la reconstitution de l'accident serait difficile. Devait-il en conclure que lui avait compris comment faire ?

Motoyama se leva pour rendre son rapport sur les informations reçues à propos de Hidetoshi Semba. Hozumi se mit à discuter avec Isobe qui était assis à côté de lui. Plus aucune des huiles n'écoutait, et leurs subordonnés les imitaient. Semba n'intéressait personne.

Une fois que l'affaire sera close et qu'un peu de temps aura passé, j'irai apporter du réconfort à Narumi, se dit Nishiguchi. Il pourrait d'autant mieux l'aider qu'il était policier. Si elle le souhaitait, il s'arrangerait pour être à ses côtés pendant tout le procès.

Cette perspective atténua le doute qui le taraudait.

57

Il précéda de cinq minutes environ Yukawa à la gare de Shinagawa. Le physicien qui portait une veste de couleur claire sur sa chemise avait un porte-documents à la main. Il répondit par un mouvement de tête magnanime au geste de la main de Kusanagi qui l'attendait à proximité du portillon de sortie.

— Tu as bronzé !

— Oui, je passe plus de temps dehors que prévu.

— Je te plains.

Kusanagi savait qu'il était à Hari-Plage pour faire des recherches sur les fonds marins mais il n'avait aucune envie d'en savoir plus.

Une fois qu'ils eurent quitté l'enceinte de la gare, Yukawa s'arrêta et regarda autour de lui.

— Qu'est-ce qui te prend ?

— Cela ne fait qu'une semaine que j'ai quitté Tokyo, mais j'ai perdu l'habitude de ces gares immenses. Tokyo est une grande ville, et ses gares le sont aussi.

— La vie à la campagne te séduit ?

— Pas du tout, elle ne me convient absolument pas. Voir une foule de gens aller et venir m'apaise. Ici, on trouve un taxi quand on en a besoin. À propos, où est ta voiture ?

À peine venait-il de le demander qu'un Pajero rouge foncé vint s'arrêter au bord du trottoir. Ils s'empressèrent d'y monter, Kusanagi à l'avant, Yukawa à l'arrière.

Kaoru Utsumi le salua tout en démarrant.

— Kusanagi m'a tout raconté. Vous avez bien travaillé ! Ça ne doit pas être facile, puisque ce n'est même pas une enquête officielle.

— C'est encore plus difficile pour vous, non ? Vous voilà encore une fois embarqué dans une drôle d'histoire !

Yukawa ne répondit pas immédiatement, comme s'il prenait le temps de choisir ses mots.

— Cette fois-ci, je ne suis pas sûr que ce ne soit pas de mon plein gré. J'aurais très bien pu ne rien faire, si j'avais redouté la difficulté. Oui, j'aurais aisément pu refuser de vous aider.

— Sans aucun doute. On n'a d'ailleurs pas très bien compris pourquoi tu te montres si coopératif cette fois-ci. Il y a une raison ?

— Je vous en ai déjà parlé, il me semble.

— Ces conséquences néfastes sur la vie d'une certaine personne, c'est ça ? Tu ne veux pas nous dire de qui il s'agit ?

Les deux policiers l'entendirent soupirer.

— Je finirai peut-être par le faire, mais ce n'est probablement pas si important. Que les époux Kawahata se soient rendus à la police complique encore plus la situation. J'ai peut-être été trop optimiste.

— Tu recommences avec tes sous-entendus !

— Tu as raison. Je ne devrais pas, fit Yukawa, admettant pour une fois ses torts. Je vous ai déjà promis de tout vous dire, le moment venu. Nous n'y sommes pas encore.

— Je croyais que vous le feriez une fois que nous serions arrivés à destination, dit Kaoru Utsumi.

Le physicien réfléchit quelques instants.

— Mon but en allant là-bas n'est pas de résoudre une énigme, mais juste d'effectuer une vérification. Peut-être permettra-t-elle d'éclaircir toute cette affaire. Mais je ne veux pas que vous pensiez qu'elle va tout résoudre. La probabilité que cela n'aboutisse qu'à un résultat très éloigné d'une solution est plus élevée.

— L'erreur qui pourrait ruiner la vie de quelqu'un sera peut-être inévitable ?

— Je ne sais pas, répondit Yukawa à son ami.

Ils passèrent quelques instants en silence. La voiture s'engagea sur l'autoroute et en sortit à Chōfu.

Quelques instants plus tard, ils aperçurent la clinique Shibamoto.

Ils entrèrent dans le bâtiment de l'unité de soins palliatifs, et Yukawa s'arrêta.

— Que c'est calme ! murmura-t-il en faisant le tour de l'entrée des yeux.

— Utsumi pense que c'est conçu pour que les patients ne perçoivent plus le passage du temps.

— Ça m'est passé par la tête, c'est tout !

— Une remarque d'une grande pertinence, commenta le physicien qui hocha la tête après l'avoir dévisagée.

Ils prirent l'ascenseur jusqu'au deuxième étage. Comme la veille, l'infirmière qui s'appelait Yasunishi les attendait devant l'espace d'accueil.

— Désolé de vous déranger aujourd'hui encore, lui dit Kusanagi.

Elle sourit, baissa la tête et s'éloigna en silence.

Kusanagi avait appelé le directeur de l'hôpital tôt dans la matinée pour lui demander son autorisation d'organiser une entrevue entre Semba et une certaine personne. Le directeur avait d'abord hésité, mais il avait fini par accepter.

La veille, Kusanagi n'avait pas demandé à son ami pourquoi il tenait à rencontrer Semba. Il lui avait fait confiance car il savait que le physicien n'avait pas pour habitude de parler à la légère. La clé de toute cette affaire se trouvait sans doute à Hari-Plage et Kusanagi ne savait rien de cette localité.

Un bruit de roues se fit entendre. Kusanagi se raidit.

Semba arriva, aussi desséché qu'une momie. Il portait un pyjama beige et regardait droit devant lui. Ses yeux enfoncés dans ses orbites caves exprimaient une forte méfiance. Peut-être craignait-il d'autres questions au sujet de Tsukahara.

Mais Yukawa se contenta de le fixer d'un œil observateur. Kusanagi, qui le voyait de profil, ne lut aucun sentiment sur son visage. Peut-être pensait-il que l'homme qu'il avait sous les yeux avait un aspect normal pour un cancéreux en phase terminale.

— Peut-être faudrait-il faire les présentations, non ? suggéra le physicien.

Comprenant que cette question s'adressait à lui, Kusanagi se tourna vers le malade.

— Merci de nous avoir reçus hier. Aujourd'hui, nous sommes revenus avec une autre personne qui souhaite vous parler. Il s'appelle Yukawa et c'est un de mes amis. Il n'est pas policier, mais universitaire, plus précisément, physicien.

Yukawa tendit une carte de visite à Semba qui ne fit aucun geste pour la prendre. L'infirmière le fit pour lui et l'approcha de son visage.

Ses lèvres bougèrent. "Physicien", dit-il d'une voix rauque. Peut-être se demandait-il ce qu'un physicien lui voulait.

— Je suis arrivé tout à l'heure de Hari-Plage, expliqua Yukawa en détachant les mots.

Il ne parlait pas fort mais sa voix résonna dans la pièce.

Un changement se produisit chez Semba. Ses paupières tressaillirent. Visiblement, cela l'intéressait.

Le physicien ouvrit son porte-documents et en sortit un dossier qu'il montra à Semba.

— J'effectue en ce moment des recherches là-bas, en liaison avec un possible développement des fonds sous-marins. J'ai participé à une séance de présentation de ce projet ainsi qu'au débat qui a eu lieu le lendemain. Vous en avez entendu parler, n'est-ce pas ? Puisque vous avez demandé à M. Tsukahara d'y aller à votre place.

Semba rentra gauchement le menton.

— La mer à Hari-Plage est belle, d'une beauté époustouflante. J'ai vu les cristaux qui se forment au fond de la mer. Leur formation est un miracle. Monsieur Semba, je pense que la mer est aussi belle que lorsque vous alliez là-bas. Elle est protégée.

Le malade se mit à trembler légèrement. Il rentra encore plus le menton, ses lèvres frémirent. Kusanagi eut l'impression qu'il avait peur. Mais il comprit qu'il se trompait. Semba essayait de sourire. Les paroles du physicien lui faisaient plaisir.

— Rien n'est encore décidé pour ce qui est du développement des fonds sous-marins. Et même si cela doit se faire, cela ne débutera pas avant dix ans. D'ici là, les technologies de protection de l'environnement auront progressé. Quoi qu'il en soit, les scientifiques eux-mêmes n'ont aucune envie de nuire à la beauté de la mer de Hari. Ne vous inquiétez pas à ce sujet. Nous ferons tout ce que nous pourrons. Je vous le promets.

Semba opina doucement de la tête. Le directeur de l'hôpital les avait prévenus que sa perception de la réalité était souvent confuse, mais aujourd'hui, sa tête fonctionnait normalement. Il comprenait ce que lui avait dit Yukawa et s'en réjouissait.

— Monsieur Semba, j'ai quelque chose à vous montrer, reprit le physicien en sortant de son porte-documents une feuille au format A4.

Kusanagi y jeta un coup d'œil. Une photo prise avec un appareil numérique y était imprimée. Elle représentait un tableau. On y voyait la mer. Au loin quelques nuages blancs qui flottaient dans le ciel d'un bleu intense se reflétaient dans la mer. De l'écume blanche s'était formée au premier plan, à proximité des rochers de la côte découpée.

Yukawa la tendit à Semba. Il réagit à nouveau, comme si quelque chose était soudain remonté du tréfonds de son être et le stimulait. Sa peau rosit légèrement, ses yeux rougirent.

— Oh… lâcha-t-il, comme s'il cherchait à reprendre le contrôle de lui-même.

— Cette peinture est accrochée dans le hall du Rokugansō, une auberge de Hari-Plage. Vous ne l'avez jamais vue ? Elle montre la mer comme on la voit de Hari-Est. La maison où vous avez vécu avec votre femme jusqu'à sa mort était située là-bas, n'est-ce pas ? Depuis chez vous, le paysage était sans doute semblable à celui-ci, non ? Ou peut-être, continua le physicien en approchant encore plus la photo du malade, est-ce vous ou votre femme qui avez peint ce tableau. Et quand vous avez quitté cette maison, vous l'avez conservé soigneusement. Pour vous, c'était un trésor. Et vous l'avez confié à la personne qui compte le plus pour vous. Je me trompe ?

Semba écarquilla les yeux, tout son corps se tendit. Il se mit à frissonner, sa respiration se fit haletante.

L'infirmière suivait la scène avec inquiétude. Mais Semba l'arrêta en levant légèrement la main gauche quand elle voulut parler. Puis il inspira de toutes ses forces, comme s'il s'apprêtait à faire une grande déclaration. Il était manifestement déterminé à donner une réponse claire.

— Vous… faites… erreur, dit-il d'une voix étouffée. Je n'ai jamais vu ce tableau. Je ne… le… connais pas.

— Vraiment ? Regardez-le bien ! insista le physicien en rapprochant encore la feuille de ses yeux.

— Je ne le connais pas, répéta Semba en la repoussant de la main droite.

Elle tomba doucement à terre.

Le physicien la ramassa dans le pesant silence qui s'était installé.

— Très bien. J'ai une autre photo à vous montrer, dit-il en sortant une seconde feuille de papier de sa sacoche.

À nouveau, Kusanagi la regarda à la dérobée et vit une jeune femme au volant d'une voiture. Elle ne devait pas s'attendre à être photographiée, car elle paraissait surprise. Le bronzage atténuait la sévérité de son beau visage aux traits réguliers.

— Tout à l'heure, je vous ai dit que la mer de Hari était protégée, n'est-ce pas ? C'est cette jeune femme qui s'en charge. Je vais retourner à Hari-Plage ce soir. Souhaitez-vous que je lui transmette un message de votre part ? demanda le physicien en lui montrant la photo.

Le visage du malade se tordit comme s'il était sur le point de sourire ou de pleurer. Ses rides se creusèrent, ses lèvres tremblèrent.

— Alors ? S'il vous plaît, donnez-moi un message pour elle. Pour elle qui protège la mer pour vous.

Deux spasmes secouèrent le corps de Semba. Sa pomme d'Adam monta et descendit, comme s'il avalait quelque chose, puis son corps se figea. Il avait le dos tendu et la poitrine gonflée. Ses yeux étaient fixés sur le physicien. Pour la première fois, Kusanagi lui trouva un aspect vigoureux.

— Je ne la connais pas, mais dites-lui merci de ma part, répondit-il avec force.

Yukawa cligna des yeux, et sourit. Il baissa les paupières et les releva pour fixer le malade.

— Je le lui transmettrai. Je vous laisse ces deux photos.

Il les donna à l'infirmière et se leva en invitant Kusanagi à le suivre.

— Tu as fini ?

— Oui, fit le physicien en hochant la tête.

Kusanagi fit signe des yeux à Kaoru Utsumi. Elle se leva à son tour et remercia Semba et l'infirmière.

Le petit groupe quitta l'espace d'accueil et se dirigea vers l'ascenseur en silence. Le seul bruit audible était celui de leurs pas.

Puis ils entendirent la porte s'ouvrir. Semba apparut sur son fauteuil roulant, poussé par l'infirmière qui les salua d'un mouvement de tête. La tête baissée en avant, il tenait fermement de ses deux mains les deux photos que Yukawa venait de lui remettre.

— Nobuko Miyake avait rencontré Semba la veille du jour où il l'a tuée, n'est-ce pas ? demanda Yukawa lorsqu'ils marchaient tous les trois dans le parking.

— Oui, dans ce bar, le Calvin, qu'ils avaient autrefois fréquenté ensemble.

— Je me demande de quoi ils ont pu parler.

Kusanagi haussa les épaules.

— Je ne sais pas. Peut-être de l'époque où tout allait bien pour eux. D'après le patron du bar, Semba aurait pleuré.

— Pleuré ? répéta le physicien en hochant la tête avec conviction. Je vois.

— Écoute, au lieu de faire des sous-entendus, raconte-nous tout !

Yukawa consulta sa montre sans lui répondre et tapota la portière du Pajero.

— Commençons par monter en voiture. Dehors, on risque une insolation. Et il faut que je retourne à Hari, comme je l'ai dit à Semba.

Kusanagi fit signe des yeux à sa collègue qui sortit la clé du véhicule de son sac.

Le physicien s'assit à nouveau sur la banquette arrière. Kaoru Utsumi, qui conduisait, le faisait à présent sans aucune hésitation.

— À ton avis, pourquoi Nobuko Miyake est-elle allée à Ogikubo ? demanda Yukawa.

Kusanagi se retourna vers lui.

— Cette question a continué à tourmenter M. Tsukahara même après l'arrestation de Semba. Je crois que nous en connaissons la réponse : elle voulait voir Setsuko Kawahata. Je me trompe ?

— Non, probablement pas. Mais pourquoi l'a-t-elle fait ?

— Eh bien… Elle avait rencontré Semba, ils avaient parlé du passé, et cela lui a rappelé Setsuko… Kusanagi s'interrompit et fit non de la tête. Non, ça ne doit pas être ça.

— Je ne le crois pas non plus, réagit immédiatement son ami. Pour commencer, elle a dû avoir du mal à trouver l'endroit où vivait son ancienne amie, puisque les Kawahata n'habitaient pas à leur adresse officielle. Elle a probablement dû faire appel à son réseau d'anciennes collègues et cela n'a pas dû être simple. Elle devait avoir une bonne raison de le faire.

Kaoru Utsumi se mêla à la conversation.

— Il s'agissait sans doute d'argent, non ? Nobuko Miyake en manquait, à l'époque. J'imagine qu'elle est allée en mendier auprès de son amie.

Kusanagi claqua des doigts puis tendit l'index vers sa collègue.

— Exactement. Sa conversation avec Semba a dû lui faire penser qu'elle pourrait en emprunter à Setsuko. C'est ce que tu voulais dire ? demanda-t-il en se tournant vers son ami.

— Oui, c'est la seule chose plausible. Mais cela soulève d'autres questions. Pourquoi Nobuko Miyake s'est-elle dit que Setsuko Kawahata serait prête à lui donner de l'argent ? Si elles avaient été des amies proches, elle y serait allée plus tôt, non ?

— Tu as raison. Pour autant que je le sache, elles n'étaient pas particulièrement intimes, commenta Kusanagi en croisant les bras.

— Dans quelles situations peut-on être sûr que quelqu'un avec qui on n'est pas bien vous donnera de l'argent ? interrogea le physicien.

À nouveau la réponse vint de la jeune policière.

— Par exemple, lorsqu'on sait qu'on pourra profiter d'une de ses faiblesses ?

— Une de ses faiblesses... Probablement, fit Kusanagi. Tu veux dire, quand on sait qu'on peut exiger que quelqu'un vous donne de l'argent pour que vous gardiez le silence ?

— Exactement. Je pense qu'en parlant avec Semba, Nobuko Miyake a pris conscience d'un secret que cachait Setsuko Kawahata, et que seuls Semba et elle connaissaient. Et elle a dû se dire qu'elle pourrait s'en servir pour extorquer de l'argent à son ancienne collègue. Cela expliquerait pourquoi elle a décidé d'aller à Ogikubo le lendemain du jour où elle a rencontré Semba.

— Mais les choses ne se sont pas passées comme elle le pensait et Setsuko l'a tuée pour protéger son secret. Cela montre à quel point son secret était important. De quoi pouvait-il s'agir ? Yukawa, tu le connais, n'est-ce pas ? Peut-être est-il temps de nous en informer, non ?

Le physicien réagit en rejetant la tête en arrière, les yeux fixés sur un point dans le vide.

— La jeune femme dont j'ai montré la photo à Semba tout à l'heure s'appelle Narumi Kawahata.

— Kawahata ? Donc c'est…

— La fille de Setsuko Kawahata.

— C'est elle dont vous avez dit qu'elle protégeait la mer, n'est-ce pas ?

— Oui, répondit Yukawa à Kaoru Utsumi. Son engagement vis-à-vis de la mer me paraît presque pathétique. Il a quelque chose de peu naturel, de douloureux. Pourquoi en fait-elle autant, alors qu'elle n'est même pas originaire de Hari ? Pourquoi une jeune fille qui envisageait autrefois de revenir à Tokyo pour y faire ses études a-t-elle accepté de s'installer définitivement à la campagne ? Une seule explication résout toutes ces énigmes. Elle doit le voir comme sa mission. C'est pour elle un moyen d'expier un crime qu'elle a commis et de rembourser sa dette vis-à-vis de quelqu'un.

— Tu veux dire que…

— J'ai d'abord pensé que Semba s'était accusé à la place de Setsuko Kawahata. Mais lorsque le crime a eu lieu, ils ne s'étaient pas vus depuis plus de dix ans. Peut-on vraiment s'accuser d'un crime pour couvrir quelqu'un qu'on a aimé autrefois ? Non, il faut pour cela quelque chose qui dépasse l'amour entre un homme et une femme. À partir du moment où je suis arrivé à cette conclusion une toute autre idée m'est venue. Semba ne se serait-il pas accusé pour protéger non Setsuko, mais sa fille ?

— Narumi Kawahata serait la fille de Semba ?

Le physicien soupira longuement en regardant droit devant lui.

— Ce doit être le secret que Setsuko et lui cachaient. Et leur fille a tué pour le protéger.

58

L'infirmière aida Semba à retourner dans son lit. À aucun moment sa main droite ne lâcha les deux photos. Ces derniers temps, il était parfois incapable de tenir quelque chose entre ses doigts, mais il y réussissait fort bien aujourd'hui.

— Appelez-moi si vous avez besoin de quelque chose, dit-elle avant de quitter la pièce, sans lui poser aucune question.

Il lui en fut reconnaissant.

Quelqu'un toussait. Yoshioka ? Lui aussi avait une tumeur au cerveau. Jusqu'à avant-hier, trois des quatre lits de la chambre étaient occupés, mais maintenant, il y en avait deux de libres. La mort avait probablement frappé.

Il ressentit soudain un violent mal de tête, et son champ de vision se rétrécit pour ne lui laisser que ce qu'il avait devant les yeux. Heureusement, il arrivait à distinguer la photo qui montrait une jeune femme à l'expression surprise, à la peau dorée comme les blés, les mains posées sur le volant d'une voiture.

Elle ressemble à Setsuko au même âge, se dit-il. Depuis quelque temps, il avait souvent du mal à discerner le rêve de la réalité et sa mémoire devenait confuse, mais au prix d'un grand effort, il parvenait à conserver quelques souvenirs auxquels il tenait, dont ceux de Setsuko. Il lui suffisait de fermer les yeux pour revenir à l'époque où il l'avait rencontrée.

Il n'avait pas encore trente-cinq ans. Son travail pour une grande société de commerce spécialisée dans les produits électriques le faisait voyager à travers le Japon, en costume-cravate, un attaché-case à la main. Parce qu'il était un de ses meilleurs vendeurs, il avait l'autorisation d'inviter ses clients dans les clubs huppés de Ginza sur sa note de frais et le faisait plusieurs fois par semaine.

C'est ainsi qu'il avait fait connaissance avec Setsuko. Aussi belle que discrète, elle remplissait son verre sans chercher à lui faire la conversation.

Elle avait changé d'attitude une seule fois, le jour où ils avaient parlé de gastronomie régionale. Alors que rien ne semblait l'intéresser d'ordinaire, ses yeux s'étaient illuminés comme ceux d'un enfant qui regarde un spectacle de marionnettes.

Lorsqu'ils s'étaient retrouvés seuls, il lui avait demandé si elle aimait faire la cuisine.

Sa réponse avait été sans équivoque : elle adorait cela et aurait préféré travailler dans un restaurant plutôt que dans un bar, de préférence comme cuisinière et non comme serveuse. Mais elle n'avait pas la formation nécessaire.

Il avait immédiatement pensé à un établissement qu'il connaissait, le Haruhi, spécialisé dans la cuisine de Hari, la ville dont sa femme était originaire. C'est ce qui l'avait conduit à en pousser la porte un jour. Séduit par la finesse de ses plats, il en était devenu un habitué et savait que le couple qui le tenait cherchait à embaucher quelqu'un.

Il l'avait expliqué à Setsuko qui l'avait prié de l'y emmener sur-le-champ. Ils y étaient allés le jour même, après la fermeture du club.

Setsuko avait plu aux propriétaires du Haruhi et elle était venue y travailler dès le mois suivant. Au bout de trois mois, les clients du Haruhi l'appelaient par son prénom, et au bout de six, elle était devenue irremplaçable dans son kimono rouge au motif de feuillage d'automne, qui était un cadeau de la patronne. Semba avait l'impression qu'elle était bien plus heureuse que lorsqu'elle était hôtesse de bar.

À l'époque, le Haruhi fermait très tard. Chaque fois qu'il emmenait des clients dans les bars de Ginza, il venait y terminer la soirée. Il y dégustait des mets de Hari, en buvant du saké tiède et en savourant le sourire de Setsuko.

La cuisine du Haruhi était délicieuse. Mais Semba se rendait compte qu'il n'y venait pas seulement pour cela. S'il y passait malgré sa fatigue et l'heure avancée, c'était pour rencontrer Setsuko. Il était amoureux.

Elle semblait l'avoir remarqué. Lorsque leurs regards se croisaient, il avait le sentiment que leurs cœurs se parlaient.

Il n'avait cependant aucun dessein caché à son égard. Il était marié et se répétait à lui-même qu'il lui fallait se satisfaire de ces contacts. Il lui arrivait de venir au Haruhi avec une hôtesse de bar, notamment Rié, c'est-à-dire Nobuko Miyake, à la fois pour camoufler son attirance pour Setsuko et mieux contrôler ses sentiments.

Semba n'était pas le seul homme qui venait au Haruhi pour elle. Il y en avait d'autres qui lui faisaient ouvertement la cour, et qu'elle savait décourager aimablement.

Elle ne se conduisait pas de cette façon avec un autre client, Shigeharu Kawahata.

Ils s'étaient croisés plusieurs fois au Haruhi. Ils se saluaient mais ne se parlaient pas. Kawahata venait apparemment encore plus souvent que lui.

Le patron et la patronne ne tarissaient pas d'éloges à son sujet. La femme qui épouserait ce célibataire sérieux et gentil connaîtrait le bonheur. Setsuko les écoutait en souriant, Semba se sentait oppressé.

Un soir, il l'avait invitée à prendre un verre après la fermeture. Cela l'avait surprise car il ne l'avait encore jamais fait, mais elle n'avait aucune raison de refuser. Il l'avait emmenée dans un bar à vins ouvert toute la nuit.

Setsuko était étrangement gaie. Elle avait suggéré qu'ils prennent du champagne. Une fois la bouteille vide, il avait commandé du vin. Elle buvait très vite. Quand il lui avait demandé pourquoi, elle avait répondu qu'elle avait envie de s'enivrer.

Elle était saoule lorsqu'il l'avait ramenée chez elle. Elle lui avait passé les bras autour du cou lorsqu'il l'avait aidée à s'allonger dans son lit. Les larmes qu'il avait vues dans ses yeux lui avaient fait perdre toute envie de lui résister. Il l'avait enlacée.

Quand il l'avait quittée au petit matin, elle avait les yeux fermés mais ne dormait sans doute pas.

Ils ne s'étaient connus que cette nuit-là. Quelques jours plus tard, il était venu au restaurant où elle l'avait accueilli comme à l'accoutumée, au point qu'il s'était demandé s'il n'avait pas rêvé.

Elle avait accepté la demande en mariage de Kawahata peu de temps après. Semba avait trouvé une signification à la nuit qu'ils avaient passée ensemble. N'avait-elle pas voulu se libérer de quelque chose ?

Bientôt, elle avait quitté son travail au restaurant. Lorsqu'il avait appris qu'elle s'était mariée, il avait bu à sa santé en lui souhaitant beaucoup de bonheur et résolu d'oublier la nuit passée avec elle.

Le jour où il avait entendu une rumeur selon laquelle elle se serait mariée enceinte, il avait été bouleversé. Il avait vérifié plusieurs fois dans son agenda la date de leur nuit.

Sa certitude qu'il était le père de l'enfant n'avait cessé de grandir avec le temps. Quand il avait su que Setsuko avait donné naissance à une fille, il avait dû faire appel à toute sa volonté pour résister à l'envie de se précipiter à la maternité.

Sa femme était de santé fragile. Il savait au moment de leur mariage qu'elle ne pourrait pas lui donner d'enfants et il avait renoncé à la paternité. Mais l'idée qu'il y avait peut-être sur terre un enfant qui était le sien lui donnait le vertige.

Il avait fini par prendre contact avec Setsuko, poussé par son désir de connaître la vérité.

Il l'avait trouvée transformée par la maternité, resplendissante. Elle parlait d'un ton plus paisible. Elle était venue sans le bébé, décevant l'espoir secret de Semba.

Après quelques minutes passées à évoquer leurs vies respectives, il lui avait fait part de son interrogation tout de go. Kawahata était-il vraiment le père de l'enfant qui venait de naître ? Elle lui avait répondu : "Bien sûr" sans exprimer aucune émotion. Son calme lui-même manquait de naturel. Il avait été certain qu'elle mentait en voyant son regard sérieux.

Il avait décidé de ne pas s'appesantir et ne lui avait demandé qu'une seule chose en contrepartie : une photo de l'enfant. Setsuko avait hésité. Quelle pouvait être l'utilité pour lui d'avoir une photo de l'enfant d'un autre ? Mais il n'avait pas cédé. Il s'était engagé à ne plus jamais lui reparler de cela si elle lui en donnait une.

Elle avait fini par accepter. Le lendemain, ils s'étaient retrouvés ailleurs et elle la lui avait apportée. On la voyait, le bébé dans les bras. La petite fille avait de grands yeux et la peau blanche comme de la porcelaine. Les larmes lui étaient montées aux yeux en la regardant.

Il l'avait remerciée. Ses yeux étaient rouges, comme si elle avait du mal à retenir ses larmes.

Il avait juré de ne jamais en parler à personne et de garder le secret jusqu'à sa mort. "Fais en sorte qu'elle soit heureuse", avait-il ajouté. Elle avait souri en répondant qu'elle en avait la ferme intention. Il avait souri à son tour, convaincu qu'elle le ferait.

Cette photo était devenue son trésor. Mais un trésor caché. Personne ne devait la voir. Il l'avait placée dans une boîte qu'il avait cachée au fond d'un tiroir de son bureau.

Il ne comptait pas revoir Setsuko. L'envie de découvrir de ses propres yeux le visage de sa fille le taraudait en permanence, mais il la gardait enfermée au plus profond de son cœur. Par bonheur, il venait de créer sa propre entreprise et son travail occupait son temps et son esprit.

Il avait passé une dizaine d'années concentré sur son travail. Le succès des premières années, qui lui était monté à la tête, s'était avéré éphémère. Un jour, il avait réalisé qu'il ne lui restait que sa femme atteinte d'un mal incurable et leur petite maison de vacances à Hari-Est.

Les jours passés là-bas avec elle étaient riches de sens pour lui. Avoir presque tout perdu lui permettait de regarder en arrière avec détachement. Chaque fois qu'il le faisait, il était envahi de gratitude pour sa femme, Etsuko. Il n'existait que parce qu'elle avait toujours été à ses côtés sans jamais se plaindre. Il lui avait demandé pardon en son for intérieur pour sa conduite avec Setsuko.

Le temps qui restait à Etsuko était limité. Il s'efforçait de satisfaire ses moindres désirs. Elle en avait peu. Contempler la mer dans mon pays natal suffit à mon bonheur, répétait-elle. Le jour où elle lui avait dit qu'elle voulait la peindre, il était allé acheter le matériel nécessaire. Elle avait posé le chevalet sur le balcon, et passé plusieurs jours à peindre. Le tableau qu'elle avait réalisé l'avait stupéfié. Il ignorait que sa femme possédait ce talent. Elle lui avait demandé de ne pas l'embarrasser en regardant son œuvre de trop près.

Après sa mort, il était revenu à Tokyo, non pour prendre un nouveau départ mais parce qu'il lui fallait assurer sa subsistance. Grâce à une de ses connaissances d'autrefois, il avait trouvé du travail dans un magasin d'électricité.

Rié – Nobuko Miyake – y était venue un jour. Il n'avait pas revu cette hôtesse de bar qu'il connaissait autrefois depuis la faillite de son entreprise. Elle l'avait invité à prendre un verre.

Il avait accepté sans aucune arrière-pensée. Peut-être avait-il envie de se souvenir des jours où tout allait bien dans sa vie. Ils avaient dîné ensemble et avaient choisi de retourner dans un bar qu'ils fréquentaient autrefois, le Calvin. Nobuko Miyake savait faire parler les gens. Ils avaient bu deux ou trois verres, et il lui avait raconté ce qui lui était arrivé ces dernières années. Ses vêtements fatigués avaient dû lui faire comprendre que tout n'allait pas bien dans sa vie, et son récit avait probablement achevé de la convaincre.

Bientôt, elle n'avait plus caché son désespoir. Sans doute avait-elle eu l'intention de lui emprunter de l'argent.

Quelques minutes plus tard, il avait commis une erreur qu'il ne pourrait jamais se pardonner. Il avait sorti son portefeuille pour aller acheter des cigarettes et une photo en était tombée. C'était celle que lui avait donnée Setsuko. Nobuko Miyake l'avait ramassée et lui avait demandé qui était cet enfant.

Le bébé d'une de mes connaissances, avait-il répondu en entendant à quel point cela sonnait faux. Elle avait alors glissé qu'elle connaissait ce kimono au motif de feuillages d'automne. Semba avait tressailli sans rien dire.

Nobuko Miyake paraissait avoir deviné. Elle lui avait demandé de tout lui raconter en lui promettant de n'en parler à personne.

Il avait décidé de lui confier son secret de peur qu'elle ne commence à en parler autour d'elle pour confirmer ses soupçons. Il avait eu l'impression qu'elle l'écoutait avec chaleur. Il avait failli la croire quand elle lui avait assuré qu'elle n'en parlerait à personne.

Lorsqu'il s'était tu, elle s'était levée en lui demandant de l'excuser une minute. Quand elle était revenue, elle avait posé devant lui un papier sur lequel étaient écrits une adresse et un numéro de téléphone.

Ce sont ceux de Setsuko, avait-elle glissé. Elle les avait obtenus des propriétaires du Haruhi en se faisant passer pour une ancienne collègue qui était une amie de Setsuko.

Elle lui avait suggéré d'aller la voir, il n'avait rien à perdre à voir sa fille une seule fois. Semba avait fait non de la tête. Ce n'était pas nécessaire, il préférait tout garder en lui, avait-il répondu en sentant couler ses larmes, peut-être grisé par ses propres paroles.

Si Nobuko Miyake avait retrouvé les coordonnées de Setsuko, c'était dans un autre but. Il l'avait compris le surlendemain, en regardant les nouvelles matinales à la télévision. Elle avait été assassinée. Son sang s'était figé lorsque le journaliste avait indiqué que le crime avait eu lieu à proximité de l'adresse écrite sur le bout de papier.

Il avait longuement hésité avant de téléphoner à Setsuko. Le ton calme avec lequel elle lui avait parlé l'avait rasséréné. Quand il s'était présenté, il avait entendu de la surprise dans sa voix, mais aucune irritation. Elle lui avait expliqué que pour l'instant elle vivait seule avec sa fille parce que son mari travaillait en province.

Il lui avait parlé de sa rencontre avec Nobuko Miyake l'avant-veille, et lui avait fait part de sa crainte qu'elle et sa famille n'aient à voir avec sa mort. D'une tout autre voix, elle lui avait dit qu'elle était rentrée tard la veille et n'avait pas vu sa fille depuis son retour, parce qu'elle n'était pas encore sortie de sa chambre ce matin.

Elle avait raccroché en lui promettant de rappeler une fois qu'elle lui aurait parlé. L'attente avait paru extrêmement longue à Semba. Si grandes étaient ses craintes qu'il en avait eu la chair de poule, et la nausée.

Le téléphone avait sonné, et elle lui avait appris la terrible vérité. Ma fille a poignardé Nobuko Miyake, le couteau ensanglanté est posé sur son bureau, avait-elle dit d'une voix entrecoupée de sanglots.

Le temps était trop court pour qu'il lui demande pourquoi elle l'avait fait. Semba s'était préparé au pire pendant qu'il attendait son appel et il avait décidé de la conduite à tenir dans ce cas. Il lui fallait à présent mettre son plan à exécution.

Je vais m'arranger, mais apporte-moi le couteau, lui avait-il ordonné. Il avait perçu sa perplexité, mais il n'avait pas assez de temps pour lui expliquer son plan. Ils étaient convenus d'un lieu.

Il avait regardé autour de lui. Aucune de ses possessions ne lui était chère, hormis le tableau peint par Etsuko. Il l'avait emballé et avait quitté son appartement en l'emportant.

Setsuko lui avait remis le couteau. Elle semblait avoir compris ce qu'il comptait faire et paraissait se demander si elle pouvait l'accepter. Toute mère a le devoir de protéger son enfant, lui avait-il affirmé, elle n'avait pas le choix.

Il lui avait remis le tableau en échange du couteau en la priant d'en prendre soin jusqu'au jour où ils pourraient se revoir.

Juste avant qu'ils ne se séparent, elle lui avait demandé de regarder le café de l'autre côté de la rue. Une jeune fille menue, aux cheveux longs, était assise à une table près de la devanture. Il l'avait regardée, médusé. La ressemblance avec sa sœur cadette morte très jeune de maladie était flagrante.

Je n'ai rien à regretter, s'était-il dit et il avait remercié Setsuko.

Semba sortit un sac de sous son oreiller. Il prit une des photos qu'il contenait, celle qui montrait le bébé.

Il la compara avec celle que venait de lui remettre ce physicien nommé Yukawa. Elle avait gardé quelque chose du bébé qu'elle avait été. Quel genre de jeune femme était-elle devenue ? Quelle pouvait être sa voix ? Il aurait aimé la rencontrer une fois avant sa mort, mais c'était un rêve impossible. Le réaliser réduirait à néant tout ce qu'il avait fait.

Il se replongea dans le passé, seize ans plus tôt. Il était dans son petit appartement de l'arrondissement d'Edokawa.

Il avait prévu que la police ne tarderait pas à venir le trouver. Une fois que Nobuko Miyake serait identifiée, la police découvrirait rapidement qu'elle avait passé sa dernière soirée avec lui, au Calvin.

Un policier était arrivé. Il avait une physionomie énergique. Semba avait obstinément refusé de le laisser entrer chez lui, pour que sa conduite paraisse suspecte.

L'homme était reparti, mais Semba ne croyait pas qu'il avait renoncé. Il ne manquerait pas de le surveiller. Il était sorti de chez lui avec à la main la sacoche qui contenait le couteau que lui avait remis Setsuko.

Il était allé au bord d'un canal proche et avait ostensiblement observé les alentours, une manœuvre destinée à attirer l'attention du policier qui le filait. Elle avait produit l'effet escompté. Il avait vu apparaître l'homme qui avait frappé à sa porte.

Semba s'était mis à courir. Il avait vraiment l'intention de lui échapper. S'il y parvenait, il n'aurait plus rien eu à craindre. Mais ce policier était bien entraîné. Il l'avait aisément rattrapé et maîtrisé.

Il avait été arrêté, mis en examen, puis jugé coupable. Personne n'avait remis en question ses aveux. Sauf Tsukahara, le policier qui l'avait arrêté.

Il lui avait demandé pourquoi il n'avait pas lancé sa sacoche à l'eau au moment où il s'était enfui en courant. Peut-être aurait-elle été retrouvée, mais il aurait gagné du temps. Comme il la tenait à la main au moment de son arrestation et qu'elle contenait le couteau, la preuve de sa culpabilité avait été immédiatement établie.

Semba avait répondu qu'il n'y avait pas pensé. S'enfuir était sa seule préoccupation, il avait oublié que le couteau était dans la sacoche.

Tsukahara n'en avait jamais été convaincu. Mais Semba n'avait pas une seule fois dévié de sa déclaration.

Sa vie en prison n'avait pas été facile. La certitude que la jeune fille pouvait vivre en paix parce qu'il s'y trouvait lui avait cependant donné la force de la supporter. Sa vie avait un sens.

À sa libération, il était allé voir un homme rencontré en prison, qui lui avait procuré un emploi dans une société de recyclage de déchets, payé un salaire de misère. Le logement qui lui était fourni était minuscule et insalubre, mais il se jugeait heureux d'être en vie.

Ce bonheur minuscule n'avait pas duré. L'homme qui lui avait trouvé ce travail était parti avec la caisse, l'entreprise avait fait faillite, et Semba avait perdu travail et logement.

Il s'était retrouvé à la rue. Il connaissait les lieux où se rassemblaient les sans-abri, et il avait sollicité leur aide. Ces hommes généreux lui avaient appris comment survivre.

Il n'était cependant pas encore au bout de ses peines. À partir d'un certain moment, son corps n'avait plus voulu lui obéir. Il souffrait de maux de tête intenses, ne dormait plus. Certains jours, il n'arrivait plus à parler. Il ne parvenait plus à aller aux distributions hebdomadaires de repas chauds.

Il avait compris qu'il souffrait d'une maladie grave. Ses camarades sans-abri prenaient soin de lui, mais sa santé ne s'améliorait pas. Cela n'avait rien d'étonnant puisqu'il ne se faisait pas soigner.

Un homme qu'il ne s'attendait pas à voir s'était alors manifesté.

Il s'agissait de Tsukahara, qui lui avait dit qu'il le cherchait depuis des années. Lorsqu'il avait compris qu'il était malade, il s'était arrangé pour le faire hospitaliser. Semba ignorait comment.

Ce n'était pas dans un hôpital ordinaire, mais une unité de soins palliatifs. Le directeur de l'établissement lui avait appris qu'il souffrait d'une tumeur au cerveau contre laquelle la médecine ne pouvait rien.

Au lieu d'en être affligé, il en avait ressenti une sorte de soulagement. Attendre la mort dans ces conditions était ce qu'il pouvait espérer de mieux. Il le devait à Tsukahara.

Voilà pourquoi il était profondément confus chaque fois que son bienfaiteur lui demandait de lui dire toute la vérité. Il l'avait longtemps cherché parce que cette affaire n'avait jamais cessé de le tourmenter. Semba était arrivé à la conclusion que le caractère de Tsukahara l'empêchait de renoncer à sa quête de la vérité.

— Je sais très bien que tu te tais pour couvrir quelqu'un qui compte énormément pour toi. Mais tu es vraiment sûr que tu peux continuer à te taire ? Tu ne veux pas lui faire savoir où tu en es aujourd'hui ? Tu aimerais revoir cette personne, non ?

Voilà ce que lui répétait Tsukahara chaque fois qu'il venait le voir. Le mensonge pesait de plus en plus à Semba. La promesse de Tsukahara de ne jamais révéler à personne la vérité s'il la lui disait le touchait.

Il avait fini par décider de se confier à lui. Parler lui était déjà difficile, tout raconter avait nécessité un temps considérable, mais Tsukahara l'avait écouté sans presque l'interrompre.

Lorsqu'il avait achevé son récit, son bienfaiteur l'avait remercié et lui avait répété qu'il tiendrait sa parole.

Il l'avait apparemment fait. Il s'était cependant mis à rechercher Setsuko en faisant appel à son expérience d'enquêteur. Semba avait été profondément ému d'apprendre qu'elle habitait Hari-Plage.

Quelque temps après, Tsukahara avait découvert sur Internet une information d'un grand intérêt. Une jeune femme du nom de Narumi Kawahata faisait partie d'un réseau de protection de l'environnement marin qu'avait créé un certain Genya Sawamura. Leur groupe était opposé au projet de développement des gisements sous-marins au large de Hari. Tsukahara savait qu'une réunion d'information serait organisée à ce sujet en août, et qu'il fallait effectuer une demande pour y assister. Il avait offert à Semba de l'y emmener.

— Tu n'auras pas à la rencontrer, mais tu pourras la regarder de loin. Tu n'as pas envie de voir cette fille pour qui tu as déjà tant donné de ta vie ? Ne t'en fais pas, je t'accompagnerai. Je pousserai ta chaise roulante.

La tentation d'accepter avait été grande. Il aurait pu quitter ce monde sans aucun regret. Mais il n'avait jamais dit oui. Il serait probablement le seul vieillard malade là-bas et cela attirerait l'attention. Si son identité était découverte, Setsuko et sa fille en auraient été nécessairement embarrassées.

Mais Tsukahara avait dû faire une demande de participation à son insu, car il lui avait apporté une enveloppe un jour, dans laquelle se trouvait un bulletin de participation aux réunions. Il en avait sollicité deux mais n'en avait obtenu qu'un seul.

— Allons-y ensemble ! Je t'attendrai dehors pendant la réunion.

Semba avait fait non de la tête. Il lui en était reconnaissant mais n'avait pas changé d'avis. D'ailleurs c'était devenu matériellement impossible. Son état de santé se détériorait rapidement, et il ne pouvait se lancer dans un aussi long voyage.

— Tant pis, avait conclu Tsukahara.

Il n'avait plus reparlé de ce projet. Depuis, il n'était plus revenu le voir.

Pourtant Tsukahara n'avait pas renoncé. Il était parti seul. Il avait dû essayer de voir Setsuko et Narumi. Non, il les avait certainement rencontrées.

Quel avait été le résultat de cette rencontre ? Il préférait ne pas y penser. Mais il était persuadé de le savoir.

Le remords le taraudait. Il aurait dû empêcher Tsukahara d'aller là-bas, déchirer le bulletin de participation que le vieux policier lui avait montré.

Il avait demandé pardon à la photo qui montrait la mère et son bébé. À cause de lui, elles avaient sans doute commis un autre crime. Cette fois-ci, il ne se confierait à personne. Il se tairait jusqu'à la mort. Il leur demanda pardon pour son aveuglement.

59

La voiture s'approchait de la gare de Shinagawa. La circulation était dense, l'avenue embouteillée.

— Arrêtez-vous ici, ça me va très bien, demanda Yukawa en se préparant à descendre.

Kaoru Utsumi lui obéit, et il ouvrit la portière.

— Merci de m'avoir raccompagné jusqu'ici.

— Attends une minute ! Je t'accompagne jusqu'au guichet, lança Kusanagi en détachant sa ceinture de sécurité.

— Ce n'est pas la peine. La gare n'est pas tout près.

— Je peux marcher ! Attends-moi au bureau, ajouta-t-il en se tournant vers sa collègue.

Il descendit à son tour. Les deux hommes remontèrent sur le trottoir vers la gare à côté des chapelets de voitures sur la chaussée. Août se terminait, mais le soleil était encore intense. La poussière qui flottait dans l'air vint se coller à leur peau couverte de transpiration.

— La vérité n'a pas encore triomphé, commença soudain Yukawa. J'ai fait des hypothèses qui ne sont absolument pas des déductions. Non, tout reste du domaine de l'imaginaire. La thèse selon laquelle Narumi a tué Nobuko Miyake est commode parce qu'elle dissipe différents doutes. Mais nous n'en avons aucune preuve tangible. De nombreux points obscurs demeurent. Nous ne savons pas non plus si l'hypothèse selon laquelle Narumi est la fille de Semba correspond à la réalité. Si c'est le cas, Shigeharu Kawahata le sait-il ? Sait-il qu'elle a tué ? Si la réponse est oui, quand l'a-t-il appris ? Nous l'ignorons aussi. Seuls des aveux des coupables pourraient répondre à ces interrogations, mais je peux affirmer qu'ils sont exclus.

— Et que fais-tu de l'assassinat de M. Tsukahara ?

— Tu dis assassinat, mais il est plus exact de parler de décès suspect. C'est pareil. Étant donné que le meurtre de Nobuko Miyake a été puni, le tuer n'avait pas de sens.

— Pourtant, nous pouvons lier les Kawahata à M. Tsukahara. C'est lui qui a arrêté Semba. Et il existe un lien entre Setsuko et lui.

— C'est certain. Mais quelle importance pouvons-nous attacher au lien qui existe entre deux personnes dont la première travaillait dans un restaurant où la seconde était un habitué il y a plus de trente ans ?

— Personne ne peut dire qu'il s'agit d'un hasard.

— Tu crois ? Des hasards de ce genre, la vie en est remplie. Peu importe, commença le physicien qui s'interrompit pour pousser un long soupir. Tant que Semba ne dit pas la vérité, il sera probablement impossible de résoudre cette affaire. Et il se taira. Il s'est prétendu coupable d'un crime qu'il n'avait pas commis, il a été condamné, il a accompli une peine de prison pour protéger des êtres aimés. Il ne va pas anéantir tout cela. Il essaie d'arriver au bout de sa vie en gardant son secret. Il n'en a d'ailleurs plus pour très longtemps. Cette fois-ci, Kusanagi, tes collègues et toi ne pourrez pas gagner, déclara-t-il d'un ton presque détaché.

Son ami ne trouva aucun argument à lui opposer. Il avait raison sur toute la ligne.

Ils arrivèrent à la gare de Shinagawa.

— Bon, à bientôt, dit Yukawa.

Il marcha en direction du portillon.

— Toi, cette situation te satisfait ? lança Kusanagi. Que ça se finisse ainsi te convient ? De qui parlais-tu quand tu disais que cette affaire pourrait ruiner la vie de quelqu'un ? Tu n'as pas envie d'empêcher que cela se produise ?

Le physicien se retourna.

— Bien sûr que si, s'écria-t-il. C'est pour cela que je retourne là-bas.

— Yukawa…

— À la prochaine !

Il mit sur ses épaules la veste qu'il tenait à la main et s'éloigna.

60

Le capitaine de police Isobe était assis en face de Setsuko. Un jeune policier prenait les minutes de l'interrogatoire mais ce n'était pas Nishiguchi, le camarade de classe de Narumi.

— La climatisation ne marche pas trop fort ? Vous n'avez pas froid ? demanda-t-il.

Son expression n'était pas aimable mais ses yeux sous ses lourdes paupières avaient un regard bienveillant. Son travail exige qu'il ait l'air sévère, se dit Setsuko, et c'est devenu une seconde nature pour lui. Autrefois, chez Haruhi, il y avait plusieurs clients comme lui, des hommes qui paraissaient de mauvaise humeur mais qui avaient simplement peur de sourire.

— La température me va parfaitement.

Il hocha légèrement la tête et reposa les yeux sur la feuille de papier devant lui.

La salle d'interrogatoire n'était, au demeurant, pas déplaisante. La climatisation marchait bien et l'air ne sentait pas la cigarette, car les policiers ne fumaient pas. Elle s'était attendue à un miroir sans tain, mais il n'y en avait pas.

— J'aimerais revenir sur certains détails, commença Isobe.

Il lui posa des questions sur la situation financière de l'auberge, sur l'état de la chaudière, sur son entretien, sur le coût qu'aurait entraîné sa réparation et autres choses du même genre. Setsuko, qui ne voyait pas pourquoi mentir, lui répondit honnêtement.

Tout va pour le mieux, pensa-t-elle. La police paraissait considérer qu'il s'agissait d'un homicide involontaire résultant d'une négligence professionnelle suivi d'un recel de cadavre. Si ce qui était arrivé il y a seize ans pouvait demeurer caché à jamais, Shigeharu et elle étaient prêts à payer ce prix.

— Vos affaires marchent mal, si je comprends bien, murmura Isobe en se grattant la tête. C'est pareil partout, d'ailleurs.

Setsuko hocha la tête en silence. Si seulement ils avaient fermé l'auberge plus rapidement, pensa-t-elle, bien qu'elle sût cette idée inutile.

— Pourquoi la victime a-t-elle choisi le Rokugansō, d'ailleurs ? Il ne vous en a pas parlé ? C'est vous qui lui avez apporté son dîner, non ?

Elle prit une expression pensive.

— Je me suis contentée de lui parler des plats qui le composaient.

— Ah, fit le commissaire.

Il secoua la tête comme si la question qu'il venait de lui poser ne le préoccupait pas vraiment.

Il échangea quelques mots avec le jeune policier, puis quitta la pièce avec lui. Elle regarda par la fenêtre, entre les barreaux. Le ciel rougissait. La nuit ne tarderait pas à tomber.

Elle se souvint d'un autre jour et d'un autre ciel rouge, seize ans plus tôt.

C'était un dimanche. La veille, elle était rentrée très tard d'un dîner avec de vieilles amies, pendant lequel elle avait bu quelques verres. Il y avait un nombre anormal de voitures de police dans les rues de son quartier et elle s'était dit qu'il devait y avoir eu un accident de la circulation. Elle était arrivée chez elle peu avant minuit.

Shigeharu, qui travaillait à Nagoya, était naturellement absent. Elle avait jeté un coup d'œil dans la chambre de Narumi qui était alors collégienne. La lumière était éteinte, mais elle avait distingué sa silhouette sur le lit. Rassurée, elle avait refermé la porte doucement.

Le lendemain matin, elle avait reçu un appel inattendu. Hidetoshi Semba. Elle avait été submergée par un mélange d'étonnement, de gêne, et de nostalgie, qui n'avait cependant rien de désagréable.

Elle n'avait pu se laisser aller à son émotion. J'ai quelque chose d'important à te dire, avait commencé Semba, et ce qu'il lui avait appris ensuite l'avait bouleversée. Rié, c'est-à-dire Nobuko Miyake, avait été tuée, tout près de chez elle. Il avait ajouté quelque chose qui lui avait donné le sentiment que la terre se dérobait sous elle. Rié avait deviné le secret de la naissance de Narumi.

Elle avait raccroché et était allée dans la chambre. Sa fille était recroquevillée sur son lit en position fœtale. Elle ne dormait pas. Son visage portait la trace de ses larmes. Setsuko avait immédiatement deviné qu'elle avait pleuré toute la nuit.

Un couteau de cuisine dont Setsuko se servait souvent était posé sur son bureau. La lame et la poignée étaient couvertes de sang partiellement séché.

Cette vision l'avait terrifiée. Elle avait regardé dehors sans raison particulière. Le soleil levant colorait de rouge les nuages au loin. Elle s'était dit que cela symbolisait son avenir et celui des siens.

Elle avait interrogé Narumi. Que s'était-il passé ? Pourquoi ce couteau était-il posé là ? Elle devait lui dire la vérité !

Attendre d'une adolescente qui avait tué quelqu'un qu'elle s'exprime calmement était absurde. Elle avait pu comprendre qu'une inconnue avait sonné chez eux et qu'elle s'était mise à lui raconter des choses étranges sur sa naissance. Quand elle était partie, Narumi avait pris le couteau dans la cuisine, l'avait rattrapée dans la rue et l'avait poignardée.

Son récit comportait de nombreux points obscurs, mais elle savait qu'elle n'obtiendrait rien de plus de sa fille dans l'état où elle se trouvait. Elle s'était demandé que faire. Elle ne pouvait pas en parler à Shigeharu. Seul Semba pouvait l'aider.

Elle l'avait appelé et le lui avait raconté. Il lui avait immédiatement demandé de lui apporter le couteau en ajoutant qu'il avait un plan.

Elle s'était dit qu'il voulait les protéger et s'accuser du crime à la place de Narumi. Elle ne pouvait l'accepter. C'était hors de question.

Mais elle avait aussi réfléchi au moyen d'éviter à sa fille la vie et l'avenir qui l'attendaient si elle se dénonçait à la police. Si elle l'avait pu, elle se serait accusée à sa place. Mais le sort avait fait qu'elle avait un alibi inattaquable. Elle ne voyait pas non plus quel mobile elle aurait pu inventer puisqu'elle ne pouvait à aucun prix révéler le secret de la naissance de Narumi.

Incapable de parvenir à une décision, elle s'était rendue au rendez-vous fixé par Semba, en emportant le couteau. Elle avait ordonné à sa fille de l'accompagner.

Elle pensait qu'elle ne pouvait le laisser s'accuser du crime tout en espérant qu'il le ferait. Elle ne voyait pas d'autre moyen de sauver sa fille. Elle avait compris qu'elle accepterait probablement sa proposition et voulait au moins lui permettre de voir l'adolescente qu'était devenue Narumi, qui était indubitablement sa fille.

Elle l'avait trouvé amaigri. Il avait dû connaître la souffrance. Mais ni lui ni elle n'avait le temps de parler du passé.

Elle avait vu juste. Il était décidé à s'accuser du crime, et il lui avait demandé comment il s'était produit. Elle lui avait rapporté ce qu'avait raconté Narumi, puis lui avait demandé si elle pouvait vraiment accepter qu'il fasse cela. Sa réponse était dépourvue d'ambiguïté : son devoir était de protéger sa fille, elle ne devait pas hésiter.

Deux jours plus tard, elle avait vu aux informations qu'il avait été arrêté alors qu'il s'apprêtait à se débarrasser de l'arme du crime. Qu'il ne se soit pas livré à la police l'avait surprise. Il avait dû estimer que se faire arrêter dans de telles circonstances paraîtrait plus véridique. Cette preuve de la force de son affection pour Narumi, qui le poussait à se noircir aux yeux de la police, lui avait été presque insupportable.

Il s'était laissé arrêter en toute connaissance de cause. Pour autant qu'elle puisse en juger par ce que rapportaient les médias, personne ne doutait de sa culpabilité. Aucun policier n'était venu chez elles.

Elle avait tout raconté à Narumi. Son choc avait été si violent qu'elle n'était pas allée au collège pendant quatre jours. Les journaux et la télévision avaient graduellement cessé de parler de l'affaire, et Narumi s'était peu à peu remise. Peut-être était-elle parvenue à comprendre, la tête froide, ce qu'elle avait fait et qui l'avait protégée.

Sans l'avoir jamais formulé explicitement, elles avaient décidé de ne rien dire à Shigeharu. Elles n'avaient presque jamais reparlé de ce drame mais ne l'avaient pas pour autant oublié. La cicatrice profonde qu'il leur avait laissée, douloureuse en permanence, ne s'effacerait jamais, elle avait changé leur vie à toutes les deux. Setsuko savait pourquoi Narumi avait accepté, comme Shigeharu le désirait depuis longtemps, d'aller s'installer à Hari-Plage, alors qu'elle s'y était auparavant opposée.

Sa nouvelle vie là-bas lui avait paru paisible et heureuse. Elle avait souffert en voyant Narumi se jeter à corps perdu dans la protection de l'environnement comme s'il s'agissait d'une religion, mais elle l'avait laissée faire en espérant que cela atténuerait son sentiment de culpabilité. Lorsque Narumi avait voulu accrocher le tableau peint par l'épouse de Semba dans l'entrée de l'auberge, elle ne l'en avait pas empêchée.

Quinze ans s'étaient ainsi écoulés. Elle n'avait pas oublié Semba, mais son souvenir s'était estompé.

Masatsugu Tsukahara avait dissipé cette brume. Lorsque Setsuko lui avait apporté son repas, il lui avait dit : "… est actuellement hospitalisé." Elle lui avait demandé de répéter car elle n'avait pas saisi le nom de la personne dont il lui parlait. Il s'était passé la langue sur les lèvres.

— M. Semba. M. Semba est hospitalisé, avait-il répondu avec un sourire tendu.

Elle avait senti son visage se figer. Ses lèvres s'étaient mises à trembler. Elle n'avait rien pu dire. Tsukahara s'était remis à parler tout bas. Il était retraité de la police, et c'était lui qui avait mené l'enquête sur l'assassinat d'Ogikubo.

Le cœur de Setsuko s'était mis à battre à grands coups, si fort qu'elle l'entendait.

— Ne craignez rien. Je n'ai aucune intention de revenir sur le passé. Mais si je suis ici, c'est parce que j'ai une faveur à vous demander.

— Quoi donc ? avait-elle répondu au prix d'un grand effort, le visage crispé.

Il l'avait regardée dans les yeux.

— Je voudrais que vous permettiez à Narumi d'aller voir Semba à l'hôpital. Il n'en a plus pour longtemps, un mois, peut-être moins. Je voudrais qu'avant de rendre son dernier souffle, il puisse revoir la personne dont il a protégé la vie en sacrifiant la sienne. C'est le seul moyen pour moi de compenser l'énorme erreur que j'ai commise il y a seize ans.

Puis il s'était incliné profondément devant elle.

En le voyant dans cette position, Setsuko avait senti s'atténuer son émotion. Elle avait compris qu'il n'avait pas l'intention de révéler le crime de Narumi. Il est venu nous trouver par affection pour Semba, s'était-elle dit.

Mais elle ne pouvait pas se laisser attendrir si facilement. Elle s'était reprise et avait fait l'idiote. Elle ne comprenait pas de quoi il lui parlait. Qui était ce M. Semba ? Elle ne connaissait personne de ce nom.

— Ah bon… C'est dommage, avait-il répondu, le visage triste, sans rien ajouter.

Elle avait quitté le salon. Shigeharu l'attendait dans le couloir. Surprise, elle lui avait demandé ce qu'il faisait là. Le visage inexpressif, il avait répondu qu'il passait par là.

Elle l'avait soupçonné d'avoir épié leur conversation, mais elle ne voyait pas comment le vérifier. Elle l'avait regardé s'éloigner en s'appuyant sur sa canne.

Elle avait ensuite accompagné Yukawa dans la taverne, où elle n'était pas restée longtemps. Mais elle craignait de revenir à l'auberge car elle ne voulait pas croiser Tsukahara, qui risquait de la relancer. Voilà pourquoi elle était encore devant l'établissement lorsque Narumi était arrivée avec Sawamura et les autres. Elle avait dû accepter sa proposition de la ramener en voiture.

Elle avait raconté la suite à la police. À son arrivée à l'auberge, Shigeharu était assis dans le hall, l'air hagard. Il lui avait dit qu'il avait causé la mort d'un client à cause de la chaudière défaillante. Il voulait appeler la police, Setsuko était d'accord, mais Sawamura y était opposé. Mieux valait dissimuler l'accident pour protéger la réputation de Hari-Plage. Ils n'avaient pas acquiescé immédiatement mais avaient fini par y consentir.

Pour être tout à fait honnête, elle préférait faire comme si la mort de Tsukahara n'avait aucun rapport avec eux. Elle voulait éviter que l'enquête ne puisse établir un lien entre eux et Tsukahara, même si sa mort était accidentelle.

De plus…

L'était-elle véritablement ? Elle n'en était pas entièrement sûre.

Même si Shigeharu avait entendu leur conversation, il n'aurait pas dû pouvoir comprendre de quoi il retournait. Sauf s'il s'était aperçu de quelque chose, seize ans auparavant.

Il était à Nagoya quand le drame s'était produit. Mais peut-être avait-il entendu parler de la mort de Nobuko Miyake et de l'arrestation de Semba. Il les connaissait de vue tous les deux. S'il avait su que Nobuko Miyake avait été assassinée tout près de chez eux, qu'avait-il pensé ?

Il avait aussi probablement deviné que Narumi n'était pas sa fille.

Elle n'avait jamais pu le vérifier, cela allait sans dire. Mais elle en avait l'intime conviction. Il le savait, mais il la traitait quand même comme sa fille.

Shigeharu était intelligent, il n'avait pas pu ne pas établir le lien entre la mort de Nobuko Miyake et sa femme et sa fille. Mais il n'en avait jamais parlé. Cela renforçait d'ailleurs sa conviction qu'il était au courant.

Son insistance soudaine pour déménager à Hari ne pouvait pas ne pas être liée au drame. Il voulait éloigner de ces lieux funestes sa femme et sa fille le plus vite possible. Oui, ce devait être son intention.

Elle n'en avait aucune certitude. Mais si elle ne se trompait pas, comment avait-il pu interpréter ce que lui avait dit Tsukahara ?

N'avait-il pas vu Tsukahara comme un messager sinistre qui ouvrait la porte d'un passé qu'il croyait à jamais révolu ? Ne s'était-il pas dit que le laisser en vie conduirait à leur perte ?

Elle ignorait la vérité. Pas une seule fois elle ne lui avait demandé s'il s'agissait vraiment d'un accident. S'il ne lui en parlait pas, elle garderait le silence. Probablement jusqu'à la mort.

Elle savait mieux que personne qu'elle n'avait pas le choix.

61

Keiichi était encore au téléphone. Avec Yuri, sa femme. Kyōhei voyait le visage irrité de sa mère comme si elle était en face de lui.

— Comment faire autrement ? Il a envie de rester ici encore un jour !... Je n'en sais rien. Il s'est occupé de ses devoirs... Je n'en sais rien !... OK, je te le passe, dit son père en lui tendant son téléphone. C'est maman. Elle veut te parler.

Le petit garçon le prit avec lassitude. Il en voulait à son père de ne pas avoir su lui expliquer la situation.

— Qu'est-ce que c'est que cette histoire ? demanda sa mère d'un ton agressif. Tu as tout raconté à la police, non ? Vous feriez mieux de venir ici sans perdre une minute. Pourquoi n'es-tu pas d'accord ?

Elle parlait très vite, comme à son habitude. Instinctivement, il éloigna un peu le téléphone de son oreille.

— C'est à cause des devoirs, lâcha-t-il.

— Des devoirs ? Qu'est-ce que tu racontes ? Tu peux les faire ici, non ?

— Non, justement. Ici, j'apprends en les faisant.

— Mais avec qui ? insista-t-elle.

Kyōhei la trouva pénible.

— Avec quelqu'un que j'ai rencontré dans l'auberge de tata, un professeur d'université.

— Un professeur d'université ? Pourquoi s'occupe-t-il de toi ?

— Je ne sais pas moi… Je lui ai parlé de mes devoirs, et il m'a dit qu'il me ferait travailler. Lui aussi est dans cet hôtel maintenant. Mais aujourd'hui, il est absent toute la journée et ne rentrera que ce soir.

— Hum… souffla sa mère qui n'était visiblement pas convaincue. Il n'y a que lui qui peut t'aider ? Papa ou moi ne pouvons pas faire l'affaire ? D'habitude, tu t'en sors avec nous !

— Lui, il pense que non. Il dit que je dois véritablement apprendre pour pouvoir me débrouiller seul.

Yuri se tut. Elle était à court d'arguments parce qu'elle comprenait qu'il avait raison.

— Bon, d'accord. Repasse-moi papa.

Il lui tendit le téléphone et sortit sur le balcon. De là, il voyait la piscine. Il regarda les alentours, sans voir Yukawa. Il était un peu plus de 15 heures.

Lorsque la réceptionniste lui avait appris qu'il serait absent jusqu'au soir, il avait d'abord cru la partie perdue. Mais de retour dans la chambre, il avait réfléchi en préparant ses affaires, et s'était dit qu'il tenait absolument à le revoir, à lui parler. Il avait décidé de demander à son père s'ils ne pouvaient pas rester encore une nuit.

Il l'avait étonné en acceptant presque immédiatement. Peut-être s'était-il dit que son fils devait avoir une bonne raison pour le lui demander.

Keiichi avait raccroché. Il avait apparemment réussi à convaincre sa femme de la justesse de sa décision.

— Mais on partira demain après-midi !

Kyōhei hocha la tête.

Il s'assit en face de ses devoirs. Maintenant qu'il avait raconté cela à sa mère, il n'avait plus le choix.

D'ailleurs, il n'avait pas envie de s'amuser. Il n'était pas d'humeur à cela.

— Je vais aller demander à la police ce qui se passe pour tata et tonton. S'ils veulent bien me le dire, dit son père en quittant leur chambre.

Il revint après 18 heures.

— Ça n'a servi à rien. J'ai eu beau insister, ils n'ont rien voulu entendre. J'ai pris mon temps pour revenir, parce que je n'avais rien d'autre à faire.

Kyōhei comprenait son état d'esprit. Il était tellement préoccupé qu'il n'avait pas du tout réussi à se concentrer sur ses devoirs.

Ils décidèrent de dîner au restaurant de l'hôtel. Le petit garçon commanda des crevettes frites, un de ses plats préférés. Ici, elles étaient grosses, et il y en avait trois.

Soudain, il entendit un bruit d'explosion qu'il reconnut immédiatement. Il tourna les yeux vers la mer.

— Un feu d'artifice ? demanda son père. Il y a sans doute des gens qui en tirent un petit sur la plage.

Il eut envie d'expliquer à son père la différence entre les fusées et les bombes des feux d'artifice, et cela lui fit se souvenir de celui qu'il avait fait avec son oncle le soir fatidique. Il sentit une boule se former dans sa gorge, lourde comme du plomb, oppressante.

Il secoua la tête et posa sa fourchette et son couteau. Il n'avait même plus envie de terminer son plat préféré.

— Ça ne va pas ? Tu n'es pas bien ? s'enquit son père.

— Si, si, mais je n'ai plus faim.

— Déjà ?

Au même moment, le petit garçon vit le physicien dans le couloir. Il se leva et se rua dans sa direction en criant : "Docteur !"

Yukawa s'arrêta et se retourna. Quand il le vit, il eut fugitivement l'air embarrassé, mais cela ne dura qu'une seconde.

— Tu es encore là, toi ?

— Docteur, je ne sais pas ce que je dois faire ! Je ne peux le dire ni à papa ni à maman, et peut-être que je ne devrais pas en parler à vous non plus mais…

L'adulte mit un doigt sur ses lèvres, comme pour l'empêcher de continuer. Puis il le tendit vers le petit garçon.

— Cela concerne le soir où tu as fait un feu d'artifice avec ton oncle, n'est-ce pas ?

Kyōhei acquiesça de la tête. Il ne s'était pas trompé. Le docteur comprenait tout.

— On en parlera demain. Après une bonne nuit de sommeil.

Le physicien fit demi-tour et s'éloigna de lui sans attendre sa réponse.

62

Elle avait passé du temps à chercher sur Internet, sans rien trouver sur l'affaire. Rien depuis hier soir, lorsqu'elle avait lu un court article intitulé : "Le décès accidentel à Hari-Plage serait en réalité dû au monoxyde de carbone – Le patron de l'auberge aurait cherché à le dissimuler." Elle ne pouvait qu'en conclure que l'affaire avait peu d'importance pour le reste du monde.

Il n'en allait pas de même pour Narumi et les siens. Elle aurait aimé savoir comment se portaient ses parents, mais elle ne voyait pas vers qui se tourner pour l'apprendre. Elle avait téléphoné à Nishiguchi, qui s'était esquivé en lui disant qu'il ne savait rien, sinon qu'il pensait qu'ils allaient bien tous les deux. Il ne pouvait sans doute pas se permettre de l'informer.

Il avait ajouté qu'il aimerait la voir une fois que tout serait revenu à la normale. Elle avait répondu qu'elle y penserait. Pour l'instant, elle n'en était pas capable.

Elle essayait de s'intéresser aux petites annonces lorsqu'elle entendit des pas dans l'escalier. La porte s'ouvrit.

— Narumi, il y a quelqu'un en bas qui veut te voir, lui apprit Wakana.

— Quelqu'un qui veut me voir ? répéta-t-elle, surprise et affolée. Un policier ?

— Non, quelqu'un qui veut faire de la plongée, avec toi comme monitrice. Il dit que tu lui as promis.

Elle n'eut pas à réfléchir longtemps pour comprendre de qui il s'agissait.

— Il est grand ?

— Oui.

— Je vois qui c'est, j'arrive, dit-elle en se levant.

Elle descendit l'escalier et découvrit, comme elle s'y attendait, Yukawa. Il tenait à la main un autocollant à la mode. Elle lui dit bonjour.

Il lui adressa un sourire.

— Merci pour l'autre jour, dit-il.

— Non, c'est moi qui dois vous remercier. Comment avez-vous deviné que j'étais ici ?

Il reposa l'autocollant.

— Je viens du commissariat de Hari. J'ai demandé à la police si je pouvais rencontrer le responsable du Rokugansō, parce que j'avais une question sur ma facture, et ils m'ont dit que je pouvais vous contacter ici.

— Vous venez du commissariat…

Elle renonça à lui demander quelle impression il avait eue là-bas. Il n'avait aucune raison de savoir quelque chose au sujet de ses parents.

— Je vais partir d'ici aujourd'hui, lui dit-il.

— Aujourd'hui ? Vos travaux de recherche sont terminés ?

— Le personnel de DESMEC se chargera de la suite. Les cours vont bientôt reprendre. Je ne voulais pas m'en aller sans avoir vu la mer dont vous êtes si fière. Vous m'aviez dit que vous me la montreriez.

— C'est exact, mais…

— Excusez-moi, mais… fit une voix derrière eux, celle de Wakana qui était venue les rejoindre à leur insu. Je peux m'en charger, si vous voulez. Il s'est passé tellement de choses pour Narumi ces derniers temps, elle est fatiguée. Elle pourrait avoir un malaise en faisant de la plongée.

Yukawa hocha la tête, et la regarda.

— Dans ce cas, je n'insisterai pas. C'est dommage, nous aurions pu parler un peu.

Narumi ne baissa pas les yeux. Elle discerna dans les siens plus de gravité que d'ordinaire, ainsi qu'une douceur qu'elle ne leur avait jamais vue jusqu'à présent. Elle comprit qu'il avait quelque chose à lui annoncer.

— Plonger avec des bouteilles serait compliqué, mais si vous pouvez vous contenter de plongée libre, je vous emmène. Je vous garantis que cela vous permettra quand même d'apprécier pleinement la beauté de la mer.

— En plongée libre… Pourquoi pas ! Pour moi, ce serait mieux qu'avec des bouteilles, d'ailleurs.

Il prit un masque dans le rayon.

— J'ai menti quand je vous ai dit que j'avais ma licence de plongée, annonça-t-il d'un ton dégagé.

Une heure plus tard, ils étaient en mer. Elle l'avait emmené à l'endroit où elle s'était prise de passion pour la plongée libre. Peu de gens le connaissaient car il était à l'écart de la plage et des lieux fréquentés par les plongeurs. Il fallait s'éloigner un peu du rivage. La mer devenait soudain très profonde et tout changeait. De nombreux poissons nageaient sur le splendide dégradé qu'offraient les fonds marins.

Elle était convaincue que cette mer l'avait sauvée. Elle préférait ne pas penser à ce qui lui serait arrivé si elle ne l'avait pas découverte.

À son arrivée ici, quinze ans plus tôt, la vie lui paraissait dénuée de sens, ou plus exactement elle ne se sentait pas le droit de vivre. Elle avait tué, un homme s'était accusé de son crime, et elle n'avait pas le droit d'être heureuse.

Elle n'avait jamais oublié la sensation de la lame s'enfonçant dans la chair de cette femme. Elle la conserverait sans doute jusqu'à la mort. Pourquoi avait-elle agi ainsi ? Elle ne l'avait jamais compris. Tout ce qu'elle savait, c'était qu'au moment où elle avait repris le contrôle d'elle-même, elle était en train de la poignarder.

Cette femme s'appelait Nobuko Miyake. Ce qu'elle avait raconté à Narumi s'était gravé dans sa mémoire. Elle avait paru déçue en apprenant que Setsuko était sortie puis elle l'avait dévisagée posément.

— La ressemblance est indéniable, avait-elle commenté en remuant ses lèvres fardées de rouge. C'est donc vrai.

— De quoi parlez-vous ? avait demandé Narumi, une question qu'elle aurait mieux fait de ne pas poser.

Nobuko Miyake avait reniflé légèrement, et un étrange sourire avait flotté sur son visage.

— Tu t'appelles Narumi, c'est bien ça ? On doit souvent te dire que tu ne ressembles pas à ton père, non ?

— Hein ? avait-elle lâché sans réfléchir.

Sa réaction dut amuser l'inconnue qui s'était mise à glousser.

— J'ai deviné juste ! Mais ne t'en fais pas, il n'y a que moi qui sais.

Le sang avait afflué au visage de Narumi.

— Que racontez-vous ? Cessez de dire des bêtises ! avait-elle rétorqué d'un ton pointu.

— Ce ne sont pas des bêtises. Mais quelque chose de très important. Quand même, qu'est-ce que tu lui ressembles ! Tu as exactement sa bouche, avait-elle continué en scrutant sans gêne le visage de Narumi.

— Arrêtez, s'il vous plaît. Sinon, je le dirai à mon père.

La femme avait ouvert grande la bouche, en manifestant un étonnement outré.

— Fais-le, je t'en prie. Je lui apprendrai la vérité, moi ! Je me demande comment il le prendra. Peut-être vous chassera-t-il, toi et ta mère. Moi, ça m'est égal. En tout cas, parles-en à ta mère. Dis-lui que je reviendrai. Pourquoi fais-tu cette tête ? Pourquoi me regardes-tu de cette manière ? Rira bien qui rira le dernier !

Les mouvements de sa bouche rouge ne disparurent de sa rétine que lorsque Nobuko Miyake quitta la maison.

La confusion s'était emparée de son esprit. Elle n'arrivait pas à savoir ce qu'elle devait faire. Son corps s'était mis en mouvement malgré elle. Elle avait pris un couteau dans un tiroir de la cuisine et lui avait couru après.

Elle n'était plus maîtresse d'elle-même, mais quelque part son cerveau continuait à fonctionner. Il lui disait : "C'était donc vrai." Cela faisait longtemps qu'elle se demandait si elle était vraiment la fille de son père.

Elle avait commencé à le faire un soir où Shigeharu était revenu très tard d'une soirée passée avec des camarades d'université. Il était saoul au point de ne plus marcher droit, ce qui ne lui arrivait presque jamais. Il s'était effondré dans la cuisine à côté de l'évier en voulant boire de l'eau. Setsuko avait essayé en vain de le faire se relever. Soudain, il l'avait giflée. Narumi en avait été choquée car il n'avait jamais levé la main sur sa mère ni sur elle. Setsuko s'était figée.

— Ne te plains pas ! Tu n'as pas le droit de me reprocher quoi que ce soit ! avait-il grondé d'une voix terrifiante.

Il avait ensuite jeté par terre une photo qu'il avait sortie de son portefeuille. Elle l'avait reconnue : on les voyait tous les trois.

— Elle ne me ressemble absolument pas. Ça les a tous fait rire. Qu'elle ne me ressemble pas, c'est certain.

Puis il s'était endormi du sommeil profond de l'homme ivre. Setsuko l'avait regardé longtemps.

Le lendemain, Shigeharu était redevenu l'époux dévoué et le bon père qu'il était d'ordinaire. Il avait présenté ses excuses à sa femme et à sa fille, il avait trop bu et ne se souvenait de rien.

C'était la seule fois où il s'était conduit ainsi. Il n'avait bien sûr jamais reparlé de ce sujet et Narumi n'avait posé aucune question à sa mère. Mais elle n'avait pas oublié cette nuit-là.

Nobuko Miyake lui avait fait revivre ce terrible instant. La survie de sa famille était en jeu.

La silhouette de la femme avait surgi dans la lumière d'un réverbère. Narumi l'avait attaquée en serrant le couteau des deux mains. À l'instant où elle l'avait fait, elle n'avait absolument pas pensé que c'était un crime, et que la prison attend les meurtriers.

Elle ne se souvenait presque pas de la suite. Elle avait repris conscience d'elle-même recroquevillée sur son lit. Elle y était restée à trembler jusqu'à l'aube sans fermer l'œil de la nuit.

Lorsque Setsuko l'avait interrogée, elle avait peu à peu tout raconté, sans parvenir à tout lui expliquer. Ses souvenirs étaient confus.

Sa mère lui avait ordonné de se changer, elle lui avait obéi. Elle était sortie avec elle. Elle ne savait pas où elle voulait l'emmener, ni pourquoi.

Elle ne l'avait compris que quelques jours plus tard. À sa plus grande surprise, l'assassin de Nobuko Miyake avait été arrêté. Il s'agissait d'un homme qu'elle ne connaissait pas.

Setsuko lui avait appris qui il était et la raison pour laquelle il avait décidé de s'accuser à sa place. Narumi en avait été sidérée. Elle ne voulait pas croire cette histoire incroyable. Mais elle était vraie. La preuve en était qu'elle n'avait pas été arrêtée.

— C'est notre secret à toutes les deux. Personne d'autre ne doit le connaître. Pas même papa, lui avait dit Setsuko, le regard sévère.

Elle n'avait pu lui résister. L'idée qu'un homme était emprisonné à cause d'elle lui était insupportable. En même temps, elle ressentait de la haine pour lui. Tout était la faute de cet homme marié qui avait désiré une autre femme que la sienne.

Elle avait lutté contre le dégoût qu'elle éprouvait pour elle-même. Son vrai père était en prison, elle trompait son père adoptif. Elle aurait mieux fait de ne pas naître. Elle n'osait pas regarder Shigeharu en face lorsqu'il revenait à Tokyo.

Voilà pourquoi elle avait cessé de protester lorsqu'il avait dit qu'il voulait quitter son travail et reprendre l'auberge familiale. Au contraire, elle souhaitait quitter cette maison, ce quartier, Tokyo. Ses jambes flageolaient chaque fois qu'elle repassait par l'endroit où tout était arrivé.

Environ un mois après leur emménagement à Hari-Plage, une amie l'avait emmenée au belvédère qui se trouvait près de l'école. La beauté de la mer l'avait stupéfiée. Elle lui avait rappelé le tableau que cet homme du nom de Semba avait confié à Setsuko.

Elle avait immédiatement su à quoi elle voulait consacrer sa vie.

Elle avait le devoir d'en faire quelque chose puisqu'il avait décidé de sacrifier la sienne pour la protéger. Mais quoi ? Elle avait décidé à cet instant de veiller sur cette mer qu'il aimait jusqu'au jour où il pourrait la revoir.

Yukawa savait très bien manier ses palmes. Il ne faisait aucun geste inutile. Peut-être avait-il menti en affirmant avoir menti au sujet de sa licence de plongée, se dit-elle.

Narumi lui montra plusieurs endroits qu'elle affectionnait, puis ils revinrent tous les deux sur les rochers.

— C'est prodigieux, dit-il après avoir enlevé son masque. Je comprends que vous en soyez fière. Les Japonais sont bêtes. Ils ont une telle merveille chez eux, mais ils préfèrent aller très loin. Merci, ajouta-t-il en la regardant. Cela sera pour moi un souvenir magnifique.

Narumi enleva ses palmes et s'assit sur le rocher.

— Vous n'avez pas d'autres commentaires ? Je croyais que vous vouliez me parler d'autres choses.

Un sourire lourd de sens apparut sur le visage de Yukawa qui s'assit à côté d'elle, les yeux fixés sur l'horizon.

— L'été est presque fini.

— Euh… Monsieur Yukawa…

— Mon ami policier a retrouvé Hidetoshi Semba, déclara-t-il à brûle-pourpoint. Je suis allé le voir hier.

Il est hospitalisé pour une tumeur au cerveau, et ses jours sont comptés.

Une grosse boule se forma dans la poitrine de la jeune femme. L'émotion qu'elle éprouvait l'empêchait d'avaler, et même de parler. Ses traits se crispèrent.

— Vous avez sans doute envie de me demander pourquoi un physicien comme moi s'intéresse à ce point à tout cela. Moi-même, je pense que je suis allé trop loin et que je n'aurais pas dû me mêler de ce qui ne me regarde pas.

Narumi cherchait ce qu'elle pourrait dire. Il fallait à tout prix sauver les apparences. Elle savait pourtant que cela ne servirait à rien. Cet homme savait tout.

— M. Tsukahara, le policier qui l'avait arrêté il y a seize ans, l'a pris sous son aile. Il était à la retraite, mais cette affaire continuait à le tourmenter. J'ignore quels ont été leurs échanges, mais j'imagine que M. Tsukahara l'a imploré de lui dire la vérité, et je crois que M. Semba l'a fait. Parce que M. Tsukahara prenait soin de lui, et surtout parce qu'il lui faisait confiance. M. Tsukahara n'avait d'ailleurs aucune intention de révéler ses confidences à quelqu'un d'autre. Il savait que M. Semba n'avait plus longtemps à vivre, et voulait lui permettre de réaliser son vœu le plus cher, rencontrer cette fille pour laquelle il avait sacrifié sa vie. Mais je ne crois pas que M. Semba en ait parlé à M. Tsukahara.

Les paroles prononcées d'un ton posé par Yukawa la touchèrent droit au cœur. Elle se souvenait de l'instant où leurs regards s'étaient croisés pendant la réunion d'information. Elle comprenait à présent la signification de la douceur qu'elle avait perçue dans ses yeux.

— M. Tsukahara n'avait pas tort de se lancer dans une telle entreprise. Mais elle était aussi risquée que d'ouvrir une porte au fond de la mer. Prévoir ce qui en sortirait et ce que cela produirait était radicalement impossible. Si personne n'avait touché à cette porte jusque-là, c'était précisément pour cette raison. Il est parfaitement compréhensible que quelqu'un essaie d'empêcher une personne de se lancer dans une telle aventure.

Narumi regarda le physicien droit dans les yeux.

— Vous voulez dire qu'il ne s'agit pas d'un accident ?

— Vous, qu'en pensez-vous ? lui demanda-t-il en posant sur elle un regard froid. Vous croyez vraiment que ce n'est qu'un simple accident ?

— Bien sûr, tenta-t-elle de rétorquer sans y arriver tellement sa bouche était sèche.

Yukawa fixa à nouveau le lointain.

— Je ne voulais pas me mêler de cette affaire. Elle m'a immédiatement intrigué, mais j'avais décidé de ne pas m'en occuper. Mais j'ai compris une chose qui m'a conduit à penser que je devais le faire. Il y avait un risque que la vie d'une personne soit irrémédiablement ruinée. Il fallait l'éviter à tout prix.

Narumi regarda son profil. Elle ne comprenait pas où il voulait en venir. De qui parlait-il ?

— Il ne s'agit pas d'un accident, mais d'un véritable meurtre, lâcha-t-il en la regardant. Et le coupable s'appelle… Kyōhei.

Elle eut le sentiment que le monde était soudain devenu silencieux, et la mer immobile.

Bientôt elle perçut à nouveau le son. Une bouffée de vent passa entre elle et Yukawa.

Qu'est-ce qu'il raconte, celui-là ? se demanda-t-elle en scrutant son visage. Aurait-elle mal compris ce qu'il venait de dire ?

— Bien sûr, reprit-il, il ne l'a pas fait intentionnellement. Je crois même que sur le moment, il ne s'est pas rendu compte de ce qu'il faisait.

— Que voulez-vous dire... bredouilla-t-elle, la voix rauque.

Le physicien baissa la tête, le visage triste, puis la releva.

— Je vous ai dit que la police avait du mal à reproduire l'accident. Il y a à cela une raison très simple : votre père ment. Reproduire ce qui s'est passé n'est possible qu'à une condition. Elle n'est pas compliquée en soi, mais votre père ne peut pas la remplir, à cause de ses difficultés à marcher. Voilà pourquoi les techniciens de la police ne l'ont pas envisagée.

Narumi tressaillit.

— De quoi s'agit-il...

Yukawa inspira profondément.

— C'est très simple. Il suffit de boucher la cheminée. La fumée qui ne peut plus sortir est refoulée à l'intérieur, et au bout d'un certain temps, elle empêchera une combustion complète dans la chaudière. Le monoxyde de carbone que cela a produit a fini par monter dans le conduit et pénétrer dans la chambre où se trouvait M. Tsukahara, à travers la fissure du mur. Il n'a fallu que dix minutes pour que la densité de monoxyde de carbone soit suffisante pour tuer quelqu'un.

— C'est ce qui...

— Je m'en suis rendu compte lorsque les techniciens de la police sont arrivés à l'auberge. Je les ai vus se concentrer sur la cheminée, et j'ai compris qu'ils suspectaient une intoxication au monoxyde de carbone. Mais c'est quelque chose qu'a dit Kyōhei qui m'a fait comprendre que je ne pouvais rester sans rien faire.

— Et que vous a-t-il dit ?

— Quand il a vu les techniciens descendre l'escalier de secours, il m'a expliqué qu'il y avait une cheminée sur le toit. Cela m'a surpris, parce qu'elle est complètement invisible d'en bas. Je me suis demandé quand il était allé sur le toit. Lors d'une précédente visite chez vous ? Ce n'était pas possible, parce qu'à ce moment-là, il était encore plus petit que maintenant. Il n'aurait pas fait quelque chose d'aussi dangereux. Il avait dû y monter la nuit où il a fait un feu d'artifice avec votre père. Pourquoi ? Je n'ai pas pu éviter de me poser la question en voyant ce que faisaient les techniciens. Je me suis dit qu'il avait dû faire quelque chose à la cheminée, et que cela avait entraîné une combustion incomplète. Je ne croyais pas du tout qu'il l'ait fait avec une intention précise. J'ai donc dû agir avec la plus grande prudence. Je ne lui ai posé aucune question, j'ai fait mes déductions, et je les ai vérifiées. Et d'ailleurs, il m'a aidé, ajouta-t-il avec l'ombre d'un sourire. Il a emprunté le passe-partout pour moi.

— Pourquoi donc ?

— J'en avais besoin pour inspecter la chambre où a eu lieu l'accident. J'avais compris que le conduit de cheminée la traversait. Alors que les portes de toutes les autres chambres étaient ouvertes, celle-là était verrouillée. Se douter qu'il y avait là un problème était normal, non ? J'y ai effectivement découvert une fissure dans le mur. De plus, Kyōhei m'a appris quelque chose d'important. Le soir du feu d'artifice, toutes les fenêtres donnant sur la cour étaient fermées, pour éviter qu'une fusée n'entre à l'intérieur, ainsi que tous les autres orifices qui auraient pu causer ce risque. C'est à ce moment-là que j'ai compris pourquoi il s'était approché de la cheminée.

— Il avait mis un couvercle dessus…
— Il devait d'agir d'un carton. Qu'il avait dû mouiller, parce qu'on lui avait dit de le faire.
— Quand vous dites "on", vous parlez de mon père, n'est-ce pas ?
Le physicien ne répondit pas mais ramassa un petit caillou qu'il jeta dans l'eau.
— Faire en sorte que M. Tsukahara s'endorme dans cette chambre n'était pas difficile. Il suffisait d'inventer un prétexte quelconque et de le lui demander. Il fallait ensuite rapporter ses affaires dans la chambre qu'il avait occupée au début. Peut-être votre père a-t-il mélangé le somnifère à l'alcool qu'il lui a fait boire.
Narumi sentit le désespoir l'envahir. Son récit était convaincant. Certainement plus que penser qu'il s'agissait d'un simple accident.
— J'ignore à quel point il avait l'intention de tuer. Je ne pense pas qu'il ait été certain que boucher la cheminée garantirait la mort. Je crois qu'il espérait que cela marche, mais rien de plus. L'intention est cependant indéniable. Je me suis dit qu'il devait avoir un mobile. Voilà pourquoi j'ai demandé à mon ami policier de se renseigner sur votre famille.
Il s'interrompit pour se lever et jeter un autre caillou dans l'eau.
— Cela l'a amené à mettre au jour ce qui s'est passé il y a seize ans. C'est aussi la raison pour laquelle j'ai rencontré M. Semba. Mais lui n'a rien reconnu du tout.
Narumi se rendit compte qu'elle tremblait. Elle n'avait pas froid, le soleil était aussi vif aujourd'hui que les autres jours, sa combinaison de plongée était sèche.
— Vous allez parler de tout cela à la police ? demanda-t-elle d'une voix tremblante.
Yukawa serra les lèvres et fit non de la tête.

— Je suis très ennuyé car je ne peux pas le faire. Expliquer l'intention meurtrière de votre père sans raconter ce qu'a fait Kyōhei est impossible. Il n'encourt aucune sanction, c'est certain. Mais je suis confronté à un choix difficile. Dois-je révéler la vérité et le faire souffrir ? Au demeurant, il souffre déjà. Je n'ai aucun doute qu'il a compris la portée de son geste.

Elle était époustouflée.

— Vraiment ? glissa-t-elle.

— L'interroger à ce sujet maintenant ne peut que lui faire du mal. Qu'il dise la vérité ou qu'il mente, il s'en voudra, expliqua-t-il en baissant les yeux vers elle. J'ai une faveur à vous demander.

Elle se raidit.

— Laquelle ?

— Kyōhei va désormais devoir vivre avec ce lourd secret. Un jour, il voudra savoir pourquoi son oncle lui a demandé de faire cela. Si jamais il devait alors vous en parler, je voudrais que vous lui disiez la vérité, toute la vérité, sans rien lui cacher. Et que vous le laissiez libre de faire ce qu'il veut. Parce que vous savez mieux que personne la difficulté qu'il y a à vivre en portant un tel secret.

Ces paroles pénétrèrent au plus profond du cœur de Narumi. Elles ravivèrent sa douleur, mais elle comprenait que c'était inévitable.

Elle se leva, et scruta le visage du physicien.

— Bien. Je m'engage à le faire.

— Je vous remercie. Vous me rassurez.

— Euh… commença Narumi d'un ton hésitant. Et moi, je ne vais pas être punie ?

Le regard de Yukawa vacilla un instant, mais très vite ses yeux reprirent leur expression bienveillante, et un sourire apparut sur ses lèvres.

— Votre mission est de faire plus de cas de la vie que vous ne l'avez fait jusqu'à présent. Rien de plus.

Elle ne trouva rien à répondre. Retenant ses larmes, elle tourna les yeux vers le lointain.

63

Tatara lut le rapport les sourcils froncés. Assis en face de lui, Kusanagi se frottait nerveusement les mains qu'il avait posées sur la table. Ses paumes étaient moites.

Tatara releva les yeux et poussa un long soupir.

— Il n'y a aucune preuve, si je comprends bien.

— J'en suis navré, déclara Kusanagi en se courbant devant lui. Comme le rapport l'indique, il est fort probable que Setsuko et Narumi Kawahata aient été impliquées dans le meurtre de Nobuko Miyake. Mais tant que Semba refuse de parler, force est de reconnaître qu'il est impossible de le prouver.

Tatara posa les coudes sur la table et émit un grognement.

— Si M. Tsukahara lui-même n'y est pas arrivé, j'imagine qu'il n'y a rien à faire. De plus, le meurtre de Nobuko Miyake est une affaire classée. La préfecture de Police ne peut pas la rouvrir. Nous n'y pouvons plus rien. Vous avez bien travaillé, toi et ta collègue. Je suis satisfait.

— Et que souhaitez-vous que nous fassions pour l'autre aspect de l'affaire ? demanda le jeune policier en faisant référence à ce qui s'était passé à Hari-Plage.

Tatara grogna à nouveau. Il sortit un carnet de sa poche.

— Le commissariat de Hari a l'intention de décider qu'il s'agit d'un accident. Les techniciens sont arrivés à la conclusion que les dépositions des personnes impliquées dans l'affaire sont complètes, et que la probabilité que l'accident ait été intentionnel est quasiment nulle. Comme nous ne leur avons rien communiqué au sujet de la relation entre M. Tsukahara et les Kawahata, cette conclusion est compréhensible.

— Souhaitez-vous que nous le fassions à présent ?

Tatara écarquilla les yeux. Il croisa les bras et scruta le visage de Kusanagi.

— À quoi cela servirait-il ? Nous ne prévoyons pas de rouvrir le dossier du meurtre de Nobuko Miyake, que je sache !

Son interlocuteur rentra la tête dans les épaules.

— Alors que faire ?

Tatara prit le rapport et le déchira posément.

— Nous contenter d'accepter la conclusion de la police de la préfecture. Je l'expliquerai moi-même à Mme Tsukahara.

— Et vous… commença Kusanagi sans finir sa phrase : "pensez que c'est bien comme cela" ?

Tatara le regarda droit dans les yeux en serrant le rapport déchiré dans ses mains.

— Merci d'avoir fait ce travail. À partir de maintenant, retourne dans ton service.

Kusanagi se leva, le salua et se dirigea vers la porte. Juste avant de la refermer, il regarda Tatara à la dérobée. Le contrôleur général aux cheveux blancs fixait l'extérieur, avec une expression dépitée.

64

Kyōhei faisait les cent pas dans le hall de l'hôtel pendant que son père réglait la note. Tout en sachant que cela ne servait à rien, il vérifia s'il ne le voyait pas dans le bar où à côté de la piscine. Mais le physicien n'y était pas.

Il sentit la colère monter en lui. Ne lui avait-il pas dit qu'ils parleraient de tout cela demain, c'est-à-dire aujourd'hui ? Décidément, les adultes ne se gênaient pas pour ne pas tenir leurs promesses. Il s'était trompé en croyant le docteur différent.

— Qu'est-ce que tu fabriques ? On y va ! l'appela son père. On arrivera à la gare juste à temps. Dépêchons-nous.

Keiichi se dirigea vers l'entrée après avoir consulté sa montre.

Le petit garçon devait se résigner. Il suivit son père sans enthousiasme.

Ils prirent un taxi devant l'hôtel. Il regarda le paysage par la fenêtre. Le port de pêche était rempli de bateaux. La plage de sable fin brillait au loin.

Il laissa échapper un petit cri, en voyant la jetée d'où le physicien et lui avaient lancé des fusées. Cela lui paraissait lointain.

Le taxi mit moins de temps à arriver à la gare qu'il ne l'avait prévu. Il se mit à transpirer sitôt qu'il en descendit.

— Il fait chaud aujourd'hui aussi. J'espère que la salle d'attente est climatisée, dit son père.

Elle se trouvait au sommet de l'escalier et il y faisait très frais. Kyōhei trouva une autre raison de se réjouir en y entrant : Yukawa, qui lisait un magazine, assis dans un coin.

— Docteur ! cria-t-il en courant vers lui.

Le physicien releva la tête.

— C'est bien ce que je pensais. Vous allez prendre le prochain express, non ?

— Oui. Vous aussi ? demanda le petit garçon en posant son sac à dos pour s'asseoir à côté de lui.

— Non. Je rentre en bus avec les gens de DESMEC.

— Ah bon… fit le petit garçon, déçu de ne pas avoir plus de temps pour lui parler.

— Je suis venu ici pour te voir, expliqua l'adulte en regardant Keiichi qui ne savait comment réagir. Vous permettez que j'aie une petite conversation avec lui ? lui demanda-t-il.

— Je vous en prie. Je vais fumer une cigarette dehors, répondit le père de Kyōhei.

— D'abord, je voulais te donner ça, dit Yukawa en tendant un document au petit garçon. Ce sont les données du lancement des fusées. Tu en auras besoin pour faire ton rapport sur ta recherche individuelle.

— C'est vrai ! fit le petit garçon.

Il parcourut du regard les feuilles couvertes de chiffres. Personne ne pouvait deviner de quoi il s'agissait, se dit-il. Mais lui, il les comprenait. Il revoyait en les regardant les différents tirs, ratés comme réussis.

— Il existe des énigmes que la science est aujourd'hui incapable de résoudre. Mais ses progrès permettront probablement de le faire un jour. Devons-nous en déduire que la science a des limites ? Si la réponse est oui, quelles en sont les raisons ?

Kyōhei le dévisagea. Pourquoi lui racontait-il tout cela ? Mais il devina que le physicien était sur le point de lui apprendre une chose importante.

— Eh bien, continua-t-il en tendant l'index vers le front du petit garçon. Ces raisons, ce sont les êtres humains. Leurs cerveaux. Prenons par exemple le monde des mathématiques. Lorsqu'une nouvelle théorie est découverte, les mathématiciens la vérifient, pour savoir si elle est exacte ou non. Les théories ne cessent de devenir plus complexes, et par conséquent, le nombre de mathématiciens capables de les prouver est de plus en plus limité. Que se passe-t-il lorsqu'une théorie est tellement difficile à comprendre que personne n'y arrive ? Dans ce cas-là, il faut attendre l'émergence d'un nouveau talent pour qu'elle soit établie. Voilà pourquoi le cerveau humain est à l'origine des limites de la science. Tu me suis ?

Le petit garçon hocha la tête. Il ne comprenait pas où le physicien voulait en venir.

— Il y a nécessairement une réponse à chaque question, continua l'adulte en le regardant droit dans les yeux. Mais elle n'apparaît pas immédiatement. Il en va de même dans la vie. Si l'on est confronté à une question à laquelle on ne peut répondre tout de suite, il faut savoir que la réponse finira par apparaître. Il est toujours utile d'y réfléchir. Mais il ne faut pas se presser. Souvent, on ne pourra trouver la réponse que lorsqu'on aura soi-même grandi. Voilà pourquoi les hommes doivent en permanence apprendre, faire des efforts, s'améliorer.

Kyōhei tourna en tous sens ces paroles dans sa tête. Il poussa un petit cri, parce qu'il venait de comprendre où le physicien voulait en venir.

— Sache que moi aussi je continuerai à me tourmenter, à réfléchir au problème auquel tu as été confronté ici tant que tu n'auras pas trouvé la réponse. Je veux que tu te souviennes que tu n'es pas seul.

Le petit garçon inspira profondément en le regardant. Une lumière venait de s'allumer dans son esprit. Il comprenait enfin ce dont lui avait parlé le physicien. Il lui avait prodigué les paroles dont il avait besoin.

Keiichi revint vers eux.

— Il faut qu'on y aille. Le train va entrer en gare.

Kyōhei se leva. Il regarda à nouveau Yukawa.

— J'ai compris. Merci, docteur !

Le physicien lui sourit, et hocha la tête.

— Porte-toi bien !

Le petit garçon franchit le tourniquet qui menait au quai après son père. L'express glissa le long du quai.

Juste avant d'y monter, il se retourna vers la salle d'attente. Yukawa n'y était plus.

Il s'assit en face de son père qui lui demanda ce dont ils avaient parlé. Il lui montra les feuilles couvertes de chiffres. Il lui avait déjà parlé des fusées.

— Ça m'a l'air drôlement compliqué. Je n'y comprends rien, commenta Keiichi que cela n'intéressait visiblement pas.

Cela n'étonna pas Kyōhei qui reprit les feuilles en pensant qu'il fallait pour les comprendre avoir participé à l'expérience. La science, c'est comme ça, se dit-il.

Il tourna les yeux vers l'extérieur. La mer brillait sous le ciel où flottait un nuage qui lui fit penser à une crème glacée.

Il entendit à nouveau la voix de son oncle. "Cela doit rester entre toi et moi", lui avait-il dit à propos du feu d'artifice. Il lui avait demandé d'aller boucher la cheminée, pour éviter qu'une des fusées du feu d'artifice ne tombe dedans. Il suffit de la couvrir d'un carton mouillé, avait-il ajouté. Ses mauvaises jambes l'empêchaient de grimper sur le toit.

À ce moment-là, il ne savait pas. Il n'avait pas réfléchi à ce qui se passerait si la cheminée était bouchée.

Il lui avait obéi, et ils avaient fait le feu d'artifice. Kyōhei avait suivi des yeux la trajectoire de chaque fusée.

À un certain moment, il avait jeté un coup d'œil vers son oncle. Ses yeux n'étaient pas tournés vers le ciel, mais vers le bâtiment de l'auberge. Avec les mains jointes sur la poitrine, comme on le fait devant un autel bouddhique. Son visage avait une expression tragique.

Il devait être en train de demander pardon à quelqu'un, se dit-il.

Je n'ai pas à me faire de souci, pensa-t-il. Je n'ai pas besoin de trouver une réponse tout de suite. Je vais apprendre plein de choses, et prendre mon temps pour la chercher. Et puis je ne suis pas seul.

BABEL NOIR

Extrait du catalogue

107. SHAUGHNESSY BISHOP-STALL
Mille petites falaises

108. PERCIVAL EVERETT
Montée aux enfers

109. INDREK HARGLA
L'Énigme de Saint-Olav

110. LUIZ ALFREDO GARCIA-ROZA
L'Étrange Cas du Dr Nesse

111. CAMILLA LÄCKBERG
L'Oiseau de mauvais augure

112. LOUISE PENNY
Le Mois le plus cruel

113. RYAN DAVID JAHN
Emergency 911

114. TOVE ALSTERDAL
Femmes sur la plage

115. MONICA KRISTENSEN
Opération Fritham

116. PETER GUTTRIDGE
Le Dernier Roi de Brighton

117. ERIK AXL SUND
Persona

118. ALEX BERG
Zone de non-droit

119. URBAN WAITE
La Terreur de vivre

120. JOSÉ CARLOS SOMOZA
L'Appât

121. CAMILLA LÄCKBERG
L'Enfant allemand

122. JULIA LATYNINA
Gangrène

123. LARS KEPLER
Incurables

124. NELE NEUHAUS
Vent de sang

125. WALTER MOSLEY
Les Griffes du passé

126. CARLOS SALEM
Un jambon calibre 45

127. MARTTI LINNA
Le Royaume des perches

128. KEIGO HIGASHINO
La Prophétie de l'abeille

129. ANDREA MARIA SCHENKEL
Un tueur à Munich

130. JAN COSTIN WAGNER
L'Hiver des lions

131. INDREK HARGLA
Le Spectre de la rue du Puits

132. ERIK AXL SUND
Trauma

133. CAMILLA LÄCKBERG
La Sirène

134. SÉBASTIEN RUTÉS
Mélancolie des corbeaux

135. LOTTE ET SØREN HAMMER
Le Cercle des cœurs solitaires

136. COLIN NIEL
Ce qui reste en forêt

137. BRUCE DESILVA
Pyromanie

138. LOUISE PENNY
Défense de tuer

139. ROGER ALAN SKIPPER
Le Baptême de Billy Bean

140. JOSÉ LUIS MUÑOZ
Babylone Vegas

141. PETER MAY
Scène de crime virtuelle

142. ERIK AXL SUND
Catharsis

143. VÍCTOR DEL ÁRBOL
La Maison des chagrins

144. GUSTAVO MALAJOVICH
Le Jardin de bronze

145. DÉMOSTHÈNE KOURTOVIK
La Nostalgie des dragons

146. KJELL ERIKSSON
Les Cruelles Étoiles de la nuit

147. NICOLAS MATHIEU
Aux animaux la guerre

148. NELE NEUHAUS
Méchant loup

149. WALTER MOSLEY
En bout de course

150. OLIVIER BARDE-CABUÇON
Tuez qui vous voulez

151. MONICA KRISTENSEN
Vodka, pirojki et caviar

152. MAURICE G. DANTEC
Les Résidents

153. ALEX BERG
La Marionnette

154. DAN WADDELL
La Moisson des innocents

155. EDWARD CONLON
Rouge sur rouge

156. CORNELIA READ
L'Enfant invisible

Prof Yukawa
Masatsugu Tsukahara - dead
Kyohei - Boy
Narumi - ♀ cousin
G Setsuko - her mum
Shigeharu - her dad.
Sawamura - Narumi's friend

Nishiguchi – young inspector
Motoyama – his boss
Hashigami – his colleague

Tatara – Pref. Police Tokyo
controleur gal

Kusanagi – Employé Pref. Police (Ltnt)
Mamiya – His boss

Isobe – Capitaine – Police jud.

Okamoto – Motoyama's boss

Kaoru Utsumi – Kusanagi's assistant

OUVRAGE RÉALISÉ
PAR L'ATELIER GRAPHIQUE ACTES SUD
REPRODUIT ET ACHEVÉ D'IMPRIMER
EN NOVEMBRE 2017
PAR NORMANDIE ROTO IMPRESSION S.A.S.
À LONRAI
POUR LE COMPTE DES ÉDITIONS
ACTES SUD
LE MÉJAN
PLACE NINA-BERBEROVA
13200 ARLES

DÉPÔT LÉGAL
1re ÉDITION : AVRIL 2016
N° impr. : 1704674
(Imprimé en France)